FVA

Bücher von Ernst-Wilhelm Händler in der
Frankfurter Verlagsanstalt:
Stadt mit Häusern. Erzählungen.
Kongreß. Roman.

Ernst-Wilhelm Händler

Fall

Roman

Frankfurter Verlagsanstalt

1. Auflage 1997

Schutzumschlag- und Einbandgestaltung: Bertsch & Holst
Herstellung: Katja Holst
Satz: Fotosatz Reinhard Amann, Aichstetten
Druck und Bindung: Franz Spiegel Buch GmbH, Ulm
Printed in Germany
ISBN 3-627-00031-5

Worte sind Taten.

Ludwig Wittgenstein, Vermischte Bemerkungen

Um acht Uhr wird das Telefon läuten. Es wird ein junger Krankenhausangestellter am Apparat sein. Er wird mich fragen, ob ich der Sohn von Herrn Georg Voigtländer bin. Ich werde ja sagen. Er wird sagen, er muß mir leider eine sehr traurige Mitteilung machen. Dann wird er zunächst nichts sagen, und ich werde auch nichts sagen. Nach der Pause wird er fortfahren, daß soeben mein Vater verstorben ist. Ich werde sofort ins Krankenhaus fahren. Es ist Sonntagabend. Ich war, seit er am Dienstag eingeliefert wurde, jeden Tag morgens und abends bei ihm. Am Freitag hatte der behandelnde Arzt berichtet, die Herzrhythmusstörungen hätten sich unter der Medikation wesentlich gebessert. Mein Vater fragte schon, wann er das Krankenhaus wieder verlassen könne, man hatte ihm geantwortet, in etwa zwei bis drei Wochen, ob er dann wieder seinen Wein würde trinken können, in Maßen ja. Vormittags las er im Stuhl Zeitung. Nachmittags schien er in gedrückter Stimmung. Er saß auf dem Bett, ließ die Beine schlenkern und blickte auf die verschneite Parklandschaft und den vereisten Parkplatz vor dem Krankenhaus. Auf den Kirchturm mit der Uhr. Es wurde bereits dunkel. Wenn er hier jemals wieder herauskomme, werde er nicht mehr in die Firma gehen. Nie wieder. Als ich ihn verließ, sagte er, er sei sehr müde, er wolle schlafen, und er legte sich schon zurück, während ich mir den Mantel überzog. Wenn ich wiederkomme, wird er noch warm sein. Er wird auf dem Rücken liegen. Seine Haare sind in Unordnung. Er wird noch warm sein, aber er wird bereits nicht mehr so aussehen, als wäre noch Leben in ihm. Er ist zu bleich, als daß er noch leben könnte. Seine Nase ist zu groß, als daß er noch leben könnte. Seine Haut ist straff, aber nicht wie bei einem Lebenden, sondern wie bei einem Toten. Seine Gesichtszüge werden nicht von Schrecken erzählen. Die Augen werden geschlossen sein, er wird im Schlaf gestorben sein, nur der Mund wird offenstehen. Als ob er tief Luft holen wollte, aber auch, als ob es nichts geholfen hat. Und, als ob es ihm doch nichts ausmacht. Ich werde mein Schluchzen in der Bettdecke ersticken, und ich werde seine Hand halten, die warm ist, als ob er noch leben würde. Ich werde so lange an seinem Bett bleiben, bis die Schwestern unsicher werden und den behandelnden Arzt herbeirufen, der nun wirklich nichts mehr ausrichten kann. Er wird mir erklären, es tue ihm leid, aber mein Vater hatte keine günstige Prognose. Das Herz war vorgeschädigt, und es handelte sich um einen schweren, noch dazu wochenlang unbehandelten Infarkt. Bei einem Kuraufenthalt schwamm er eine dreiviertel Stunde im Thermalbad, in dem er sich – Bedingung: keine körperliche Anstrengung – höchstens zehn Minuten hätte aufhalten dürfen. Danach fühlte er sich unwohl und fuhr noch in derselben Nacht nach Hause. Er ging erst zwei Wochen später zum Arzt und weigerte sich zunächst, dem Arzt zu glauben, als der ihm sagte, er habe einen Herzinfarkt erlitten. Es kam dann zu einem Reinfarkt, wie er sich in diesem Alter, unabhängig von den besonderen Ausgangsbedingungen, in der Mehrzahl der Fälle ereignet. Ich werde Simon vom Telefon neben dem Krankenbett anrufen. Er wird in Tränen ausbrechen. Simon wird Heini anrufen. Heini wird nur »so« sagen. Dann werden sich die Schwestern die Gummihandschuhe überstreifen, meinem Vater den Schlafanzug ausziehen und ihn nackt, nur mit einem weißen Laken bedeckt, auf einem schmalen Metallwagen durch das Krankenhaus in den Kühlsaal fahren. Ich werde ihn bis zum Kühlsaal begleiten. Ich werde ihn nicht mehr berühren. Aber ich werde den Wagen, auf dem er liegt, nicht loslassen.

KORRIDOR

Die Gesellschafter der
Voigtländer OHG,
(unleserlich),
beschließen:

§ 1

Die Gesellschaft wird durch den Tod eines Gesellschafters nicht aufgelöst.

§ 2

Im Todesfall tritt an die Stelle
des Gesellschafters Georg Voigtländer sein Sohn
Georg Voigtländer
und an die Stelle
des Gesellschafters Heinrich Voigtländer sein Sohn
Friedrich Voigtländer
in die Gesellschaft ein.

(unleserlich), den 20. Dezember 1973

Georg Voigtländer

Heinrich Voigtländer

MASKENSPIEL DER GENIEN

Annette wollte mich unbedingt noch vor K.s Einladung sehen. Wir trafen uns am frühen Abend im Café Roma. Es war kein Tisch frei, wir mußten uns ans Buffett angelehnt unterhalten. Während hinter uns Bestecke und Gläser klapperten, während wir ständig unterbrochen wurden, weil sich immer wieder Kellner zwischen uns drängten, um Getränke abzuholen, und während wir Platz machen mußten, damit Gäste Kinderwagen vorbeischieben konnten, eröffnete mir Annette, daß sie sich von mir trennen wollte.
Sie hatte geträumt, sie wird in ein Krankenhaus eingewiesen. Dort sagt ihr der aufnehmende Arzt: Sie haben Schuld auf sich geladen, wir müssen Sie deshalb töten. Sie fragt nicht nach der Art der Schuld. Der Arzt erklärt ihr, sie verwenden Särge, die kürzer, dafür jedoch höher sind als die üblichen, so daß sich jeweils zwei Patienten, mit einander zugewandten Gesichtern aufeinander liegend, die Oberschenkel nach hinten abgewinkelt, einen Sarg teilen, der geschlossen und eingegraben wird. Ein zweiter Arzt bringt eine andere Vorgehensweise ins Spiel. Er will ihr erst ein Mittel spritzen, das entsetzliche Herzschmerzen verursacht, und ihr dann ein Messer ins Herz stoßen. Der zweite Arzt verläßt die Aufnahme, um kurz in der Literatur nachzulesen. Danach nimmt er seinen Vorschlag zurück. Ein dritter Arzt kommt hinzu. Es gebe eine Behörde, die die verfügte Tötung zurücknehmen kann. Sie soll die Behörde gemeinsam mit ihm aufsuchen. Er muß dort Sperma hinterlegen, sie Eizellen. Sie sprach im Traum kein Wort, wachte jedoch schreiend auf. Der erste Arzt sah aus wie K., der zweite wie ich.
Unsere gemeinsamen Aussichten sind ihr zu spärlich. Ein paar Mittwochabende, ein paar Sonntagnachmittage, niemals gemeinsame Ferien, nicht einmal ein gemeinsames

vollständiges Wochenende. Sie wollte sich eigentlich schon nach den Weihnachtsferien von mir trennen. Ich wußte doch, daß sie tagsüber immer in der Fakultät zu erreichen war und daß K. am Neujahrstag nach Florida flog. Aber ich vermied es sorgsam, mich während der zwei Wochen meiner Abwesenheit auch nur einmal bei ihr zu melden. Um mich am Tag meiner Rückkehr spätabends mit ihr zu verabreden und anschließend auch noch mit ihr schlafen zu wollen. Obwohl sie mich ausdrücklich darauf hingewiesen hatte, daß sie am nächsten Tag die Frühmaschine nach Frankfurt nehmen mußte, weil sie dort beim Sachverständigenrat zu tun hatte. Sie sei nicht bereit, diese Zumutungen länger hinzunehmen. In der Zwischenzeit war ein Tisch freigeworden, wir konnten uns endlich hinsetzen. Annette wollte nichts essen. Ob ich in den Weihnachtsferien Ski fuhr oder ob ich nicht Ski fuhr, ob ich abends ausging, oder ob ich nicht ausging, das spielt keine Rolle. Sie glaubte mir sogar, daß ich im Urlaub fast nur las und schrieb. Ich sei ein so genauer Leser. Wenn ich sie, Annette, so lesen würde, wie ich Bücher lese, dann würde sie sich nicht von mir trennen wollen. K. bezieht sie wenigstens in sein Leben ein. Er läßt sie an seinem Leben teilhaben. Ich dagegen schließe sie von meinem Leben völlig aus. Ich sei kalt und sprachlos.
Ich wollte etwas sagen, aber Annette ließ mich nicht zu Wort kommen. Man kann auch zu zweit Bücher lesen. Jeder kann sich ein Buch nehmen. Man muß nicht ein und dasselbe Buch lesen. Wenn einer ein Buch schreibt und wenn er es nicht vorzeigen will, bevor er es zu Ende geschrieben hat, dann kann er doch mit dem anderen darüber reden. Sie sei nicht bereit, alles das länger zu ertragen. Ich versuchte nicht, sie umzustimmen.
Nachdem Annette gesagt hatte, was sie hatte sagen wollen,

war sie gelassener. Sie fragte mich nach der Bilanz. Ich sagte, die Firma schreibt eine schwarze Null. Wie der Plan für dieses Jahr aussieht. Ich sagte, er sieht ein positives Ergebnis vor. Ob das genügt, um die notwendigen Investitionen in neue Erzeugnisse zu finanzieren. Ich nahm meine Brille ab und sagte, auf lange Sicht nicht. Aber wenn das Ergebnis zu positiv ist, wird die Firma nicht umgewandelt. Sie sagte, wenn das Ergebnis nicht positiv genug ist, braucht die Firma nicht umgewandelt zu werden. Wie die Verhandlungen vorankommen. Ich sagte, wir stehen kurz vor dem Abschluß. Sie zündete sich eine Zigarette an und blies mir den Rauch ins Gesicht. Ich hätte wohl nicht damit gerechnet, daß sie sich von mir trennen will. Sie habe auch Zweifel, ob ich die Lage der Firma und meine Stellung in der Firma richtig beurteilte. Vielleicht lese und schreibe ich nur, um nicht zu sprechen. Was muß geschehen, damit ich spreche? Daß sie sich von mir trennt, reicht nicht. Sie sei sicher, eines Tages werde ich sprechen. Aber nicht mehr zu ihr.

Da Annette nicht von mir nach Hause gebracht werden wollte, verabschiedeten wir uns auf der Straße. Ich ging zielstrebig zu meinem in der Nähe geparkten Wagen. Wäre Annette mir gefolgt, sie wäre überrascht gewesen zu sehen, daß ich weinte.

Ich fuhr zum Café Stadtmuseum, ich wollte noch etwas trinken. Dort kam ich mit einer neuen Bedienung ins Gespräch. Die neue Bedienung hatte Kommunikationswissenschaften studiert, sie entwarf und strickte Pullover für einen Wolladen und für Bekannte. Es war nicht viel los, ich unterhielt mich mit ihr, als ob ich Annette widerlegen wollte, angeregt bis zur Sperrstunde. Sie hieß Barbara, ich brachte sie nach Hause, und sie lud mich auf ein Glas Rotwein zu sich ein.

Sie wohnte in einem Einzimmer-Appartement im sechsten Stock eines Fünfziger-Jahre-Hauses, die Aussicht auf den Innenhof wie bei Hitchcock. Viele Bücher, alle auf dem Boden, die Einrichtung bestand aus einer Matratze, einem rostigen Freischwinger, einem Liegestuhl und einem riesengroßen alten Schwarzweißfernseher. Sie hatte blonde Haare, der Schnitt war asymmetrisch, auf der einen Seite so kurz, daß die Haut durchschien, auf der anderen lange gewellte Strähnen, die seitlich wegstanden. Sie trug eine weiße Kunststoffbrille mit sehr starken Gläsern. Sie war schlank, außer den selbstentworfenen Pullovern zog sie grundsätzlich nur Second-hand-Kleidung an. Sie lachte viel.

Wir tranken einen schweren Bordeaux und hörten Platten der Knef. Es stellte sich heraus, daß sie Annette kannte, da Annette ihre einschlägigen Bedarfe in dem Wolladen deckte, für den sie arbeitete. Ich erzählte ihr, in welcher Beziehung ich zu Annette stand. Ich erzählte ihr nicht, daß sich Annette gerade von mir getrennt hatte.

Bevor wir miteinander ins Bett gingen, fragte sie mich, ob ich nicht ein schlechtes Gewissen gegenüber Annette hätte. Nach üblichem Beginn war auf einmal nichts mehr mit mir anzufangen. Eine ruhelose Nacht folgte. Mit dem heraufziehenden Tag, Barbara lehnte Jalousien und Vorhänge ab, wurde mir dann schlecht.

Am Morgen gingen wir im Englischen Garten spazieren. Es war kalt, aber sonnig. Sie kokettierte mit Außenseitergefühlen wegen ihrer Herkunft aus der Arbeiterklasse. Ihr Vater war, so ihr Ausdruck, Lackierer beim Siemens. Ich hörte mir erstaunt zu, wie ich von meinem falschen Berufsleben sprach. Sie mußte um zehn Uhr bei ihrem Freund sein, ich setzte sie rechtzeitig in der Nähe ab.

Am Abend waren K. und Annette die fast vollkommenen Gastgeber für einen Kollegen von K., für einen Vorstandsassistenten von BMW, der von der Firm angeworben werden sollte, und für mich.
Annette hatte ein dunkelblaues Kostüm an, ein kurzer Rock und eine kurze Jacke, dazu dunkelblaue Strümpfe und College shoes. Sie trug ihre Haare in einem kurzen Pagenschnitt und in einem helleren Braunton als gewöhnlich. Die rot-weiß gestreifte Seidenbluse war bis zum obersten Knopf geschlossen. Die breiten Revers des Kostüms über der schmalen Taille betonten ihre Brüste. Auch wenn der Vorstandsassistent dauernd hinsah, es machte sie nicht größer. Sie lief eine Spur zu geschäftig zwischen Küche und Eßzimmer hin und her.
Gleich wie man das Dutzend der einflußreichsten Männer des Lands definiert, die Vorstandssprecher der Deutschen Bank, von Daimler und von Siemens, der Vorstandsvorsitzende der Bundesbank, der Präsident des Sachverständigenrats und der Bundeskanzler sind bestimmt dabei, über den Rest kann man streiten, wenn Herman ze German seiner Sekretärin sagt, er möchte einen davon am Telefon, dann bekommt er ihn. Es gibt niemanden, der Macht hat in diesem Land, zu dem der Chef der Firm, K.s Chef, keinen Zugang hat.
Die einzige Lichtquelle im Raum war die tiefhängende Chromlampe über dem Eßtisch aus brasilianischem Granit. Sie tauchte alles, was auf dem Tisch war, in gleißendes Licht und ließ die Gäste darum herum im Halbdunkel. K. sprach zu mir, aber seine Worte waren natürlich für den Vorstandsassistenten bestimmt.
Die Firm berät jeden und seine Wettbewerber. Und den Bund, die Länder, die Gemeinden, Wohlfahrtsverbände,

Museen, Orchester. Alle, bis auf die RAF. Die Firm bestimmt, mit welcher Strategie und mit welcher Organisationsstruktur man sich unter die Leute trauen kann und mit welcher nicht. Früher gab es auch andere Modemacher. Beziehungsweise es gibt sie heute noch. Aber die anderen haben den Anschluß verpaßt. Die anderen nehmen nur die Ziele ihrer Klienten ernst, die ihren eigenen Vorstellungen von deren Zielen entsprechen, und sie empfehlen nur solche Mittel, die sie anwenden würden, wenn sie selbst die Ziele verfolgten, die zu verfolgen sie ihren Klienten erlauben. Die Firm nimmt den Klienten nicht nach irgendeinem Maßstab ernst. Sie fummeln nicht an seinen Zielen herum. Sie betrachten das Ziel als fundamentales, an dessen Erreichung dem Klienten tatsächlich am meisten gelegen ist. Immer vorausgesetzt, es handelt sich nicht um ein Ziel, das gegen bestimmte ethische Nebenbedingungen verstößt, sie machen keine Wettbewerbsausspähungen. Es ist ihnen auch gar nicht möglich, noch etwas auszuspähen, sie wissen sowieso alles. Weil sie alle beraten. Sie erarbeiten für den Klienten Anweisungen, bei deren Befolgung er sein Ziel erreicht, indem sie alle Widerspiegelungen ihrer früheren Erfahrungen über die Beziehungen zwischen Zielen und Mitteln einfließen lassen, aber nichts, gar nichts, was darüber hinausgeht. Wie etwa sich selbst. Sie verfolgen keine Interessen. Deswegen und nur deswegen sind ihre Erkenntnisse so mächtig. Ich erwiderte, nicht ihre Erkenntnisse, sie sind mächtig. Er gab an, sie hätten ihre ethische Zielsetzung nicht, weil sie mächtig sein wollten, sie seien deshalb mächtig, weil sie ihre ethische Zielsetzung hätten. Wie soll man es anfangen, diese Behauptung zu überprüfen. K. fragte zurück, was stellen sie denn mit ihrer Macht an. Ich antwortete, sie vermehren sie ständig. K. sagte, sie könnten sie ja auch mißbrauchen. Dann würden sie sie einbüßen. Sie mißbrauchen sie nicht, um sie nicht einzubüßen. K. sagte, sie sind so gebaut, daß sie sie gar nicht mißbrauchen können. Ich fragte, ob die Wettbewerber der Firm etwa ethische Zielvorstellungen haben. Ein Teil hat ethische Vorstellungen, ein anderer Teil hat nur die Vorstellung, durch Beratung Geld zu machen. Da die ethischen Vorstellungen der Wettbewerber der Firm die falschen sind, kommt beides aufs gleiche heraus. Die Firm berät nicht, um Geld zu machen. Sie machen zwar ziemlich viel Geld, da sie jedoch keine Zeit haben, darüber nachzudenken, wie sie es vernünftig ausgeben, verwenden sie es für die falschen Dinge und bezahlen die richtigen zu teuer. Geld hat für sie keine Bedeutung. Sie haben nicht nur die überlegene, sie haben die einzig vertretbare ethische Zielvorstellung: Dedication to clients.

Ich hatte, während K. sprach, abwechselnd K. und Annette angesehen. Als Annette die Vorspeisenteller abdeckte und den Hauptgang auftrug, blendeten mich die Platzteller aus Sterling-Silber so sehr, daß ich die Augen schließen mußte.

Ich sagte zu K., wenn sie ihre Klienten auf Maxi, Mini oder Midi festlegen, bringen sie zumindest ihren Geschmack ein. K. sagte, dann würden sie grundsätzlich nur Mini empfehlen. Herman ze German führe immer gern aus, daß man als Berater oft monatelang irgendwo vor Ort sitzen und jeden Tag und jeden Abend mit anderen Beratern auf engstem Raum zusammenleben muß. Da bedarf es starker Reize, um in ein anderes Lebensfeld einzuschwenken. Ich fragte, gibt es denn keine Beraterinnen. Beraterinnen tragen in der Regel fleischfarbene Strümpfe und ebensolche Unterwäsche. Ich sagte, alles andere wäre mit der ethischen Zielsetzung der Firm nicht vereinbar. Die Klienten verlangen, daß sich die Rocklänge ständig ändert. Jeder will der erste sein, der die neuen Röcke trägt. Wenn die Röcke niemals kürzer oder länger würden, welcher Lebensinhalt bliebe den Klienten. Sie empfehlen keine beliebige Rocklänge, sondern immer eine, die nach derjenigen der vergangenen Saison, nach der Figur der Klienten und nach deren Zielen die vernünftigste ist. Die Hauptschwierigkeit besteht darin, daß sich die Ziele der Klienten in überraschendem Ausmaß gleichen. Alle wollen jung, schön, klug, reich und berühmt werden. Da meldete sich zum ersten Mal der Vorstandsassistent zu Wort. Wenn er seine Zeitungen aufschlägt und die Unternehmensnachrichten durchgeht, findet er zwar alle Klienten der Firm, aber nur wenige können gerechtfertigt von sich behaupten, jung, schön, klug, reich und berühmt zu sein. K. erläuterte, die verbindliche Definition der Beratungsaufgabe beinhaltet niemals, den Klienten jung, schön, klug, reich und berühmt zu machen. Die Firm muß verhindern, daß der Klient alt, häßlich, dumm, arm und vergessen wird. Mehr wäre Klassenkampf, und Klassenkampf ist völlig out. Sie beraten auch Gewerkschaftsunternehmen. Wenn sich eine Organisation tatsächlich einmal Ziele setzt, die den Rahmen zu sprengen drohen, dann würden sie das Ihre tun, damit der Rahmen nichts abbekommt. Die Gefahr ist jedoch gering. Verfolgt eine Organisation Ziele, die mit den Zielen anderer Organisationen völlig unvereinbar sind, riskiert sie ihren Bestand. Eine Organisation besteht aus vielen, die von wenigen geführt werden. Zu jeder Organisation gibt es eine andere, mit ihr im Wettbewerb um Mitglieder stehende, an deren Ergebnis die Führung der ersten Organisation gemessen wird. Keine Organisation kann ihre Mitglieder keilen wie der Preußenkönig seine Rekruten. Ich wandte ein, wenn man in den Genuß wirkungsvoller Beratung kommen will, kann man zwar ruhig alt, häßlich, dumm, arm und unbekannt sein, aber eins darf man nicht sein: klein. K. erwiderte, die Kleinen schließen sich eben zu einem Verband zusammen. Diejenigen, deren Grundausstattung nicht einmal das ermöglicht – Alte, Kinder, Frauen, Nutten und Strichjungen –, finden in der Regel andere, die Sinn in ihr ödes Leben holen, indem sie gemeinsam für die ersteren sprechen. Die beraten sie dann. Wobei sie gern auf ein Honorar verzichten. Sie bekommen dafür Einladungen zu privaten Festen, auf denen sie wirklich geile Frauen kennenlernen (Annette war für einen Augenblick hinausgegangen). Eben alles reinster Luhmann. Ich sagte, auch der Preußenkönig ist Luhmann gewesen, und fragte, an wen sie sich halten, wenn sie eine Organisation beraten. Sie halten sich an denjenigen, der sie engagiert. Was machen sie, wenn zwei Leute sie zwar gemeinsam engagieren, aber von ihnen völlig Unterschiedliches erwarten. Zu den ethischen Nebenbedingungen, denen sie ihr Handeln unterwerfen, gehört auch, daß sie niemals eine Organisation im Sinn der ausschließlichen Verfolgung der Ziele eines einzelnen beraten. Sie verfolgen nur dann die Ziele eines einzelnen, wenn das die beste Vorgehensweise darstellt, um die Ziele der Organisation zu fördern. Sie würden niemals die Ziele eines einzelnen verfolgen, wenn das die Erreichung der Ziele der Organisation verhindert. Er hatte meine Frage nicht beantwortet. Wie sie sich orientieren, wenn ihnen zwei, die sie gemeinsam beauftragen, gegenläufige Ziele vorgeben. Dann fragen sie einen Dritten, was er von den gegenläufigen Zielen der beiden ersten hält. Wenn es sein muß, auch noch einen vierten und einen fünften. Einstweilen verpflichten sie sich zu gar nichts. Denn sie nehmen nur klar definierte Aufträge an. Wenn über Ziel und Inhalt der Beratung keine Einigung zustandekommt, verzichten sie dankend. Was übrigens häufiger vorkomme, als der Zeitungsleser denke. Es möge enden, wie es wolle, aber sie fummeln nicht an den Zielen der von ihnen beratenen Organisationen. Die Klienten stehen sowieso Schlange. Ich fragte K., was sie tun, damit die von ihnen vorgeschlagenen Maßnahmen auch in die Tat umgesetzt werden. K. antwortete mir darauf lachend: Wer gegen uns ist, stirbt.

Der Kollege von K. übernahm dessen Part und sprach zu dem Vorstandsassistenten. Obwohl sie weit mehr Bewerber haben, als sie nehmen können, ist das Wachstum der Firm durch die Verfügbarkeit brauchbarer Mitarbeiter begrenzt. Denn sie stellen sehr hohe Anforderungen an die jungen Consultants. Voraussetzung für die Einladung zu einem Erstinterview ist ein ausgezeichneter Hochschulabschluß. Die Fachrichtung des Abschlusses spielt keine Rolle, entscheidend ist nicht vorhandenes Wissen, sondern die Fähigkeit, sich in kürzester Zeit neues Wissen anzueignen und dieses zielführend anzuwenden. Dazu muß der Berater bereit sein, das Privatleben absolut hintanzustellen. Auf meine Zwischenfrage, ob das Vorliegen dieser Eigenschaften bei Bewerbern zuverlässig herauszufinden ist, antwortete K.s Kollege, die Eigenschaften sind testbar. Sie haben Fallbeispiele entwickelt, die sie mit den in die engere Wahl genommenen Bewerbern durchgehen. Dabei bekommt man ein Gefühl dafür, ob der Bewerber kreative Problemlösungen packt, und man kann schnell sagen, ob man mit dem Kandidaten gern in einem Team zusammenarbeiten würde oder nicht. Die Chemistry muß stimmen, sonst geht gar nichts. Was die Firm von anderen Consultinggesellschaften unterscheidet, ist das gemeinsame Selbstverständnis. Die Shared values. Dazu gehört auch, daß sie Spaß an dem Ganzen

haben. Wenn sie keinen Spaß hätten, würden sie ihren schwierigen Job nicht machen.
Der Vorstandsassistent machte Anstalten zu gehen, aber K. überredete ihn noch zu einem Digestif, der auf dem Balkon eingenommen wurde. Die trockene Kälte unter dem Sternenhimmel tat uns allen gut. Keiner redete. Annette zündete sich, unter einem mißbilligenden Blick von K., eine Zigarette an. Sie hatte das Rauchen schon völlig aufgegeben. Wahrscheinlich rauchte sie auch während des Essens heimlich in der Küche. Als sich der Vorstandsassistent endgültig verabschiedete, bemerkte K., der von seinem Kollegen beschriebenen Aufnahmeprozedur müßten sich natürlich nur Berufsanfänger unterziehen. Der Kollege begleitete den Vorstandsassistenten. K. forderte mich auf, noch zu bleiben, worauf sich Annette sichtbar ungehalten zurückzog.
Ich sagte K., daß es mir schwerfiel, ihn als säkularisierten Priester in Anbetung eines gottlosen Gemeinwohls anzusehen. Als wir zusammen im Gymnasium waren, äußerte er einmal auf unserem gemeinsamen Weg von der Straßenbahnhaltestelle nach Hause, der einzige Sinn, den er für sein Leben sehe, sei das Ziel, möglichst viel Geld zu machen. Man könne gegen alles etwas sagen, das einzig Unangreifbare sei Geld. Ich hatte darauf geschwiegen. Ich hatte damals Caroline zu lange ergebnislos geliebt, und mir war klar, es würde sich weder etwas an ihren noch an meinen Gefühlen ändern. Ich war kein selbstmordtrunkener Jüngling, aber ich ging fest davon aus, daß der Mensch nicht auf der Erde ist, um glücklich zu sein. Ich erwog ernsthaft, mir seinen Vorsatz zu eigen zu machen. Es erschien mir so durchsichtig, mich umzubringen oder Bomben zu werfen und Leute zu erschießen. Jeder würde wissen, warum ich mich umbringe, jeder würde wissen, daß ich nur aus einem

Grund Bomben werfe und Leute erschieße. Dagegen: Aus Rache ist er wirklich reich geworden –. K. fragte, was mir denn Caroline angetan hatte. Ob ich nie in den Spiegel geschaut hätte. Das muß ausgerechnet er, K., sagen, der noch genauso aussieht wie auf den Klassenbildern der gymnasialen Oberstufe. Wenn er noch dasselbe Gesicht wie als Obertertianer hat, bewertet er das als Erfolg. Als Obertertianer rechnete er nicht damit, daß er mit fünfunddreißig noch fast alle Haare auf dem Kopf haben werde und ich mich nicht mehr kämmen müsse. Sein Vater mußte immer nur für Minuten zum Friseur. Er, K., wäre damals nicht auf den Gedanken gekommen, sich über seinen fehlenden Erfolg bei Frauen zu beklagen. Er betrachtete sich im Spiegel. Dann setzte er sich hin und las ein Buch. Auf diese Weise las er viele Bücher, so lange, bis er eine Frau fand, die er mit den Büchern, die er gelesen hatte, beeindrucken konnte. Ich erwiderte, das Spiegelbild ist nicht zu ändern. Wenn es ihm gelungen sei, die Frau zu ändern, gratulierte ich ihm dazu. Ich dachte dabei an die Erwartungen, mit denen ich Caroline am Abend ihres siebzehnten Geburtstags aufsuchte, um ihr den *Tod des Vergil* zu überreichen, und daran, wie sie in dem Buch nicht einmal blätterte, sondern mich beschwor, zu ihrer Geburtstagsparty am Wochenende eine Krawatte anzuziehen. K. sagte, er weiß mittlerweile, wie man Geld macht. Er weiß insbesondere, wie er wesentlich mehr Geld machen könnte als durch seine Beratertätigkeit. Aber er will das Geld nicht mehr. Er hat an seiner jetzigen Tätigkeit so viel Spaß, daß er sie auch für sehr viel Geld nicht gegen eine andere eintauschen würde. Er kann sich keine andere Tätigkeit vorstellen, die abwechslungsreicher und vielseitiger wäre als seine Beratertätigkeit. Er ist jedoch sicher, er hätte keinen Spaß daran, wenn sie nicht einer ethischen

Zielsetzung unterworfen wäre. Ich entgegnete, auch wenn er seine Macht nicht mißbraucht, oder sogar, wenn er sie überhaupt nicht gebraucht, wie kann er auseinanderhalten, ob es das Innehaben der Macht oder die Verfolgung der ethischen Zielsetzung ist, was ihm seine Tätigkeit so befriedigend macht, wo die Verfolgung der ethischen Zielsetzung notwendige und hinreichende Bedingung für das Innehaben der Macht ist. Kann er selbst überhaupt wissen, ob er die ethische Zielsetzung der Firm nur verfolgt, um in den Genuß des Gefühls zu kommen, die Macht auszuüben. K. fragte mich, warum ich um beinahe jeden Preis darauf aus sei, die Macht und die ethische Zielsetzung voneinander zu sondern, obwohl aus dem, was ich sage, folgt, dies ist nur möglich, wenn die ethische Zielsetzung aufgegeben wird. Was gewinne ich, wenn die ethische Zielsetzung aufgegeben wird. Was gewinne ich, wenn ich ihm nachweise, daß er an der Macht hängt, obwohl er es bis jetzt nicht einmal weiß. Ich fragte K., was verliert er, wenn dem so ist, und wenn er es nun weiß. Er muß darüber nachdenken. Falls er feststellen sollte, er verliert etwas, wird das Folgen für seine Tätigkeit haben. Er würde sich dann gezwungen sehen, bei jeder Beratung noch gründlicher als bisher zu hinterfragen, ob seine Vorschläge nicht doch in irgendeiner, wenn auch zunächst nur schwer erkennbaren Auswirkung der ethischen Zielsetzung der Firm zuwiderlaufen. Ich sagte, es ist wunderschön, in welchem Einklang er mit sich selbst steht. In dem Maß, in dem offenbleibt, ob er nicht doch ein paar tief verborgene eigensüchtige Ziele verfolgt, kann er gerechtfertigt behaupten, dieser Rest von Eigennutz fördert die ethische Zielsetzung der Firm sogar noch. Er gebe zu, sein Leben sehe insgesamt nicht danach aus, als ob er mit sich selbst im reinen sei. Was jedoch seine Tätigkeit für die

Firm angehe, auf die er immerhin den größten Teil seiner Zeit verwende, so sei er es.

Einmal im Monat holte mich mein Vater von der Schule ab. Wir nahmen dann immer K. mit, der eine Straße weiter wohnte. K. erinnert sich noch an das cremefarbene Coupé (220 S) mit dem grauen Dach und den roten Ledersitzen. Immer wenn ich ihm sagte, daß mich mein Vater abholen würde, leuchteten meine Augen vor Freude. So K. letzthin anläßlich des Todestags meines Vaters.

SICHT

Dr. Andreas Krapp
Steuerberater

Herrn
Dipl.-Ing. Georg Voigtländer 19.12.1985

Betr.: Umwandlung der Voigtländer OHG
in eine GmbH & Co KG

Sehr geehrter Herr Voigtländer!

Ihr Sohn bat mich, Ihnen die Beweggründe, die mich bereits im Jahr 1979 – ich verweise auf mein Schreiben vom 24.4.1979 – veranlaßt hatten, Ihnen und Ihrem Bruder dringend zu einer Änderung der Rechtsform Ihres Unternehmens zu raten, sowie die Überlegungen, die zu den nunmehr unterschriftsreifen Vertragsentwürfen geführt haben, zusammenfassend darzulegen.

Sie betreiben Ihr Unternehmen derzeit in der Rechtsform der offenen Handelsgesellschaft. Dies bedeutet, Sie und Ihr Bruder haften für sämtliche erkennbaren und nicht erkennbaren Verbindlichkeiten und Risiken mit Ihrem gesamten – also auch mit Ihrem privaten – Vermögen. Diese Rechtsform ist nicht mehr zeitgemäß. Aus dem sozialen Bereich sind mit Kündigungsschutzbestimmungen, Abfindungsansprüchen bei Kündigungen und Sozialplänen bei Teilstilllegungen unabwägbare Forderungen auf mittelständische Unternehmen zugekommen.

Ich habe in den bisherigen Verhandlungen, in denen Sie durch Ihren Sohn vertreten waren, geraten, die Voigtländer OHG in eine GmbH & Co KG umzuwandeln.

Wir haben bereits im Jahr 1984 eine Voigtländer GmbH gegründet und in das Handelsregister eintragen lassen. Diese GmbH soll mit Wirkung vom 1.7. dieses Jahres in die bestehende OHG als persönlich haftende Gesellschafterin eintreten; zugleich wird Ihre und Ihres Bruders Rechtsstellung von derjenigen eines unbeschränkt haftenden Komplementärs in diejenige eines nur mit seinem Kapitalanteil haftenden Kommanditisten umgewandelt.

Für alle Verbindlichkeiten, die von dem Tag der Eintragung der Voigtländer GmbH & Co KG an entstehen, haften Sie nur noch mit Ihrer Einlage. Da diese erbracht ist, kann ein Zugriff auf Ihr weiteres Vermögen nicht mehr erfolgen. Für alle Verbindlichkeiten der Voigtländer OHG, die am Tag der Gründung der Voigtländer GmbH & Co KG bestehen, haften Sie und Ihr Bruder persönlich fünf Jahre weiter. Diese Nachfolgehaftung eines OHG-Gesellschafters ist gesetzlich geregelt und nicht abdingbar.

In den genannten Verhandlungen wurden für die bereits im Handelsregister eingetragene GmbH und die KG als Rechtsnachfolgerin der OHG Gesellschaftsverträge, Miet- und Darlehensverträge sowie Geschäftsführerdienstverträge erarbeitet.

Die wesentlichsten Regelungen sind folgende:
Gesellschafter der GmbH und der KG sind Sie und Ihr Bruder zu je 50%.

Nachfolgeberechtigt für den Anteil Ihres Bruders ist ein und nur ein leiblicher Abkömmling Ihres Bruders; nachfolgeberechtigt für Ihren Anteil ist ein und nur ein Abkömmling Ihres Vaters, des am 27.6.1937 verstorbenen Georg Voigtländer. Auch in der weiteren Folge können Ihr Anteil und der Anteil Ihres Bruders nur auf jeweils ein Mitglied des entsprechenden Familienstamms übertragen werden. Mit dieser Regelung soll eine zu Lasten des Unternehmens gehende Zersplitterung der Familieninteressen vermieden werden. Ihr Bruder beabsichtigt, seinen Anteil seinem Sohn, Herrn Friedrich Voigtländer, zu vererben; damit wird nach der obigen Regelung ausgeschlossen, daß die Töchter Ihres Bruders Unternehmensanteile erhalten. Die Erweiterung Ihres Familienstamms auf alle Abkömmlinge Ihres Vaters berücksichtigt die Möglichkeit, daß Ihr Sohn vor Ihnen versterben sollte.

Wenn ein Gesellschafter seinen Anteil veräußern will, muß er ihn zuerst den Mitgliedern seines Familienstamms anbieten. Falls sich unter diesen kein Kaufwilliger findet, muß er seinen Anteil den Mitgliedern des anderen Familienstamms anbieten. Erst wenn sich auch unter diesen kein Kaufwilliger findet, ist er in der Verfügung über seinen Anteil frei.

Zur Geschäftsführung und Vertretung der KG als Rechtsnachfolgerin der OHG ist künftig deren vollhaftende Gesellschafterin, die GmbH, berechtigt und verpflichtet.

Die Geschäftsführungsbefugnisse werden innerhalb des Gesellschaftsvertrags für die GmbH geregelt. Dort wird auch ein Katalog zustimmungsbedürftiger Rechtsgeschäfte formuliert: Die Geschäftsführer müssen z.B. für den Erwerb, für die Veräußerung und für die Belastung von Grundstücken, für Investitionsmaßnahmen ab einer bestimmten Größenordnung, für die Aufnahme von Darlehen ab einer bestimmten Größenordnung sowie zu weiteren nicht alltäglichen Geschäften die Zustimmung der Gesellschafterversammlung der GmbH einholen.

Da die Gesellschafterversammlung lediglich zwei Personen umfaßt, die jeweils 50% der Stimmen halten, besteht die Gefahr von Pattsituationen. Aus diesem Grund soll die GmbH einen Beirat erhalten, der aus drei Mitgliedern besteht. Der Beirat überwacht und berät die Geschäftsführung. Des weiteren ist er oberstes Beschlußorgan, wenn in der Gesellschafterversammlung Beschlußvorlagen zu Angelegenheiten, über die mit einfacher Mehrheit abzustimmen ist, wegen Stimmengleichheit abgelehnt werden.

Die Mitglieder des Beirats werden mit einfacher Mehrheit gewählt. Ein gewähltes Mitglied des Beirats kann von der Gesellschafterversammlung nur einstimmig abberufen werden. Damit soll erreicht werden, daß das Unternehmen auch dann bewegungsfähig bleibt, wenn sich die Gesellschafter über bestimmte Angelegenheiten nicht einigen können.

Beide Familienstämme haben ein Sonderrecht zur Ernennung je eines Geschäftsführers. Über dieses Sonderrecht werden Ihr Sohn und Ihr Neffe als Geschäftsführer bestellt. Die Geschäftsführer werden jeweils allein vertretungsberechtigt sein. Sie sind jedoch, wie dargelegt, bei außergewöhnlichen Rechtsgeschäften im Innenverhältnis an die Zustimmung der Gesellschafterversammlung bzw. des Beirats gebunden.

Ich erlaube mir den Hinweis, daß Ihre und Ihres Sohnes Interessen als Gesellschafter und als Geschäftsführer in den vorliegenden Vertragsentwürfen, soweit dies im Rahmen einer 50%igen Beteiligung möglich ist, vollständig gewahrt sind und daß für Sie und Ihren Sohn gegenüber der derzeitigen Situation keine Verschlechterung eintritt.

Ich bin selbstverständlich gern bereit, alle Entwürfe mit Ihnen persönlich zu besprechen und erbitte hierzu gegebenenfalls Ihren Terminvorschlag.

Mit freundlichen Grüßen

Andreas Krapp

FLÜGEL

Ich stelle mir vor:
Ich wurde als fünftes von sechs Kindern des gegenwärtigen Pächters auf dem sich seit Jahrhunderten im Besitz der Muraus befindenden, in St. Pankraz zwischen Kirchdorf und Windischgarsten gelegenen sogenannten Reitbauerngütl geboren. Jetzt wohnen nur noch mein Vater, meine Mutter, meine jüngste Schwester und ihr Kind dort. Mein Vater, der auf die Sechzig zugeht, hat sich von seinen Ersparnissen ein kleines Haus in Spital am Pyhrn gekauft, das er zusammen mit meinem Bruder herrichtet. Meine älteste Schwester arbeitet als Bedienung am Wolfgangsee, sie hat zwei Kinder, sie ist jedoch ledig geblieben. Die zweitälteste Schwester ist die hübscheste. Sie lebt mit einem Krankenpfleger aus Deutschland, den sie in Hinterstoder kennenlernte, als sie dort ebenfalls als Bedienung arbeitete, in Köln. Sie ist verheiratet, doch sie bekommt keine Kinder. Der Mann der drittältesten ist Werkzeugmacher in einer Fabrik in Windischgarsten, die Brillengestelle herstellt. Sie hat zwei Kinder. Mein Bruder hat drei Kinder und ein Haus in Micheldorf. Mein Vater ist im Hauptberuf Sprengmeister. Seine Firma besteht aus ihm, meinem Bruder, dessen für die Buchhaltung zuständiger Frau, einem Ford-Transporter sowie einem völlig unnützerweise angemieteten kleinen Ladenlokal an der Hauptstraße von Windischgarsten. Im Schaufenster liegen ein paar vergilbte Farbfotos von Straßentrassen und von halbfertigen Tunnelbauten unter einem großen, ebenfalls vergilbten Schild mit der Aufschrift *Sprengunternehmen*. Das Reitbauerngut hat etwa einhundertzehn Hektar, davon werden zwanzig Hektar landwirtschaftlich, die Hauptfläche wird jagdlich genutzt. St. Pankraz liegt zwischen dem Toten Gebirge und dem Sengsengebirge. Das Tal ist eng, und es wird noch durch die fast zwanzig Meter tiefe Schlucht des

Teichlflusses geteilt. Um von der Bundesstraße und dem Ortskern von St. Pankraz auf der anderen Seite zum Reitbauerngut herüberzugelangen, muß man einen in den Konglomeratfelsen geschlagenen, sehr abschüssigen Weg nehmen. Die uralte Holzbrücke über die Teichl ist erst vor wenigen Jahren durch eine Stahlbetonbrücke ersetzt worden. Die Landwirtschaft des Reitbauernguts besteht aus etwa zwei Dutzend Milchkühen, den entsprechenden Weiden und Futterwiesen, aus Kartoffelfeldern sowie einem großen Gemüsegarten neben dem Stall. Meine Mutter führt die Milchwirtschaft allein. Mein Vater kommt nur im Winter, wenn der Straßenbau jahreszeitlich bedingt eingestellt ist, für längere Zeit, im Sommer nur tageweise nach Hause. Die Feldarbeit erledigt mein Bruder. Mein Vater hat die Berufsjägerprüfung abgelegt. Im Winter füttert er, während der Jagdsaison führt er die Jagdgäste durch das Revier. Dem Einfluß der Besitzer gemäß weist der Abschußplan für das an sich kleine Revier immer zwei Hirsche und zwei Gamsböcke auf. Obwohl Sprengmeister, ist mein Vater im höchsten Maß naturliebend. Ich weiß nicht, was er in dem kleinen Haus in Spital am Pyhrn machen wird, wenn er es hergerichtet haben wird. Als ich ihn bei einem meiner seltenen Besuche darauf ansprach, sagte er, er wolle nicht so enden wie der Pächter Baumschlager. Der Pächter Baumschlager hatte sich kurz nach dem Zweiten Weltkrieg im Kartoffelkeller erhängt. Er hatte damit gerechnet, daß nach dem Tod des damaligen Familienoberoberhaupts der Muraus, der Herren von Wolfsegg, das Reitbauerngut an ihn fallen würde. Keiner weiß, aus welchen Quellen sich seine Wunschvorstellungen speisten. Natürlich war das Reitbauerngut nur ein winziger, unbedeutender Bestandteil der riesigen Ländereien der Muraus, es geht die Sage, ein Familienmitglied habe es beim Spiel gewonnen, doch es bestand keinerlei Veranlassung, den Außenposten einem Pächter zukommen zu lassen, wenn dieser auch mehr für den Besitz getan hatte, als seine Pflicht gewesen war. Das im achtzehnten Jahrhundert aus Flußsteinen erbaute Wohnhaus des Reitbauernguts wird zur einen Hälfte von der Herrschaft und zur anderen vom Pächter genutzt. Es sucht den Schutz des Hangs, der die landwirtschaftlichen Flächen unter dem Bergwald in zwei Stufen teilt. Der Eingang ist in der Mitte der Längsseite des Hauses, am Eckpunkt des von der Teichl herkommenden, im Winkel von neunzig Grad abbiegenden, wieder zur Teichl hinführenden Wegs. Die grün-weiß gestreifte Tür mit dem riesengroßen Türschloß aus dem achtzehnten Jahrhundert öffnet sich in eine große Diele. Zur Linken eine Stube, die der Herrschaft als Küche und als Eßzimmer dient, sie hat Zugang zur Terrasse an der Stirnseite des Hauses. Dahinter das nicht beheizbare Schlafzimmer meiner Eltern. Unmittelbar rechts neben dem Eingang die Holztreppe zum ersten Stock, davor geht es in unsere Stube, die mit der Küche verbunden ist, am Ende der Diele die Speise. Im ersten Stock wiederholt sich die große Diele. Linker Hand das herrschaftliche Wohnzimmer und das herrschaftliche Bad, rechts von der Treppe das Schlafzimmer der Herrschaft, um die Treppe herum das nicht beheizbare Kinderschlafzimmer. In dem nicht mehr als vier Betten Platz haben. Der Altersunterschied führte dazu, daß niemals mehr als fünf von uns gleichzeitig im Haus schliefen, das fünfte nächtigte auf dem Diwan neben dem Kachelofen in der Stube. Meine Mutter verwahrte die Schlüssel zu den Zimmern der Herrschaft an einem Ort, den sie vor uns geheimhielt. Die Zimmer der Herrschaft sind mit wertvollen bemalten Bauernmöbeln aus dem vorigen Jahrhundert eingerichtet. Meine Mutter erzählte, die Gnädige suchte kurz vor meiner Geburt alle Bauernhöfe der Gegend auf, auch die entlegensten, und kaufte den Bauern die schönsten alten Möbel ab. Es war die Zeit, in der die Bauern miteinander wetteiferten, die modernste Küche zu besitzen, und sie fand die prächtigsten Kästen und Truhen nicht in den Wohnhäusern der Bauern, sondern in deren Heuschobern. Neben den Bauernmöbeln hatte die Gnädige ihre Zimmer mit Heiligenbildern und Heiligenfiguren ebenfalls aus der Umgebung geschmückt. Seit ich mich erinnern kann, wurde in den Zimmern der Herrschaft niemals etwas verändert. Die Gnädige kam in unregelmäßigen Abständen, nicht häufiger als drei- oder viermal im Jahr, und sie blieb nicht länger als eine Woche. Sie begrüßte uns alle mit Handschlag, verwechselte jedoch grundsätzlich die Namen meiner Schwestern und später die Namen von deren Kindern. Zwischen der augenfälligen Ankunft und der niemals angekündigten Abreise beschränkte sich der Umgang zwischen der Gnädigen und meiner Familie auf die notwendigen Haushaltsdienste. Sie empfing niemanden. Weder der Bürgermeister noch der Pfarrer waren jemals im Reitbauerngut. Wenn sie allein war, verließ sie ihr Wohnzimmer nur zum Einnehmen der bei uns bestellten Mahlzeiten und zu kurzen Spaziergängen. Wenn sie in Begleitung des italienischen Priesters war, unternahm sie längere Wanderungen im Revier und Ausflüge nach Kremsmünster und St. Florian. Als ich alt genug war, fiel mir die Aufgabe zu, die Einserhütte vorzubereiten. Die Einserhütte ist eine kleine, mit roten Eternitschindeln verkleidete Jagdhütte an der Grenze der zum Reitbauerngut gehörenden Jagd. Wenn man den steilen Jägersteig nimmt, benötigt man eine dreiviertel Stunde dorthin. Die Einserhütte ist auch über einen Bringungsweg erreichbar, der über zwei angrenzende Reviere führt, auf dieser Route benötigt man eineinhalb Stunden. Die Jagdgäste waren meist kleine Beamte aus Linz oder Wels, die den Muraus in irgendeiner den Hauptbesitz betreffenden baurechtlichen, forst- oder wasserwirtschaftlichen Genehmigungsangelegenheit einen Gefallen erwiesen hatten oder noch erweisen sollten. Die Jagdgäste saßen an und schossen unter Anleitung meines Vaters. Die Jagdgäste benützten die Hütte nie. Die Gnädige liebte die Jagdhütte wegen des Ausblicks, der sich von dort aus bot. Die Hütte liegt auf der Kuppe eines Wiesenhangs, von dem aus man nahezu das ganze Tal überblicken kann. Meine Aufgabe bestand darin, die Hütte zu beheizen und eine Jause bereitzuhalten, meist Speck- und Käsebrote sowie ein paar Flaschen Bier. Ich wartete oft vergebens auf Muraus Mutter und ihre Begleitung. Sie hatte jedoch ausdrücklich offengelassen, ob sie tatsächlich kommen würde oder nicht. Insbesondere wechselndes Wetter war dafür verantwortlich, daß ich nach vergeblichem Warten in den Abend hinein häufig auch die Nacht in einem der Stockbetten der Einserhütte verbrachte. Die Gnädige nahm zwar keinen Anteil für die Jagd, sehr wohl jedoch für die Wirtschaft. Sie überprüfte die Abrechnungen meines Vaters, leitete die bescheidenen Holzverkäufe in die Wege und genehmigte die Investitionen, soweit sie mein Vater von deren Notwendigkeit hatte überzeugen können. So wurde im Lauf der Jahre der Stall fast vollständig erneuert und mit einem modernen Anbau versehen, der die landwirtschaftlichen Geräte beherbergte, und es wurde ein neuer Holzweg gebaut, der die Teile des Forsts erschloß, die bislang nicht genutzt werden konnten, weil die Bringung des geschlägerten Holzes zu teuer gewesen wäre. Die wichtigste Neuerung war das Bad. Unser Bad. Die Gnädige entlohnte uns immer großzügig und beschenkte uns zu Weihnachten reichlich. Die Pakete kamen von einem Versandhaus und enthielten Haushaltsgeräte, Wäsche und Bekleidung sowie für mich und meine Geschwister das einzige Spielzeug, das wir je besitzen sollten. Aber sie wehrte sich jahrelang gegen das Bad. Wir hatten kein Bad, und natürlich durften wir das Bad der Herrschaft nicht benutzen. Wir wuschen uns in der Küche, an der Spüle, und unsere Toilette war auf der Diele, unmittelbar neben dem Eingang. Erst nach langem Bitten gestattete die Gnädige den Einbau eines Bads im hinteren Teil der Küche. Mein Vater mußte das Material beschaffen, seine Arbeit wurde nicht bezahlt. Manchmal ging Muraus Mutter ins Dorf. Sie nahm regen Anteil für die bekannte Beziehung der Frau des örtlichen Gendarmen zum Glöcklbauern. Der Glöcklbauer war nicht nur der reichste Bauer im Dorf, sondern auch der intelligenteste. Er war im Zweiten Weltkrieg erfolgreicher Stuka-Pilot gewesen. Wenn er im Wirtshaus zum Niesl vom Krieg erzählte, gab es an den Nebentischen keine Unterhaltung mehr. Den Gendarmen dagegen konnte man in seiner ganzen Schmächtigkeit und Kürze nur als Zwetschkenmännchen bezeichnen. Es war allen ein Rätsel, wie ausgerechnet er zu dieser Frau gekommen war, die wie keine andere die dörfliche Wunschvorstellung von Erotik verkörperte. Sie war stark, aber wohlproportioniert und vor allem mit einem bewundernswerten Dirndl-Dekolleté gesegnet, das besonders vorteilhaft zur Geltung kam, wenn sie sich mit den anderen Dorfbewohnern aus ihrem Küchenfenster herausgelehnt unterhielt. Sie betrieb eine kleine Gästepension. Laut Grundbuch gehörte das Haus zu gleichen Teilen ihr und ihrem Mann. Die Pension war ein Neubau, es hieß, der Glöcklbauer habe das Kapital aufgebracht. Wie alle anderen wußte auch die Frau des Glöcklbauern von der Liaison. Sie verließ niemals den Hof. Sie kümmerte sich jedoch auch nicht um die Wirtschaft, sondern las den ganzen Tag Heftromane. Der Sohn hatte nie die Absicht gehabt, den Hof zu übernehmen, er hatte sich früh mit seinem Vater überworfen und lebte in Wien. Keiner, auch nicht sein Vater, wußte wovon. Der Glöcklbauer übergab den Hof später an seinen Schwiegersohn. Ich weiß nicht, auf welche Weise und von wem Muraus Mutter von der Verbindung der Frau des Gendarmen mit dem Glöcklbauern erfahren hatte. Jedenfalls vermittelte sie der Frau des Gendarmen Sommergäste. Mir ist nicht bekannt, ob sie jemals den Glöcklbauern kennengelernt hat. Den Gendarmen kannte sie. Der trank. Nicht nur im Wirtshaus, während der Liebhaber seiner schönen, üppigen Frau sich mit dieser vergnügte. Sondern auch im Dienst. Alle wußten es, doch niemand nützte das Wissen aus. Man befürchtete, anstelle des Gesetzes würde sich der Glöcklbauer denjenigen vornehmen, der es wagen wollte, seine Idylle zu stören. Das Dorf konnte sich nicht genug darüber wundern, warum es zu keinen Weiterungen für den traurigen Gendarmen kam. Er wurde zwar nie befördert, aber auch nie gemaßregelt. Jahre später verriet mir der Bürgermeister, daß Muraus Vater, der den Gendarmen nicht kennengelernt haben konnte, sich an allerhöchster Stelle, beim damaligen Landeshauptmann, für den traurigen Gendarmen verwendet hatte. Die Gewohnheit, die Einserhütte vorzubereiten, behielt ich auch bei, während ich in Kremsmünster die Schule besuchte. Das hatte sich so ergeben. Ich kam mit zehn Jahren in das Stiftsinternat und litt nach kurzer Zeit – ich hatte vorher niemals auch nur eine Nacht außerhalb des Reitbauernguts verbracht – unter solchem Heimweh, daß ich weglief. Am

Tag nach meiner Heimkehr, am Tag, nach dem mich mein Vater hart geschlagen hatte, traf auch Muraus Mutter ein. Sie ließ mich zu sich kommen. Sie erwähnte mit keinem Wort mein Ausreißen. Sie bat mich, an den nächsten Tagen immer die Jause auf die Einserhütte zu bringen. Am dritten Tag kam sie dann. Auch bei dieser Gelegenheit sprachen mich weder sie noch der italienische Priester auf mein Ausreißen an. Erst als sie sich verabschiedete, bat sie mich, nach Kremsmünster zurückzukehren. Sie versprach, der italienische Priester werde dafür sorgen, daß ich jedesmal dann, wenn sie ins Reitbauerngut komme, aus dem Internat genommen werden dürfe, um ein paar Tage zu Hause zu verbringen. So könne ich auch in Zukunft die Einserhütte vorbereiten. Sie komme nicht so oft, die wenigen Tage, die ich dadurch versäumte, könne ich, so schnell, wie ich lernte, ohne Schwierigkeiten nachholen. Ich kehrte nach Kremsmünster zurück, und es geschah alles so, wie sie gesagt hatte –

ZIEL

Prof. Dr. h. c. mult. Johannes Stumpfegle
Matthias Fegelein
Rechtsanwälte

Herrn
Dr. Georg Voigtländer 23.2.1989

Sehr geehrter Herr Dr. Voigtländer,

am heutigen Tag fand in unserer Kanzlei die Ihnen angekündigte Besprechung zwischen Ihrem Onkel, Heinrich Voigtländer, Ihrem Vetter, Friedrich Voigtländer, und mir statt.

Ich habe beiden Herren den Inhalt der letzten Unterredung zwischen Ihnen und mir in unserer Kanzlei mitgeteilt. Sie hatten dabei ausgeführt, aufgrund der in der jüngsten Zeit mit Ihrem Vetter geführten Gespräche sowie in Anbetracht von dessen Verhalten im Unternehmen seien Sie zu der festen Überzeugung gelangt, daß Ihr Vetter die für eine unternehmerische Tätigkeit notwendigen fachlichen und persönlichen Voraussetzungen nicht mitbringe und daß Sie deshalb darauf bestehen müßten, in Ihrer unternehmerischen Entscheidungsfreiheit durch die Einräumung eines Stimmrechts von 51% bestärkt zu werden. Bei zu erwartender Ablehnung dieser Forderung würden Sie es vorziehen, von den bereits ausgehandelten Verträgen Abstand zu nehmen. Sie schlagen vor, eine GmbH & Co KG zu gründen, an der – entgegen der bisher vorgesehenen Regelung – auch die Töchter Ihres Onkels beteiligt sein könnten. Ihr Onkel und

Sie sollen als Geschäftsführer der GmbH in das Handelsregister eingetragen werden, wobei Ihr Onkel diese Tätigkeit nicht auszuüben brauche; er könne Ihren Vetter zur Vornahme aller Handlungen bevollmächtigen, die für die tatsächliche Geschäftsführung erforderlich sind. Sie lehnten es jedoch ab, daß Sie und Ihr Vetter gleichberechtigt als Geschäftsführer der GmbH tätig werden.

Nach gründlicher Aussprache bin ich durch Ihren Onkel beauftragt worden, Ihnen folgendes mitzuteilen:

Ihr Onkel ist damit einverstanden, daß die OHG baldmöglichst, auch unter Änderung der bisherigen Verhandlungsergebnisse, in eine GmbH & Co KG umgewandelt wird. Vorrangig ist hier der in allen bisherigen Besprechungen betonte Gesichtspunkt der Haftungsbeschränkung der beiden persönlich haftenden Gesellschafter.

Für Ihren Onkel ist jedoch ein weiterer, nicht minder wichtiger Leitgedanke der Umwandlung seine Ablösung in der Geschäftsführung durch seinen Sohn. Ihr Onkel besteht darauf, daß Sie und Ihr Vetter zu gleichberechtigten Geschäftsführern ernannt werden.

Auf dieser Grundlage können die weiteren Gespräche über eine zweckmäßige Vertragsgestaltung für die GmbH & Co KG entweder wie bisher in der Kanzlei von Dr. Krapp oder in unserer Kanzlei geführt werden.

Mit freundlichen Grüßen

Matthias Fegelein

FLÜGEL

In Muraus Aufzeichnungen heißt es, er sei nach der Unterredung mit seinem Schüler Gambetti, mit dem er sich auf dem Pincio getroffen hatte, aus Begeisterung über die hohe Intelligenz seines Schülers sowie in dem Gedanken, schon lange hier und nicht mehr in Österreich zu Hause zu sein, gegen seine Gewohnheit, *gleich durch die Via Condotti auf die Piazza Minerva zu gehen, über die Flaminia und die Piazza del Popolo, den ganzen Corso entlang* in seine Wohnung gegangen. Die Piazza del Popolo, der Largo Carlo Goldoni und die Piazza di Spagna bilden ein annähernd rechtwinkliges Dreieck mit dem rechten Winkel beim Largo Carlo Goldoni, der Via del Corso sowie der Via dei Condotti als Katheten und der Via del Babuino als Hypotenuse. Der kürzeste Weg vom Piazzale Napoleone I zur Piazza della Minerva führt über die Via del Corso. Vom Piazzale Napoleone I über die Piazza del Popolo und die Via del Babuino oder über den zur Via del Babuino in der Höhe parallel verlaufenden Viale Trinità dei Monti zur Piazza di Spagna und durch die Via dei Condotti zur Piazza della Minerva zu gehen bedeutet, den längeren Weg zu nehmen. Die Via Flaminia stellt die Verlängerung des Corso über die Piazza del Popolo hinaus dar. Der in den Piazzale Flaminio einmündende Viale del Muro Torto schließt den Park der Villa Medici ab. Es ist nicht möglich, vom Piazzale Napoleone I aus den Viale del Muro Torto zu überqueren und über das Gebiet der Villa Ruffo auf die Via Flaminia zu gelangen. Der Weg vom Pincio über die Piazza del Popolo zur Piazza Minerva ist nur dann der längere, wenn Murau und Gambetti vor dem Hotel Hassler und nicht auf dem Piazzale Napoleone I auseinandergingen. Aber Murau schreibt, daß er erst über die Flaminia, dann über die Piazza del Popolo und schließlich über den Corso in seine Wohnung ging, also die Straßen in der genau entgegengesetzten Reihenfolge zu derjenigen nahm, in der er sie hätte nehmen müssen, wenn er sich von Gambetti vor dem Hassler verabschiedete. Eine solche Übung würde die Erwähnung der Flaminia vollends unverständlich machen. Was veranlaßte Murau, den Nachhauseweg, den er am Tag der Benachrichtigung vom Tod seiner Eltern und seines Bruders genommen hatte, als den längeren darzustellen? Selbst der flüchtigste Blick auf den Stadtplan zeigt, daß der Weg vom Piazzale Napoleone I zur Piazza Minerva über den Viale Trinità dei Monti oder über die Via Babuino sowie über die Via Condotti länger ist als derjenige über den Corso. Kann jemand, der die Verhältnisse nicht auf dem Stadtplan nachvollzieht, durch die Erfahrung des Gehens den Eindruck gewinnen, der Weg über den Corso sei länger als der Weg über die Via Babuino oder über den Viale Trinità dei Monti und über die Via Condotti? War ein Grund dafür denkbar, daß der Verfasser der Aufzeichnungen dem Leser glauben machte, er sei überzeugt, der Weg über die Via Condotti sei der kürzere, obwohl er wußte, er war es nicht?

»Über mir steht die brennende Gaskugel. Die Muskeln meiner Beine spannen und entspannen derart, daß meine Beine Schritte machen. Die Stufe unter dem Fuß, den ich jeweils auf die Oberfläche der Erde setze, bietet der Sohle meines Schuhs mit derselben Kraft Widerstand, mit der die Anziehungskraft der Erde meinen Körper auf jenem Teil ihrer Oberfläche festhält, der auf dem Stadtplan als Scala di Spagna bezeichnet ist. Die Sonnenstrahlen knallen mit einer Geschwindigkeit von mehr als dreihunderttausend Kilometern pro Sekunde durch meine Linsen auf meine Netzhaut. Mein Herz schlägt über hundertzwanzigmal in der Minute. Unentwegt wachsen die Haare aus meiner Kopfhaut. Ich sauge in kurzen Abständen Teilchen aus dem mich umgebenden Gasgemisch ab, befördere sie mit Hilfe meines Kreislaufs zu allen Partien meines Körpers, verbrenne sie dort, führe die Reste zurück und gebe sie wieder an meine Umwelt ab. Wenn von der Eingangstür des Hassler reflektierte Strahlen meine Netzhaut treffen, kommt es blitzschnell zu einer bestimmten Schaltung des Netzes von Gehirn- und angeschlossenen Nervenzellen, die zunächst das Spannen und Entspannen meiner Muskeln beschleunigt, um es schließlich übergangslos abbrechen zu lassen, wenn die Reflexionsquelle nur noch eine Armeslänge von mir entfernt ist. Die jetzt mein Trommelfell dehnenden Schallwellen haben keinen Einfluß mehr auf die sich nun anschließende Reihe von Schaltungen des Netzes von Gehirn- und Nervenzellen, die man auch Erinnerungen nennen könnte.«

Noch am Tag, an dem das Telegramm eintraf, das ihm den Unfalltod seiner Eltern und seines Bruders anzeigte, hatte Murau das Telefon abgemeldet und das Namensschild vom Briefkasten seiner Wohnung auf der Piazza Minerva entfernt. Murau hatte weder Gambetti noch irgend jemand anderen jemals in seine Wohnung mitgenommen. An seiner Wohnungstür war niemals ein Namensschild gewesen. Es bestand jedoch die Möglichkeit, Murau eine Nachricht am Empfang des Hassler zu hinterlassen. Das diensttuende Personal setzte ihn jeweils über die Existenz einer Nachricht in Kenntnis, ohne ihm mitzuteilen, wann sie entgegengenommen wurde, wer ihr Urheber war oder gar, worin ihr Inhalt bestand. Es blieb ihm überlassen, wann er sich mit den näheren Umständen und dem Inhalt der Nachricht befaßte. Er ließ wiederholt mehr als eine Woche verstreichen, bevor er eine Nachricht engegennahm. Aus diesem Verhalten sei ihm nie ein Schaden oder auch nur eine Unbequemlichkeit entstanden. Was ihm der Anwalt seines Vaters habe ausrichten lassen, sei sowieso nicht wichtig gewesen, und was ihm seine Freunde ausrichten ließen, habe sich meist von selbst erledigt.

Während Murau an den Empfang ging, wartete ich in der Mittagswärme vor der Eingangstür des Hassler. Gambetti hatte Murau gefragt, ob er sich nach dem Karneval seltener hier aufhalten werde. Oder häufiger oder gar nicht mehr. Murau hatte ihm darauf erzählt, daß er bei seinem letzten Heimataufenthalt vor dem Unfalltod seiner Eltern und seines Bruders einen Abstecher nach Deutschland gemacht hatte, um sich die im Lenbachhaus in München hängenden Landschaftsbilder der örtlichen Maler vom Anfang des Jahrhunderts anzusehen. Es war ein Wochentag, er war nahezu allein im Museum. Nach dem Verlassen der Ausstellungsräume wollte er einen Bestandskatalog kaufen. Die Kasse war jedoch nicht besetzt. Vor der Kasse stand ein kleiner, untersetzter Mann in einem graugrünen, an Hosenbeinen und Ärmeln schmutzigen Anzug. Der Mann hatte gelblich weiße, kragenlange Haare und war unrasiert, er trug einen braunen Wollschal um den Hals, so daß nicht zu erkennen war, ob er eine Krawatte trug oder nicht. Er hielt eine Zeichenmappe unter dem Arm. Als die Kassiererin zurückkehrte, sagte der Mann höflich und deutlich, er möchte zu Doktor Zweite. Ohne ihn anzusehen, fragte die Kassiererin den Mann, ob er einen Termin bei Herrn Doktor Zweite habe. Der Mann hatte keinen Termin. Er komme in einer für ihn sehr wichtigen Angelegenheit, die Kassiererin möchte bitte im Sekretariat von Herrn Doktor Zweite nachfragen, vielleicht könne dieser fünf Minuten erübrigen, um ihn zu empfangen. Wie der Mann sprach, war zu erkennen, daß ihm Zähne fehlten. Es mache ihm nichts aus zu warten, sollte Herr Doktor Zweite nicht gleich frei sein. Die Kassiererin entgegnete, ohne sich nach seinem Namen zu erkundigen und wieder ohne ihn anzublicken, wenn er keinen Termin bei Herrn Doktor Zweite habe, könne sie ihn nicht anmelden. Der Mann wiederholte sein Anliegen beherrscht, jedoch mit zitternder Stimme. Die Kassiererin erhob sich wortlos, um etwas im Hintergrund ihres Gelasses zu erledigen. Wieder auf ihrem Stuhl, sagte sie zu dem Bittsteller, er solle den Platz für die anderen Kunden räumen. Der einzige andere Kunde war Murau. Der Mann in dem graugrünen Anzug gab zurück, er habe eine höfliche Frage gestellt, sie habe nicht dergleichen getan, sie beachte ihn gar nicht, er werde sich bei Doktor Zweite über sie beschweren. Die Kassiererin entgegnete, er werde bei Doktor Zweite gar nichts, er solle endlich den Platz räumen. Der Bittsteller redete nun mit immer höherer und immer undeutlicher werdender Stimme auf die Kassiererin ein. Er habe Blätter, die Doktor Zweite unbedingt sehen müsse. Er kenne Doktor Zweite schon sehr lange. Doktor Zweite werde sie zur Rechenschaft ziehen, wenn er erfahre, sie lasse ihn nicht vor und verhindere, daß er seine Blätter zu Gesicht bekomme. Darauf schloß die Kassiererin die Glasdurchreiche. Als der Mann sah, daß die Kassiererin aufstand und ging, wollte er sich mit einer plötzlichen Bewegung abwenden. Dabei trat er auf einen auf dem Boden liegenden Hochglanzprospekt einer Galerie, rutschte aus und fiel hin. Obwohl der Mann fast aus dem Stand hinschlug, lag er für einen Augenblick – so hatte es Murau Gambetti berichtet – fast waagrecht seitlich in der Luft. Und es schien, als wehten seine Anzugschöße und Ärmel im Luftzug.

Murau fragte den Mann, ob er sich etwas getan hatte, aber der Mann schüttelte den Kopf und richtete sich schon wieder auf. Murau verließ sofort das Museum. Am Tor des Museumsgartens holte ihn der Mann in dem graugrünen Anzug ein. Er wisse, warum man ihn so behandle. Er wisse es, obwohl niemand es ihm sage. Er kenne den Grund ganz genau. Er hatte vor Jahren die CSU wegen Verbrechens gegen die Menschenwürde angezeigt. Im Zusammenhang mit der Straußschen Südafrikapolitik. Seine Anzeige war ohne Verhandlung niedergeschlagen worden. Natürlich sei auch die Justiz von der CSU unterwandert. Man sei unglaublich geschickt vorgegangen. Er habe mit unmittelbaren Repressalien gerechnet, die jedoch ausgeblieben seien. Doch wolle seither niemand mehr etwas mit ihm zu tun haben. Es sei nicht Doktor Zweites Schuld. Auch Doktor Zweite müsse tun, was die CSU befehle. Murau brachte kein Wort heraus. Er ging weiter, er hörte die Schritte des Abgewiesenen hinter sich, und er hatte Angst, der Mann werde ihn erneut ansprechen und ihm seine Blätter zeigen wollen. Vor einer Farbenhandlung gelang es ihm schließlich, ein Taxi anzuhalten. Er ließ sich unmittelbar zum Hauptbahnhof fahren, wo er den nächsten Zug nach Italien nahm. Sein Reisegepäck ließ er sich nachschicken. Im Zug schwor Murau, nie wieder seinen Fuß auf deutsche Erde zu setzen. Er dankte Gott dafür, daß er die Blätter des Mannes nicht hatte ansehen müssen. Er sei nah daran gewesen, im Zug ebenfalls zu schwören, nicht nur Deutschland, sondern auch Österreich und die deutschsprachige Schweiz für immer zu meiden. Nie wieder einen Ort zu besuchen, an dem die deutsche Sprache gesprochen werde. Die Kassiererin sei unhöflich gewesen. Aber es sei nicht ihre Schuld gewesen, daß der Mann fiel. Die Menschen hätten überall schreckliche Träume. Die deutsche Sprache, nur die deutsche Sprache, keine andere Sprache der Welt bringe die Menschen dazu, auch die entsetzlichsten Träume zur Wirklichkeit zu machen. Natürlich war Murau froh, diesen Schwur nicht getan zu haben, er hätte sich lächerlich gemacht, ihn bei der erstbesten Gelegenheit, beim Tod seiner Eltern und seines Bruders, zu brechen. Murau hatte die Verwaltung des väterlichen Besitzes dem Mann seiner jüngeren Schwester übertragen. Dem Schwager fehlten jegliche fachliche Voraussetzungen, einen land- und forstwirtschaftlichen Besitz zu führen. Der Welser Rechtsanwalt seines Vaters, der seinen Schwager überwachte, hatte genausowenig Ahnung von Land- und Forstwirtschaft. Aber es war Murau nicht möglich gewesen, länger zu bleiben, als es die Beerdigung seiner Eltern und seines Bruders unbedingt erforderte.

Wie Murau einmal mit Gambetti über Kafka gesprochen hatte, den Versicherungsbeamten, den einzigen, der nicht wie ein Beamter geschrieben habe, hatte Murau gesagt, man könne von Kafka für das Leben lernen wie von keinem anderen Dichter. Kafka habe seine Zukunft gestaltet, indem er genau die Welten beschrieben und niedergeschrieben habe, in denen er nicht habe leben wollen. Kafka sei mit dieser Vorgehensweise äußerst erfolgreich gewesen. Es gebe ein breites Sortiment von Unglücksarten, das Kafka erspart geblieben sei. Das Unglück, welches Kafka tatsächlich getroffen habe – sowohl dasjenige, welches ihn immer wieder getroffen habe, als auch dasjenige, welches sein Leben beendet habe –, entspreche genau demjenigen, das er sich immer gewünscht habe. Nichts anderes als die Einengung der Klasse der insgesamt möglichen Unglücksarten sei Kafkas Antrieb zum Schreiben gewesen. In dem Maß, in dem er zum Ende seines Lebens hin feststellen konnte, daß seine Vorgehensweise erfolgreich war, hätten die Zeugnisse derselben für ihn die Bedeutung verloren, so daß er seinen Freund Max Brod anwies, sie nach unwiderruflich erfolgreich beendetem Leben der guten Ordnung halber zu vernichten. Gambetti: So nur Murau. Gambetti glaubte, daß Murau versuchte, nach diesem Vorbild die Zukunft zu gestalten, indem er sich planmäßig genau das vorstellte und äußerte, von dem er wollte, daß es nicht geschieht. Wenn Murau schwor, nie wieder nach Deutschland zu kommen, so zeigte dies nur seine Angst zu sterben, ohne vorher noch einmal, warum auch immer, Deutschland aufgesucht zu haben. Wenn er die Absicht kundtat, er wollte nicht auf den väterlichen Besitz zurückkehren, bevor er nicht eine Entscheidung über diesen getroffen hatte, bedeutete das, er würde unter keinen Umständen eine endgültige Entscheidung über den väterlichen Besitz fällen, ohne ihn noch einmal in Augenschein zu nehmen und ohne noch einmal mit seinen Schwestern, mit dem Anwalt seines Vaters und sogar mit seinem Schwager zu sprechen. Was zum Ende herauskomme, wie der Lehrer unter Verwendung dieser Kunst-

griffe über sein Erbe verfügen werde, könne er, der Schüler, nicht vorhersagen.
Während wir die Spanische Treppe hinunterschritten, suchte Murau etwas in seinen Jackentaschen. Murau hatte einen schweren dunkelgrauen Anzug mit breiten Revers an, ein offenes weißes Hemd und einen weiß und grau gesprenkelten Wollpullover. Der Anzug war ohne Zweifel aus sehr gutem Stoff, jedoch schon oft getragen. Die Umschläge an den Hosenbeinen waren abgenutzt, man konnte nicht einmal im Ansatz Bügelfalten erkennen, und die Hosen waren so kurz, daß sie Murau unnötig klein erschienen ließen. Es war ein Anzug, den man zu dieser Jahreszeit in Österreich tragen konnte, der jedoch hier in Italien zu warm sein mußte. Seine Schuhe waren so schmutzig, als hätte er gerade in Österreich eine seiner Ländereien besichtigt. In einer Hosentasche fand Murau schließlich einen Zettel, warf einen kurzen Blick darauf und zerknüllte ihn dann. Er behielt den Zettel in der Hand, um ihn in den ersten Abfallbehälter zu werfen, den er in der Via Condotti sah.
In der Via della Scrofa fragte er mich, ob ich in Geschäften oder wegen ihm in die Ewige Stadt gekommen sei. Ich antwortete, meine Aufenthalte in der Ewigen Stadt könnten nur geschäftlich bedingte Kurzaufenthalte sein. Aber ich bliebe lange bei seinen Aufzeichnungen. Wir liefen nebeneinander, und Murau machte ein Geräusch, als ob er mich auslachte. Als ich ihn ansah, war jedoch keine Spur eines Lachens auf seinem Gesicht.
»Über den Platz Navona. Auf der ersten Stufe am Gitter der Kirche gegenüber dem Vier-Flüsse-Brunnen liegt ein Zusammengekrümmter. Danach in eine Gasse einbiegen, eine größere Straße überqueren, wieder in eine schmale Straße hinein. Vor einem Blumenstand. Gelbes und zartes Gewu-

cher in dichten Bündeln aus größeren eimerhaften Dosen, flammendes Rot in stufenförmigem Aufbau aus einer großen Gurkendose, eine aufgequollene, formlos fleischige blasse Frau, watschelnd. Tücher hängen um verquollenes Gewabbel, magere ältere Reinigungsmänner hantieren mit Besen zwischen den starren, leeren Holzgerippen der bereits abgeräumten Stände. Ein Wagen mit drei tiefen Blechtonnen, aus denen Reisiggestrüppe an Stielen herausschauen. Das Pflaster des Platzes feucht und überspült. Ein noch offener Fleischstand mit Würsten und an Haken aufgehängten ausgetropften Fleischstücken. Ringsum an den Fenstern bleiche grünliche Unterwäsche, Schlüpfer und tropfende Büstenhalter. Im Lauf der Zeit zusammengestückelte und gestapelte Zimmer, dazwischen steile, leere Flächen, überall lehmige, ausgelaugte Farbe. Am Verbrennungsplatz mit der geschmacklosen und billigen Statue aus dem neunzehnten Jahrhundert ein Leser. Er liest ein Comic-Heft. Wo eine Gedankenordnung sich in schäbige Riten kleidete, um andere Gedankenordnungen auszulöschen, wo Därme und feinste Zellkombinationen verschmorten, wo Bewußtsein verkohlt und pulverisiert werden sollte, wo lautlos Gewebe schrie, treten jetzt Fix und Foxi und Lupo auf. Und abends die Streuner, blasen wirr Flöte und Mundharmonika, trommeln auf Blechdosen Urwaldrhythmen, monotones Gehämmer, für nichts und niemanden, sinnloseste Betätigung, und verbrennen Pappkartons. Wozu sich mit den klassischen Säulenordnungen abgeben. Wenn es hier wie überall auf der Welt genügt, die deutsche Sprache zu sprechen und sie mit Hilfe einer Reiseschreibmaschine niederzuschreiben. Wenn man nur noch eine Kamera, ein paar Schwarzweißfilme, ein Stapel Postkarten, beliebige einheimische Zeitungen und Zeitschriften sowie eine Schere

und etwas Klebstoff benötigt. So, daß die mit Säulen und Brüsten beklebte Reiseschreibmaschinenniederschrift nicht nur den späteren Kritiker beziehungsweise Betrachter, sondern auch den früheren Verfasser zu Tränen rührt. – Dichtung ist Erfahrung von Dichtung. Wenn es etwas gibt, was ich meinem Schüler vermitteln will, dann ist es, daß Dichtung Erfahrung von Dichtung ist. Die Erfahrung von Dichtung ist keine sinnliche Erfahrung. Die Erfahrung von Dichtung ist eine Form des Erlebens von Ordnung. Die Erfahrung von Dichtung ist eine geordnete Form des Erlebens von Ordnung. Die Erfahrung von Dichtung ist eine Form des Erlebens der Ordnung der möglichen Abbildungen der Ordnung des Erlebens auf die Ordnung des Erlebten. – Nur wenn die Erfahrung von Dichtung etwas anderes wäre als eine Form des Erlebens von Ordnung, wäre der Urheber der Reiseschreibmaschinenniederschrift ein Dichter.«
Murau sprach abgehackt und völlig arrhythmisch. Jedem seiner Sätze war das Bemühen anzumerken, sich möglichst genau auszudrücken, und zugleich das Bewußtsein, daß ihm das nie in dem von ihm für wünschbar gehaltenen Ausmaß gelingen würde. Aber auch die Überzeugung, was ihm nicht gelang, konnte jemand anderem erst recht nicht gelingen. Seine Sprechweise stand im größten Gegensatz zu der Melodik und der Rhythmik seiner Aufzeichnungen.
»Es kommt nicht darauf an zu erklären, was Dichtung ist. Was Malerei ist. Was Musik ist. – Ein Buch, das in der Einleitung und unter der folgenden Überschrift *Erleben und Ausdruck* in dieser Reihenfolge anführt: Grünewalds *Kreuzigung Christi* am Isenheimer Altar, Wilhelm Raabes Roman *Der Schüdderump*, eine Aufführung des *Fidelio* unter der Leitung von Eugen Jochum, einige Zeilen aus Goethes *Willkommen und Abschied*: *Der Abend wiegte schon die*

Erde, / Und an den Bergen hing die Nacht: / Schon stand im Nebelkleid die Eiche, / Ein aufgetürmter Riese, da, / Wo Finsternis aus dem Gesträuche / Mit hundert schwarzen Augen sah. / Der Mond von einem Wolkenhügel / Sah kläglich aus dem Duft hervor, / Die Winde schwangen leise Flügel, / umsaus'ten schauerlich mein Ohr, Amiens' Gesang in Shakespeares *As You Like It (II, 7): Blow, blow, thou winter Wind, / Thou art not so unkind / As man's ingratitude; / Thy tooth is not so keen, / Because thou art not seen, / Although thy breath be rude. / ... / Freeze, freeze, thou bitter sky, / that dost not bite so nigh / As benefits forgot; / Though thou the waters warp, / Thy sting is not so sharp / As friend rememb'red not,* Theodor Storms *Gedicht über die Heide: Über die Heide hallet mein Schritt; / Dumpf aus der Erde wandert es mit. / Herbst ist gekommen, Frühling ist weit – / Gab es denn einmal selige Zeit? / Brauende Nebel geisten umher, / Schwarz ist das Kraut und der Himmel so leer. / Wär' ich hier nur nicht gegangen im Mai! / Leben und Liebe – wie flog es vorbei! / Der kognitive Wert äußerer Beobachtungen ist unbestritten*, Picassos Bild *Guernica*, die Zeilen von C. Brentano: *O Stern und Blume, Geist und Kleid, / Lieb, Leid und Zeit und Ewigkeit*, Rubens' *Urteil des Paris* und den *Tanz italienischer Bauern* (Madrid, Prado), seine *Löwenjagd* (München, Alte Pinakothek), Botticellis *Verkündigung* (1489/90, Florenz, Uffizien), Heinrich von Kleists *Zerbrochenen Krug*, den Monolog Hamlets in der 3. Szene des III. Aktes von Shakespeares Tragödie, Rembrandts *Judenbraut* (Amsterdam, Reichsmuseum), Vermeers *Perlenwägerin* (Washington, National Gallery of Art), Jan Davidsz de Heems *Blumenstrauß in gläserner Vase*, *Kruzifix und Totenkopf* (München, Alte Pinakothek), Dürers Kupferstiche *Melencolia* und *Herku-*

les am Scheidewege, van Goghs – endlich – *Ernte* (1889, Amsterdam, Reichsmuseum), Vermeers *Konzert zu dritt* (Boston, Isabella Stewart Gardner Museum), Dirck van Baburens *Bei der Kupplerin* (im vorigen Bild) – kann sich der Mann nicht auf ein Museum beschränken! – Alles im Universum kann zum dichterischen, malerischen oder musikalischen Zeichen erklärt werden. Alles im Universum kann zum dichterischen, malerischen oder musikalischen Gegenzeichen erklärt werden. – Natürlich war der Urheber der Reiseschreibmaschinenniederschrift ein Dichter. Natürlich ist der Mann, der sich mit dem kognitiven Wert äußerer Beobachtungen befaßt, ein Philosoph, sein Buch eine ästhetische Abhandlung.«

So Murau.

Am Abend hatte ich mich mit Gambetti verabredet. Ich war überrascht, ihn in der Gesellschaft einer Frau zu finden. Die beiden saßen an einem Tisch in der ersten Reihe des Caffè Rosati und blickten auf die Piazza del Popolo, die noch von einem kurzen Platzregen naß war. Der einzige freie Stuhl stand mit dem Rücken zur Straße, so daß mir nichts anderes übrigblieb, als der Unbekannten die Sicht auf die Piazza del Popolo zu nehmen.

»Als ich ihm sagte, daß ich ihn jetzt unwiderruflich verlassen würde, sagte er, er werde alles genau so aufschreiben, wie es sich wirklich abgespielt habe. In seinem Stil natürlich. Bis auf den Schluß. Auf der letzten Seite werde er schreiben, als wir endlich – ich weiß nicht mehr, ob er *endlich* sagte oder nicht – wieder allein waren, da würden schnell ein paar Lügen gewechselt, ein paar Seufzer hervorgebracht, wir würden uns, einander in den Armen hängend, auch küssen und von Scheidung sollte nicht mehr die

Rede sein. Wir hingen einander nicht in den Armen, sondern er versuchte, mich daran zu hindern, daß ich meine ungebrauchte und meine Schmutzwäsche durcheinander in meine Reisetasche stopfte. Wir haben uns nicht geküßt, sondern er versuchte, mir zwischen die Beine zu langen. Es wurden keine Seufzer hervorgebracht, denn ich war so erregt, daß ich nur noch schreien konnte. Es wurden keine Lügen gewechselt, ich sagte ihm, daß ich ihn haßte, wie ich nie einen Menschen gehaßt hatte und wie ich nie geglaubt hätte, daß ich einen Menschen hassen könnte. Von Scheidung war tatsächlich nicht die Rede. Ich habe nicht gesagt, ich wolle mich scheiden lassen. Ich habe gesagt, ich würde endgültig nicht mehr zu ihm zurückkehren.«

Die Frau hatte knapp schulterlanges, in einem tiefen Herrenscheitel gekämmtes, fülliges natürliches blondes Haar und grüne Augen. Ihre Nase war groß und fleischig. Die rechte Pupille stand weiter innen als die linke. Sie hatte ausgeprägte Backenknochen.

»Ich hatte es ihm auf der Fähre sagen wollen. Während der Überfahrt. Doch habe ich mich dann nicht getraut. Ich habe es immer wieder hinausgeschoben. Schließlich habe ich es ihm am Morgen unserer Abreise nach Cefalù gesagt. Beim Frühstück. Ich sagte, ich sei vielleicht schwanger. Er sagte, ohne irgendein Anzeichen der Bewegung oder Überraschung, er wolle das Kind nicht. Weil er neben mir und unserer Adriana noch ein dreijähriges uneheliches Kind, einen Jungen, Mario, habe, von dem ich bis jetzt nichts gewußt hätte und für den er ja gleichfalls aufkommen müsse.«

Die Erzählerin trug eine Art Husarenjacke mit dreiviertellangen Ärmeln, in der Taille und über der Büste eng geknöpft, den großen Kragen schwarz gesäumt, dazu einen leichten weiten Sommerrock mit einem Muster aus Rosen und Tulpen, jeweils eine, zwei oder drei Blumen zusammen, jede Blume in rot, blau und gelb, sowie mit schwarzen Punkten auf weißem Grund. Ein schwarzer Gummigürtel mit dem weißen Schriftzug – *SUD* – .

»Auf der Weiterfahrt ging die Kupplung kaputt. Wir mußten die Autostrada verlassen und gerieten immer tiefer in die Zona morta hinein. In einem Ort namens Dikaiarchaeia – das bedeutet *Stadt der Gerechten* – fand sich schließlich ein Meccanico, der unser Auto in eine Garage brachte und versuchen wollte, die Sache bis zum nächsten Morgen zu beheben. Wir bekamen im einzigen Gasthof am Ort ein Zimmer ohne Bad zu ebener Erde. Als wir unter den Augen der herumlungernden Jugendlichen, die den Platz vor dem Fenster bevölkerten, unser Zimmer bezogen, habe ich schließlich doch gefragt, wer Marios Mutter sei. Er antwortete, es gebe zu dieser Frau nichts zu sagen, zu erklären. Ich solle mir über seine Beziehung zu Marios Mutter nicht den Kopf zerbrechen. Es sei immer eine sehr lockere und zufällige Beziehung gewesen. – Er wird nicht schreiben, seine *Beziehung*. Er wird schreiben, seine *Beziehungen*. Er wird schreiben, er habe gesagt, ich solle mir über seine Beziehungen zu Marios Mutter nicht den Kopf zerbrechen. Er wird schreiben, wir hätten uns *stumm und erbittert, nein haßerfüllt angestarrt*. Ich habe ihn nicht haßerfüllt angestarrt, ich habe, wie schon den ganzen Tag, nur geweint. – Eine Ungeschicklichkeit, wie sie eben manchmal vorkomme. Marios Mutter sei eine ganz gewöhnliche, wenn vielleicht auch attraktive Frau. Es führe zu nichts, über eine so fest in der Welt verankerte Tatsache wie ein dreijähriges Kind nun Tränen zu vergießen. Er sagte: *Für mich existiert dieses Kind, da kannst du beruhigt sein, überhaupt nicht, für mich ist dieses Kind tot.*«

Die Erzählerin trank aus ihrem mit frischen Früchten garnierten Cocktailglas.

»Im Anschluß an das verspätete Mittagessen legten wir uns nieder, konnten jedoch beide nicht schlafen. Als wir einige Zeit so auf unseren Betten gelegen hatten, erhob er sich plötzlich, um die auf meinem Nachttisch liegende altertümliche elektrische Klingel zu betätigen. Es kam tatsächlich ein Zimmermädchen. Er befahl in seinem miserablen Italienisch, man solle dem Kustoden Bescheid sagen, wir wollten den Ort besichtigen. Beim Essen hatte uns ein des Deutschen mächtiger Sizilianer angesprochen, ob wir allein gekommen seien oder die Vorhut einer Reisegesellschaft bildeten. Er sei der hiesige Kustode, er wolle uns Dikaiarchaeia und seinen Turm zeigen. Er sprach Deutsch, weil er lange in Frankfurt gelebt hatte. Wir hatten ihn abgewiesen, worauf er sich, zu unser beider Erleichterung, ohne ein weiteres Wort zurückgezogen hatte. Ich sagte, mir sei schlecht und ich könne nicht mitgehen. Er sagte, entweder wir trennten uns sofort, auf der Stelle, oder ich müsse mit ihm Dikaiarchaeia und seinen Turm besichtigen. Er hatte nur eine Unterhose und ein Ringelhemd an, ich trug nur meinen Slip. Ich sagte, ich wolle nicht mitgehen. Er schrie mich an, ich solle mich anziehen. Er könne meine widerlichen großen Brüste nicht mehr sehen. Es sei schamlos, wie ich sie zur Schau stellte. Immer trüge ich durchsichtige Blusen, wenn man einmal meine Titten nicht sehen könne, dann hätte ich garantiert einen ärmel- und schulterlosen dehnbaren Fetzen an, in schrillen Farben, der die Möpse nur noch größer mache. Er wisse, in der Schule würden mich die Kollegen und die Schüler alle nur den Busenbomber nennen. Ich wiederholte, mir sei schlecht, ich wolle nicht mitgehen. Darauf zerrte er mich aus dem Bett, so daß ich auf den Steinboden

fiel, ging zu seinem Koffer, nahm eins seiner Ringelhemden heraus und versuchte, es mir überzuziehen. Während ich mich wehrte, bemerkte ich auf einmal, wie der Kustode in der offenen Tür stand. Ein vielleicht vierzig- bis fünfzigjähriger – er wird schreiben, *ein vielleicht vierzig- bis fünfundvierzig- bis fünfzigjähriger* – kleingewachsener, jedoch breitschultriger und wohlgenährter Mann, der unserer würdelosen Auseinandersetzung schon ich weiß nicht wie lange zugesehen hatte. Ich zeigte auf den Kustoden. Mein Mann wandte sich ihm zu, während er neben oder besser auf mir kniete, und sagte *subito, subito*, wir sind gleich fertig. Dabei versuchte er weiter, mir das Ringelhemd überzuziehen, was ich nun geschehen ließ. Wir lösten uns voneinander und setzten uns schwer atmend auf die Bettkante. Der kurzbeinige Kustode stand immer noch in der Tür. Während ich mir die Haare richtete, sah ich plötzlich, wie er sich ganz ungeniert sein Geschlechtsorgan in seiner engen Hose streichelte. – Er sitzt jetzt in der Stadt der Gerechten an einem wackligen Tisch und schreibt und schreibt und schreibt, über seine arme Frau. Aber er wird ohne sie das Buch nicht zu Ende bringen.«
Die Erzählerin hatte ihr Glas ausgetrunken, ich winkte nach einem Kellner. Gambetti blickte, während er sprach, an mir vorbei auf die Piazza del Popolo.
»Die Urheber heutiger Prosa listen Sinneseindrücke auf, die nur Bruchstücke von Menschen haben können, ordnen Gedankenfetzen einander zu, die nur von zerteilten Gehirnen gedacht werden können, entbieten Theorien, die nur Bildungserfolge ersinnen können, und zitieren ethische Maximen, die nur Abdrücke von Verantwortungsträgern an den Tag legen können. Die heutigen Prosawelten sollen keine Lebenswelten mehr sein, aber ihre Urheber schaffen

es auch nicht, Todeswelten zu entwerfen. – Warum das Buch zu Ende bringen, wenn sich in dem unfertigen wie in dem fertigen Buch gleichermaßen niemand aufhalten und ein Schicksal haben kann.«
Gambetti hatte im Tonfall Muraus gesprochen, ohne diesen jedoch bewußt nachzumachen. Die Frau blickte mich an.
»Er ist dazu in der Lage, sich in seinen Prosawelten aufzuhalten und ein Schicksal zu haben. In Netzunterhosen und Acryl-Ringelhemden.«
Die Frau setzte den rechten Ellbogen auf den Tisch vor ihr und fuhr sich mit der Außenseite der rechten Hand, mit der sie zugleich den Kopf abstützte, über die Stirn.
»Er wird alles so aufschreiben, wie er zur Zeit des Schreibens glaubt, daß es sich abgespielt hat. Er wird alles so aufschreiben, wie er glaubt, daß ich zur Zeit des Schreibens glaube, daß es sich abgespielt hat. Er wird alles so aufschreiben, wie er glaubt, daß ein allwissender Erzähler …«
Gambetti kürzte ab: »In seinem Stil natürlich.«

Am nächsten Tag ließ ich mich von der Hotellimousine, die mich zum Flughafen bringen sollte, zuerst zur Piazza Minerva fahren.
Der Eingang des Gebäudes auf der Nordseite der Piazza Minerva wurde von Unformierten bewacht. Das Gebäude wies über dem Mezzanin vier Stockwerke auf, sein rötlicher Anstrich war von Sonne und Regen ausgebleicht und abgewaschen. Die kleinen Fenster hatten eine einfache Architrav-Rahmung, die größeren Fenster besaßen darüber einen glatten Fries und über diesem einen flachen rechteckigen Giebel, die ebenerdigen Fenster waren als Bogenfenster ausgebildet. Das Portal wurde von zwei Friesen mit stilisierten Kompositkapitellen eingerahmt. Östlich ein Bau

mit einer vollkommen flachen Fassade, in deren Mitte unter einem dreieckigen Giebel ein großes Portal, gesäumt von zwei kleineren Portalen unter runden Giebeln. Hölzerne Kassettentüren. Über allen drei Portalen jeweils ein rundes Eisensprossenfenster mit der Breite des jeweils darunter befindlichen Portals als Durchmesser. Eine Kirche ohne Kirchturm. Auf der Südseite ein ebenfalls über dem Mezzanin vierstöckiges, neu hergerichtetes Gebäude, in dessen Erdgeschoß die Arbeiten noch nicht abgeschlossen waren. Die Fenster waren mit Holzbrettern zugenagelt, die Fassade noch nicht gestrichen, um den Eingang herum ein Bauzaun aus Wellblech. Das dorische Portal trug einen kleinen Balkon und war von einem Liberty-Baldachin aus Schmiedeeisen und Glas beschirmt. Die Fenster besaßen eine Architrav-Rahmung mit geraden Eckkröpfen ohne Fries oder Giebel. Die Fassade wies einen beigen Anstrich auf, die Fensterläden waren in hellem, unaufdringlichem Grün gehalten. Das Gebäude schien über einen Dachgarten zu verfügen. Auf dem obersten Sims lief zwischen viereckigen Steinpodesten ein weißes schmiedeeisernes Geländer. Westlich schließlich ein dreistöckiges hellbraunes Gebäude, ebenfalls mit einem kleinen Balkon über dem Portal, auf kannelierten dorischen Säulen. Das Erdgeschoß war in Quader-Rustika ausgebildet, die großen Rundbogen beherbergten Geschäfte, deren Rolläden – es war Mittagszeit – allesamt heruntergelassen waren. Die Bogenfenster im Piano nobile waren jeweils von zwei ionischen Säulen eingefaßt, über einem glatten Fries abwechselnd dreieckige und segmentförmige Giebel.
In einem richtigen Palazzo. – Du wohnst ja tatsächlich wie ein Fürst.
Murau beschreibt in seinen Aufzeichnungen, er erhielt das

Telegramm, das ihm den Tod seiner Eltern und seines Bruders meldete, gegen zwei Uhr mittag, er trat darauf ruhig und mit klarem Kopf an das Fenster seines Arbeitszimmers und sah auf die vollkommen menschenleere Piazza Minerva herunter.
An einer anderen Stelle heißt es, er blickte beim Frühstück auf das Pantheon. Die beste Aussicht auf das Pantheon bot sich von den Gebäuden auf der West- und der Nordseite.
E se alcun edificio, o publico o privato si haverà da fare ad huomini litterati, e di vita quieta, non robusti ne ancho teneri, si converrà a lor quest'ordine Ionico: e ancho se per matrone si haverà da fare cosa alcuna, questa maniera sarà convenevole. Wenn der Verfasser der Aufzeichnungen sich nach Serlio richtete, mußte er im Piano nobile des an der Westseite gelegenen Gebäudes Wohnsitz genommen haben.
Die Bewachung des Gebäudes an der Nordseite schloß nicht aus, daß das Gebäude in seinen höheren Stockwerken auch Privatwohnungen beherbergte. Es war durchaus möglich, daß die Familien besonders gefährdeter Amtsträger ebenfalls Nutzen aus der Bewachung zogen, und es war denkbar, daß sich auch ein nicht gefährdeter Nicht-Amtsträger gegen den entsprechenden Mietzins in den Genuß dieser Bewachung begeben konnte. Von der Kirche aus war das Pantheon überhaupt nicht zu sehen. Das Gebäude auf der Südseite bot nur die Sicht auf einen Ausschnitt des Pantheons.
Ich verbrachte eine dreiviertel Stunde auf der Piazza Minerva. Um die Tageszeit, zu der der Verfasser der Aufzeichnungen sein Telegramm erhalten hatte. Die Piazza Minerva war niemals menschenleer. Obwohl die Geschäfte und das Amt geschlossen waren, herrschte ein ständiges Kommen und Gehen um die Fahrzeuge, mit denen die Piazza Minerva

zugestellt war. Darüber hinaus trafen ständig Besucher vom Pantheon ein, und es strebten ständig Besucher zum Pantheon hin. Außerdem waren da die uniformierten Wachen. *Das ist ja ein ungeheures Portal! hatte sie ausgerufen, wie sie vor dem Palazzo meiner Wohnung gestanden war und hatte an der Marmormauer emporgeschaut.* Nur das Portal der Kirche verdiente die Bezeichnung *ungeheuer*. Keins der Gebäude wies eine Marmorfassade auf.
Der Chauffeur der Hotellimousine mißachtete dann in der Innenstadt sämtliche Ampeln und Verkehrszeichen, um schließlich auf dem Raccordo nach Fiumicino im Stau steckenzubleiben. Wir kamen viel zu spät, aber ich konnte mich darauf verlassen, daß die Maschine, auf der ich gebucht war, ebenfalls mit beträchtlicher Verspätung eintraf.

Ich fuhr vom Flughafen unmittelbar zu Barbara, und wir machten einen Ausflug zum Walchensee. Dort wanderten wir in der föhnwarmen Abendluft. Anschließend ein Versuch im Wagen. Was mich betrifft, blieb es beim Versuch. Danach war das Auto voller blonder Haare. Sie übernachtete bei mir. Am Morgen sagte ich ihr, ich hätte Annette versprochen, sie beim Sachverständigenrat in Frankfurt anzurufen. Barbara verabschiedete sich sofort. Am Nachmittag holte ich sie wieder ab, wir gingen an der Isar spazieren. Barbaras Freund Didier hatte seine medizinische Promotion abgeschlossen und machte einen Kurs für Chirotherapie. Er wollte sich in Italien niederlassen, seine Mutter war Italienerin, sein Vater Portugiese, Barbara sollte nach einer entsprechenden Ausbildung in seiner Praxis mitarbeiten. Sie hatte das sofort abgelehnt, ihm auf sein heftiges Drängen hin jedoch zugesichert, sich die Sache noch einmal zu überlegen. Ich sagte ihr, es geht dabei nur um die Fort-

führung der Unterdrückung mit anderen Mitteln. Er denkt und sie massiert. Barbara war nicht viel größer als Annette und nicht kräftiger. Ich übernachtete bei ihr. Vor dem Einschlafen ein weiterer vergeblicher Versuch. Am Morgen, ich hatte leidlich gut geschlafen, da ich eine Schlafkappe mitgenommen hatte, endlich a tergo mit Ergebnis. Barbara hatte immer von Hingabeschwierigkeiten gesprochen – eine viel nettere Bezeichnung als Impotenz, wobei sie sich große Mühe gegeben hatte, mir zu versichern, diese hätten sie überhaupt nicht gestört.
Barbara hatte in meiner Gegenwart Didier angerufen und ihm gesagt, sie wolle sich endgültig und unwiderruflich von ihm trennen. Am nächsten Tag verabredete sie sich dann doch wieder mit ihm. Danach begleitete er sie gegen ihren Willen nach Hause und ging in ihre Wohnung mit.
Barbara war seit sechs Jahren mit Didier zusammen. Als sie im zweiten Jahr ihrer Beziehung mit einem anderen Mann, der ihr sehr viel bedeutete, der aber zu depressiv war und zuviel trank (er war Cheflektor für deutsche Literatur), zwei Wochen über Ostern nach Griechenland fahren wollte, drohte Didier mit Selbstmord. Er nahm sein Fahrtenmesser und lief auf die Straße. Barbara folgte ihm, wobei sie immer wieder Passanten um Hilfe anging, er gab sich dann völlig ruhig und stellte sie als hysterisch hin. Wenn sie wieder allein waren, schnitt er sich mit dem Messer in sein Hemd oder ritzte sich den Arm auf und lief weiter. Später wurde ihr klar, daß er immer dann langsamer lief, wenn sie nicht mehr mit ihm Schritt halten konnte. Im Englischen Garten gelang es ihr, ihm mit Hilfe von zwei Passanten das Messer zu entwinden und es weit von sich zu werfen. Als ihre Helfer gegangen waren, begann er sofort, nach dem Messer zu suchen. Er kam der Stelle, an der es tatsächlich

lag, bedrohlich nahe. Sie lenkte ihn ab, indem sie so tat, als ob sie es an einer anderen Stelle gefunden und wieder von sich geschleudert hatte. Didier lebte immer ohne irgendwelche Pläne in den Tag hinein. Er zog sein Studium in die Länge, er begann jeweils erst in allerletzter Minute mit den Prüfungsvorbereitungen, er fiel allerdings nie in irgendeiner Prüfung durch. Sie hätten keinerlei gemeinsame Interessen gehabt. Er weigerte sich, Bücher zu lesen. Sie mußte alles in die Hand nehmen. Sie verdiente als Bedienung das Geld, sie machte den Haushalt, und sie arbeitete seine Lehrbücher von Anatomie über Biochemie bis zu Innerer Medizin durch, um ihm bei seinen Prüfungsvorbereitungen zu helfen.

Ich riet Barbara, Didier nur noch in Gegenwart Dritter zu treffen.

WERKSTATT

Gedächtnisprotokoll

einer Besprechung der Herren Dipl.-Ing. Heinrich Voigtländer, Dr. Georg Voigtländer, Dipl.-Ing. Friedrich Voigtländer, Rechtsanwalt Matthias Fegelein und Steuerberater Dr. Andreas Krapp am 10.3.1989 in der Kanzlei Dr. Krapp.

Beginn: 10.00 Uhr
Ende: ca. 15.00 Uhr

Thema der Besprechung waren die von Herrn Fegelein und Herrn Dr. Krapp gemeinsam erarbeiteten Vertragsentwürfe für die Umwandlung der Voigtländer OHG in eine GmbH & Co KG.

Dr. Krapp bittet darum, die wichtigste strittige Frage, die Bestellung der Geschäftsführung der GmbH, zuerst zu behandeln und die Erörterung der anderen Vertragsteile an den Schluß der Besprechung zu stellen oder sich darüber gegebenenfalls schriftlich zu verständigen.

Herr Dr. Georg V. wendet sich gegen das Sonderrecht jedes Familienstamms, jeweils auch gegen den Willen des anderen Familienstamms und gegen den Willen des Beirats einen Geschäftsführer mit Alleinvertretungsbefugnis bestimmen zu können. Herr Dr. Georg V. schlägt vor, das Recht zur Bestellung und Abberufung von Geschäftsführern allein auf den Beirat zu übertragen. Dieser solle als unparteiisches Gremium die bisherige Tätigkeit von Herrn Dipl.-Ing. Friedrich V. und von Herrn Dr. Georg V. im Unternehmen beurteilen und dann die Entscheidung treffen, wer mit welchen Befugnissen zum Geschäftsführer ernannt werde. Der Beirat könne darüber hinaus gegebenenfalls auch weitere Geschäftsführer berufen.

Herr Fegelein erklärt wiederholt und nachdrücklich, das Recht des Herrn Dipl.-Ing. Heinrich V., seinen Sohn, Herrn Dipl.-Ing. Friedrich V., zum alleinvertretungsberechtigten Geschäftsführer zu bestellen, und das Recht des Herrn Dipl.-Ing. Friedrich V., sobald er Anteilseigner sei, sich gegebenenfalls selbst zum alleinvertretungsberechtigten Geschäftsführer zu bestellen, sei eine Conditio sine qua non, von der er nicht abrücken werde. Falls Herr Dr. Georg V. seine Zustimmung versage, müsse es bei der gegenwärtigen Gesellschaftsform der OHG bleiben.

Zur Begründung führt Herr Fegelein unter anderem an, Herr Dipl.-Ing. Friedrich V. habe seine gesamte Ausbildung sowie seinen beruflichen Werdegang auf die Teilhaberschaft und die Geschäftsführung des Familienunternehmens ausgerichtet, ihm könne jetzt nicht zugemutet werden, seine Bestellung zum Geschäftsführer einem Gremium zu überlassen, auf das der oder die Inhaber der 50%igen Beteiligung des Herrn Dipl.-Ing. Heinrich V. keinen Einfluß hätten. Eine dermaßen weitgehende Majorisierung eines 50%-Anteils an einem Unternehmen könne nicht verlangt werden.

Herr Dr. Georg V. bekräftigt seinen Standpunkt, familiäre Gesichtspunkte müssen bei der Besetzung der Führungsspitze eines Unternehmens ausgeklammert werden, und unterbreitet noch einmal seinen Vorschlag, ein unparteiisches Gremium über die Geschäftsführerbestellung entscheiden zu lassen.

Nach gründlicher Aussprache unterbreitet Herr Fegelein folgenden Gegenvorschlag:
1. Das Sonderrecht zur Bestellung eines Geschäftsführers wird lediglich auf die Personen Dipl.-Ing. Friedrich V. und Dr. Georg V. beschränkt. Andere Geschäftsführer können die Familienstämme im Rahmen dieses Sonderrechts nicht ernennen.
2. Der Beirat hat das Recht, weitere Geschäftsführer zu bestellen und Gesamt- oder Einzelvertretungsbefugnisse zu erteilen.

Herr Dr. Georg V. zeigt Bereitschaft, dieser Lösung zuzustimmen, allerdings nur unter der Bedingung, daß Herr Peter Simon, ein langjähriger Mitarbeiter und jetziger Prokurist der Voigtländer OHG, von Beginn an als dritter Geschäftsführer neben Herrn Dipl.-Ing. Friedrich Voigtländer und ihm selbst berufen wird. Nach Herrn Dr. Georg V. ist derzeit von allen Unternehmensbereichen der Voigtländer OHG als einziger der von Herrn Simon betreute in der Gewinnzone.

Hiergegen wenden sich Herr Dipl.-Ing. Heinrich Voigtländer und Herr Dipl.- Ing. Friedrich V. entschieden. Beide vertreten die Ansicht, es entspreche nicht den Tatsachen, daß der von Herrn Simon geleitete Unternehmensbereich Gewinne abwerfe, auch sei nicht richtig, daß in den anderen Unternehmensbereichen keine Gewinne erzielt würden, der einzige Unternehmensbereich, der sich in der Gewinnzone befinde, sei vielmehr der von ihnen gemeinsam geführte. Die von Herrn Dr. Georg V. in seiner Eigenschaft als Leiter des Controllings vorgelegten Zahlen gäben die tatsächliche Ergebnislage nicht zutreffend wieder.

Herr Dr. Georg V. weist den Vorwurf, die von ihm ermittelten Zahlen stellten die tatsächliche Ergebnislage nicht zutreffend dar, entschieden zurück. Er schlägt die Überprüfung seines Controllings durch einen unabhängigen Wirtschaftsprüfer vor. Wenn, wie er es nicht anders erwarte, seine Zahlen bestätigt würden, sollten die Kosten für die Überprüfung jedoch allein von Herrn Dipl.-Ing. Heinrich V. getragen werden. Dr. Krapp erklärt die Bereitschaft seiner Wirtschaftsprüfungsgesellschaft, gegebenenfalls diese Aufgabe durchzuführen.

Es wird Übereinkunft erzielt, einstweilen von einer Überprüfung des Controllings der Voigtländer OHG durch Unternehmensfremde abzusehen.

Herr Dipl.-Ing. Heinrich V. und Herr Dipl.-Ing. Friedrich V. vertreten weiter die Ansicht, Herr Simon sei aufgrund seiner fehlenden akademischen Ausbildung für die Übernahme einer geschäftsführenden Tätigkeit nicht ausreichend qualifiziert. Darüber hinaus müsse bedacht werden, daß die derzeit in der Hierarchie Herrn Simon gleichgestellten Mitarbeiter sich bei einer Ernennung von Herrn Simon zum Geschäftsführer benachteiligt fühlen würden, was starke Spannungen auf der Ebene unterhalb der Geschäftsführung zur Folge haben würde.

Herr Fegelein unterbreitet den Vorschlag, die Entscheidung über die Ernennung des Herrn Simon zum Geschäftsführer solle dem Beirat übertragen werden. Diesem Verfahren stimmt Herr Dr. Georg V. nicht zu.

Es kann in den vorstehend dargelegten Punkten keine Eini-

gung erzielt werden. Beide Parteien werden gebeten, ihre jeweils letzten Vorschläge noch einmal zu überdenken.

Herr Dipl.-Ing. Heinrich V. regt an, Herr Dr. Georg V. solle einen Vorschlag erarbeiten, wie im Fall der Bestellung des Herrn Simon zum dritten Geschäftsführer die Aufgabengebiete zwischen Herrn Dipl.- Ing. Friedrich V., Herrn Dr. Georg V. und Herrn Simon aufzuteilen wären.

Herr Fegelein und Herr Dr. Krapp haben im Rahmen dieser Besprechung dringend dazu geraten, die Organisationsstruktur der Voigtländer OHG von einer Unternehmensberatungsgesellschaft untersuchen zu lassen.

Der nächste Besprechungstermin soll unmittelbar nach den Osterfeiertagen vereinbart werden.

13.3.1989

Andreas Krapp

Matthias Fegelein

Heinrich V.

Georg V.

Friedrich V.

LEBENDIGE VERGANGENHEIT I
DAS GESETZ DER AUSSCHALTUNG

Aktenvermerk 27.4.1979

Sämtliche in Frage kommenden Mitarbeiter haben sich auf der Messe in der Angelegenheit EDV gründlich umgesehen. Insbesondere Herr Simon hat ausführliche Gespräche auf den Ständen von IBM und MAI geführt.

Nach Meinung aller Mitarbeiter, die in Hannover waren, sind die Anlagen von MAI gegenüber denjenigen von IBM wegen ihrer geringeren Kapazität im Nachteil. Bedingt durch die Vielfalt unserer Erzeugnisse würde eine MAI-Anlage sehr schnell an ihre Grenzen stoßen. Zwar entwickelt MAI Anlagen mit größerer Kapazität, jedoch dürfte bis zu deren Vorstellung noch geraume Zeit vergehen. MAI ist außerdem Kunde von Bereich V. Es wäre deshalb falsch, Mitarbeitern von MAI Einblick in unsere internen Verhältnisse zu gewähren (so verweigern wir der Landeszentralbank seit Jahren die Übergabe unserer Bilanzen, wir wollen damit verhindern, daß interessierte Dritte unsere Ergebnisse in Erfahrung bringen).

Wenn jemand ein neues Organisationskonzept für sein Aufgabengebiet erstellen möchte, dann sollte er einen Weg einschlagen, der es nicht notwendig macht, interne Unterlagen an solche Außenstehende weiterzugeben, die diese zum Nachteil der Firma verwenden können.

GV

Aktenvermerk *30.4.1979*

Betr.: Auswahl der für uns geeigneten EDV-Anlage sowie deren Programmierung zur Erfassung, Überwachung und Steuerung von Fertigung und Betriebs-Erfolg

Um angesichts der laufenden Verschärfung der Wettbewerbs-Verhältnisse für unsere Erzeugnisse die notwendigen Maßnahmen zuverlässig treffen zu können, wird es immer wichtiger, unsere Kosten-Grenzen zu erkennen.

Die Beurteilung der gesamten mit der Auswahl der für uns geeigneten EDV-Anlage verbundenen Problematik setzt praktische Erfahrung in bezug auf die Erfassung und Auswertung der erforderlichen Daten voraus, über die „sämtliche in Frage kommende Mitarbeiter" nicht verfügen. Es wäre unverantwortlich, ihnen die Verantwortung für diese Entscheidung aufzuerlegen.

Das Angebot von IBM wurde durch meinen Sohn geprüft. Leider sind die Vertreter der Hersteller von EDV-Anlagen ausnahmslos Theoretiker, die alles versprechen, was von ihnen verlangt wird, die jedoch im Falle eines Mißerfolges nicht zu packen sind.

Nach den vorliegenden, von meinem Sohn überprüften Berechnungen kann keine Rede davon sein, daß die Kapazität der ins Auge gefaßten MAI-Anlage für uns nicht ausreichend ist. Außerdem besteht die Zusicherung, daß bereits nächstes Jahr die Möglichkeit einer Aufrüstung gegeben sein wird. In jedem Falle spricht das Preis-Leistungs-Verhältnis für die MAI- und gegen die IBM-Anlage.

HV

Aktenvermerk *30.4.1979*

Betr.: Aktenvermerk HV vom 30.4.1979

Unter keinen Umständen dürfen Unterlagen aus den von mir seit Jahrzehnten betreuten Arbeitsgebieten an Mitarbeiter von MAI weitergegeben werden.

GV

LEBENDIGE VERGANGENHEIT II
ÜBUNG

Heinrich Voigtländer
Dipl.Ing.

Herrn
Georg Voigtländer
Dipl.Ing.
Im Haus *15.12.1980*

Betr.: Dienst-Vertrag zwischen der Voigtländer OHG und Herrn Dr. Georg Voigtländer

Als geschäftsführender Gesellschafter der Voigtländer OHG widerspreche ich dem mir am 2.12.80 vorgelegten Dienst-Vertrag zwischen der Voigtländer OHG und Herrn Dr. Georg Voigtländer, wenn nicht ein angemessener finanzieller Ausgleich für den bereits seit sechs Jahren in der Voigtländer OHG tätigen Herrn Dipl.-Ing. u. Dipl.-Wirtsch.-Ing. Friedrich Voigtländer erfolgt.

Herr Friedrich Voigtländer hat sein Hochschul-Studium 1968 abgeschlossen. Seitdem hat er in führenden Industrie-Betrieben eingehende Kenntnisse über Fertigungs- und Betriebs-Organisation erworben. Der besondere Erfolg seiner Tätigkeit ist durch Zeugnis dokumentiert. Wenn Herr Dr. Georg Voigtländer für die erste berufliche Tätigkeit nach seinem Hochschul-Studium ein Monats-Gehalt von DM 5.000,– erhalten soll, dann muß das bisherige Gehalt von Herrn Friedrich Voigtländer in Anbetracht seiner techni-

schen und betriebswirtschaftlichen Hochschul-Ausbildung und seiner zwölfjährigen praktischen Erfahrung als stark unterbewertet betrachtet werden. Vergleichbare Tätigkeiten werden in anderen Industrie-Betrieben mit Monats-Gehältern von ca. DM 9.000,– bis DM 10.000,– dotiert.

Ich bin demnach mit einem Monats-Gehalt von DM 5.000,– für Herrn Dr. Georg Voigtländer nur unter der Bedingung einverstanden, daß Herr Friedrich Voigtländer ein Monats-Gehalt von DM 8.800,– erhält und daß er einen einmaligen Ausgleich für das hohe Anfangs-Gehalt von Herrn Dr. Georg Voigtländer erhält.

Herr Friedrich Voigtländer nahm seine Tätigkeit für die Voigtländer OHG am 1.2.1974 zu einem Gehalt auf, das bestenfalls an der untersten Grenze seiner Möglichkeiten lag. Für Herrn Dr. Georg Voigtländer wird ein Monats-Gehalt vorgeschlagen, das um DM 1.700,– höher ist als das seinerzeit Herrn Friedrich Voigtländer zugestandene. Über einen Zeitraum von mehr als sechs Jahren ergibt sich damit eine Benachteiligung in Höhe von DM 125.000,– für Herrn Friedrich Voigtländer.

Ich bin nicht bereit, eine derart ungleiche Behandlungsweise unserer beiden Nachfolger hinzunehmen.

Ich erkläre mich damit einverstanden, daß zur Feststellung der Verhältnismäßigkeit der beiden Gehälter kompetente Wirtschafts-Stellen herangezogen werden.

HV

Aktenvermerk *26.1.1981*

Betr.: Gehaltsfragen

Als mein Sohn nach dem Abschluß seines Maschinenbau-Studiums die Promotion erwog, legte ich ihm nahe, statt dessen zusätzlich ein Studium der Betriebswirtschaftslehre zu absolvieren, weil diese Ausbildungs-Kombination zu Recht als außerordentlich wertvoll gilt.

Wir benötigen für unseren Betrieb keinen Doktor der Volkswirtschaftslehre, wir hätten einen solchen ohne Praxis, von der Schulbank weg, zu einem Anfangsgehalt von DM 5.000,–, niemals eingestellt.

Im Jahr 1973 trat die Firmen-Leitung der MAN an meinen Sohn heran und befragte ihn, ob er die Absicht habe, länger bei der MAN zu bleiben. Er sollte für den Führungs-Nachwuchs eingeplant werden; dies hätte sein Monats-Gehalt um etwa DM 2.000,– erhöht. Als ich meinen Bruder davon unterrichtete, war seine Antwort: „Dort sofort zusagen! Sofort zusagen!“

Als mein Neffe mir vor Monaten erzählte, ihm sei bei einer anderen Firma ein Monats-Gehalt von DM 5.000,– in Aussicht gestellt worden, hätte ich da auch sagen sollen: „Dort sofort zusagen! Sofort zusagen!“?

Am außerordentlichen Erfolg unseres Geschäftsjahres 1980 hat mein Sohn nachweislich einen hohen Anteil. Er darf deshalb nicht benachteiligt werden. Wenn kein Ausgleich geschaffen wird, widerspreche ich dem Monats-Gehalt von DM 5.000,– für meinen Neffen. Hierzu mein Schreiben vom 15.12.1980.

HV

Dr. Georg Voigtländer

Herrn
Heinrich Voigtländer
Im Haus 26.1.1981

Lieber Onkel Heinrich,

ich nehme zur Kenntnis, daß Du in Deinem Brief vom 15.12.80, den mir mein Vater am 23.1.81 vorlegte, dem zwischen der Voigtländer OHG und mir geschlossenen Dienstvertrag widersprichst. Du betrachtest lediglich eine Vergütung von DM 3.300,– für meine Tätigkeit in der Voigtländer OHG als angemessen. Für mein Monatsgehalt von DM 5.000,– verlangst Du einen Ausgleich zugunsten von Friedrich in Form einer Erhöhung von dessen Monatsgehalt auf DM 8.800,– und eine einmalige Entschädigung von DM 125.000,–.

Dieses Vorgehen steht im Widerspruch zu Deiner mir bei der Aufnahme meiner Tätigkeit für die Voigtländer OHG gegebenen Zusage, Du seist mit einer monatlichen Vergütung von DM 5.000,– für meine Tätigkeit einverstanden.

Ich habe Dir seinerzeit eine Aufstellung übergeben, die die Gehälter der leitenden Angestellten zum Zeitpunkt des Eintritts von Friedrich mit dessen Anfangsgehalt und zum Zeitpunkt meines Eintritts mit meinem Anfangsgehalt in Beziehung setzt. Beide Anfangsgehälter fügen sich gleicher-

maßen nahtlos in den jeweiligen Rahmen ein. Dazu kommt, daß mein Anstellungsvertrag wortwörtlich demjenigen von Friedrich entspricht.

Es gibt keine Benachteiligung von Friedrich.

Dein Georg

LEBENDIGE GEGENWART

Dipl.-Ing. Heinrich Voigtländer

Als persönlich haftender Gesellschafter der

Voigtländer OHG,
(unleserlich),

erteile ich hiermit meinem Sohn, Herrn Dipl.-Ing. u. Dipl.-Wirtsch.-Ing. Friedrich Voigtländer, die

Vollmacht,

mich in sämtlichen rechtsgeschäftlichen Angelegenheiten der vorgenannten Firma in dem Umfange zu vertreten, in dem ich selbst als persönlich haftender Gesellschafter vertretungsberechtigt bin.

(unleserlich), den 3. April 1989

Heinrich Voigtländer

DIE WAHRE VERNUNFT DES DICHTERS

Dr. Georg Voigtländer

Frau
Inge Voigtländer *17.3.1989*

Liebe Inge,

ich bitte um Verzeihung, daß ich mich auf diesem Weg mit einer ungewöhnlichen, aber für unsere Familienfirma lebenswichtigen Angelegenheit an Dich wende.

Ich führe seit geraumer Zeit, früher als Bevollmächtigter meines Vaters, jetzt als Gesellschafter, mit Deinem Vater Verhandlungen über die Umwandlung der Firma von einer Gesellschaft mit persönlicher Haftung in eine solche mit beschränkter Haftung. Ein Unternehmen unserer Größenordnung weiter in der Form einer offenen Handelsgesellschaft zu führen ist in der heutigen Zeit ein unverantwortliches Glücksspiel.

Gegenstand der Gespräche ist auch die Nachfolgeregelung Deines Vaters. Er beabsichtigt, seinen Anteil an der Firma zu gleichen Teilen Dir, Deinen Schwestern und Deinem Bruder zu vermachen. Nachdem Du also in Zukunft als Gesellschafterin auf die Firma Einfluß nehmen wirst, halte ich es für unerläßlich, Dich über die Lage der Firma und den Stand der Verhandlungen in Kenntnis zu setzen.

Der weitere Fortgang der Verhandlungen wird von Deinem

Vater an die Bedingung geknüpft, Deinem Bruder die technische Geschäftsführung der Firma zu sichern.

Ein technischer Geschäftsführer muß nach meiner Auffassung folgende charakterliche und fachliche Voraussetzungen erfüllen: Er sollte es verstehen, zu den leitenden Mitarbeitern der Firma ein Vertrauensverhältnis aufzubauen, in dessen Rahmen die gemeinschaftliche Führungsarbeit geleistet werden kann. Was das Fachliche betrifft, wäre es der Idealfall, wenn er über die technische Begabung Deines Vaters verfügen würde. Ein Geschäftsführer sollte nicht Geschäftsführung mit Überwachung verwechseln. Die Firma kann nur weiterbestehen, wenn neue Erzeugnisse entwikkelt und neue Fertigungsverfahren eingeführt werden. Der Schwerpunkt muß auf Erneuerung und nicht auf die Verwaltung bestehender Mängel gelegt werden.

Friedrich erfüllt die vorgenannten Voraussetzungen nicht.

Mir ist bewußt, daß diese Beurteilung sehr hart ist. Ich möchte betonen, ich hege gegen Friedrich keinerlei Groll, er hat mir nichts getan und wir haben außerhalb der Firma keine Berührungspunkte. Dein Vater will in seiner väterlichen Güte die Probleme um seinen Sohn nicht wahrhaben. Es liegt mir fern, ihm daraus einen Vorwurf zu machen.

Ich hätte meine Sicht der Dinge bereits eher klarlegen sollen. Aber ich wollte um beinahe jeden Preis verhindern, daß sich das nicht sehr gute Verhältnis zwischen unseren Vätern in der jetzigen Generation wiederholt. Ich habe deswegen – und nur deswegen – zu lange zuviel geduldet, so auch die Umstände des Hausbaus Deines Bruders, bei dem ein Aufwand getrieben wurde, der jeglichem Begriff von Familiensinn widerspricht.

Die Lage ist ernst genug. Wir haben zwar die Verlustzone verlassen, doch ist die Firma nach wie vor gewinnlos. Ich habe deshalb den Vorschlag gemacht, der zukünftige Beirat der Firma soll als unparteiisches Gremium Deines Bruders und meine bisherige Tätigkeit beurteilen und dann die Entscheidung treffen, wer mit welchen Befugnissen zum Geschäftsführer bestellt wird.

Ich würde Dir gern alle Punkte in einem ausführlichen Gespräch erläutern.

Ich bitte Dich um Verständnis für diesen ungewöhnlichen Schritt, zu dem mich die Sorge um die Zukunft der Firma bewogen hat. Wie kann ich in der gegenwärtigen Situation der Ernennung eines technischen Geschäftsführers zustimmen, der nachweislich und gemäß dem Urteil aller – mit der einzigen Ausnahme seines Vaters – dieser Aufgabe nicht gewachsen ist? Die Firma braucht dringend einen technischen Geschäftsführer, der Erfahrung und Erfolge nachweisen kann und der die Tatkraft mitbringt, die jetzt in der technischen Leitung fehlt.

Bitte fasse diesen Brief nicht als Angriff auf Deinen Vater auf. Mir liegt sehr viel daran, das gute Verhältnis zu ihm zu bewahren. Er gibt, obwohl er sich längst den Ruhestand verdient hätte, der Firma nach wie vor zukunftweisende Anstöße. Der Markterfolg der von ihm für Bereich II entwickelten neuen Erzeugnisgeneration spricht für sich.

Viele Grüße,

Dein Georg

P.S.: Ich habe Deinen Schwestern einen gleichlautenden Brief geschickt. Dein Vater, Herr Steuerberater Dr. Krapp und Herr Rechtsanwalt Fegelein erhalten jeweils eine Kopie.

Als ich am Morgen mein Büro betrete, ruft eine aufgebrachte Annette an, K. hat ihr gegenüber behauptet, ich hätte ihm gestanden, daß wir miteinander geschlafen haben. Ich habe K. gar nichts gestanden. Sie fiel auf seinen Trick herein und gab zu, sie war eine Zeitlang in mich verliebt. Sie rechtfertigte sich, ich hätte sie verführt, um ihm eins auszuwischen. Sie haben sich endgültig getrennt. Nicht wegen mir. Das Grundproblem ist seine Impotenz. Er hat seit zwei Jahren nicht mehr mit ihr geschlafen. Unmittelbar darauf ruft ein ebenso aufgebrachter K. an. Er will uns das Hin und Her der in diesem Fall üblichen Argumente ersparen. Er sei pikiert. Er hätte das von mir nicht erwartet. Ich habe eine ältere Loyalität verletzt. Ich sage ihm, es sei nicht wahr. Annette habe das erfunden, um ihm eins auszuwischen, worüber er sich nach dem, was zwischen ihm und ihr vorgefallen ist, nicht zu wundern brauche. Er erwidert, auch wenn ich nicht mit Annette schlief, ich war illoyal, ich suchte eine so enge Beziehung zu Annette, daß ich damit Gedankenverrat an ihm beging. Er fühle sich zutiefst getroffen. Ich gebe zu, daß ich in dem von ihm definierten Sinn Gedankenverrat begangen habe. K. sagt, der Hauptgrund für die unwiderrufliche Trennung sind ihre zu verschiedenen sexuellen Temperamente. Ihm genügt zweimal die Woche, sie will praktisch dauernd, manchmal sogar mehrmals am Tag, wogegen es bei ihm auch vorkommt, daß er zwei Wochen lang überhaupt keine Lust verspürt. Sie strebt eine Art mystischer Vereinigung an. Er muß ihr in Missionarsstellung tief in die Augen sehen. Dabei darf nicht gesprochen werden, und es dürfen auch niemals bestimmte Körperteile benannt werden. Er wollte sie sogar heiraten. Er empfindet Treue als erotisch anziehend, sie ging jedoch immer wieder andere Beziehungen neben ihm ein. Ich soll nicht glauben, sie hätten sich wegen mir getrennt. Es trifft ihn so hart, weil er größte Schwierigkeiten hat, jemanden von gleicher Qualität kennenzulernen. Danach rief ein wütender und fahriger Fegelein an. Er hat mehrmals vergeblich versucht, mich im Büro zu erreichen. Ich sei ständig in Italien. Ich sagte, ich sei unter anderem auch in Italien, um mich um unsere Exporte dorthin zu kümmern. Er lachte mich aus, er habe sich von meinem Onkel die Zahlen geben lassen, wahrscheinlich würde ich ihm jetzt erzählen, ich müßte gerade deshalb so häufig nach Italien reisen, weil unsere Exporte dorthin so schrumpften. Er sei außer sich über den Brief an meine Cousinen. Der Brief ruiniere das Verhältnis zwischen den Gesellschaftern. Was ich damit angerichtet habe, kann ich niemals wiedergutmachen. Ich sagte, das Verhältnis zwischen dem einen Gesellschafter und dem Sohn des anderen Gesellschafters ist bereits ruiniert, und zwar durch die Art und Weise, wie sich der Sohn des einen Gesellschafters gegen den anderen Gesellschafter benimmt. Er schnitt mir das Wort ab, er rief mich nicht an, um sich weitere Tatarenmeldungen zu diesem altbekannten Thema anzuhören. Ich habe meinem Vetter öffentlich den höchstmöglichen Grad an Unfähigkeit attestiert. Selbst wenn meine Beurteilung zutrifft, ich hätte den Brief niemals schreiben dürfen. Der Brief desavouiert auch seine, Fegeleins, jahrlangen Bemühungen um eine einvernehmliche Lösung. Er sah seine Aufgabe bei den Verhandlungen über die Umgründung unseres Familienunternehmens nie als eine rein advokatorische, er drängte seinen Mandanten und dessen Sohn immer dazu, sich zu Lösungen zu verstehen, die auf beiden Seiten die Schmerzgrenze berücksichtigen. Warum ich nur diesen verdammten Brief geschrieben hätte. Ich sagte, weil ich die Wahrheit festhalten wollte. Wenn mein Vetter schließlich doch Geschäftsführer werden sollte und wenn die Geschäftsführung mit bestimmten Aufgaben nicht fertigwerden sollte, dann darf keiner sagen, das war nicht vorherzusehen. Was in dem Brief stehe, sei nicht die Wahrheit. Diese Beurteilung meines Vetters sei ungerecht. Ich versuchte, mittels des Briefs zur Tatsache zu machen, was nicht Tatsache sei. Mein Onkel und mein Vetter würden das niemals vergessen. Es werde sich bitter rächen.

Krapp hatte mir erzählt, daß Fegelein sich große Sorgen um seine ältere Tochter machte. Sie hatte an einem musischen Gymnasium ein sehr gutes Abitur abgelegt und niemals andere als künstlerische und geisteswissenschaftliche Interessen gehabt. Auf einmal wollte sie Tiermedizin studieren. Ihr Traum war, in Afrika in einem Nationalpark die Löwen zu betreuen. Sie meldete sich gerade für ein Praktikum in Tansania an.

Der Schriftsteller sitzt auf einer Bank in der Sonne. Neben ihm liegt sein aufgeschlagener Aktenkoffer, der Inhalt ist über die ganze Bank verteilt. Der Schriftsteller, Ehemann der Frau in der Husarenjacke, bietet Murau einen Platz auf losen Blättern an. Murau weist auf die Sonne, der er sich nicht aussetzen will. Während sich der Schriftsteller bemüht, die verstreuten Bücher, Zeitschriften und Aufzeichnungen in seinem Aktenkoffer zu verstauen, liest Murau einen Artikel im Juni-Heft der deutschen *Vogue*, das ihm der Schriftsteller, an der entsprechenden Stelle aufgeschlagen, kommentarlos gereicht hat.

Literatur

Harmonie von Form und Inhalt machen die G.-Bücher erfolgreich.

GANZ SCHÖN ANDERS: DIE BÜCHER VON G.

„Ein Orkan, das war ein Vogelschwarm hoch oben in der Nacht; ein weißer Schwarm, der rauschend näher kam und plötzlich nur noch die Krone einer ungeheuren Welle war, die auf das Schiff zusprang." Der Beginn einer Erfolgsgeschichte. Christoph Ransmayrs „Die letzte Welt" war das Buch des Jahres 1988, nach Meinung vieler wichtiger Literaturkritiker. Und dank tausender emphatischer Leser.

„Im verwinkelten, alten, schönen Reichsstädtchen N. im Süddeutschen gab es im Jahre 1984 einen Verlegersmann, der befleißigte sich, die Werke des großen, deutschen Dichters Wieland komplett nachzudrucken; nennen wir ihn G.“

Da es dem Schriftsteller nicht gelingt, den Inhalt seines Aktenkoffers so zu ordnen, daß er ihn schließen kann, bleibt ihm nichts anderes übrig, als ihn offen unter seinen rechten Arm zu klemmen. Während Murau nach einer im Schatten gelegenen und ruhigen Bank Ausschau hält, liest der Schriftsteller laut vor.

»*Jedes Buch ist eine eigenständige Kreation, jedes wird zum Ereignis: eine eigene Schrift, ein eigener Umschlag und ein eigenes Layout.*«

»Sie in der *Anderen Bibliothek*?«

»Meine Frau hat G. beim *Spiegel* kennengelernt. Sie erzählte ihm, daß ich einen Roman über eine Reise nach Sizilien schreibe. Er war interessiert.«

»Ihr wievielter Verlag.«

Der Schriftsteller liest weiter.

»*Zwölfmal im Jahr ein Buch zu finden, das uns gefällt, dürfte kein Ding der Unmöglichkeit sein; ein Buch, das wir lesen, nicht weil wir dafür bezahlt werden, sondern weil es uns etwas angeht, weil es uns unterhält, weil wir es brauchen können.* – G. sagte, der Herausgeber der *Anderen Bibliothek* ist bestimmt auch interessiert. Wo ist meine Frau?«

Murau hat eine Bank ausgemacht, die genügend Schatten aufweist und ruhig scheint. Jetzt liest er vor.

»Ende 1987 und Anfang 1988 gab es zum ersten Mal finanzielle Schwierigkeiten: Der Erfolg und das damit verbundene starke Wachstum ließen den Verlags-Tausendsassa den Überblick verlieren und kurz straucheln – um dann, nach der wirtschaftlichen Genesung wieder mit Volldampf weiterzumachen. – Einige Veränderungen in der Organisationsstruktur des Verlags machten den Betrieb wieder rentabel, und der riesige Erfolg von Ransmayrs ›Die letzte Welt‹ tat das seine. Zu Beginn dieses Jahres nun gründete G. den deutsch-sowjetischen Verlag RUS. – Eine neue Herausforderung und wahrscheinlich der Beginn einer neuen Erfolgsgeschichte.«

»Meine Geschichte beschreibt ein deutsches Paar, das sich während einer Sizilienreise trennt. Die ursprüngliche Idee war, die Geschichte zu schreiben, ohne jemals einen Fuß auf sizilianische Erde gesetzt zu haben.«

»Ihre ursprüngliche Idee oder die ursprüngliche Idee Ihrer Frau.«

»Meine ursprüngliche Idee. Die Wirklichkeit ist ein Roman unter vielen. Oder viele Romane unter unzähligen. Ich wollte zeigen, daß man sich in einem künstlichen Sizilien genauso trennen kann wie im wirklichen Sizilien. Das literarische Denken ist das einzig realistische. Wer sich im Roman zurechtfindet, der bewältigt auch die Wirklichkeit.«

»Mein Vater hat die oberösterreichische Wirklichkeit bewältigt, mein Bruder war bereit, ihm darin nachzufolgen, und meine Mutter war beiden eine angemessene Unterstützung. Aber als ich den *Siebenkäs* las und als ich ihnen davon erzählen wollte, meinten sie, ich mache mich über sie, über ihre Unbildung lustig, sie dachten, es könne kein ernsthaftes Buch, erst recht keinen Klassiker mit dem Titel *Siebenkäs* geben.«

»Dann fand sich Ihr Vater eben nur in einer bestimmten Sorte von Roman zurecht.«

»Genau in derjenigen, die man üblicherweise nicht als Roman, sondern als Wirklichkeit bezeichnet.«

Der Schriftsteller packt seinen Aktenkoffer wieder aus.

»Dazu fähig zu sein, eine Geschichte einigermaßen zutreffend wiederzugeben, halbwegs vernünftig begründen zu können, warum eine Haupt- oder Nebenfigur dieses tut und jenes läßt, an einer beliebigen Stelle der Geschichte, ohne Kenntnis ihres Endes, eine Voraussage abgeben zu können, wie die Haupt- oder eine Nebenfigur sich wohl unter den und den Umständen verhalten wird – einen Roman zu verstehen heißt doch nichts anderes, als sich in der Wirklichkeit zurechtzufinden.«

Murau rückt von seinem Nachbarn weg, damit dieser den Inhalt seines Aktenkoffers zwischen sich und ihm auf der Bank ausbreiten kann.

»Warum sind Sie dann nach Sizilien gereist, wenn Sie niemals einen Fuß darauf setzen wollten.«

»Ich hatte den Roman bereits abgeschlossen. Aber er war meiner Frau zu künstlich geraten. Ich hatte absichtlich die sizilianischen Klassiker nicht gelesen, ich war absichtlich nicht nach Sizilien gereist und ich hatte absichtlich jede Berührung und jedes Gespräch mit Leuten vermieden, die schon einmal in Sizilien waren, um einen künstlichen Roman über die Sizilienreise eines deutschen Paars zu schreiben, das sich dort trennt. Meine Frau bestand darauf, daß der Roman auf die falsche Art künstlich war. Sozusagen künstlich künstlich. Wo er, sozusagen, natürlich künstlich sein müsse. Der Roman war nicht künstlich künstlich. Er war genau so künstlich, wie ich es mir vorgestellt hatte, bevor ich mit dem Schreiben begonnen hatte, und er war nicht anders künstlich, als sie sich vorgestellt hatte, bevor sie die erste Zeile gelesen hatte. Aber der Roman war abgeschlossen. Druckreif. Meine Frau brauchte nichts daran zu ändern. Mein Frau konnte nichts daran ändern. – Ich bin nicht nach Sizilien gefahren, um meinen Roman zu überarbeiten. Ich bin nach Sizilien gefahren, um einen neuen Roman zu schreiben. Ich will meiner Frau beweisen, daß der Roman, den ich schreibe, nachdem ich sizilianische Erde betreten habe, kein besserer Roman sein wird als der, den ich geschrieben habe, bevor ich sizilianische Erde betreten hatte.«

»Ich bezweifle nicht, daß es Ihnen gelingt, einen schlechten Roman zu verfassen.«

»Einen schlechteren zu verfassen.«

»Der neue Roman ist künstlich künstlich.«

»Ich hoffe, daß er künstlich künstlich ist. Ich schreibe noch daran.«

Der Schriftsteller hat Bücher und Zeitschriften gleichen Formats sowie die Blätter mit Aufzeichnungen jeweils aufeinandergelegt. Murau blickt mit derselben Abscheu auf die ordentlichen Stapel wie vorher auf die Unordnung.

»Ich dachte, Sie hätten den Roman in der Stadt der Gerechten zu Ende geschrieben.«

»Ich werde Ihnen erzählen, wie meine Romane entstehen.«

Der Schriftsteller lachte bitter.

»Wir saßen in Palermo beim Frühstück. Dabei gerieten wir zufällig mit einem deutschen Ehepaar ins Gespräch, das spät in der Nacht eingetroffen war. Sie hatten auf der Fahrt nach Palermo die Autostrada verlassen müssen, um im nächsten Ort einen Kupplungsschaden beheben zu lassen. Der nächste Ort war die Stadt der Gerechten. Um sich die Zeit zu vertreiben, machten sie mit einem des Deutschen mächtigen Sizilianer einen Rundgang. Der Mann, der sich als Kustode ausgab, versprach, er werde ihnen die Sehenswürdigkeiten des Orts zeigen. Die Sehenswürdigkeiten des Orts waren: die weder gepflasterte noch asphaltierte Hauptstraße, die von brandigen Korkeichen, Zedern und Zypressen umgebene Piazza mit den in sich zusammengesunkenen Holzbänken, ein altes Haus, das *dammuso* hieß, welches nur aus einem Zimmer bestand und nur eine Tür und ein Fenster aufwies, in dem auf einer neben der Tür in die Mauer eingelassenen eisernen Stange ein halbes Dutzend hagere alte zahnlose Weiber hockten, und schließlich der Turm. Der Turm von Dikaiarchaeia. Zwischen dem Dorfeingang und einem Zypressenhain, dem Friedhof, wie sich später herausstellte. Nichts Antikes, nicht einmal aus der Renaissance. Neunzehntes Jahrhundert, ein Wasserturm. Der nicht mehr gebraucht wurde und nicht höher war als sieben oder acht Meter. Als meine Frau von dem Turm hörte, stand fest, wir mußten nach Dikaiarchaeia fahren. Wir stiegen im selben Gasthof ab wie vor uns das deutsche Ehepaar, hinterließen beim Empfang, daß wir den Ort besichtigen wollten, nahmen im Speisesaal des Hotels ein verspätetes Mittagsmahl ein und harrten des Kustoden. Ich war gereizt, weil ich auf die Inspiration durch den Wasserturm verzichten konnte, weil meine Frau ihren Argumenten für die Fahrt nach Dikaiarchaeia mit der üblichen, scheinbar achtlos dahingeworfenen Bemerkung Nachdruck zu verleihen versucht hatte, sie sei vielleicht schwanger, und weil ich dennoch nach Dikaiarchaeia gefahren war. Als wir das Mittagsmahl beendet hatten, als sich immer noch kein Kustode gezeigt hatte, als meine Frau mich mit einem neuerlichen Hinweis auf ihre mögliche Schwangerschaft, sie wisse nicht, wie lange sie noch in der Lage sein werde, herumzugehen und sich etwas anzusehen, dazu bringen wollte, den Kustoden zu suchen, sagte ich ihr, ich hätte soeben, in diesem Augenblick, den endgültigen und unwiderruflichen Trennungsentschluß gefaßt, *falls die Schwangerschaft nicht sofort aufhört*. Worauf sie wortlos vom Tisch aufstand und den Speisesaal verließ.«

Der Schriftsteller bemerkt, wie Murau seiner Schilderung der Ereignisse in der Stadt der Gerechten mit einer Anteilnahme folgt, die in bemerkenswertem Gegensatz zu dem Abstand steht, um den Murau bemüht ist, wenn der Schriftsteller seine Poetologie erklärt. Der Schriftsteller macht eine lange Pause, in der er die geordneten Stapel von Büchern, Zeitschriften und Aufzeichnungen mustert. Aus seinem Blick spricht die Überzeugung, wenn er jetzt aufbrechen müßte, würde er die Stapel schnell und vollständig in seinem Aktenkoffer verstauen können.

»Ich verbrachte den Nachmittag in unruhigem Halbschlaf auf dem Zimmer. Ich weiß nicht, wieviel Zeit vergangen war, jedenfalls stand auf einmal meine Frau im Raum. In Begleitung eines sich vor mir verbeugenden Sizilianers. Wobei zuerst eine schwere goldene Uhrkette, ein Paar buntbestickter, altertümlicher Hosenträger und eine breite erdbeerrote Schärpe sichtbar wurden. Meine Frau war in bester Stimmung. Der Kustode stellte sich als *Herr Hans* vor. Er hatte meiner Frau den Ort gezeigt. Ich fragte ihn, was er meiner Frau gezeigt hatte. Maria antwortete für ihn, den Turm. Ich fragte den Kustoden, was er meiner Frau noch gezeigt hatte. Das Findelhaus, zu dem man jahrzehntelang alle unerwünschten, alle überflüssigen Kinder brachte, antwortete Maria wieder für ihn, es habe hier immer sehr viele überflüssige Kinder gegeben. Neben dem gewissermaßen in den Friedhof hineingestellten Turm war ein Café. Das mit der Veranstaltung betraute Café, fügte der Kustode hinzu. Ob wir von der großen folkloristischen Veranstaltung gehört hätten, und ob wir deshalb nach Dikaiarchaeia gekommen seien. Jedenfalls seien wir für die erwähnte einzigartige Veranstaltung wie durch ein Wunder gerade im rechten Augenblick gekommen. Die Veranstaltung fand am nächsten Tag statt. Der Kustode wollte uns hinführen und uns alles erklären. Es gab Getränke und kleine Leckerbissen gratis. Ich protestierte, ich könne den Wind und das Licht nicht ertragen. Jeder Baum, jeder Busch, jede Säule, jeder Brunnenrest war eine Skulptur, künstlich, kulissenhaft. Die Stille des Orts war theatralisch, der Hall unserer Schritte inszeniert. Ich hatte gewußt, warum ich keinen Fuß auf sizilianische Erde setzen wollte. Ich hielte mich lieber in meinem künstlichen Sizilien auf. Meinetwegen auch in meinem künstlich künstlichen Sizilien. Ich wollte in jedem Fall abreisen. Im Schutz der Nacht sollten wir aus dieser übergroßen Kulisse entfliehen. Und die Veranstaltung, und die Veranstaltung, warf der Kustode weinerlich ein. Worauf sich meine Frau neben mich auf den Bettrand setzte, ihre Hand auf mein Knie und den Arm um meine Schulter legte. Um mich im liebenswürdigsten Ton zu bitten, sie wisse, wieviel mir daran liege, meine siebenjährige Ehe so schnell wie möglich und ein für allemal hinter mich zu bringen, trotzdem sollten wir diese einzigartige Veranstaltung nicht versäumen. Der Kustode würde uns im Hotel abholen und zum Café bringen, von dessen Aussichtsterrasse man den besten Blick auf die Veranstaltung habe. – Ich werde alles aus meiner Sicht schildern. Ich werde alles aus Marias Sicht schildern. Ich werde alles aus der Sicht des Kustoden und aus der Sicht des allwissenden Erzählers schildern ...«

»In Ihrem Stil.«

»In meinem Stil. Aber weder der Roman des Ich-Erzählers, der tatsächlich nach Sizilien gereist ist, noch der Marias und auch nicht derjenige, der aus allen anderen zusammengesetzt ist, wird ein besserer sein als der ursprüngliche. Wo ist meine Frau?«
»Der neue Ich-Erzähler, Ihre Frau, der allwissende Erzähler, wer beschreibt, wie es sich tatsächlich abgespielt hat.«
»Wenn ich Ihre Frage beantworte, beantworten Sie dann meine?«
Murau beantwortete die Frage des Schriftstellers nicht.
»Stellen Sie sich vor, wie es aussieht, wenn sie ihre Husarenjacke aufmacht?«
Der Lehrer beantwortet die Frage des Schriftstellers immer noch nicht.
»Oder stellen Sie sich vor, wie sie ihren geblümten und gepunkteten Rock herunterläßt? Das Ganze am besten auf einem Billardtisch. Ihr Schüler Gambetti ist doch Billardspieler. Sie lutscht an einem Finger oder kaut einen Fingernagel. Ist ihr Blick – Sie halten sich an ihr rechtes Auge – auf ihre Hand gerichtet, oder ist er – Sie halten sich an ihr linkes Auge – auf Sie gerichtet?«
Murau wendet sich ab und erhebt sich.
»Wir befinden uns nicht in einem Ihrer Romane.«
»*Ihrer* groß oder klein geschrieben.«
»Groß geschrieben.«
Der Schriftsteller packt seinen Aktenkoffer ein.
»Sie schieben den Rock mit dem Queue beiseite. Sie blickt auf das Queue. So können Sie herausfinden, auf welches Auge Sie achten müssen, wenn Sie wissen wollen, wohin sie blickt. – Vielleicht befinden wir uns doch in einem meiner Romane.«

Murau ist bereits einige Schritte gegangen, er dreht sich jedoch noch einmal um.
»*Wie es tatsächlich war* besteht aus zu vielen Einzelheiten, die meistens schon allein, spätestens aber in der Zusammenschau Zeitlang machen. Wobei sich die wenigen Einzelheiten, die Anteilnahme zu erheischen in der Lage sind, mit steigender Auflage zu einem Grad von Nichtigkeit vernutzen, der noch jenseits desjenigen liegt, den die von vornherein nicht beachteten Einzelheiten aufweisen. Kein Mensch interessiert sich für *Wie es tatsächlich war.* Am allerwenigsten der mögliche Autor.«
Murau ist neugierig, ob es dem Schriftsteller gelingt, den Aktenkoffer zu schließen.
»*Wie es tatsächlich war* ist unglaubwürdig. Bestenfalls kolportagehaft. – Wie das Queue.«
Der Schriftsteller versucht vergebens, seinen Aktenkoffer zu schließen.
»*Wie es tatsächlich war* ist nicht die Wirklichkeit. Was üblicherweise als Wirklichkeit verkauft wird, entsteht nicht anders aus *Wie es tatsächlich war*, als meine Romane daraus entstehen.«
Murau sieht zu, wie der Schriftsteller den Inhalt seines Aktenkoffers erneut auspackt.
»Wie entstehen Ihre Romane.«
»Was würden Sie sagen, wenn meine Frau eine Schwester hätte?«
»Ihre Frau hat nie etwas von einer Schwester erzählt.«
»Die Schwester ist zwei Jahre älter als Maria, aber sie sieht nicht älter aus als Maria. Im Gegenteil, Maria wird bald älter aussehen als sie. Die Schwester hat lange rote Haare und helle Haut, aber keine Sommersprossen. – Ich siebe eine kleine Anzahl von Menschen und Geschehnissen aus *Wie es*

tatsächlich war aus, die ich unverändert übernehme. – Ihre Haare werden von einer silbernen Spirale gehalten. Ich weiß nicht, ob ihre Haare wirklich so lang sind. Vielleicht ist der Pferdeschwanz auch nur ein Haarteil. – Dann wähle ich eine größere Menge von Eigenschaften von Menschen und Geschehnissen aus *Wie es tatsächlich war* aus, die ich zu neuen Menschen und neuen Geschehnissen zusammensetze und den unverändert übernommenen Menschen und Geschehnissen hinzufüge. – Sie trägt nur Sachen von Woolworth. – Dazu einige passende Figuren und Ereignisse aus *Wie es hätte sein können.* – Ich nenne Marias Schwester Elaine. Soll sie Börsenmaklerin, Literaturagentin oder Innenarchitektin sein? – Der Roman ist schließlich die Reihenfolge, in die alles gebracht wird. Der Stil des Romans ist die Art von Reihenfolge, die eine bestimmte Gruppe von Lesern dazu bewegt, ihn bis zur letzten Seite zu verfolgen.«

»Wo machen Sie den Anfang? Warum machen Sie den Anfang gerade dort? Wie sieben Sie die Menschen und Geschehnisse aus, die Sie unverändert übernehmen? Warum übernehmen Sie gerade diese Menschen und Geschehnisse unverändert? Welche Auswahl von Eigenschaften von Menschen und Geschehnissen treffen Sie, um sie neu zusammenzusetzen? Wie setzen Sie sie zusammen? In welche Reihenfolge bringen Sie alles? Welche Leser verfolgen Ihre Romane bis zur letzten Seite? Warum gerade diese Leser?«

»Nicht unsere Tischnachbarn in Palermo, sondern meine Frau und ich bekommen ein Problem mit dem Wagen. Nicht das deutsche Ehepaar aus Palermo, sondern Maria und ich steigen im einzigen Hotel von Dikaiarchaeia ab und beziehen dort ein ebenerdiges Zimmer. Beim Mittagessen werden Maria und ich von Herrn Hans angesprochen. Statt des deutschen Ehepaars aus Palermo besuchen Maria und ich in Begleitung von Herrn Hans das Haus, das *dammuso* heißt, statt Maria allein mit Herrn Hans besichtigen wir beide mit Herrn Hans das Findelhaus und den Marktplatz, statt Maria ohne Herrn Hans besteigen wir beide in Begleitung von Herrn Hans den Turm und bewundern die Aussicht auf den Friedhof, die Landschaft und das Meer. Ob uns im Roman dasselbe oder etwas völlig anderes geschieht als in *Wie es tatsächlich war*, spielt keine Rolle. Solange der Kustode, Maria und ich immer dieselben bleiben.«

»Sie erklären nichts. Sie behaupten nur.«

»Wenn ich erklären wollte, wäre ich Wissenschaftler. Oder, wie Sie, Lehrer. Ich gebe vielleicht die falschen Antworten. Aber Sie stellen nicht die richtigen Fragen!«

Wir begannen unseren Ausflug nach Ostia in der Bademodenabteilung des Rinascente am Corso. Gambetti und die Frau des Schriftstellers trafen in kurzen Abständen nach mir ein. Gambetti kam vom Pincio. Auf dem Piazzale Napoleone I war der Schriftsteller auf ihn zugestürmt. Wie er seine Frau erreichen könne. Gambetti hatte gesagt, er wisse nicht, wo sie sei. Man wartete dann neben dem Kinderkarussell, im Schatten der Bäume vergeblich auf Murau.

»Nach dem Mittagessen hatten sie sich wieder hingelegt. Er schlief. Als er aufwachte, hatte sie sich seinen Kopf in ihren Schoß gelegt. Sie schob ihre Hose beiseite und sagte ihm, er solle anfassen, er solle hergreifen. Er sagte ihr, sie solle ihn lassen. Sie hielt ihn fest. Er war immer noch schlaftrunken. Sie versuchte, sich ihn zurechtzuziehen, doch er wich ihr aus. Darauf drückte sie mit Gewalt seinen Kopf zwischen ihre Schenkel. Dabei sagte sie, *du weißt, was ich will*. Und daß sie bis jetzt immer noch der Stärkere von ihnen beiden gewesen sei. Sie sagte *also, jetzt tu's!* Er sagte, er könne nicht, er wolle nicht.«

Gambetti hatte dem Schriftsteller keinerlei Anhaltspunkte gegeben, aus dem dieser ihren Aufenthaltsort hätte erschließen können. Darauf hatte der Schriftsteller Gambetti vom Tag der großen folkloristischen Veranstaltung erzählt.

»*Dann faß wenigstens an*, sagte sie. Er sagte nein, es führe zu nichts. *Tu's*, sagte sie, *bitte, tu's. Weißt du, daß du mich noch ganz kaputt machst? Weißt du das*, fragte er. *Ja*, sagte sie, *mach weiter.* Sie nahm seinen Kopf in beide Hände und zog ihn auf und ab. Und dann: *Ja, mach's so. Du Schwein*, sagte er, *du Schwein*. Nachdem er es ihr eine Weile gemacht hatte, sagte sie: *Früher habe ich manchmal solche Jungen gekannt wie den heute. Du kannst mich ruhig danach fragen.*«

Die Frau des Schriftstellers erläuterte, während sie beim Frühstück saßen, stand unangekündigt und unerwartet der Kustode vor ihnen. In seiner Begleitung ein schöner, schlanker Junge mit einer roten Narbe auf der Stirn. Er sei gekommen, um ihnen Mario Diagonale vorzustellen, einen braven, tapferen Jungen. Der Kustode schob den Jungen, der die ganze Zeit kein Wort sagte, gewissermaßen vor sich her. Sie streckte ihm die Hand entgegen, aber der Junge ergriff sie erst, als der Kustode ihm die seine entsprechend führte. Der Kustode erklärte, der Junge sei die Hauptperson der Veranstaltung.

Ich weiß nicht, ob ich wirklich hören wollte, wie sich die einzigartige Veranstaltung abgespielt hatte und was ihr vorausgegangen war, aber ich konnte Gambetti nicht hindern wiederzugeben, was ihm der Schriftsteller erzählt hatte.

»Er antwortete, es interessiere ihn nicht, wen sie gekannt habe. Er wolle es gar nicht wissen. *Trotzdem*, sagte sie, *frag mich mal danach. Also gut*, sagte er, *wenn es nötig ist. Ja*, sagte sie, *es ist nötig*. Er fragte: *Sind es viele gewesen? Nein*, sagte sie, *viele eigentlich nicht. Mach weiter*, sagte sie. *Und frage mich*. Er fragte, wo es war. Sie antwortete, in der Schule. Wo in der Schule. In ihrem Arbeitszimmer, spätabends, wenn sie es abschließen konnte.«

»Es geht offensichtlich über die Flora und die Fauna rund um die Möse meiner Schwester.«

Weder Gambetti noch die Frau des Schriftstellers hatten das Kommen von deren Schwester bemerkt.

Sie entschuldigte sich für ihre Verspätung. Das Rinascente bot ein zu geschmackvolles Sortiment an. Sie hatte das gesamte Haus von der Einrichtungs- bis zur Sportabteilung durchkämmt, ohne etwas zu finden, was sie zum Kauf reizen konnte. Ich riet ihr, es doch einmal in den Boutiquen in der und um die Via Condotti zu versuchen. Wir beeilten uns, Badehosen, Badeanzüge und Badetücher auszusuchen, und fuhren nach Ostia. Im Zug erzählte Gambetti weiter. Die Frau des Schriftstellers hörte unbewegt zu.

Es hatte vor ungefähr zwölf Jahren angefangen. Als sie ihn noch nicht kannte. Natürlich waren es keine Jungen. Sie unterrichtete immer nur an reinen Mädchenschulen. Sie küßte sie und brachte sie dazu, daß sie sie küßten. Sie berührte die Mädchen und die Mädchen berührten sie. Sie zwang ihn zu fragen, ob sie es *wirklich* gemacht hatte. Oder nur in ihrer Phantasie. Wenn er wolle, könne sie es ihm genau erzählen, mit allen Einzelheiten. Sie habe nichts vergessen, alles sei noch da. Sie wollte es ihm erzählen, aber er sagte nein. Er fragte nur, wie sie sie rumgekriegt hatte. Ob sie sie gezwungen hatte, weil sie stärker war als sie. Immer für Noten, sagte sie. Das sei doch ganz natürlich.

Dann sprach sie von Mario Diagonale, der von allen Mimiddu genannt wurde. Sie hatte ihn bereits bei ihrer ersten

Besichtigung von D. gesehen. Auf dem Marktplatz. Ob er wahrgenommen hatte, wie wunderbar blaß er sei. Fast durchsichtig. Sogar der Hals war bei ihm blaß. Wenn er sie so anstarrte, war das nicht Haß. Er war erstaunt darüber, daß sie eine so weite Reise auf sich genommen hätten, bloß um ihn zu sehen. Denn er dachte natürlich, sie seien seinetwegen gekommen. Um die Veranstaltung zu verfolgen. Um was zu verfolgen, fragte der Schriftsteller, während sie masturbierte. Plötzlich, ohne die Augen zu heben, ohne hinaufzuschauen, wußte sie, Mario Diagonale, der bis jetzt *hinter* der Turmbrüstung war, stand nun *auf* der Turmbrüstung. Sie erinnerte sich, wie es war, auf dem Turm zu stehen, die Hände um das Geländer gelegt, bei leichtem Wind, die Wipfel der Zypressen unter ihr.
»*Mimiddu steht breitbeinig auf der Brüstung und wird also nun tanzen.* Sie rief: Wohin blickt er? Er schilderte: *Die Augen sind geradeaus gerichtet auf einen uns entzogenen Landschaftspunkt, den er, und sei es die Gipfelkette eines entfernten Gebirges, mit seinem Blick zu einer Antwort zwingen will.* Nein, schrie sie, nein, seine Augen sind auf mich gerichtet. Mit der einen Hand masturbierend, krallte sie sich mit der anderen an seinen Hals und schrie: Springt er? Wie springt er? Er beschrieb es ihr. *Ein dunkler Fetzen in einem hellen Hemd, und nicht einmal mit Schwung, wie es die Absicht war, sondern kleinlaut, ein mutloser Hüpfer, mit angezogenen Knien, ein Schreckensschrei am Mund, die Landschaft umkreist ihn wild, das Haar flattert, die Finger spreizen sich, zur Erde, in den Tod.*«
Das ganze Hotel hörte ihr Schreien. So der Schriftsteller laut Gambetti.

In Ostia gingen wir zum Strand und mieteten einen Schirm. Gambetti und ich saßen in den Liegestühlen, Maria und Elaine sonnten sich vor uns auf den Liegen. Elaine trug eine pinkfarbene Tangahose und kein Oberteil, Maria einen Bikini mit Zebramuster und ein weißes T-Shirt über dem Oberteil. Sie unterhielten sich so laut, als sollten Gambetti und ich mithören, was sie sprachen. Ich war müde und schloß die Augen, ich blinzelte nur ab und zu in die Sonne. Die Stimmen der Schwestern waren sehr ähnlich, so daß ich vor der Brandung des Meeres oft nicht ausmachen konnte, wer gerade sprach.

»Er prahlt damit, daß ihm kein Lektor auch nur zwei Worte umgestellt hat. Ich glaube, was er glaubt. Der Kustode und Mimiddu tun, was er tun würde, wenn er an ihrer Stelle wäre. Er kann sich nicht in andere Menschen hineinversetzen. Wenn er aus meiner Sicht erzählt, dann erzählt er so, als ob nicht er ich, sondern als ob ich er wäre. Wenn er aus der Sicht des Kustoden erzählt, dann erzählt er nicht, als ob er der Kustode wäre, sondern als ob der Kustode er wäre. Wenn er aus Mimiddus Sicht erzählt, dann erzählt er nicht, als ob er Mimiddu wäre, sondern als ob Mimiddu er wäre. Der allwissende Erzähler denkt und fühlt wie er. Der allwissende Erzähler, Mimiddu, der Kustode, ich – wir sind nur Anlaß, die Ereignisse jeweils anders aufzureihen. Hier zu straffen und dort in die Länge zu ziehen, hüben und drüben zu vertauschen. Er ist nicht dazu in der Lage, auch nur kürzeste Sätze, die jemand anderer geäußert hat, unverändert wiederzugeben, er ist unfähig, was jemand anderer angedacht, angesprochen hat, weiterzudenken. Wogegen er sich an seine eigenen miserablen Sätze auch noch nach Jahren genauestens erinnert.«

»Das macht wohl den deutschen Schriftsteller.«

»Er kann in seinen Büchern nicht lügen. Deshalb lügt er im Leben.«
»Es ist leichter, im Leben zu lügen als im Buch.«
»Er kann nur auf eine Weise ein Buch hervorbringen: indem er vom Leben abschreibt.«
»Du läßt etwas Leben weg, tust etwas Lüge dazu ...«
»Er ist nicht einmal dazu in der Lage, auch nur fertig abzuschreiben. Selbst dazu braucht er mich.«
»Ist es sein Roman? Ist es dein Roman?«
»Ich will nicht mehr.«
»Es wird weitergehen.«
»Es wird nicht weitergehen.«
»Warum sollte es ausgerechnet diesmal nicht weitergehen?«
»Das Kind.«
»Du bekommst wieder ein Kind, das du nicht bekommst.«
»Er hat ein uneheliches Kind.«
»Hätte ich ihm gar nicht zugetraut. Seit wann weißt du davon?«
»Er hat es mir in Sizilien erzählt.«
»Kommt der Junge im Buch vor?«
»Ein dreijähriges uneheliches Kind, Mario / in dem von uns rund zwanzig Kilometer entfernten L. / eine ganz gewöhnliche, wenn vielleicht auch attraktive Frau / eine Ungeschicklichkeit, wie sie eben manchmal vorkommt. – Man muß ein paar Umstellungen vornehmen. Als ich aufwachte, hatte er sich meinen Kopf in seinen Schoß gelegt. Er schob seine Hose beiseite und sagte, ich soll anfassen, ich soll hergreifen. Ich sagte, er soll mich lassen. Ich war immer noch schlaftrunken, er hielt mich fest. Er versuchte, mich zurechtzuzerren, doch ich wich ihm aus. Darauf faßte er mich an den Schultern und drückte meinen Kopf zwischen seine Schenkel. Er sagte, *du weißt, was ich will.* Und daß er bis jetzt im-

mer noch der stärkere von uns beiden war. Er sagte, *also, jetzt tu's!* Ich sagte, ich kann nicht, ich will nicht. *Du mußt ja verrückt sein.* Er sagte, *dann faß wenigstens an.* Ich sagte nein, es führt zu nichts. *Tu's*, sagte er, *bitte, tu's. Mach weiter. Da, leg den Kopf dahin.* Er nahm meinen Kopf in beide Hände. Als ich es ihm eine Weile gemacht hatte, sagte er:«

»*Früher habe ich manchmal solche Jungen gekannt wie den heute.*«

»Früher habe ich manchmal solche alten Männer gekannt wie den Kustoden. *Du kannst mich ruhig danach fragen.* Ich wußte nicht, wonach ich ihn fragen sollte. Ich fragte: *Sind es viele gewesen? Nein*, antwortete er, *viele eigentlich nicht. Mach weiter. Und frage mich.* Ich fragte, wo es war. Er antwortete, in den Hinterzimmern von schlecht beleuchteten und stinkenden Bars. Im Bahnhofsviertel. Er brachte die Frauen dazu, daß sie den alten Mann küßten, und der alte Mann küßte die Frauen. Er zwang mich zu fragen, ob sie es *wirklich* gemacht haben. Oder nur in seiner Phantasie. Wenn ich wolle, könne er es mir genau erzählen. Er habe nichts vergessen. Ich fragte nur, wie er sie rumkriegte. Ob er sie auch bedrohte. Ob er sie zwang, weil er stärker war als sie. Er sagte, die Frauen machten es umsonst. Die alten Männer für Geld.«

»Dann hat er von Mario Diagonale gesprochen ...«

»Dann hat er vom Kustoden gesprochen, und von der Veranstaltung, die man von der Caféterrasse aus verfolgen konnte. Während ich es ihm machte. Das Innere des Cafés würde leer sein, alle würden sich nach draußen begeben. *Schau, sage ich zu meiner Frau, der Junge steht auf der Brüstung. Er wird vielleicht tanzen, sage ich. Achtung, rufe ich, schau nicht hin! Und da, im Augenblick dieses Satzes, kaum ist er gesagt, ergreift meine Frau, sie stürzt sich wie ein Habicht auf die fleischige, rote linke Kustodenhand, reißt sie mit einer Schnelligkeit, die ich nicht begreife, an ihren Mund und beißt hinein.* Er rief mit geschlossenen Augen: *Signora, signora, hören Sie auf! Schauen Sie doch, signore, Ihre Frau, was sie mit mir macht!* Der ganze Gasthof muß sein Schreien gehört haben. *Es läuft ihr ja Blut aus dem Mund! Es läuft ihr ja Blut aus dem Mund! Was machst du? Was machst du da?*«

Ich nahm am selben Tag die Spätmaschine zurück. Noch in Fiumicino lese ich erschrocken im Lokalteil der Tageszeitung:

> *Der 34jährige Arzt D. Z. würgte die 28jährige Kommunikationswissenschaftlerin B. A. in deren Wohnung in der Heßstraße. Die Auseinandersetzung entstand, weil sie sich von ihm trennen wollte. Er bedrohte auch ihre ebenfalls anwesende Freundin, die ihm eine Fingerkuppe abbiß und dadurch Schlimmeres verhinderte.*

Nachdem wir miteinander geschlafen hatten, erzählte Barbara. Didier stand am Sonntag um zwölf Uhr vor ihrer Tür, doch eine Freundin, die schon die ganze Woche bei ihr zu Besuch war, konnte ihn abwimmeln. Als sie abends gegen zehn Uhr zusammen nach Hause kamen, saß er im Treppenhaus, wo er bereits den ganzen Nachmittag gewartet hatte. Barbara sagte immer wieder, sie wolle sich von ihm trennen, es sei aus. Er wollte, daß sie sich alles noch einmal überlegte. Schließlich nahmen sie ihn doch in die Wohnung

mit. Die Freundin schaltete den Fernseher an. Es lief ein Film über das Leben in den Polarmeeren. Die drei sahen ein paar Minuten zu, wie ein Eisbär von einer schwimmenden Eisscholle aus jagte. Barbara wiederholte, es sei aus, sie wolle sich von Didier trennen. Da sprang er sie und ihre Freundin an, warf sie um und begrub beide so unter sich, daß sie sich nicht mehr rühren konnten. Barbara versuchte, ihm in die Hoden zu treten, doch es gelang ihr nicht. Er hielt beide mit einer Kraft nieder, die sie ihm nie zugetraut hätte. Er war nicht größer als Barbara und ziemlich schmächtig. Sie versuchten alles, um ihn zu beruhigen. Aber er sagte zu Barbara, sie müsse jetzt sterben. Sie habe noch einen Wunsch frei. Barbara sagte nichts mehr. Darauf begann er, ihren Kopf nach hinten zu drücken, als wollte er ihr das Rückgrat brechen. Barbara konnte nur unter Weinkrämpfen weitererzählen. Sie hatte Todesangst gehabt. Schließlich gelang es jedoch ihrer Freundin, den Kopf zur Seite zu drehen und ihn mit aller Gewalt in den Mittelfinger der Hand zu beißen, mit der er sie niederhielt. Er schrie vor Schmerz und ließ los. Barbara und ihre Freundin konnten ins Treppenhaus laufen. Er lief hinterher, und es kam erneut zu einem Handgemenge. Als es ihm nicht gelang, die beiden in die Wohnung zurückzudrängen, suchte er das Weite. Die Nachbarn hatten sofort die Polizei verständigt. Barbara und ihre Freundin fuhren auf die Wache und gaben alles zu Protokoll. Man verhaftete ihn noch in derselben Nacht vor dem Haus, in dem er wohnte. Seiner Rechtsanwältin sagte er, er verstehe überhaupt nicht, wieso man ihn für diese harmlose Geschichte wegen versuchten Totschlags anklagen könne.
Am Anfang ihrer Beziehung hatte Didier ständig Frauengeschichten, und Barbara war eifersüchtig, gegen Ende ihrer Beziehung machte sie Männerbekanntschaften, und

er wurde eifersüchtig. Sie hatte insgesamt mit etwa zwanzig Männern geschlafen, davon mit fünf während der Zeit ihrer Beziehung zu Didier. Sie habe immer alle Entscheidungen für ihn getroffen, er sei ohne sie hilflos. Ich sagte, sie könne sicher sein, daß Didier nicht so schnell aus dem Gefängnis herauskommen werde. Erstens war er Ausländer, und zweitens war es kein einmaliger, nie wiederkehrender Ausrutscher eines Sohns aus gutbürgerlicher Familie, der dieselbe, am meisten den Übeltäter selbst, entsetzlich bekümmerte. Didiers Vater arbeitete als Rangierer in einer Fabrik in Lothringen, seine Schwester betrieb einen Nachtklub in Saarbrücken. Ich wollte sie beruhigen, aber Barbara nahm mir mein Argument so übel, daß sie mich nicht mehr sehen wollte. Sie sei nicht bereit, ihre Jugend an jemanden zu verschwenden, der bereits vergeben sei, und ich sei vergeben, aber nicht an sie.
Am nächsten Tag rief mich Annette an. Ich soll heiraten, deshalb hat sie mich schließlich verlassen. Aber nicht Barbara. Sie hatte von den Vorkommnissen in der Zeitung gelesen. Wenn Barbara nicht etwas von mir erwarten würde, hätte sie sich niemals aufgerafft, Didier zu verlassen. Sie wird es mir nicht verzeihen, wenn ich Barbara ebenfalls die Gesammelten Werke von Broch schenke. Ich hatte niemals daran gedacht, Barbara die Gesammelten Werke von Broch zu schenken und gab zurück, es ist völlig absurd, wenn sie, Annette, behauptet, ich hätte sie verführt. Natürlich hätten wir miteinander geschlafen. Ich fühlte mich zu ihr hingezogen, weil ich glaubte, mit ihr als der Geliebten meines Freunds in einer bestrafungsfreien Zone verkehren zu können. Warum sollte ich K. eins auswischen wollen. Sie hatte mir ungefragt eröffnet, sie liebe K. nicht mehr, es sei unwiderruflich aus. Ich sagte ihr, sie soll sich endgültiger von K.

trennen, als sie es bisher versuchte. Er wird von sich aus keine wirksamen Versuche unternehmen, sein Leben anders einzurichten. Die Lage der Dinge ist einfach zu zweckmäßig für ihn. Er hat eine enge Beziehung zu ihr, und er kann doch immer behaupten, es ist nicht der Fall, daß er eine enge Beziehung zu ihr hat. Sie sagte, sie wolle sich wirklich von ihm trennen. Ich sollte mich um ihn kümmern, es gehe ihm nicht gut, seit sie es ihm gesagt habe. Wir waren uns einig, daß er es schwer haben wird, eine andere Frau zu finden, weil er fast unvereinbare Qualitätsanforderungen in bezug auf Geist und Körper stellt und weil er außerdem übersteigerten Wert darauf legt, daß von ihm unabhängige Stellen die Erfüllung dieser Qualitätsanforderungen schriftlich bestätigen. Unmittelbar danach rief mich K. an. Annette wollte sich tatsächlich von ihm trennen. Sie hatte ein Verhältnis mit einem Psychiater aus Haar, den sie bei Freunden kennengelernt hatte. In seiner Freizeit lief er Marathon. Es schien sich jedoch von Anfang an Sand im Getriebe zu befinden, Annette hatte K. anvertraut, der Marathonläufer sei überanalysiert, er hinterfrage ausnahmslos jede Gefühlsregung und sei demgemäß nicht sehr spontan. K. war sehr besorgt, sie treffe in schwierigen Situationen notorisch falsche Entscheidungen, es liege in der Familie. Ihr Vater, ein hochbegabter Chemiker, habe durch reine Dummheit einen großen Teil des Familienvermögens verspielt, und aus seinen Erfindungen zogen immer nur andere Nutzen. Sie beabsichtige, ihre Assistentenstelle am Lehrstuhl für Finanzwissenschaft aufzugeben und auch Beraterin zu werden. Weil sie da mehr verdiene. Wenn ich sie treffen wolle, brauchte ich nur in den Englischen Garten zu gehen. Sie habe wieder das Rauchen aufgegeben und laufe zwei- oder dreimal in der Woche mindestens zehn Kilometer.

HÖCHSTE ENERGIE

Es war das Ladenlokal der Autorenbuchhandlung in München an einem Freitagabend im Dezember 1988. Auf der Feier des fünfzehnten Geburtstags der Autorenbuchhandlung wurde ich dem Verleger G. vorgestellt.
G. sprach sehr schnell, wobei er seinen Blick unablässig im Raum umherschweifen ließ. Seine Sprachfärbung war süddeutsch, jedoch nicht definiert bayerisch. Seine Sätze wirkten knapp und treffend, obwohl sie es keineswegs alle waren, er erzeugte den Eindruck, indem er die Sprechgeschwindigkeit zum Satzende hin jeweils beschleunigte. Die Tatsache, daß die meisten seiner Sätze eher fragend als feststellend ausklangen, tat der Ausstrahlung von Entschlossenheit, die er verbreitete, keinen Abbruch. Wir redeten durchwegs aneinander vorbei, wenn nicht sogar einer das glatte Gegenteil dessen vertrat, was der andere gerade aufgestellt hatte. Nichts, was mit dem Inhalt der Unterhaltung zu tun hätte, könnte die Behauptung rechtfertigen, wir hätten uns verstanden. Trotzdem erscheint mir genau diese Aussage als die einzig mögliche Zusammenfassung dieses ersten Aufeinandertreffens.
Wir verabschiedeten uns in der Buchhandlung, um unmittelbar darauf in dem jugoslawischen Restaurant gegenüber am selben Tisch zu landen. Gegenstand der zweiten Unterhaltung war sein jüngster Aufenthalt in der Sowjetunion. Er breitete begeistert die Möglichkeiten aus, die sich aus einer verlegerischen Orientierung hin auf die Sowjetunion ergäben. Auf der einen Seite dort der Hunger nach Lesestoff, gute ausländische Bücher in guter Übersetzung würden dem Buchhändler aus den Händen gerissen, auf der anderen Seite die in die Herstellung eingehenden unglaublich niedrigen Löhne und Gehälter. Der Bleisatz erforderte nicht den Umgang mit Rechnern, die es in der Sowjetunion nicht

gab. Aber es gab dort nicht nur keine Rechner für den Lichtsatz, sondern auch keine verläßlichen Telefon- und Postverbindungen. Ich wies auf das Scheitern bereits Stolypins hin. Bei der zweiten Verabschiedung meinte er, wir würden uns sicher wiedersehen.

Ich besuchte G. am fünfzehnten April in N. Auf Vermittlung eines Kritikers hatte ich ihm am sechsten April per Eilboten zwei Manuskripte geschickt. G. hatte mir in dem am selben Tag geführten Ferngespräch zugesagt, er werde sofort lesen und mich am neunten April zurückrufen. Beides geschah. Er wollte die beiden Bücher machen. Die Einzelheiten sollten wir bei ihm in N. besprechen. Am selben Tag erhielt ich einen Anruf Fegeleins. Heini hatte eingelenkt. Die Verhandlungen müßten im Interesse aller Beteiligten unbedingt weitergeführt und zu einem baldigen Abschluß gebracht werden. Heini war einverstanden, daß Simon dritter Geschäftsführer wird, wenn er einen vierten Geschäftsführer bestimmen darf. Fegelein fügte von sich aus hinzu, es sei kaum denkbar, daß Heini einen vierten Geschäftsführer gegen den Willen des Beirats aufstellen werde.

G. lud mich zum Mittagessen in sein spätmittelalterliches Stadthaus ein, es gab einen von seiner Tochter zubereiteten Gemüseauflauf, seine Frau reiste gerade zu einer Freundin in Düsseldorf ab. Nach einer Kurzbesichtigung der Buchhandlung seiner Frau gingen wir zur Stadtmauer und auf dieser in einem von einem Holzdach beschirmten Gang zu dem Stadtteil, in dem sich seine Werkstatt und seine Verlagsgebäude befanden. Auf der Mauer erzählte er mir seinen Werdegang von der Schriftsetzerlehre bis zur Gründung seines Verlags. Im Anschluß an das, was zwei Jahre zuvor in der Presse als seine Krise dargestellt worden sei, hatte er die Zahl der festangestellten Mitarbeiter halbiert, ohne das Verlagsprogramm wesentlich einzuschränken. Er stützte sich, vor allem im Lektoratsbereich, zunehmend auf freiberufliche Mitarbeiter und hatte die Werkstatt aus dem eigentlichen Verlag ausgegliedert. Natürlich habe ihm der Ransmayr-Erfolg sehr geholfen, seine sogenannte Krise zu überwinden. Er sei immer ein Kämpfer gewesen. Sein Führungsprinzip sei absolutes Vertrauen zu seinen Mitarbeitern, denen er sehr weitreichende Befugnisse einräumte. Die Druckerei war samstags nicht in Betrieb, er erklärte mir Technik und Ablauf des Bleisatzes umgeben von Stille. Auf meine Frage nach der Preisdifferenz zum Lichtsatz gab er an, das Verhältnis der Herstellungskosten zu den anderen Kosten werde meist verzerrt dargestellt. Im Vergleich zu den Gemeinkosten des Verlags, im Vergleich zu dessen Vertriebskosten und im Vergleich zum Anteil des Buchhändlers am Ladenpreis des Buches spielten die Herstellungskosten eine untergeordnete Rolle. Der höhere Herstellungspreis des Bleisatzes wirke sich nur geringfügig auf den Ladenpreis aus. Der eigentliche Verlag war in einem zweieinhalbgeschossigen alten Stadthaus und dessen Dépendance, letztere inmitten eines verwilderten Stadtgartens, untergebracht. Im Haupthaus die Büros, PCs auf Zwischenkriegs-Schreibtischen sowie das Auslieferungslager. Auf dem Telefon seiner Sekretärin waren die Tasten für die gespeicherten Nummern mit – in dieser Reihenfolge – *Spiegel*, *Zeit*, *FAZ* und *SZ* beschriftet. Bei der Dépendance handelte es sich um ein ehemaliges Lager- oder Werkstattgebäude mit großen Fenstern, das keine Unterteilung aufwies. Ein hoher Raum, in dessen Mitte eine etwa ein Viertel der Grundfläche des Raums ausmachende Empore. An den Wänden, unter der Empore, auf der Empore, auf Regalen, Schreibtischen, Beistelltischen, auf den Fensterbänken und auf den Stahlträgern der Empore, Bücher. Des Hauses und aus den Verlagen, die für G. Stationen zu seiner Selbständigkeit gewesen waren. In diesem Gebäude hielt er sich am liebsten auf. Am zweitliebsten in der Werkstatt, das Büro schätzte er als Arbeitsumgebung nicht sehr. Er hatte schon Nächte auf und unter der Empore verbracht. Wir ließen uns in zwei alten Polstersesseln in der Nachbarschaft des Eingangs nieder.

Im Polstersessel sitzend, legte ich G. dar, welche Überlegungen mich zu dem und auf dem Weg geführt hatten, dessen erste Etappen er als Manuskripte in der Hand hielt. Die literarische Grundüberlegung nahm ihren Ausgang beim vertrautesten Thema des Romans überhaupt, beim Thema des Einzelwesens. Dem körperlichen Menschen, der Krankheits- und Alterungsvorgängen unterworfen und deshalb zu zwei verschiedenen Zeitpunkten niemals derselbe ist, wobei er sich nichtsdestoweniger während aller Stadien seiner Krankheits- und Alterungsgeschichte hinreichend genau von seiner körperlichen Umwelt unterscheidet – man kann immer zuverlässig angeben, dies ist der Mensch, dies ist er nicht mehr –, diesem körperlichen Menschen entspricht, muß entsprechen, entspricht vernünftigerweise, damit insgesamt die Rede von einem Menschen sein kann, ein geistiger Mensch, der ebenso wie der körperliche Mensch Entwicklungs- und Depressionsvorgänge durchmacht, der zu zwei verschiedenen Zeitpunkten niemals derselbe ist, sich jedoch während aller Stadien seiner Entwicklungs- und Depressionsgeschichte hinreichend genau von seiner geistigen Umwelt unterscheidet – er unterscheidet sich keineswegs zu allen Zeiten hinreichend genau von seinen geistigen Vorfahren, Widersachern und Nachfahren, im Regelfall sind die Ergebnisse seiner Denkanstrengungen identisch mit denen seiner geistigen Mitmenschen oder sie stellen, genauso einfallslos, das gerade Gegenteil der Ergebnisse der Denkanstrengungen jener dar, nur im Ausnahmefall nimmt er nicht genau die Ziele an, deren Verfolgung er bei seinem ärgsten Feind am meisten verabscheut, wobei der ärgste Feind und verdammenswerteste Mensch auf Gottes Erde immer ein geistiger Mensch ist, der einmal dem körperlichen Menschen entsprochen hat, dem er selbst jetzt entspricht – deswegen entspricht dem sich stofflich wandelnden, aber in der Struktur des Miteinanders der Stoffe gleichbleibenden körperlichen Menschen eben kein sich in seinen Inhalten wandelnder, jedoch in der Struktur der Verarbeitung dieser Inhalte gleichbleibender geistiger Mensch, dem gleichbleibenden sich wandelnden körperlichen Menschen entspricht gleichwohl etwas anderes, was sich sehr wandelt, welcher Wandel jedoch gemäß Prinzipien erfolgt, die exakt die Stelle dessen einnehmen, was vorher als unwandelbar galt, und die – vielleicht bis wahrscheinlich sind die Prinzipien nicht unwandelbar, aber wenn sie sich wandeln, dann ebenfalls gemäß Prinzipien, die –, weil sie nicht mehr oder noch nicht wissenschaftlich zu erfassen sind, nur literarisch – was immer das heißen mag – beschrieben werden können. Ich sagte G., der Mensch, der als geistiger literarisch zu beschreiben ist oder der sogar, unter Mißachtung des körperlichen, mit dem geistigen Menschen und damit mit dem Literarischen gleichgesetzt wird, ist lediglich eine historische Durchgangsstation. Dieser Mensch ist das Kind seiner ungeschlachten Werkzeuge. Weil er mit seinen stofflichen Werkzeugen nur Dinge erzeugen kann, die sich, auch wenn Einheitlichkeit angestrebt wird, zu sehr voneinander unterscheiden, mit seinen geistigen Werkzeugen hingegen lediglich Ideen hervorbringen kann, die sich, auch wenn Vielfältigkeit beabsichtigt ist, zu sehr gleichen, muß er sich immer wieder versichern, er, der körperliche und der geistige Mensch, ist nicht das Ereignis seiner Werkzeuge, sondern das Gleichbleibende in den Prinzipien, die seinen Wandel regieren, führt auch seine Werkzeuge. In dem Maß, in dem er mit stofflichen Werkzeugen Dinge zu erstellen in der Lage ist, die sich hinreichend gleichen, und in dem Maß, in dem er dazu fähig ist, mit geistigen Werkzeugen Ideen zur Welt zu bringen, die sich hinreichend voneinander unterscheiden, in diesem Maß muß der Mensch nicht mehr darauf bestehen, sich insgesamt und damit auch als Mensch, der Bücher liest und der Bücher schreibt, so vehement von allem zu unterscheiden, was er aus vielerlei Eingebungen des Augenblicks heraus nicht sein will. Wenn Werkzeuge zur Verfügung stehen, die es erlauben, beliebig viele Dinge und Ideen zu erzeugen, die sich, je nach Wunsch, hinreichend viel oder hinreichend wenig voneinander unterscheiden, dann können sich in diesem neuen Universum von Menschen gezeugte Antriebe über Ideen und Dinge fortpflanzen, und es können Antriebe durch das Zusammenwirken von Dingen und Ideen hervorgebracht werden, die nicht auf weitere Menschen zurückgreifen müssen, denen gewissermaßen die Wahl bleibt, ob sie sich für ihre Fortpflanzung der Menschen bedienen oder ob sie diese zugunsten von Ideen und Dingen gänzlich außer Betracht lassen. Ich sagte G., noch sind er und ich nicht zu ersetzen. Wer es trotzdem versucht, muß andere Menschen nehmen. Aber das, was heute die Aufgabe von Menschen ist, wird in der Zukunft durch Ensembles von Menschen, Dingen und abstrakten Gedanken wahrgenommen werden. Wobei diese Ensembles in ihrem inneren Aufbau wie in ihrem Verhältnis zueinander Prinzipien gehorchen, die man heute als ästhetische bezeichnet. Meine Bücher zeichnen Pfade in diese Zukunft, auf denen Menschen Teile ihres Menschseins retten können. G. erkundigte sich durchaus irritiert, welche Rolle seine Bücher, die sich mehr als hinreichend voneinander unterscheiden, in einer Welt spielen sollen, in der es darauf ankommt, Dinge herzustellen, die sich hinreichend gleichen. Ich sagte G., es kommt nicht darauf an, Dinge zu erzeugen, die sich hinreichend gleichen, es kommt darauf an, fähig zu sein, Dinge herzustellen, die sich hinreichend gleichen. Solange man nicht in der Lage ist, beliebig viele Dinge zu erzeugen, die sich hinreichend gleichen, so lange sind die Dinge, die sich ihrer Natur nach voneinander unterscheiden, wert- und einflußlos. Die möglichen beliebig vielen gleichen Dinge stellen den Hebel dar, dessen sich die ihrer Natur nach unverwechselbaren Dinge bedienen müssen, um den Einfluß auszuüben, der bis jetzt nur von Menschen ausgehen kann. Seine Bücher sind Kandidaten für Dinge, die sich anderer Dinge bedienen und die danach trachten, nicht nur auf andere Dinge, sondern auch auf abstrakte Gedanken und auf Menschen Einfluß zu nehmen, ja über diese zu verfügen. G. fragte, ob es irgendwelche Bücher oder Urheber von Büchern gibt, die einen Anstoß für meine Arbeit bedeuteten. Ich antwortete, ein literarischer Widerspruch ist immer ein Widerspruch im Ungesagten. Ob es Widersprüche im Gesagten gibt, darauf kommt es nicht an, ebensowenig ist eine Lüge im Gesagten wirklich eine Lüge. Eine literarische Lüge ist immer eine Unwahrheit im Ungesagten. Canetti schreibt im *Augenspiel* über Musil: *Es gab unter den Schriftstellern, die als solche galten, niemanden von seiner Bedeutung in Wien, vielleicht nicht einmal im ganzen deutschen Sprachbereich.* Er schildert die Verständnislosigkeit Musils angesichts der Tatsache, daß das Feuilleton ihn, Broch und Joyce als Trinität der Avantgarde begriff. Musil lehnte den *Ulysses* kategorisch ab, ihm widerstrebte die Joycesche Atomisierung der Sprache, die er von einer überholten Assoziationspsychologie hergeleitet sah. Brochs Trilogie erschien ihm als Kopie seiner eigenen Unternehmung. Canetti beschreibt einfühlend, wie sonderbar Musil zumute war, wenn sein Name mit diesen beiden Namen in einem Atemzug genannt wurde, die für ihn den Gegenpol beziehungsweise die völlige Mißachtung seiner eigenen Bestrebungen bedeuteten. Aber Canetti schreibt nicht nur über Musil, sondern auch über Thomas Mann. Heinrich Mann habe ihm, Canetti, zwar mehr gelegen, dies hielt ihn jedoch nicht davon ab, *Kant fängt Feuer* an Thomas Mann zu schicken. Es kam ungelesen, jedoch mit einer höflichen Entschuldigung zurück. Nach dem Erscheinen des Buches unternahm er einen erneuten Versuch, der zu einer ausführlicheren Antwort führte. Canetti erzählt, wie er, nachdem gerade *als etwas ganz Äußerliches* die erste Besprechung von *Kant fängt Feuer* in der *Neuen Freien Presse* erschienen war, ins Café Herrenhof ging. Dort traf er Musil, der ihm zu seinem großen Erfolg gratulierte und feststellte, er habe zwar erst einen Teil des Romans gelesen, aber wenn es so gut weiterginge, verdiene Canetti den Erfolg. Da sprudelte es aus Canetti heraus: *Und stellen Sie sich vor, ich habe auch einen langen Brief von Thomas Mann bekommen!* Womit Canetti von Musil zu Recht für immer verabschiedet war. Man braucht den Abschnitt *Ein Brief von Thomas Mann* nicht weiterzulesen. Man erfährt, daß Canetti nach dem Treffen im Herrenhof zwar den Brief einige Tage nicht in die Hand nahm, ihn dann jedoch *mit umso größerer Freude* wiederlas. Um Thomas Mann schließlich *den überschwenglichsten Brief meines Lebens* zu schreiben. Ich sagte G., diese Lüge Canettis in eigener Sache, den ich sonst wegen seiner Aphorismen sehr schätzte, beschäftigte mich lange und bildete einen nicht hinwegzudenkenden Ausgangspunkt für meine Arbeit. Der Selbstbetrug Canettis besteht nicht darin vorzugeben, Musil bereits damals über Thomas Mann gestellt zu haben, welche Vorspiegelung sich in offensichtlichem Widerspruch zur Beschreibung der Ereignisse befindet, die das Handlungsgerüst des *Augenspiels* bilden. Die unverzeihbare Lüge Canettis ergibt sich vielmehr daraus, daß er glaubt, Musil doch noch gerecht zu werden, indem er alles tut, um keinen Zweifel daran aufkommen zu lassen, daß er zum Zeitpunkt des Niederschreibens des *Augenspiels* Musil tatsächlich über Thomas Mann stellt. Canetti kann Musil nach *Und stellen Sie sich vor, ich habe auch einen langen Brief von Thomas Mann bekommen!* nicht mehr gerecht werden. Nicht einmal in einem *Augenspiel*, in dem er von vornherein zugäbe, jeder Versuch, Musil gerecht zu werden, wird fruchtlos sein. Ich wolle weder unverzeihbar noch verzeihbar lügen. Natürlich bildete ich mir nicht ein, in meinem Leben existierte nichts, was mit *Und stellen Sie sich vor, ich habe auch einen langen Brief von Thomas Mann bekommen!* konkurrieren könne. Aber ich schriebe darüber kein *Augenspiel*, sondern ein *Kant fängt Feuer*. Ein *Kant fängt Feuer*, welches ein *Augenspiel* nicht mehr zulasse. Meine Bücher enthielten untrennbar und ununterscheidbar beides, das Leben und das Werk. Das Werk und das Leben. Wobei mir die Untrennbarkeit und die Ununterscheidbarkeit von Leben und Werk die Lüge, den Selbstbetrug schwermachten. G. fragte mich, an welches Format ich dachte. Ich sagte Oktavformat. Welches Papier. Ich sagte, auf keinen Fall dickes Papier. Holz- und säurefrei. Der Umschlag. Ich sagte, ich verlasse mich völlig auf seinen Entwurf. Wir machten eine

Runde um die Empore, während der er zu den verschiedensten Zeiten erschienene Bände der *Anderen Bibliothek* herausnahm und mir deren Schriften erläuterte. Im Auslieferungslager zeigte er mir weitere Schriftbeispiele. Ich entschied mich schließlich für die Schrift, in der er Chamfort und d'Aurevilly gesetzt hatte, die Baskerville. Ich fragte, ob es möglich ist, den Helligkeitsgrad und den Kontrast der Schrift so anzupassen, daß er etwa in die Mitte zwischen denjenigen der vorliegenden Exemplare von d'Aurevilly und Chamfort fällt, er sagte, man kann das anläßlich der Korrektur der Fahnen regeln. Um im Juli zu drucken, wollte er im Mai setzen. Ob ich mich demnächst längere Zeit im Ausland aufhielte oder aus anderen Gründen nicht erreichbar sei. Ich verneinte. Ich bat ihn, mir die Fahnen nicht erst zu senden, wenn das ganze Buch gesetzt sein würde. Ich verfüge aufgrund meiner beruflichen Tätigkeit nicht über die Möglichkeit, mich längere Zeit ohne Unterbrechung meinen Büchern zu widmen, ich muß die Korrekturen abends und an den Wochenenden machen. Er wollte mir die Fahnen einzeln zuschicken, sobald sie fertig wären, damit ich mich sofort an die Arbeit machen konnte. Der Vertrag ging mir in der darauffolgenden Woche zu.

Der Schriftsteller hatte Murau so lange Nachrichten an der Rezeption des Hassler hinterlassen, bis dieser sich zu einem Treffen im Caffè Greco bereit erklärt hatte.
»Via Condotti?«
»Natürlich.«
Der Schriftsteller faßte seine cremefarbige Anzugjacke am linken Revers und hielt sie vom Körper weg, so daß er das Markenschild im Inneren lesen konnte.
»*Valentino*.«
Er trug zu dem Anzug weiße Sommerschuhe und einen hellbraunen Ledergürtel mit Messingschnalle.
»Ich habe den Anzug nicht wegen der Marke gekauft. Ich habe ihn gekauft, weil ich anständig aussehen möchte, wenn man mich findet.«
Murau betrachtete das weiß, beige und braun quergestreifte offene Sommerhemd des Schriftstellers.
»Ich verstehe nicht.«
»Möchten Sie schlecht angezogen sein, wenn man Sie tot findet?«
»Darüber habe ich mir nie Gedanken gemacht.«
»Haben Sie auch nicht nötig, weil Sie immer gut angezogen sind.«
»Sie wollen sich umbringen, weil Ihr Buch doch nicht in der *Anderen Bibliothek* erscheint.«
»Das steht noch nicht fest.«
Der Schriftsteller hatte diesmal keinen Aktenkoffer dabei. Auf dem leeren Stuhl neben ihm lag ein Bündel aus Büchern, Zeitschriften und losen Blättern, das mit einem alten Ledergürtel zusammengehalten war. Murau versuchte, unauffällig die Buchtitel zu lesen.
»Seit Sie in der Stadt sind, kann ich mich nicht mehr mit

meinem Schüler treffen, weil ich ständig gewärtig sein muß, daß Sie mir auf dem Pincio auflauern.«
»Sie können auch woanders Unterricht erteilen.«
»Ich kann meine Unterredungen nicht an einem anderen Ort abhalten.«
Der freie Stuhl wurde benötigt, der Schriftsteller mußte sein Bündel auf den Tisch legen.
»Ich werde Sie nicht mehr lange stören.«
Die Buchrücken waren auf der von Murau abgewandten Seite.
»Glauben Sie, daß Ihre Bücher besser werden, wenn Sie sich umbringen.«
»Ein lebender Autor ist immer im Nachteil gegenüber einem toten. – Außerdem ist es nicht einfach, sich umzubringen.«
»Für mich ist es einfach. Ich brauche nur um die Mittagszeit die Treppen von der Spagna zum Hassler so schnell wie möglich hinaufzulaufen.«
»Ich muß mich etwas mehr anstrengen.«
»Ihre Bücher werden nicht gut genug.«
Der Kellner brachte Muraus Tee. Da auf dem kleinen Tisch kein Platz mehr war, löste der Schriftsteller den Gürtel von seinen Büchern und bedeutete dem Kellner, das Tablett mit dem Tee und dem Wasserglas auf den Bücherstapel zu stellen.
»Ich habe geglaubt, die Romane und Erzählungen, die ich geschrieben habe, drücken Wahrheiten aus. Ich habe geglaubt, die Wahrheiten in den Büchern bleiben wahr, die Wahrheit eines späteren Buches macht diejenige eines früheren nicht unwahr. Ich war davon überzeugt, die Romane und Erzählungen, die ich geschrieben habe, drücken die Wahrheiten aus, die mir zugänglich sind. Aber jetzt,

wo ich zum ersten Mal wirklich allein schreibe – ich habe nie allein geschrieben, ich habe nie ein Buch allein geschrieben, ich habe überhaupt nicht geschrieben, bevor ich meine Frau kannte, sie war es, die mich zum Schreiben gebracht hat, sie hätte mich verlassen, wenn ich nicht geschrieben hätte, ich habe nur geschrieben, damit sie streichen, damit sie umstellen, damit sie abändern konnte –, jetzt, wo ich sicher bin, niemand anderer wird das Manuskript abschließen, niemand anderer wird das Manuskript in einen Umschlag geben, ihn verschließen und ihn zur Post bringen, jetzt weiß ich, keiner der Romane und keine der Erzählungen, die ich geschrieben habe, drückt eine Wahrheit aus. Alles, was ich für Wahrheit hielt, ist ausnahmslos und unwiderruflich Unwahrheit. Die Schwebezustände zwischen *wahr*, *vielleicht wahr* und *nicht wahr* stellen ebenfalls Unwahrheiten dar, und die Unwahrheiten, von denen ich schon beim Aufschreiben wußte, es handelt sich um Unwahrheiten, drücken weder auf der nächsten noch auf irgendeiner höheren Stufe Wahrheiten aus. – Ich weiß jetzt, keine Wahrheit bleibt in meinen Büchern für irgend jemanden wahr, ich weiß jetzt, die Wahrheit eines späteren Buches ist nur dann eine Wahrheit, wenn sie die Wahrheit eines früheren Buches unwahr macht, ich weiß jetzt, die Romane und Erzählungen, die ich geschrieben habe, drücken die Wahrheiten aus, die Maria zugänglich sind. Ich weiß jetzt, die einzige Kunst, die ich hervorbringen kann, ist mein Leben.«
»Meinen Sie das ernst?«
Murau blickte auf den Bücherstapel, auf den Schriftsteller und wieder auf den Bücherstapel.
»Wir sind daran gewöhnt, daß Widerspruchsfreiheit und Wahrheit vergesellschaftet sind. Es gab keine Werkzeuge, um widerspruchsfreie, aber nicht wahre Systeme zu hand-

haben. Jetzt verfügen wir über solche Werkzeuge. Aber wir sind auf die Freiheit nicht vorbereitet. Wir haben ein schlechtes Gewissen bei Abstrichen von der Wahrheit.«

Der Schriftsteller rollte den Gürtel zusammen, der seine Bücher gehalten hatte.

»Ich soll mich nicht umbringen, weil die Wahrheiten gar nicht verfehlt sind, weil die Unwahrheiten ebenfalls nicht verfehlt sind, weil es keinen Unterschied macht, ob die Bücher, die mich als Autor führen, viele, weniger viele oder vielleicht gar keine Wahrheiten enthalten?«

»Die privilegierte Stellung der Wahrheit ist niemals etwas anderes gewesen als das Kind einer ungenügenden Ausstattung mit geistigen Werkzeugen.«

»Ich will, daß das ungeschriebene Buch, das den Titel *Mein Leben* trägt, ein besseres Buch wird als die geschriebenen und unter dem Dank an meine Frau veröffentlichten Bücher.«

Murau beobachtete, wie sich beim Zusammenrollen einzelne, spröde gewordene Teile der äußersten Schicht des Gürtels ablösten.

»Sie sind genau der Hundertmillionste, der sein gemeines Leben durch einen ausgesuchten Tod adeln will.«

»Die Wörter, die ich in meinen Romanen und Erzählungen verwende, kommen auch in anderen Romanen und Erzählungen vor.«

»Die Sätze ebenfalls. – Es gibt auch schon das ganze Buch.«

»Wenn es *Mein Leben* bereits gäbe – wäre es allein deswegen schlecht?«

»Es wäre mehr als schlecht. Es wäre uninteressant.«

Der Schriftsteller legte den zusammengerollten Gürtel auf das Tablett mit Muraus Tee.

»Ich habe geglaubt, die Kunst ist ein Bild des menschlichen

Lebens, weil sich in der Kunst alle Möglichkeiten des menschlichen Lebens kreuzen. Jetzt glaube ich, das menschliche Leben ist ein Bild dessen, was die Kunst immer sein wollte. Der Mensch kann zu Kunst erklären, was er will, wann er will, wo er will, auf welche Weise er will. Niemand sonst im Universum kann etwas, was er will, wann er will, wo er will, auf welche Weise er will, zu Kunst erklären. Natürlich haben sich schon andere vor mir umgebracht. Natürlich haben sich schon andere vor Ihnen nicht umgebracht. Warum ist nur der erste interessant? Warum ist der zweite uninteressant?«

Murau sah, daß die Schnalle des Gürtels angerostet war. Und zwar so sehr, daß sie auf dem jetzt unsichtbaren, da von dem Tablett verdeckten obersten Buch aus dem Bündel Spuren hinterlassen haben mußte.

»Gesetzt den Fall, die Fähigkeit von irgend etwas, irgend etwas anderes hervorzubringen, ist begrenzt. Gesetzt den Fall, man will, daß das Etwas möglichst viele verschiedene Ordnungen, möglichst viele verschiedene Strukturen hervorbringt. Dann wird man versuchen, den einzelnen Schöpfungsvorgang immer dann vorzeitig abzubrechen, wenn sich abzeichnet, an seinem Ende würde nur etwas stehen, was es schon einmal gegeben hat. Gesetzt den Fall, das Etwas, das möglichst viel Ordnung, Struktur hervorbringen soll, ist der Mensch. Dann wird man ihn nicht nach physikalischen, chemischen, biologischen oder ökonomischen Anleitungen basteln lassen. Man kann sich vorher ausrechnen, was dabei herauskommt, und vor allem, was nicht dabei herauskommt. – Nein. – Man wird versuchen, ihn zu einem Künstler zu erziehen. – Weder erzeugt noch vermittelt Kunst irgendwelche höhere, andere oder wichtigere Wahrheiten als etwas, was nicht Kunst ist. Weder gelangen

Sie zu oder machen anderen solche Wahrheiten sichtbar, wenn Sie Ihr Leben im Handstreich zu Kunst erklären. Die einzige Wahrheit, die an die Kunst gebunden ist, besteht in ihrer Wirkung, die Dauer des Universums aus der Sicht des Einzelmenschen so eklatant zu verkürzen wie keine andere seiner Betätigungen.«

»Meinen Sie das ernst?«

G. hatte mich bereits anläßlich seines ersten Anrufs gebeten, ich solle mir den unserem Treffen folgenden Donnerstag freihalten, um auf der Vertreterkonferenz für das Herbstprogramm mein Buch vorzustellen. Die Konferenz fand in dem in der Nähe von N. gelegenen Kloster M. statt. Meine Präsentation war für siebzehn Uhr angesetzt, ich traf kurz vorher ein. Es wurde in einem langgezogenen hohen Raum mit Blick auf den Klostergarten getagt. An einer Tischgruppe in Form eines Us die Verlagsvertreter, auf der Stirnseite der Verleger G., Herlinde Koelbl, die nach mir ihr Buch vorstellte, es trug zu diesem Zeitpunkt den Arbeitstitel *Jewish Faces*, man war noch auf der Suche nach dem späteren Titel *Jüdische Portraits,* ich, und um die Ecke der Herausgeber der *Anderen Bibliothek*, ein moderner Klassiker.
Ich begann, ich wolle nichts vorlesen. Ich wolle versuchen, zu dem, was gelesen war oder noch gelesen werde – G. hatte vor der Konferenz allen Vertretern eine Kopie des Manuskripts zugesandt –, einige Erläuterungen zu geben. Nach breiter Übereinstimmung seien Wittgenstein und Heidegger die größten Philosophen des Jahrhunderts. Der Herausgeber der *Anderen Bibliothek* nickte beifällig. Beide beschäftigten sich sowohl mit Detailproblemen als auch mit übergreifenden Fragestellungen. Beide waren sowohl in der Behandlung von Einzel- als auch von allgemeinen Fragen sehr ernsthafte Philosophen. Eine vergleichbare Ernsthaftigkeit gibt es heute unter den Philosophen nur noch bei denjenigen, die sich mit Detailproblemen befassen. Die sich zu übergreifenden Fragestellungen äußern, lassen ihre Häuser in *Domus* publizieren, damit alle wissen, daß sie nur schreiben, um die Raten für ihr Haus aufzubringen (jeder Theaterschauspieler, der in einer Fernsehserie auftritt

und damit berühmt wird, auf die Frage, warum spielen Sie in der Fernsehserie: Ich habe ein Haus für meine Familie gekauft, ich muß die Hypothek abzahlen), lesen *Spex* oder haben Angst vor Aids. *Jadis il fallait craindre de mourir dans le déshonneur, ou dans le péché. Aujourd'hui, il faut craindre de mourir idiot.* Und sterben dann auch als Dummköpfe: an *empoisonnement du sang*. Aber das Personal ist am Zustand der Philosophie der Gegenwart nur mitschuldig. Denn es ist nicht (mehr) möglich, Philosophie ernsthaft als Zusammenschau von Sachverhalten, die üblicherweise nicht zusammengeschaut werden, zu betreiben. Auf dem ganzen Planeten existiert kein Mensch (mehr), der sich vernünftig über die Superstring-Theorie, über die Theorie der rationalen Erwartungen und über den Abbruch von *Tilted Arc* zu äußern imstand ist. Wittgenstein und Heidegger haben alles gesagt, was man über die Zeit sagen kann, ohne als Zeitsachverständiger in sie einzudringen. Was es darüber hinaus zu sagen gibt, erfordert ein solches Eindringen. Lebensspanne und Verarbeitungskapazität des Menschen lassen durchaus zu, daß sich jemand mit der Superstring-Theorie, mit der Theorie der rationalen Erwartungen und mit *Tilted Arc* und New York derartig beschäftigt, daß er zu einem bestimmten Zeitpunkt seines Lebens in der Lage ist, über alle drei Gegenstände etwas Sachkundiges zu äußern. Dem stellen sich jedoch vor allem zwei Hindernisse entgegen, die tatsächlich nie überwunden werden. Die Grenzen zwischen den Fächern, die deswegen so verbarrikadierend wirken, weil sie immer als Grenzen zwischen Menschen, nicht jedoch als Grenzen in Menschen gesehen werden, und die Geschwätzigkeit des Menschen. Damit jemand in der Lage ist, sich sachkundig zur Superstring-Theorie, zur Theorie der rationalen Erwartungen und zu *Tilted Arc* zu äußern, muß er neunmal länger lernen, als wenn es darum geht, sich zu lediglich einem der drei Gegenstände vernünftig zu äußern, und somit, bis er sich vernünftig zu äußern fähig ist, neunmal länger schweigen. Was tut jemand, der die Grenzen in sich selbst wahrnimmt, der üblich geschwätzig ist, der grundsätzlich – wenn er auf zahlreiche andere liebgewordene Verrichtungen verzichtet – dazu in der Lage ist, das Neunfache der Zeit aufzubringen, die er auf den Umgang mit der Theorie der rationalen Erwartungen verwandt hat, und der ernsthaft Philosophie betreiben will. Er beobachtet, der einzige Unterschied zwischen dem Schreiben eines philosophischen Papers und der Gestaltung einer Anzeige für einen Markenartikel beziehungsweise zwischen dem Verfassen eines Buches und der Konzeption einer Kampagne besteht darin, daß in der Werbebranche die Gehälter sehr viel höher sind als bei den Berufsphilosophen. Ich sagte, in der Philosophie sei Ernsthaftigkeit nicht (mehr) möglich, in der Literatur sei Ernsthaftigkeit (noch) möglich (es war noch nicht die Zeit, in der die Autoren Literaturagenten einschalteten, um möglichst hohe Honorarvorschüsse zu erzielen, weil die neuen Zähne, auf denen die neue amerikanische Frau bestand, so teuer waren). Man kann dabei sogar das *(noch)* streichen. Philosophie ist Behaupten, Feststellen, daß etwas so ist. Selbst wenn nur Fragen formuliert werden, wird damit festgestellt, etwas verhält sich nicht so, daß die entsprechende Frage nicht aufzuwerfen ist. Man macht sich lächerlich, wenn man etwas über die Superstring-Theorie, die Theorie der rationalen Erwartungen und *Tilted Arc* behauptet, ohne die entsprechende Zeit für die Beschäftigung mit diesen Gegenständen aufzubringen. Man macht sich jedoch nicht minder lächerlich, wenn man sie aufbringt. In diesem Zu-

sammenhang müsse ich auf einige unbezahlbare Vorteile der erzählenden Form hinweisen. Die erzählende Form bietet zum Beispiel die Möglichkeit, alle diejenigen Betrachtungen auszuformulieren, die man nicht im Rahmen einer wissenschaftlichen oder kommerziellen Werbebotschaft verbreiten kann, weil es (noch) keine entsprechende Zielgruppe für diese Betrachtungen gibt. Die erzählende Form erlaubt weiter, (noch) die eine oder andere unleugbar philosophische Einsicht in die Welt zu setzen, deren Überlebenschance genau darin besteht, daß sie nicht mit einer philosophischen Saugglocke ans Licht gezerrt wird. Wo man nicht (mehr) in der Lage ist, etwas zu behaupten, wovon man sagen darf, es ist wahr, da kann man erzählen, man behaupte etwas, und man darf sagen, das Erzählte ist wahr. Weil man unbedingt glauben will, man hat sich doch (noch) ein Quantum Wahrheit gesichert, hofft man, die Wahrheit des Erzählten möge auf das im Erzählten Behauptete abfärben.
G. beeilte sich hinzuzufügen, daß ich trotz meiner Einführung in meinem Buch eine Geschichte erzählte. Im Verlauf der kleinen Diskussion, die sich anschließend entsponn, beantwortete ich Fragen. Auf diejenige nach literarischen Vorbildern erwähnte ich Konrad Bayer, für den ich große Bewunderung hege.
G. nahm an dem gemeinsamen Abendessen in der Klostergaststätte nicht teil, sein heranwachsender Sohn war den Tag über zu einer Zahnbehandlung in München gewesen und eingeschlafen, als der Zug in N. hielt, so daß G. ihn vom Bahnhof einer anderen Stadt abholen mußte. G. hatte dem Herausgeber der *Anderen Bibliothek* umrißhaft von meinen Büchern erzählt. Der sprach mich an, es sei merkwürdig, daß es in der Gegenwartsliteratur keine sachkundigen Erzählungen oder Romane über die Innenwelt des Busi-

ness gebe. Die einschlägige Prosa beschränke sich auf den Blick von unten – wie zum Beispiel Richartz' *Büroroman* oder Hilbigs *Die Weiber*. Ich sagte dem Herausgeber der *Anderen Bibliothek*, wenn aus Corporate world keine Prosa herausdringt, ist dies Folge der unerläßlichen Einförmigkeit der angestellten Lebensläufe. Der Höhepunkt des Erfolgs, so er eintrifft, Ausnahmen in den USA und in der Computerbranche, liegt jenseits der zweiten Lebenshälfte. In den Vorstand kommt man in der Regel mit vierzig, an dessen Spitze mit fünfzig, in den Aufsichtsrat mit sechzig und an dessen Spitze mit siebzig. Niemand schreibt, weil es ihm zu gut geht. Bleibt kraftzehrenden Karriereübungen ein vorzeigbares Ergebnis versagt, wird zu lange damit gerechnet, es werde sich doch noch einstellen. Niemand schreibt, solange er noch hofft. Selbst wenn die Firma in eine Beckett-Welt transformiert wird, der Dümmste erkennt sich zuerst wieder, um den Kopf des Autors zu fordern, weil dieser das Buch nur geschrieben hat, um ihn und die Firma zu desavouieren. Wird sich dann doch endgültig in die Einsicht gefügt, daß die Karriere keine war, soll die Pensionsberechtigung nicht aufs Spiel gesetzt werden. Kurz: In Corporate world geht es nur bergauf. Manchmal tatsächlich, wirklich steil eher selten, häufig sieht es nur so aus, warum sollte man sich mit Überlegungen beschweren, die womöglich in andere Richtungen und auf andere Routen führen. Weil der Höhepunkt des Erfolgs kurz vor dem Ableben liegt, besteht keine Notwendigkeit, sich selbst so nahezutreten wie Franz Kafka Hermann Kafka nahegetreten ist. Weil der Höhepunkt des Erfolgs nach dem Ableben liegt, besteht keine Möglichkeit für Hermann Kafka, sich gegen Franz Kafka zu wehren. Alle tranken sehr viel, ich konnte nicht feststellen, daß sich der Herausgeber der *Anderen Bibliothek* dabei

zurückhielt, dennoch machte er auf mich einen fast unwirklich nüchternen Eindruck. Er sagte, Geld sei eine Sprache. Vielleicht gebe es für das Erlernen dieser Sprache ebenfalls einen Prägungszeitraum, in dem man sie sich besonders schnell aneigne, und vielleicht mache die Beherrschung dieser Sprache den Beherrscher besonders unwillig, außerhalb des Prägungszeitraums eine andere Sprache, zum Beispiel die der Literatur, zu erlernen.
Ich verabschiedete mich noch vor Mitternacht, kurz nachdem G. wieder eingetroffen war und mir versichert hatte, er sei mit der Präsentation meines Buches sehr zufrieden gewesen. Ich übernachtete im selben Stockwerk, auf dem sich auch der Raum befand, in dem die Konferenz tagte. Das hohe und große Zimmer enthielt zwei Betten, einen Schrank, einen Tisch und zwei Stühle aus hellem Holz sowie ein Waschbecken. Es war so kalt, daß ich beide Federbetten benutzte. Durch den Spalt zwischen der alten Holztür und der Schwelle aus Naturstein drang Licht ein. Das von allen auf diesem Stockwerk untergebrachten Gästen gemeinsam zu benutzende Bad lag unmittelbar neben meinem Zimmer. Die Schritte der Vorbeigehenden hallten auf dem uralten grauen Steinboden des Gangs vor dem Zimmer. Ich schlief unruhig und wachte sehr früh am Morgen auf, ohne wieder einschlafen zu können.

Am einunddreißigsten Mai erhielt ich die ersten Fahnen. Die Korrekturen und die Revisionskorrekturen zogen sich bis in den Juli hinein, sie kosteten mich weit mehr Zeit und Anstrengung, als ich mir vorgestellt hatte.

ZUSAMMENHANG

G. Verlag
N.

Herrn Dr. Georg Voigtländer *23. April 1989*

Lieber Herr Voigtländer,

für Ihren Besuch und die gelungene Präsentation des ersten Bandes herzlichen Dank. Ihr Auftritt hat Spuren hinterlassen und großes Leseinteresse bei den Vertretern ausgelöst. Die Reise der etwa 1200 Buchhandlungen besuchenden Vertreter beginnt Anfang Juni. Wir sollten gemeinsam mit unserem Pressemann die Strategie für den neuen Autor und seine sieben Bände in Kürze verabreden. Bis 10. Mai müssen alle Vorbereitungen getroffen sein.

Am kommenden Donnerstag, den 27.4., bin ich in Frankfurt, und wir könnten uns dort mit unserem Pressemann treffen.

Band I muß Ende Juli/Mitte August erscheinen. Der Satz wird bis Mitte Mai abgeschlossen sein, in der zweiten Hälfte Juni soll der Druck in der Werkstatt erfolgen – für die Buchbinderarbeiten werden weitere zwei Wochen benötigt. Ein ausgewählter Kreis von Rezensenten sollte unverzüglich mit einem persönlichen Brief das Manuskript als Kopie oder Umbruchabzüge in Teilen erhalten. Die kurzen Texte zu Ihrer Person und zum Text sowie ein Ganzbild von Ihnen (am liebsten im Mantel und im Freien) – weiter ein Portrait mit Ihren besonderen Augen – und ein Bild Ihrer Hände – diese scheinbar unbedeutenden Dinge müssen wir gemeinsam und mit Bedacht vorbereiten. Die Aufnahmen sollte vielleicht Herlinde Koelbl übernehmen, wenn Sie keinen eigenen Wunsch haben.

DIE GRAMMATIK DER VOLLKOMMENEN KLARHEIT ist für mich ein besonderes Werk – ich will gemeinsam mit allen verantwortlichen Mitarbeitern im Feld unserer Möglichkeiten um den besten Erfolg mit Ihnen gemeinsam kämpfen – neben Ihrem Werk strömt eine Flut von Buchstaben und Beziehungen, wir werden kämpfen.

Lieber Herr Voigtländer, erlauben Sie mir bitte nach unseren offenen Gesprächen vom vorletzten Sonnabend eine höfliche Frage: Mein Verlag kämpft seit etwa zwei Jahren nach schnellem Wachstum gegen hohe Kosten, und wir segeln mit unseren Liquiditätsproblemen seit dieser Zeit hart am Wind. Um Schaden vom Verlag abzuwenden, habe ich mit großen Bemühungen in den letzten zwei Jahren, mit äußerster Sparsamkeit und dem stattgefundenen Ransmayr-Glück nach weiteren Lösungen gesucht, um dem Verlag die Fesseln der unzureichenden Finanzierung etwas zu lockern.

Der Verlag hat inzwischen eine ausgeglichene wirtschaftliche Position erreicht. Die fixen Kosten sind überschaubar, die umsatzabhängigen Kosten unter dem Durchschnitt der Branche. Die Verlustvorträge aus den Jahren (unleserlich) ergeben im steuerlichen Bereich für die nächsten Jahre Handlungsspielraum. Eine Pressegruppe aus (unleserlich) ist bereit, für 49% der GmbH DM (unleserlich) zu bezah-

len – in der Geschäftsführung werden nach einem Eintritt andere Spielregeln herrschen. Inhaltliche Einflüsse sind nur bei schlechten wirtschaftlichen Ergebnissen denkbar.

Alternativ zu dieser Gruppe habe ich mich um ein persönliches Darlehen in derselben Höhe bemüht – eine Entscheidung muß ich bis Ende April treffen. Ihre Worte sind mir noch in den Ohren: „Versuchen Sie, alleine zu gehen" – ich teile diese Meinung nicht nur aus egoistischen Gründen.

Der Verlag und ich selbst stehen an einem Scheideweg – die Schönheit und Intensität der harten Arbeit haben mir in allen Jahren mehr bedeutet als der sichere Schoß einer großen Firmengruppe. Meine persönlichen Ressourcen habe ich gemeinsam mit meiner Frau den beiden Banken des Verlages als Sicherheit anvertraut – das bedruckte Papier hat für die Banker kaum mehr Wert, als wenn die Kilomenge zur Papiermühle gebracht würde. Von Urheberrechten halten die Einrichtungen des Geldes ebenfalls wenig.

Der Weg des persönlichen Darlehens mit einer Absicherung, daß der Verlag mit seinen Rechten und stillen Reserven gemeinsam mit mir dafür gutsteht – das erscheint mir der im Augenblick bessere Weg als die Veräußerung eines wesentlichen Anteils.

Die Tilgung des Darlehens sollte langfristig, die Verzinsung eher niedrig sein. Zu weiteren Informationen über meine persönlichen und die wirtschaftlichen Verhältnisse bin ich gerne bereit.

Lieber Herr Voigtländer, wenn Ihnen meine Bitte unpas-

send und unangenehm ist, dann bitte nur ein kurzes Nein. Unabhängig von Ihrer Entscheidung werde ich Sie über die Entscheidungen im wirtschaftlichen Bereich kurz unterrichten – ich habe zu Ihnen Vertrauen. Das wird sich bei einem Nein nicht ändern.

Mit herzlichen Grüßen aus N.
Ihr

G.

Ich rief G. sofort nach Erhalt des Briefs an und sagte ihm, daß ich ihm leider nicht helfen könne. Mein Vermögen bestehe in meinem Anteil an der Familienfirma. Ich könne aus dieser ohne Zustimmung der anderen Seite nichts entnehmen, und ich dürfe meinen Anteil auch nicht beleihen. Es gebe für mich keine Möglichkeit, ihm durch ein Darlehen zu helfen. Er bat mich, ihm die Frage nicht übelzunehmen. Ich sagte, es gebe nicht den geringsten Grund für mich, ihm das Ansinnen übelzunehmen. Im Gegenteil. Er müsse mich fragen, denn er müsse alles tun, um seinen Verlag in der gegenwärtigen Form zu erhalten. Er sagte, das weitere werde wie besprochen vorangetrieben. Diese Antwort auf G.s Ansinnen fiel mir leichter als ursprünglich angenommen. Ich hatte gerade die Zahlen der Firma für das erste Quartal aufbereitet. Umsatz und Ergebnis lagen deutlich unter Plan.

Ich habe das Schauspiel hunderte, wenn nicht tausende Male geprobt. Ich habe nicht nur meinen Text gesprochen. Ich habe alle Texte gesprochen. Ich habe alle Fassungen, alle Streichungen, alle Hinzufügungen, alle Ausgänge ausgesprochen und dargestellt. Ich war immer sicher, ich würde das Schauspiel nicht vergebens proben, ich war immer überzeugt, ich würde nach Wolfsegg zurückkehren, ich habe immer gewußt, ich würde eines Tages vor der von dem großen Mauertor und den Ästen der Torkastanien eingerahmten Bühne stehen und nicht für einen eingebildeten und vorgestellten, sondern für einen wirklichen Auftritt bereit sein. Ich sah die Gärtner große schwarze Tücher aus der Orangerie hinaus- und in die Meierei hineintragen, die sogenannten Katafalktücher, die in einem eigenen Totenzimmer in der Meierei aufbewahrt werden. Unsere Ankunft in Wolfsegg konnte nicht die unauffällige sein. Elaine trug ein hochgeschlossenes, ärmelloses, lilafarbenes Synthetik-Top, einen kurzen, schwarzen Rock aus Kunstleder mit roten Rändern, eine schwarze Strumpfhose in Spinnenmuster sowie metallic-rote Pumps mit außerordentlich hohen Absätzen und Riemchen um die Fesseln. Dazu Plastikarmreifen, Plastikketten und Plastikohrringe. Während sie zu den überraschten Gärtnern hinlief und ihnen die Hände schüttelte, ging ich zum Herrschaftshaus. Ich verharrte am Fuß der Treppe, die in den ersten Stock hinaufführte, dort, wo an der Wand das Bild von Muraus Ururgroßonkel Ferdinand hing, der dem Kaiser das Leben rettete, indem er sich selbst zwischen den Kaiser und einen auf den Kaiser zustürzenden ungarischen Verräter warf. Eine Tat, die der Held mit seinem Tod bezahlte. Bei meinem ersten Besuch auf Wolfsegg, im Alter von zwölf Jahren, hatte ich das Bild nicht beachtet, weil mir auf der Treppe zum ersten Stock ein Hausmädchen entgegengekommen war, jetzt konnte ich bestätigen, Muraus Ururgroßonkel sah, wie Murau immer betont hatte, tatsächlich wie Descartes aus. Ich war bei meinem bisher einzigen Besuch auf Wolfsegg vier Haus- und Küchenmädchen begegnet. Sie trugen alle graue Schürzen, hatten alle die Haare glatt zurückgebürstet, waren alle vollkommen schmucklos und sahen aus wie meine Schwestern. Als ich im ersten Stock Schritte hörte, verließ ich das Vorhaus wieder. Ich ging über den Hof, wo ich weder die Gärtner noch Elaine sah, und betrat die Kapelle. Ich mußte daran denken, wie mir die Klosterkirche von Kremsmünster im Lauf der dort am Klosterinternat verbrachten Jahre vom *Hort des Friedens und der Einkehr* zunächst langsam, dann immer schneller und immer unaufhaltsamer zum *Ort der Unheimlichkeit und des Schreckens* wurde. Wie ich als Zehnjähriger, in unaussprechlichem Triumph darüber, nicht nur als einziger von allen Alterskameraden aus der Volksschule in das Stiftsinternat von Kremsmünster geschickt worden zu sein, sondern auch über die Gewißheit zu verfügen, jederzeit und ohne Mühe zu den Besten im Stiftsinternat zu gehören, die Klosterkirche jedesmal *mit forschem Schritt* verließ, so trat ich, älter geworden, als *Gedemütigter, Bestrafter* wieder ins Freie. Je näher die Matura heranrückte, desto unwiderleglicher verwandelte sich die Klosterkirche in einen *hohen Gerichtssaal*, in dem ich jedesmal abgeurteilt wurde. Wie ich mich jedesmal nicht hatte entschließen können, die Klosterkirche zu verlassen, wenn die Messe oder die Andacht schon längst beendet war, auch wenn ein Schulprogramm das Verlassen der Klosterkirche erzwang, konnte ich mich auch diesmal in der Kapelle der Muraus, deren Architektur und Ausstattung derjenigen der Klosterkirche zu Kremsmünster so ähnlich war, nicht dazu aufraffen, nach draußen zu gehen, Elaine zu suchen und mit ihr Muraus Auftrag zu erfüllen. Ich weiß nicht, wie lange ich in der Kapelle blieb und warum Elaine nicht nach mir suchte oder nach mir suchen ließ. Jedenfalls kehrte ich allein in das Vorhaus zurück. Dort nahm ich jedoch nicht die Treppe zum ersten Stock, sondern ich ging zur Küche. Die Küchenmädchen sprachen sehr leise, obwohl seit dem Tod von Muraus Eltern und seines Bruders geraume Zeit vergangen war, verhielten sich immer noch alle so, als ob es ein Trauerhaus war. Es würde ein Trauerhaus sein, bis Murau die Entscheidung gefällt haben würde, was mit Wolfsegg geschehen sollte. Vielleicht war es die massive Tür, die die hinter ihr entstehenden Laute in charakteristischer Weise veränderte, vielleicht war es die Diele, in der widerhallte, was aus der Küche drang, es war, als ob dort meine Schwestern miteinander flüsterten. Schließlich nahm ich doch die Treppe zum ersten Stock, wo ich plötzlich vor Muraus Schwestern Amalia und Caecilia stand. Beide trugen Schwarz. Amalia war in ihrem enganliegenden Wollkleid, die Haare auf dem Hinterkopf zusammengebunden, gefaßt, überlegen, die amtierende Herrscherin über Wolfsegg. Caecilia hielt sich neben ihr, aber niemals vor ihr. Ich wollte mich für mein unbefugtes Eindringen entschuldigen und mich vorstellen, aber sie schnitten mir das Wort ab, sie wüßten Bescheid. Ihr Bruder hätte sie davon benachrichtigt, daß er eine bekannte Innenarchitektin – sie sprachen das Wort *Innenarchitektin* mit nicht wiederzugebender Verachtung aus – nach Wolfsegg schicken werde, die sich die Kindervilla ansehen und die Vorschläge machen sollte, in welcher Form die schon seit längerer Zeit verfallene, jetzt durch den Brand, den die Landstreicher im ebenerdigen Zimmer verursacht hatten, zusätzlich verwüstete Kindervilla instandzusetzen wäre. Ihr Bruder hätte ihnen auch mitgeteilt, daß sie von einem seiner Freunde begleitet werde. Die Schwestern hatten meinen Namen niemals vorher gehört. Ihre Blicke machten deutlich, daß jeder Versuch, eine Konversation zu beginnen, sinnlos war. Auf einer Biedermeierkommode lagen die *Oberösterreichischen Nachrichten* vom Tag nach dem Tod von Muraus Eltern und seines Bruders. Nach einer Periode lastenden Schweigens, denn die Schwestern machten gleichwohl keine Anstalten, umzukehren und mich allein an der Treppe zurückzulassen, als ich bereit war, widerspruchslos zu Elaine in die Kindervilla zu gehen, fragten die Schwestern auf einmal, ob ich mich frischmachen wolle. Ich nickte stumm. Sie führten mich – ich hatte es gehofft – in Muraus Zimmer. Ich sagte, ich empfände es als unangebracht, das Zimmer des jetzigen Herrn von Wolfsegg zu benutzen. Im übrigen hätten Elaine und ich uns darauf eingerichtet, in einem Gasthof im Dorf zu übernachten. Es sei auch zur Erfüllung unserer Aufgabe gar nicht nötig, ihre Gastfreundlichkeit in Anspruch zu nehmen. Die Schwestern gingen auf meine Einwände nicht ein. Die Zimmer ihres lebenden und ihres toten Bruders, in letzterem sollte Elaine übernachten, waren die einzigen Zimmer im Haus, die Besuchern zur Verfügung gestellt werden konnten. Der Gästetrakt des Haupthauses war nicht beheizt, zudem die Möbel abgedeckt. Nach dem Tod ihrer Eltern und ihres Bruders hatten die Schwestern das Personal drastisch reduziert. Die Mehrzahl der Haus- und Küchenmädchen, der Gärtner und der Jäger waren entlassen oder in die Landwirtschaft geschickt worden. Ich mußte nicht begründen, daß ich mich fügte, da die Schwestern, vor der Tür von Muraus Zimmer angelangt, diese nur aufmachten, und mich dann, ohne einen Blick in das Zimmer zu werfen und ohne einen Hinweis auf den weiteren Ablauf, allein ließen. Ich warf meine Kleider zu Boden und ging nackt in das Badezimmer. Nach dem Duschen wollte ich mich rasieren, ich hatte jedoch keine Rasiercreme eingepackt. Ich fand auch keine Rasiercreme im Bad. So ging ich in das Zimmer von Muraus Vater. An der Tür hing der Schlafrock von Muraus Vater, auf dem Spieltisch, den Muraus Vater immer als Toilettentisch verwendete, das silberne Toilettengeschirr, das Muraus Mutter seinem Vater aus Paris mitgebracht hatte, vor dem Bett lagen die weichen schwarzen Pantoffeln aus Chevreauxleder, hochelegant und jetzt erst recht ungetragen. Ich kehrte in mein Badezimmer zurück, ohne auf dem Gang jemanden zu treffen. Ich las zunächst in den *Oberösterreichischen Nachrichten* vom Tag, legte diese jedoch sehr schnell beiseite und schlief für unbestimmte Zeit ein, um erst durch ein Klopfen an meiner Tür aufzuwachen. Die Schwestern ließen mir ausrichten, ich sollte zu Elaine in die Kindervilla kommen. Die Kindervilla war fast ganz ausgeräumt. Es gab keine Bilder mehr an den Wänden. Obwohl Elaine bereits einige der Fenster geöffnet hatte, war die Luft entsetzlich muffig. Nur das Herrschaftshaus besaß so hohe Fenster wie die Kindervilla, in der nach dem Krieg zwei Gauleiter und zahlreiche SS-Obersturmbannführer, mit welchen Muraus Eltern befreundet gewesen waren, Unterschlupf gefunden hatten. Elaine war ganz in die Betrachtung der Stukkaturen an der Decke versunken, die Szenen aus klassischen Schauspielen, darunter solche aus dem *Nathan*, aus den *Räubern* und aus dem *Urfaust* zeigten. Durch die Stukkaturen gingen große Risse. Als ich Elaine ansprach, unterbrach sie mich mit einer Handbewegung und flüsterte mir zu, daß die Schwestern im Dachzimmer waren und uns hören konnten. Sie hielt einen Stift und einen Zeichenblock in der Hand. Ich ließ sie mit ihrem leeren Zeichenblock allein und stieg in das oberste linke Dachzimmer hoch, wo die Schwestern nebeneinander auf einer mit grünem Samt überzogenen Bank saßen. Sie hatten jetzt genau die spöttischen Gesichter, die Murau immer beschrieben hatte. Ich überlegte, wie sie sich wohl verhalten hätten, wenn ich sie vorher auf dem Gang getroffen hätte. Ich dachte, sie hätten, wenn sie mich nackt im Halbdunkeln gesehen hätten, ihre Köpfe nicht in unterschiedlicher Richtung von mir weggedreht, niemals Amalia in die eine und Caecilia in die andere, etwa die eine links und die andere rechts an mir vorbeischauend, auch wenn sie es auf diese Weise viel wirksamer und gründlicher vermieden hätten, mich anzusehen, sondern sie hätten sklavisch ihre Köpfe in die gleiche Richtung von mir weggedreht. *Ich hätte ihnen jetzt alles mögliche befehlen können, dachte ich, und sie hätten meinen Befehl ausgeführt. Ich hatte sie vollkommen in der Hand.*

Zur Abreise erschien Elaine in einem glänzenden schwarzen Plastikkleid. Das Stück war zwar am Hals hochgeschlossen, ließ jedoch die Schultern frei und war äußerst enganliegend sowie äußerst kurz. Sie hatte die Augenlider pink und lila geschminkt und holte immer wieder den Lippenstift aus einer kleinen Umhängetasche, um sich die Lippen im selben roten Ton wie die Streifen unter den Armausschnitten des Kleids und die Pumps nachzuziehen.
Ein Stubenmädchen richtete uns aus, daß die Schwestern in einer dringenden Angelegenheit nach Wels gefahren waren und voraussichtlich erst spätabends zurückkehren würden. Wolfsegg war an diesem Tag wie ausgestorben. Wir bekamen außer dem Stubenmädchen, das uns die Botschaft der

Schwestern brachte, und dem Küchenmädchen, das uns die Mahlzeiten auftrug, niemanden mehr zu Gesicht. Wir verließen Wolfsegg, ohne den Schwestern noch einmal begegnet zu sein.

Auf der Reise führten wir die Partie, die wir zusammen gegen die Schwestern gespielt hatten, gegeneinander fort: Weder Elaine noch ich erwähnten Wolfsegg und unseren Auftrag mit einem Wort.

In dem für uns von Murau reservierten gemeinsamen Schlafwagenabteil – Murau hatte darauf bestanden, daß wir nicht das Flugzeug nahmen – bezog Elaine das untere, ich das obere Bett. Sie stand am Waschtisch, um sich für die Nacht vorzubereiten. Ich wollte das Abteil verlassen, aber sie sagte, es sei nicht nötig, daß ich mich zum Zeitunglesen auf den Gang stellte. Ich legte mich also wieder auf mein Bett. Als sie sich auszuziehen begann, sagte ich, sie ist nicht die erste, die Kleidungsstücke und Accessoires von Woolworth kombiniert. Es gab vor ihr Entwerfer für und Einkäufer von Woolworth, die vielleicht nicht jede einzelne mögliche Kombination von Kleidungsstücken und Accessoires, aber doch einen aussagefähigen Anteil davon vollzogen haben, darunter mit Sicherheit auch solche, die als den von ihr bevorzugten Kombinationen ähnlich einzustufen sind. Warum sie nicht zum Beispiel Woolworth mit Gaultier kombiniert. Damit wird die Wahrscheinlichkeit geringer, daß es jemanden vor ihr gibt, der diese oder eine andere Kombination bereits vollzogen hat. Die Sachen, die sie trug, waren nicht von Woolworth. *Renate Buccone*, falls ich damit etwas anfangen könne. Ich versicherte, ich könne etwas damit anfangen. Sie werde mir eine Antwort auf meine Frage geben.

Ich blätterte in den *Oberösterreichischen Nachrichten* vom

Tag. Als ich aufblickte, war sie immer noch mit dem Reißverschluß ihres Kleids beschäftigt, der an der Taille klemmte. Das darüber offene Kleid gab den Blick auf den Riemen und die Träger eines schwarzen Büstenhalters frei. Elaine versuchte, mit beiden Händen den Reißverschluß immer wieder kurz nach oben und dann nach unten zu ziehen, wobei sie jedoch über einen bestimmten Punkt nicht hinauskam.

Es dauerte, bis Elaine das Reißverschlußproblem gelöst und das Kleid ausgezogen hatte. Der schwarze Büstenhalter war mit Spitzen besetzt, ebenso der Schlüpfer und der Strumpfhalter. Die Schuhe hatte sie anbehalten oder wieder angezogen. Sie lehnte am Waschtisch, strich sich die Haare nach hinten, holte aus ihrer auf dem Waschtisch liegenden Umhängetasche einige Stifte, zog zuerst auf dem rechten, dann auf dem linken Augenlid den am Nasenwinkel ansetzenden, nach oben geschwungenen lilafarbenen und den darunter parallel laufenden pinkfarbenen Bogen nach, trug erneut Lippenstift auf, legte die Stifte in das Täschchen zurück, drehte sich um, stützte sich mit beiden Händen rückwärts auf den Waschtisch und lächelte mich an.

Ich blickte sie über meiner Zeitung an, sagte nichts und tat nichts. Sie verharrte in unveränderter Stellung.

Nach einer Zeitspanne, die ich nicht angeben kann, ihr Gesichtsausdruck war in unmerklichem Übergang ernsthaft geworden, sagte sie, dies sei die erste Hälfte der Antwort gewesen.

Sie löste die Strümpfe vom Strumpfhalter und zog den Schlüpfer aus, indem sie wie ein fünfjähriges Mädchen mit den Hüften wackelte. Den Büstenhalter legte sie auf den Waschtisch. Die Beine gespreizt, stand sie über den Waschtisch gebeugt und wusch sich das Gesicht. Sie griff mit der rechten Hand unter den Wasserhahn, sammelte Wasser in

der Handfläche, hob den linken Arm, benetzte mit der rechten Hand die linke Achselhöhle und rieb sie. Anschließend wandte sie sich zur Seite, so daß ich sie von rechts im Profil sehen konnte. Sie führte die linke Hand erst zum Wasserhahn und dann unter die rechte Brust, die sie mit der rechten Hand hochhob. Darauf drehte sie sich wieder um, preßte die gespreizten Beine gegen den Rand des Waschtischs und wusch sich vor dem laufenden Wasserhahn zwischen den Beinen. Nachdem sie sich im Gesicht, unter den Achseln, unter den Brüsten und zwischen den Beinen gründlich abgetrocknet hatte, wandte sie sich wieder mir zu. Ein Blick, völlig ausdruckslos und unbeweglich, wie eingefroren. An den Oberschenkeln eine rote Linie als Abdruck des Waschtischs, gegen den sie sich gepreßt hatte. Unter den Brüsten jeweils große rote Flecke gereizter Haut. Das Gesicht weiß und blutlos. Der Mund offen, als wolle sie etwas sagen. Die Augenbrauen waren außen buschig, zur Nase hin dünn. Die Augenlider geschwollen. Die Nase mit den kleinen und runden Nasenlöchern wirkte formlos. Um den Mund herum Spuren von verschmiertem Lippenstift. Ohne den Lippenstift war die Oberlippe zu schmal, der Abstand zwischen Nase und Mund zu groß. Die Haare hingen naß in die Stirn.
Sie sagte, dies sei die zweite Hälfte der Antwort. Ich wußte nicht, was sie meinte, und wollte nichts erwidern.
Darauf bückte sie sich, um die am Boden liegenden Schuhe aufzuheben, wandte sich dem Waschtisch zu, sammelte die sich darauf befindenden Kleidungsstücke und Accessoires ein und stieg nackt in ihr Bett. Sie wünschte mir mit ruhiger Stimme eine gute Nacht. Ich sagte, bei mir würde es nicht lange dauern, ich müsse mir nur noch die Zähne putzen, und wünschte ihr ebenfalls eine gute Nacht.

ERKUNDUNG

Aktenvermerk *26.5.1989*

Arbeitszeit unserer Verwaltung:
Montag – Freitag: 7.30 – 16.00 Uhr
Mittagspause: 12.00 – 12.40 Uhr

Geschäftsführer müssen eine Vorbild-Funktion mit Motivation für alle Mitarbeiter erfüllen. AT-Angestellte in anderen Firmen haben verbreitet einen Einsatz von 10 – 12 Std. täglich.

Arbeitszeit der Geschäftsführer in unserer Firma:
Montag – Freitag:
Beginn: 8.00 Uhr
Mittagspause: 1 1/2 Std. einschließlich Fahrzeit nach Hause
Ende: nicht vor 16.00 Uhr, dem Büroschluß unserer Angestellten; Abweichung hiervon in Sonderfällen, nicht regelmäßig

Etwa 45 Arbeitsstunden pro Woche sehe ich für einen verantwortungsbewußten Geschäftsführer als untere Grenze an.

HV

Gedächtnisprotokoll

einer Besprechung der Herren Dipl.-Ing. Heinrich Voigtländer, Dr. Georg Voigtländer, Dipl.-Ing. Friedrich Voigtländer, Rechtsanwalt Matthias Fegelein und Steuerberater Dr. Andreas Krapp am 16.6.1989 in der Kanzlei Dr. Krapp.

Beginn: 8.30 Uhr
Ende: 13.00 Uhr

Herr Dipl.-Ing. Heinrich V. hält es für unumgänglich, daß die Geschäftsführer Dipl.-Ing. Friedrich V. und Dr. Georg V. vor Abschluß der Gesellschaftsverträge ihre Kompetenzen definieren und ihre Arbeitsgebiete klar voneinander abgrenzen. Herr Dipl.-Ing. Heinrich V. legt einen Entwurf für die Arbeitsteilung zwischen den zukünftigen Geschäftsführern in Form eines Organigramms vor, das sich nach seiner Aussage weitgehend am derzeitigen Ist-Zustand der Organisationsstruktur der Voigtländer OHG orientiert.

Letzteres wird von Herrn Dr. Georg V. entschieden bestritten. Grundgedanke der jetzigen Organisationsstruktur der Voigtländer OHG sei die eindeutige Zuordnung der Gesamtverantwortung für ein Erzeugnis zu einer und nur zu einer Person. Der von Herrn Dipl.-Ing. Heinrich V. vorgelegte Entwurf nehme jedoch die Entwicklungs- und Konstruktionsabteilungen für die einzelnen Erzeugnisse aus dem Einflußbereich des jeweiligen Erzeugnisverantwortlichen heraus und unterstelle sie Herrn Dipl.-Ing. Friedrich V. Herr Dr. Georg V. tritt für eine Organisationsstruktur ein, in der jeder Geschäftsführer auf der einen Seite für bestimmte Erzeugnisse und auf der anderen Seite für be-

stimmte auf das Gesamtunternehmen bezogene Funktionsbereiche verantwortlich ist; dabei gehe Erzeugnisverantwortung vor Funktionsverantwortung, jeder Geschäftsführer erbringe als Funktionsverantwortlicher gewissermaßen Dienstleistungen für die erzeugnisverantwortlichen Mitgeschäftsführer. Die eindeutige Erzeugnisverantwortung habe sich in der Vergangenheit bewährt.

Herr Dipl.-Ing. Friedrich V. schlägt eine rein funktionale Organisationsstruktur vor. Dagegen wenden sich Herr Dr. Georg V., Herr Fegelein und Dr. Krapp mit der Begründung, die Märkte, auf denen sich die Voigtländer OHG bewege, seien so vielgestaltig, daß ein reibungsloses Zusammenspiel zwischen einem zentralen Vertrieb und einer zentralen Entwicklungs- und Konstruktionsabteilung unter jeweils verschiedener Leitung nur sehr schwer vorstellbar sei.

Über die Abgrenzung der Aufgabengebiete der zukünftigen Geschäftsführer kann keine Einigkeit erzielt werden. Herr Dr. Georg V. wird den Gesprächsteilnehmern einen Entwurf für ein Organigramm zusenden, der vom Grundsatz der eindeutigen Erzeugnisverantwortlichkeit ausgeht, der sich jedoch ansonsten weitgehend der Vorlage von Herrn Dipl.-Ing. Heinrich V. anschließt.

Weiterhin zeigt sich Herr Dr. Georg V. verwundert darüber, daß Herr Dipl.-Ing. Heinrich V. in seinem Entwurf für die Aufgabenteilung zwischen den zukünftigen Geschäftsführern Herrn Dipl.-Ing. Friedrich V. zuerst aufführt. Er weist darauf hin, es wurde bereits im letzten Jahr Übereinkommen erzielt, die zukünftigen Geschäftsführer auf den Briefbögen, auf allen anderen Geschäftspapieren sowie auf dem

Postabzeichnungsstempel in der Reihenfolge „Dr. Georg V. – Dipl.-Ing. Friedrich V." aufzuführen.

Herr Dipl.-Ing. Heinrich V. und Herr Dipl.-Ing. Friedrich V. machen geltend, der einzige Grund für ihre damalige Zustimmung zu einer solchen Regelung sei die strikte Weigerung des verstorbenen Herrn Dipl.-Ing. Georg V. gewesen, irgendeinen Vertrag zu unterzeichnen, in dem die obige Reihenfolge nicht gegeben sei. Man habe nur deshalb in diesem Punkt nachgegeben, um das von allen Beteiligten als dringend notwendig erachtete Vorhaben der Umwandlung der Voigtländer OHG nicht von vornherein zum Scheitern zu verurteilen. Der Beweggrund, der zu der damaligen Regelung geführt habe, sei jedoch entfallen. Es sei nach allgemeiner Übung selbstverständlich, daß Herr Dipl.-Ing. Friedrich V. auf allen Papieren vor Herrn Dr. Georg V. geführt werde; dafür sprächen die alphabetische Reihenfolge der Vornamen, die längere Dienstzeit in der Voigtländer OHG und das höhere Lebensalter.

Herr Dr. Georg V. wendet sich dagegen, einmal erzielte Übereinkünfte wieder aufzukündigen. Außerdem sei er mittlerweile 50%iger Eigentümer der Voigtländer OHG und somit Geschäftsführender Gesellschafter, während Herr Dipl.-Ing. Friedrich V. mit der Umwandlung der Voigtländer OHG zwar Geschäftsführer, jedoch nicht Gesellschafter werde.

Herr Fegelein betont, keine im Lauf der bisherigen Verhandlungen erzielte Übereinkunft könne für sich bindend sein, entscheidend sei die Gesamtheit aller Verträge und Regelungen, jeder der Beteiligten gebe seine endgültige Zu-

stimmung zu der Gesamtheit aller Verträge und Regelungen erst mit der Unterschrift unter diese. Es müsse möglich sein, einzelne im Verlauf der Verhandlungen angenommene Standpunkte später zu revidieren, weil als Gesamtergebnis der Verhandlungen nur ein ausgewogener Kompromiß zwischen den nacheinander besprochenen gegensätzlichen Vorstellungen der Parteien tragfähig sei.

Herr Dr. Georg V. betont, er fühle sich unverändert an die Zusagen gebunden, die er seinem verstorbenen Vater gegeben habe.

Über die Frage der Reihenfolge der Namensnennung der zukünftigen Geschäftsführer kann keine Einigkeit erzielt werden.

23.6.1989

Andreas Krapp

Matthias Fegelein

Friedrich V.

Georg V.

Heinrich V.

Aktenvermerk *30.6.1989*

Betr.: Kosten-Planung für die neue Erzeugnis-Generation in Bereich IV

1) *Welche technischen Änderungen fallen an?*

2) *Danach: a) Welche Preise nach Vorkalkulation?*
b) Zu welchen Preisen Abgabe?

3) *Wann Ende der Verluste, Abgabe zu Normal-Preisen mit Gewinn?*

4) *Kosten der lfd. Nachbesserungen, um die zurückgelieferten Geräte „auf den neuesten Stand" zu bringen?*

5) *Verlorene Kosten für durch Änderungen hinfällige Werkzeuge?*

6) *Gesamt-Kostenanfall bis zu Fertigung mit Gewinn?*

HV

Aktenvermerk 6.7.1989

Betr.: Besprechung am 7.7.1989

1) *Behelfsweise ermittelte Halbjahres-Ergebnisse der verschiedenen Bereiche für 1988, insb. Bereich IV.*

2) *Welche Verluste beim Anlauf der neuen Erzeugnis-Generation für Bereich IV bereits in 19(83?) 84?*

3) *Weitere Entwicklung der Kosten in Bereich IV, welche weiteren Verluste?*

4) *Ab wann in Gewinn-Zone?*

HV

Ich war mit Zizendorf, dem von Fegelein empfohlenen zukünftigen technischen Beirat, zum Mittagessen bei Käfer verabredet. Zizendorf verspätete sich. Ich ging nicht zu dem reservierten Tisch, sondern setzte mich an die Bar. Dort sah ich den hereinkommenden und den hinausgehenden Gästen zu.
Am Abend zuvor hatte ich gemeinsam mit Barbara K.s neue Wohnung angesehen. Fünf Zimmer und eine riesengroße Diele, eine Jugendstilvilla im Grünen, Beletage, jedoch nur ein Küchenbalkon. Man hörte den Mittleren Ring. Während K. die Wohnung herrichten ließ, schlief er im Mädchenzimmer unter dem Dach. Anschließend gingen wir zu dritt ins Schumann's. Als ich später mit Barbara allein war, sprach sie nur noch über K. Ich erzählte ihr, daß er und Annette sich endgültig und unwiderruflich getrennt hätten. Darauf Barbara: Er ist so verletzlich.
Bevor ich zu der Verabredung mit Zizendorf in die Stadt gefahren war, hatte mich K. angerufen. Das Gespräch ließ sich zunächst so an, als handelte es sich um einen der äußerst raren Fälle, in denen er sich meldet, um mit mir ohne bestimmtes Ziel über irgend etwas zu reden. Schließlich kam er doch langsam auf den Punkt, indem er meinen Besuch mit Barbara mit keinem Wort erwähnte. Er hat größte Schwierigkeiten, jemanden von gleicher Qualität wie Annette kennenzulernen. Er hat in der Vergangenheit seine Ansprüche an Frauen sowohl in geistiger als auch in körperlicher Hinsicht immer nur nach oben angepaßt. Mit jeder neuen Frau, die hübscher ist als die hübscheste ihrer Vorgängerinnen, vergrößert sich die Menge der Frauen, die er nicht mehr ertragen kann, weil sie nicht so hübsch sind wie die neuerdings hübscheste, genauso nimmt mit jeder neuen Frau, die klüger ist als die klügste ihrer Vorgängerin-

nen, die Menge der Frauen zu, mit denen länger als fünf Minuten zusammenzusein er sich nicht überwinden kann, weil sie nicht so klug sind wie die neuerdings klügste. Er fürchte, der Durchschnitt der beiden Mengen ergebe mittlerweile die leere Menge. Zwar bildet auch Annette schon lange kein Element der Schnittmenge mehr, doch er kann irgendwie nachvollziehen, daß sie einmal eins war. Sie gestand ihm übrigens, daß der Marathonläufer sie ständig kritisiert. An jedem neuen Kleidungsstück, das sie sich kauft, hat er etwas auszusetzen. Dabei ist er selbst unelegant und nachlässig angezogen. Als sie ein neues Sweatshirt in der Farbe Gelborange trug, rügte er sie sofort nach der Begrüßung, sie solle nicht so grelle Dinge anziehen. Das Sweatshirt war gar nicht grell. Für die Frauen, die er, K., jetzt kennenlerne, gelte ausnahmslos, es gebe keine Möglichkeit, sie auch nur annäherungsweise als Element der Schnittmenge seiner Wünsche darzustellen. Ich fragte ihn, was er seinem Analytiker erwiderte, als der ihm klarzumachen versuchte, die leere Schnittmenge seiner Wünsche ist Ausdruck der Furcht vor einer und Abwehr gegen eine ernsthafte Beziehung. Er sagte ihm, das sieht er auch so, trotzdem ist er nicht in der Lage, seine Ansprüche herunterzudrehen. Sagt ihm das Aussehen einer Frau zu, beginnt der Ekel spätestens beim Abendessen nach dem ersten gemeinsamen Theaterbesuch, wenn sie sich über das Stück äußert. Kann er sich mit einer Frau gut unterhalten, zeigt sich sein Ekel spätestens dann, wenn sie sich auszieht. Alle Frauen, mit denen er sich unterhalten kann, sind dick und schwabbelig. Was man in angezogenem Zustand oft nicht bemerkt. Die Analyse hatte er inzwischen aufgegeben. Er verstand sich zu gut mit dem Analytiker. Er wurde das Gefühl nicht los, daß der Analytiker unter denselben Problemen litt und genausowenig damit fertig wurde wie er selbst. Jedenfalls hatten alle Sitzungen in heimeliger Kollusion geendet. Ich sagte, kaum ein anderer verfügt über die Möglichkeit, durch das Recruiting so viele junge, hübsche, kluge Frauen kennenzulernen wie er. Er sagte, er hat sich das früher auch so vorgestellt, aber er begegnet leider keinen jungen, hübschen, klugen Frauen, sondern er begegnet jungen Frauen, er begegnet hübschen Frauen, und er begegnet klugen Frauen.

Barbara hatte im Schumann's erzählt, sie habe das ganze nächste Wochenende im Wolladen zu tun, das Lager werde umgeräumt.

Ich wußte, K. würde Barbara am folgenden Wochenende im Wolladen besuchen.

Ich dachte daran, wie ich früher, als mein Vater noch lebte, immer um diese Zeit nach Bad Wörishofen gefahren war, um ihn im Hotel Sonnenhof zu besuchen. Ich sah die flachen, geteerten Spazierwege vor mir, den wie blank gewischten Kurpark, die rollstuhlgängige Kurpromenade mit den rollstuhlgängigen Geschäften und dem rollstuhlgängigen Kurhaus, das Kurorchester. Die alten, gebrechlichen, uneleganten Leute. Beim Tanztee. Ich erinnerte mich daran, wie ich das Gefühl, mit dem ich mich Sonntag nachmittag auf den Weg nach Hause machte, immer als eins der unsagbaren Erleichterung empfunden hatte.

Ich kam mir so lächerlich vor.

Als Zizendorf nach einer Stunde immer noch nicht gekommen war, rief ich aus dem Restaurant Fegelein an und erreichte ihn auch. Ich wollte ihm schildern, wie Friedrich sich gegenüber Simon und mir sowie gegenüber den anderen Mitarbeitern verhielt, aber er schnitt mir das Wort ab. Die Verträge müßten schnellstens unterzeichnet werden, damit der vierte Geschäftsführer berufen werden könne. Ich entgegnete, vier Geschäftsführer sind für ein Unternehmen unserer Größenordnung zuviel. Er sagte, drei sind schon zuviel. Ein Unternehmen wie unseres wird üblicherweise von einem technischen und einem kaufmännischen Geschäftsführer geleitet. Ich kenne ja seine Meinung zur Bestellung meines Vasallen. Ich sagte, Simon ist nicht mein Vasall. Simon ist Geschäftsführer geworden, weil er der einzige ist, dessen Bereiche über einen langen Zeitraum niemals Verluste, sondern immer gute bis sehr gute Gewinne gemacht haben. Eine aus vier Geschäftsführern bestehende Geschäftsführung ist für ein Unternehmen unserer Größe nicht nur unüblich, sondern einfach zu teuer. Fegelein erwiderte, die Auseinandersetzungen zwischen den Gesellschaftern kommen das Unternehmen noch viel teurer. Ich bezweifelte, daß sich der vierte Geschäftsführer, wie er ihn sich vorstellt, überhaupt finden läßt. Der Kandidat wird nach einer Kurzbesichtigung der örtlichen Verhältnisse abwinken. Wenn der Kandidat den Fehler begeht, sich nicht sofort zurückzuziehen, wird er das spätestens nach drei Monaten tun, weil es noch niemandem gelungen ist, ein Streitgespräch mit meinem Vetter, dessen Verlauf diesem klar werden läßt, daß er seinen Standpunkt nicht durchsetzen kann, auf der sachlichen Ebene zu halten. Der Beirat wird für Ruhe im Unternehmen sorgen. Auf der Grundlage der Verträge, die einen vierten Geschäftsführer vorsehen. Mein Vetter wird mein Mitgesellschafter werden. Man ist bei allen Verhandlungen davon ausgegangen, daß das Unternehmen langfristig von meinem Vetter und mir gemeinsam geführt wird. Ich bin überempfindlich. Ich habe ein übersteigertes Harmoniebedürfnis. Mein Vetter und ich, wir bilden eine Erwerbsgemeinschaft. Keiner verlangt von mir, daß ich mich auch in meiner Freizeit mit ihm beschäftigen muß. Eine Firma ist kein Mädchenpensionat. Auch Stumpfegle schreit manchmal seine Sekretärin an. Es ist gut möglich, daß nicht nur ich, sondern auch einige meiner Mitarbeiter überempfindlich sind. Mein Vetter und ich sind über unser Familienunternehmen aneinandergekettet. Damit muß ich mich abfinden. Er, Fegelein, wird nicht für eine Lösung zu gewinnen sein, die die Verfügungsmöglichkeit über dieses Familienunternehmen einseitig beschränkt. Er wird niemals einer Lösung zustimmen, die die Existenzgrundlage der Familie aufs Spiel setzt, indem sie das Familienunternehmen auf die eine oder andere Art zerschlägt.

Als Zizendorf endlich kam, entschuldigte er sich nur kurz für seine Verspätung. Er hatte keine Eile, zu dem reservierten Tisch zu gehen und ließ sich auch bei der Auswahl des Menüs Zeit. Während er ausgiebig die Speisekarte studierte, bemerkte er nebenbei, die Verhandlungen über die Umgründung der Firma würden bald abgeschlossen sein. Auch der Beirat scheine festzustehen. Fegelein und K. seien die Vertreter jeweils einer Seite, er, Zizendorf, sei neutral.

Während des Essens versuchte ich, ihm ein Bild von der Firma zu geben.

Mein Bild der Firma.

Als ich unmittelbar nach der Promotion, also ohne Berufserfahrung, in die Firma eintrat, fand ich ein Unternehmen vor, das über beträchtliche stille Reserven verfügte, in dem jedoch kein Ergebnis mehr erwirtschaftet wurde. Mein Vater war bereits in den Siebzigern und hatte den Höhepunkt seiner Leistungsfähigkeit lange überschritten. Er flüchtete sich vor dieser Erkenntnis in das Tagesgeschäft, weil er dort seine ungeheure Erfahrung ausspielen konnte. Er traf jedoch keine bewußten strategischen Entscheidungen mehr.

Zum Zeitpunkt meines Eintritts gab es in der Firma weder eine betriebswirtschaftliche Abteilung noch elektronische Datenverarbeitung. Die einzigen verfügbaren Controllingunterlagen waren Bilanzen und Umsatzstatistiken. Meine ersten Aufgaben mußten deshalb die Einführung der kommerziellen Datenverarbeitung und der Aufbau eines aussagefähigen Controllings sein. Der Anfang auf der grünen Wiese bildete einen Glücksfall, ich konnte meine Vorstellungen in hohem Maß verwirklichen, weil ich keine architektonischen Kompromisse mit vorhandener Bausubstanz zu schließen brauchte. Das Controlling zeigte dann recht schnell vier schwerwiegende Schieflagen auf, und zwar in den Erzeugnisbereichen III, IV und VII sowie in Werk II. Bereich VII mußte ich ersatzlos aufgeben. Werk II bestand früher aus drei Abteilungen, ich schloß die erste Abteilung, in der die Erzeugnisse für Bereich VII gefertigt wurden, und legte die zweite Abteilung, in der Erzeugnisse für die Bereiche II, V und VI hergestellt wurden, mit den entsprechenden Abteilungen von Werk I zusammen, so daß Werk II mit der allein übriggebliebenen dritten Abteilung nur noch für Bereich VIII arbeitete. Mein Vater hatte den technologischen Wandel in der Branche zu verstärkt kapitalintensiver Fertigung vollzogen, jedoch die Umsätze nicht steigern können. Er lehnte jede Entlassung ab. Nach seinem Tod war es unumgänglich, in den Werken II und I fast fünfhundert Mitarbeiter freizusetzen. Natürlich kamen entsprechende Sozialpläne zur Anwendung, die eine weniger gesunde Firma nicht verkraftet hätte. Bereich III konnte ich ohne größere Umstellungen durch straffe Projektüberwachung kurzfristig sanieren. In Bereich IV waren die Verluste so hoch, daß der Versuch, mit dem alten Erzeugnisprogramm die Marktanteile zu halten, selbstmörderisch gewesen wäre. Ich erhöhte die Preise und begann zugleich mit der Entwicklung eines völlig neuen Erzeugnisprogramms. Als der erste Teil des Programms marktfähig war, löste ich unseren eigenen Vertrieb auf und gewann die Vertriebspartner des damaligen Marktführers für uns. In diesem Bereich haben wir die intelligentesten Erzeugnisse, er wächst deshalb am schnellsten. Mein Vetter und mein Onkel unterstützten meine Mitarbeiter und mich bei der Entscheidung für diese und bei der Durchführung dieser Maßnahmen nicht im geringsten. Ihrer Meinung nach waren die Sozialpläne viel zu teuer, Werk II sollte in seiner Größe belassen werden, es ging vielmehr darum, dort die Produktivität zu steigern, in Bereich III kam jede Maßnahme zu spät, dafür war Bereich VII sanierungsfähig, und unsere Entwicklungs- und Konstruktionskapazität reichte nicht aus, um in Bereich IV das Erzeugnisprogramm marktfähig zu machen, das wir schon verkauften. Die einzige Weichenstellung, die ohne meine Beteiligung vorgenommen wurde, war die grundlegende Neukonstruktion des Erzeugnisprogramms in Bereich II durch meinen Onkel.

Zizendorf hörte mir aufmerksam zu, ohne irgendeine Bemerkung zu machen. Ich hatte ihm, K. und Fegelein die Zahlen für das erste Halbjahr zugeschickt. Ich war froh, daß Zizendorf das schlechte Halbjahresergebnis nicht ansprach. Er hatte eine Flasche Wein bestellt, die er fast allein austrank. Beim Kaffee nach dem Essen fragte er mich: Haben Sie schon einmal erlebt, wie man jemandem eine Schlinge um den Hals legt? Im Mittelalter stellte man die Leute auf ein Holzgerüst und ließ sie durch eine Klappe sausen. Vorher setzte man dem Verurteilten noch eine Kapuze auf, damit er nicht sehen konnte, wie sich der Henker bekreuzigte, bevor er den Hebel betätigte. Heute werde dem Verurteilten keine Kapuze mehr aufgesetzt, man verzichte darauf, Gott anzurufen, und der Hebel werde ohne Vorankündigung betätigt, indem man sich etwa so an den Verurteilten wende: Ich habe den Eindruck, Sie fühlen sich in dieser Firma nicht mehr wohl. Alle Menschen seien Schweine. Und auf einmal liefen alle Schweine auf einen zu.

Ich mußte an Krapps Mahnung denken: Ob ich mir auch wirklich alle möglichen Folgen des Verzichts auf die gesellschaftsvertragliche Verankerung eines Sonderrechts zur Bestellung von Geschäftsführern vergegenwärtigt hätte. Ich hatte gesagt, das sei der Fall. Wenn ich mich nicht jeglicher Möglichkeit begeben wolle, Friedrich loszuwerden, müsse ich bei der bekannten Ausgangslage in Kauf nehmen, daß er grundsätzlich über dieselben Möglichkeiten verfüge, gegen mich vorzugehen, wie ich gegen ihn. Der Beirat werde eine sehr starke Stellung haben. Ich gäbe wichtige Entscheidungen aus der Hand. Ich hatte gesagt, auch Friedrich und Heini gäben wichtige Entscheidungen aus der Hand. Ich bemühte mich wirklich, für die Firma immer das Richtige zu tun. Der Beirat werde nach meiner Überzeugung vernünftig besetzt sein. Mit vernünftigen Leuten könne ich reden. Krapp hatte gesagt, es sei mein Entschluß.

Gambetti legte die orangefarbene Kugel vor eine Ecktasche und stellte das Dreieck in einem Fünfundvierzig-Grad-Winkel zu den Banden senkrecht davor. Dann ging er zur anderen Schmalseite des Tisches, um die Stoßkugel in kleinerem und die gelbe Kugel in größerem Abstand von der Bande auf einer Linie mit der orangefarbenen Kugel hinter dem Dreieck zu plazieren.

»Ich werde jetzt versuchen, die gelbe Kugel so zu spielen, daß die gelbe Kugel durch das Dreieck hindurch springt und die orangefarbene Kugel so anstößt, daß die orangefarbene und die gelbe Kugel versenkt werden. – Ich habe drei Versuche.«

Der erste Versuch gelang nicht. Die gelbe Kugel senkte sich zu früh, sie prallte gegen die Unterseite des Dreiecks und warf es um.

»Murau geht nicht mehr auf den Pincio, weil er fürchtet, dort wieder auf den Schriftsteller zu stoßen.«

Elaine brachte die Kugeln und das Dreieck wieder in die vorherige Stellung.

»Wenn ich mich für eine Version entscheiden müßte, was in der Stadt der Gerechten wirklich geschehen ist, dann für die Murauś.«

»Er war nicht dabei.«

»Er ist nie dabei.«

Der zweite Versuch mißlang ebenfalls. Die gelbe Kugel übersprang die Unterseite des Dreiecks, traf jedoch die orangefarbene Kugel nicht in der Mitte, so daß nur die orangefarbene, nicht jedoch die gelbe Kugel versenkt wurde.

Elaine baute erneut die Kugeln und das Dreieck auf.

»Murau übertreibt, wenn er dich nicht mehr sehen will, weil er Angst hat, dabei meinen Schwager zu treffen.«

Im dritten Versuch war Gambetti erfolgreich. Er versenkte

beide Kugeln. Elaine nahm sich einen der neben dem Billardtisch stehenden uralten Stühle und setzte sich rittlings auf die Lehne. Das rechte Knie abgewinkelt auf der Sitzfläche des Stuhls, stützte sie sich mit beiden Händen so auf der Lehne ab, daß sie mit dem linken Fuß, sie trug silberfarbene Ballerinas und goldfarbene Leggings, gerade den Steinboden berührte.

»Warum ist meine Schwester bei dir ausgezogen?«

Gambetti plazierte die schwarze Kugel etwa eine Handbreit von der Bande der Schmalseite entfernt in der Mitte.

»Der Schriftsteller spricht. Der Schriftsteller schreibt. – Der Lehrer spricht. Der Lehrer schreibt nicht. – Sein Schüler spricht nicht, sein Schüler schreibt nicht.«

»Aber dann hat der Schüler gesprochen.«

»Maria ist nicht wegen der Einzelheiten aus der Stadt der Gerechten ausgezogen.«

»Sondern?«

Gambetti hielt die rote Kugel über die schwarze.

»Der Schriftsteller schreibt, damit andere schreiben. Für ihn, statt seiner, über ihn. – Wenn der Lehrer schreiben würde, wäre er wie der Schriftsteller. Was er spricht, wäre entwertet, wenn er schreiben würde. Oder wenn der Schüler schreiben würde.«

Elaine verlagerte ihr Gewicht derart, daß ihr linker Fuß den Boden nicht mehr berührte, um dann mit dem Unterschenkel eine schwingende Bewegung anzudeuten.

»Der Schüler schreibt?«

»Der Schüler hat der Frau des Schriftstellers gesagt, daß er schreibt.«

»Wer soll begreifen, daß das der Grund ist, ein Gästezimmer in der Villa deiner Familie mit dem Hotel Flavia zu vertauschen.«

Gambetti fixierte die rote über der schwarzen Kugel, indem er das Dreieck mit einer Spitze auf die rote Kugel legte.
»Ich werde jetzt die Stoßkugel vor die rechte Ecktasche legen und mit einem Stoß die rote und die schwarze Kugel in der linken Ecktasche versenken.«
Das Vorhaben gelang beim ersten Versuch.
Elaine setzte sich auf eine Ecke des Billardtisches.
»Jemand, der nicht spricht und nicht schreibt, ist zweifellos eleganter als jemand, der spricht und beziehungsweise oder schreibt.«
»Vorausgesetzt, er ist dazu in der Lage, zu sprechen und zu schreiben.«
»Wie zeigt jemand, der nicht spricht und nicht schreibt, daß er fähig ist, zu sprechen und zu schreiben.«
»Er zeigt es nicht.«
»Er braucht es nicht zu zeigen. Man weiß es.«
»Er zeigt es so, daß man es weiß, ohne daß man weiß, daß er es zeigt.«
Elaine legte ihre Beine übereinander.
»Was schreibt der Schüler?«
»Der Schüler hält fest, was der Lehrer spricht.«
»Ich habe gedacht, meine Schwester mag gelehrige Schüler.«
»Vielleicht doch eher gelehrige Schülerinnen.«
»Muß man festhalten, was der Lehrer spricht?«
»Der Lehrer spricht und schreibt nicht, weil er Kafka über alle stellt und weil Kafka schrieb und nicht sprach. *Gespräche nehmen allem, was ich denke, die Wichtigkeit, den Ernst, die Wahrheit.* Er will Kafka gerecht werden, indem er spricht, wie Kafka schrieb, und nicht schreibt, wie Kafka nicht sprach. Indem er versucht, in seiner Rede das auszudrücken, was Kafka in seinem Aufschreiben ausdrückte, und

durch sein Nicht-Aufschreiben das zu bewahren, was Kafka durch sein Schweigen bewahrte. Er glaubt, er wird Kafka gerecht, wenn er erlebt, wie der Schriftsteller spricht und schreibt, weil seine Frau angibt, jemanden, der nicht spricht und nicht schreibt, über alle zu stellen, und wie seine Frau angibt, jemanden, der nicht spricht und nicht schreibt, über alle zu stellen, weil der Schriftsteller spricht und schreibt. Ich wollte das Gleichgewicht der sich gegenseitig abstützenden Wertschätzungsgebäude durch das Eingeständnis einer besonders unappetitlichen Neigung jäh zu Fall zu bringen, um aus der Art und Weise des Falls meine Schlüsse zu ziehen.«
»Hältst du tatsächlich fest, was er spricht?«
»Du begreifst nicht.«
»Vielleicht begreife ich zu gut.«
Gambetti legte zwei Queues auf den Tisch, die Griffe in den Ecktaschen, so daß sie ein V über einer Schmalseite bildeten, und plazierte die rote Kugel am Scheitelpunkt des von den Queues beschriebenen Vs. Dann schob er von der anderen Seite ein drittes Queue unter die rote Kugel, hob sie, gegen die Pomeranzen der beiden anderen Queues gedrückt, damit zugleich auch die beiden anderen Queues, langsam in die Höhe, so weit, bis er das dritte Queue senkrecht gegen die Bande der gegenüberliegenden Schmalseite klemmen konnte. Er nahm ein viertes Queue zur Hand und stieß die auf den drei Queues balancierte rote Kugel unmittelbar in eine Tasche an der Längsseite, ohne daß die Kugel die Spielfläche berührte.
Elaine lehnte sich zurück und stützte sich ab, indem sie mit beiden Händen den Rand des Billardtisches umfaßte.
»Wie oft übst du.«
»Seit ich Murau nicht mehr sehe, jeden Tag.«

»Ich soll alle Gebäude so herrichten, daß ihr äußerer Zustand demjenigen gleicht, in dem sie sich zum Zeitpunkt ihrer Errichtung befanden, und dann Vorkehrungen treffen, damit sich dieser Zustand nicht verändert. Das Personal darf nicht mehr lebenslang bleiben, sondern höchstens fünf Jahre, dann ist der oder die jeweilige Bedienstete durch einen entsprechend jüngeren oder eine entsprechend jüngere zu ersetzen, wobei natürlich darauf geachtet werden muß, daß sich die Ersetzungen nicht häufen, sie sollen vielmehr stetig vorgenommen werden. Wenn der Anwalt, der den Verwalter überwacht, meinem Vater und der gesamten Familie genügend verpflichtet und hinreichend zuverlässig ist, kann ich darauf verzichten, ihn zu überwachen. Der Anwalt ist nicht jünger als mein Vater, und sein Sohn ist ein Nichtsnutz. Er arbeitet zwar in der Kanzlei seines Vaters, und er wird sie auch übernehmen, aber er ist Opernfanatiker. Er läßt auch nicht die unbedeutendsten Opernfestspiele im entlegensten italienischen Dorf aus. Wenn ich davon Abstand nähme, von Wolfsegg und von mir Fotografien oder sonstige technische Bilder anzufertigen, so daß ich weder Bilder, die zu verschiedenen Zeitpunkten hergestellt wurden, miteinander noch Bilder mit einem Spiegelbild vergleichen könne – dann sei ich imstand, die Zeit aufzuheben.«
Maria hatte den gesamten Vormittag am Empfang des Hassler darauf gewartet, daß Murau sich dort erkundigen würde, ob eine Nachricht für ihn vorlag. Sie hatte ihn angesprochen und sich vorgestellt, er hatte ihr durchaus nicht unwillig vorgeschlagen, ihn zum Pantheon zu begleiten.
»In einer Welt, in der keiner Künstler ist, stellt es die höchste Auszeichnung dar, sich nicht fortzupflanzen, sich nicht selbst zu unterhalten, kein Leben zu führen. In einer Welt, in der alle Künstler sind, bedeutet es die höchste Auszeich-

nung, ein Leben zu führen, das sich lediglich selbst erhält und beziehungsweise oder vervielfältigt. – Es ginge nicht darum, die Zeit aufzuheben. Es ginge auch nur darum, Avantgarde zu sein. Wolfsegg zu Woolworth. Nachvollzug und Beschränkung zu Nachvollzug und Beschränkung.«

Maria trug einen grünen Blazer und eine helle Leinenhose, alle drei Knöpfe des Blazers waren geschlossen. Sie blickte in die Schaufenster der Via Condotti, während sie zu Murau sprach.

»Sie müssen über sich selbst philosophieren. Sie können nur über Allgemeines und Allgemeinstes philosophieren. Der Ausweg: Sie sind ein Anhang an etwas, das immens größer ist als sie, zu dem Sie gleichwohl über Ihr Philosophieren in einer notwendigen Beziehung stehen – das zu Ihnen über Ihr Philosophieren in einer notwendigen Beziehung steht.«

Murau hatte ebenfalls eine helle Hose und ein Jackett an. Obwohl es sehr warm war, hatte er einen Seidenschal um den Hals, und er trug einen Regenmantel über dem Arm.

»Ich nehme die Empfehlung Ihrer Schwester nicht deshalb nicht an, weil ich Einwände gegen ihre Durchführbarkeit hätte. Im Gegenteil. Es klingt überheblich und lächerlich, aber ich bin fest davon überzeugt, sie hat recht. Ich verfüge tatsächlich über die Möglichkeit, als Murau auf Wolfsegg die Zeit aufzuheben. Wolfsegg ist das Gegenteil eines Erzeugungsbetriebs, was sich für und in einem Erzeugungsbetrieb ändert, ändert sich für und auf Wolfsegg entweder viel langsamer oder überhaupt nicht, und was sich ändert, ist auf der einen Seite überschaubar, auf der anderen nicht beeinflußbar. Wenn kein Bediensteter länger als fünf Jahre auf Wolfsegg bleibt, wenn ich den Anwalt nicht in persona überwachen muß und wenn es mir gelingt, mir meine

Schwestern vom Hals zu halten, dann gibt es keine Zuschauer mehr. Ich wäre der ewige Murau. Aber ich könnte niemals vergessen, daß Franz-Josef Murau nur deshalb der ewige Murau wäre, weil der Vater von Franz-Josef Murau, der die Murausche Land- und Forstwirtschaft von seinem Vater geerbt hat, diese selbst und erfolgreich durch die Zeit geführt hat. Ohne Verwalter. Wie sein Vater. Wie alle Muraus. Mit Ausnahme des letzten, ewigen. Die zeitlichen Muraus brauchten keine Verwalter. Nur der ewige Murau braucht einen Verwalter.«

Murau und Maria hatten den Corso überquert und gingen auf der Via in Campo Marzio zur Piazza della Rotonda. Sie gingen um so langsamer, je näher sie dem Pantheon kamen.

»Die Kulisse, in die hinein Sie geboren wurden, ist so eindrucksvoll, daß Sie nicht aus ihr herausfinden können. Niemand darf von Ihnen erwarten, daß Sie auch nur den Versuch unternehmen, aus ihr herauszufinden. Aber Sie unternehmen den Versuch. Sie beziehen Wohnung in einer noch gigantischeren Kulisse.«

»Eine Sammlerin, mit der ich bekannt war, erhielt einmal den Anruf einer alten Dame, einer Rektorswitwe. Der Sohn Kunstmaler, Studium an der Kunstakademie in Düsseldorf, Beuys-Schüler, dazu einige Semester in Wien, auch Oberhuber-Schüler. Die alte Dame gab an, die Adresse der Sammlerin von ihrem Sohn erhalten zu haben. Die Sammlerin kannte den Sohn nicht. Die alte Dame meinte unbeeindruckt, dann verkehre die Sammlerin wohl in denselben Künstlerkreisen wie ihr Sohn. Die Sammlerin verkehrte nicht in Künstlerkreisen. Zu dieser Zeit gab es in Deutschland eine Ausstellung von Zeichnungen eines österreichischen Gegenwartsmalers mit Stationen in Braunschweig, Leverkusen und Regensburg, für die die Sammlerin einige

Arbeiten aus ihrem Besitz zur Verfügung gestellt hatte, sie wurde im Katalog unter den Leihgebern mit Namen aufgeführt. Die Dame fuhr fort, ihre Ahnen stammten aus Siebenbürgen, sie habe noch Verbindungen dorthin. Es gehe um ein krankes Kind, das in den USA am offenen Herzen operiert werden müsse. Die Eltern hätten nicht die geringsten Mittel, sie bemühe sich, den zur Abdeckung der Reise- und Arztkosten notwendigen Betrag zusammenzubekommen. Ob die Sammlerin nicht ein Bild ihres Sohns kaufen wolle. Der Sohn malte nur große Formate, ein Bild kostete fünftausend Mark. Die Sammlerin erwiderte, sie kenne weder ihren Sohn noch dessen Bilder. Die Dame sagte, ihr Sohn habe schon viele Ausstellungen gehabt. Sie nannte eine Anzahl von Galerien, die der Sammlerin ausnahmslos nicht geläufig waren. Die Sammlerin sagte, sie kaufe keine Bilder, die sie nicht kenne. Im übrigen glaube sie nicht, daß sie sich für die Bilder des Sohns interessiere, ihr Sammelgebiet sei sehr genau definiert, die Bilder des Sohns würden wohl nicht in dieses hineinfallen. Die Dame versuchte nun nicht etwa, die Sammlerin zu einer Besichtigung oder zumindest zur Betrachtung übersandter Abbildungen zu überzeugen, sondern sie fuhr in ihrem Versuch fort, diese unmittelbar zum Kauf eines Bilds ihres Sohns zu nötigen. Die Sammlerin war bereit, für das kranke Kind zu spenden, wollte den guten Zweck jedoch nicht mit der Kunst des Sohns der Dame verquicken. Sie bat die Dame um eine schriftliche Darstellung der Lebens- und Krankheitsumstände des Kinds. Darauf wurde die Dame ungehalten. Sie glaube ihr wohl nicht. Die Sammlerin sagte, sie habe eingangs des Gesprächs einige Dinge behauptet, die sich als nicht zutreffend erwiesen hätten. Die Dame sagte, sie sei eine alte Frau und wenn sie einmal etwas durcheinanderbringe, dann müsse man das hinnehmen. Die Sammlerin sagte, nachdem sich bereits herausgestellt habe, einige ihrer Behauptungen entsprächen nicht der Wahrheit, sei es nur natürlich, wenn man andere Behauptungen überprüfe. Die alte Dame empörte sich immer mehr, ließ jedoch nicht nach, die Sammlerin zum Kauf eines Gemäldes ihres Sohns zu überreden. Für sie seien doch fünftausend Mark eine Kleinigkeit. Und sie bekomme ein schönes Bild ihres Sohns. Die Sammlerin wollte kein Bild des Sohns. Die Dame sagte, sie wünsche ihr nicht, in eine Notlage zu geraten, in der sie auf den guten Willen anderer angewiesen sei, die dann so herzlos reagierten wie sie jetzt. – Nachforschungen ergaben, daß die Frau tatsächlich die Witwe des ehemaligen langjährigen Rektors eines Provinzgymnasiums war. Die Angaben, die sie über ihren Sohn gemacht hatte, bestätigten sich ebenfalls. Man fand nur solides Finanzgebaren, auch der Sohn hatte keine Schulden gemacht. Über eventuelle Verwandte in Siebenbürgen war nichts bekannt. Einige Zeit später traf die Sammlerin einen anderen Sammler, der ebenfalls Leihgaben in der erwähnten Ausstellung hatte und der ebenfalls mit Namen im Katalog aufgeführt war. Der andere Sammler hatte sich mit demselben Ansinnen der wohlbeleumdeten Rektorswitwe auseinandersetzen müssen. – Vielleicht ist es der Rektorswitwe gelungen, ein Bild ihres Sohns in einer sonst angesehenen Sammlung unterzubringen. In dieser Sammlung steht das Bild jetzt neben anderen Bildern im Depot. Das Bild selbst erteilt keine Auskünfte, die anderen Bilder ebensowenig. Man sieht es dem Depot nicht an, auf welche Weise es zustande gekommen ist. Der erste, der sich nach dem Tod des Sammlers dem Bilderstapel nähert, wird es aussondern. Jemand, der sich nach meinem Tod Wolfsegg nähert und mich im offenen

Sarg aufgebahrt sieht, wird nicht wissen, daß ich Wolfsegg nur deshalb in einen Zustand versetzt und erhalten habe, der äußerlich demjenigen gleicht, in dem es sich zum Zeitpunkt seiner Errichtung befand, weil ich geglaubt habe, ich könne so die Zeit aufheben. Er würde in der nach frischer Farbe riechenden Orangerie über mein eingefallenes graues Gesicht und über die gelben Flecken darauf nur lachen.«

Der Schriftsteller rekelte sich in der Erwartung ausgesprochener oder unausgesprochener Komplimente für seinen Anzug, seine Krawatte und vor allem für sein uni-blaues Hemd. Er sprang von seinem Platz an der Bar auf, als er die Stimmen seiner Frau und des Maître hörte, der sie zu dem von ihm reservierten Tisch im Dachrestaurant des Hassler geleitete.
Sie begrüßte ihn ohne Händedruck, nahm Platz und sah an ihm vorbei auf die nächtliche Spagna.
»Ich bekomme ein Kind. – Von Murau.«
»Das ist nicht wahr.«
»Dein Mario bekommt ein Brüderchen oder ein Schwesterchen.«
»Sag, daß es nicht wahr ist.«
»Keine Ungeschicklichkeit, wie sie eben manchmal vorkommt.«
Der Schriftsteller hatte noch an der Bar zwei weiße Martini bestellt, die jetzt serviert wurden.
»Bist du sicher?«
»Ich hätte mich nicht mit dir getroffen, wenn ich nicht vollkommen sicher wäre.«
»Murau hat noch nie jemanden in seine Wohnung mitgenommen.«
»Ich bin niemals in seiner Wohnung gewesen und werde sie

auch niemals betreten. Es war bei seinem Schüler. Du solltest dir über meine Beziehungen zu Murau nicht den Kopf zerbrechen.«

Maria sprach, während sie in der Speisekarte las. Der Schriftsteller tat nur so, als ob er in der Speisekarte las.

»Was soll aus Adriana werden.«

»Ich wüßte nicht, was das mit Adriana zu tun hätte.«

»Ich habe das neue Buch fertiggeschrieben.«

Maria lachte. Der Schriftsteller blickte sie über der Speisekarte an.

»Das Buch ist fertig.«

»Bist du sicher?«

Der Schriftsteller antwortete nicht.

»Ich sehe es mir gern an.«

»Ich habe das Manuskript auf meinem Zimmer.«

Der Schriftsteller legte die Speisekarte vor sich auf den Tisch, ohne etwas gefunden zu haben.

»Das Zimmer geht auf die Spagna.«

»Ich dachte an folgendes Ende ...«

»Das Buch ist fertig!«

»Der Wagen steht vor dem Hotel. Wir kommen von Mimiddus Beerdigung zurück ...«

»Es ist ein neues Buch!«

»Das neue Buch wird das alte Ende haben. Lügen, Seufzer, Küsse, keine Rede von Scheidung. Heimkehr. Das ist kein gutes Ende. – Der Kustode ist uns schnaufend gefolgt. Du hast gerade die Wagentür aufgeschlossen, du hältst den Autoschlüssel in der Hand. Der Kustode hat uns eingeholt. Er will dir etwas sagen, aber er ist zu atemlos. Du denkst, er will bezahlt werden, für die Vorstellung, die uns Mimiddu lebendig und tot geboten hat und die der Kustode inszeniert hat.«

»Da schreit meine Frau: Gib ihm nichts! Wie, frage ich und drehe mich um. Er will Geld, schreit sie. Gib ihm nichts!«
»Er hat einen Stock, dessen Knauf er dir plötzlich vor die Zähne hält. Du trittst ihm mit ganzer Kraft vor das Schienbein. Worauf er sofort in sich zusammenfällt. Er ist ein Krüppel. Er hat ein Bein aus Holz. Du erinnerst dich, er hat immer so geschwitzt, er hat das eine Bein etwas nachgezogen. Das Knirschen im Sand, als er uns zum Turm führte. Aber es wäre dir nicht in den Sinn gekommen, daß der Kustode, der rücksichtslose Regisseur, ein Krüppel war.«

Als sie aufs Zimmer gehen, sagt er ihr, er wird nur diese eine Nacht hier verbringen. Sie schenkt dem Hotelzimmer keine Aufmerksamkeit, sie setzt sich sofort vor die Kommode unter dem großen, dem Bett gegenüberliegenden Spiegel, auf der das Manuskript ausgebreitet liegt, und sie fängt an zu lesen.
Er läßt sie gewähren. Dann sagt er, sie sollen jetzt ins Bett gehen. Sie duscht und kehrt, mit ihrem Slip und einem Bademantel des Hotels bekleidet, in das Zimmer zurück. Sie zieht den Bademantel aus und setzt sich mit angezogenen Beinen schweigend auf das Bett.
Er fragt, ob sie wirklich ein Kind von Murau erwartet. Sie antwortet ja.
Er trägt einen Schlafanzug, den sie noch nie an ihm gesehen hat.
Der Kustode weist mit großer Geste auf seinen Beinstumpf hin. Von dem rosaroten, wie roh aussehenden Stumpf hängt ein wohl handgeschnitztes Bein aus hellem Holz lose herab. Ein Unfall, der so lange zurückliegt, daß er nicht mehr daran denkt. Ein Sturz von einem hohen Gebäude herab.

Er macht das Licht aus.
Unter und neben dem Vorhang tritt schwaches Licht von außen ein. Beide warten, bis sich ihre Augen an das Halbdunkel gewöhnt haben. Er richtet sich auf und bittet sie, zum Fenster zu gehen.
Sie schiebt die Vorhänge beiseite, nimmt die Arme hoch und lehnt sich mit dem Oberkörper gegen die Fensterscheibe.
Er sagt, dreh dich nicht um.
Während sie die nächtliche Spagna betrachtet, hört sie, wie er seinen Koffer öffnet, etwas herausnimmt, dann den Koffer wieder schließt.
»Dreh dich nicht um. Dreh dich nicht um.«
Sie wendet sich erst um, als das Geräusch der ins Schloß fallenden Badezimmertür ertönt.
Auf seiner Hälfte des Betts liegt ein Kleidungsstück. Die unifarbene Schlafanzugjacke. Beide Manschetten sind dunkel. Auch auf der Bettdecke ein großer dunkler Fleck. Sie legt sich auf ihre Hälfte des Betts. Auf die unblutige Hälfte. Sie wartet darauf, daß er aus dem Bad in das Zimmer zurückkehrt.

»Mir ist für einen Augenblick schlecht geworden.«

Er hat sich die Pulsadern an beiden Armen jeweils mit einem tiefen Schnitt längs geöffnet. Er hat geglaubt, sie würde ihn fragen, ob er auch tief genug geschnitten hat. Wie lange es dauern wird. Ob er sich dieses Ende, wenn es eins wird, auch wirklich gut überlegt hat. Wenn ja, ob sie für *Auf dem Turm* noch irgendwelche Vorschläge berücksichtigen soll, über die sie nicht gesprochen haben und die er nicht niedergelegt hat. Er hat sich vorgestellt, das viele

Blut würde einen irgendwie üblen Geruch im Zimmer verbreiten. Was jedoch nicht der Fall ist. Sie hat nicht erwartet, daß er Ernst machen würde mit dem, was er gegenüber Murau angekündigt hatte. Sie hat sich mit ihm getroffen. Sie ist auf sein Zimmer mitgegangen. Auch wenn sie sich geweigert hätte, ihn zu sehen, sie hätte nicht erwartet, daß er tatsächlich versuchen würde, sich –. Sie glaubt, er erwartet von ihr, daß sie ihn an seinem Vorhaben hindert. Sie hindert ihn nicht deswegen nicht, weil sie ihn tot sehen möchte, weil sie im Licht des schließlich irgendwann doch heraufbrechenden Morgens sein eingefallenes Gesicht inmitten des vielen Bluts, von dem sie weiß, es wird auch ihre Betthälfte tränken, es wird auch ihre Kleidungsstücke färben und auch auf ihrem Rücken eine Kruste hinterlassen, sehen wird und weil sie es danach nicht mehr sehen wird, sie hindert ihn nicht, weil sie überrascht ist. Sie kann sich nicht vorstellen, wie er, das Messer in der einen Hand, es am anderen Arm ansetzt und sich den anderen Arm aufschneidet. Auch wenn er neben ihr liegt und aus ebendiesen Wunden blutet. Sie hätte es ihm niemals zugetraut. Er weiß, sie hat es ihm nicht zugetraut. Gerade deshalb versteht er ihr Schweigen nicht. Er hat gerechnet, sie hat es ihm so wenig zugetraut, daß sie jetzt, in der Verwunderung darüber, sich so offensichtlich in ihm geirrt zu haben, nicht mehr dazu fähig sein darf, sich zu beherrschen. Sie soll reden. Aber sie schweigt. Sie fühlt tatsächlich die beabsichtigten Zweifel in sich aufsteigen. Sie vergegenwärtigt sich die Romane und Erzählungen. Wie er schrieb. Die letzten Fassungen seiner Hand. Wie er schrieb und nicht weiterkam. Wie er schrieb und kein Ende fand. Sie ruft sich die Manuskripte ins Bewußtsein. In denen er strich, ohne den unterbrochenen Handlungsstrang zu verbinden, und hinzufügte, ohne sich zwischen den hinzugefügten Varianten zu entscheiden. Die konstruierten Schlüsse, die nach dem Gestrichenen und dem Hinzugefügten keine Schlüsse sein konnten. Die unendliche Erleichterung, mit der er ihr die Manuskripte gab. Von diesem Augenblick an trug er keine Verantwortung mehr. Er wollte die weiteren Fassungen nicht mehr sehen. Er wollte die Fassung, die sie an den Verlag schickte, nicht einmal mehr anrühren. Wäre ein Roman oder eine Erzählung angenommen worden, ohne daß sie die Erzählung, den Roman in eine andere, in die endgültige Form gebracht hätte. Es ist nicht vorstellbar, daß ein Roman so, wie er ihn ihr gegeben hatte, in ein Verlagsprogramm gelangt wäre. Welcher Lektor hätte die Verantwortung auf sich genommen, mit dem Buch einen Mißerfolg zu haben. Welcher Kritiker wäre in Frage gekommen, es nicht zum Mißerfolg werden zu lassen. Welcher Leser –. Sie hat sich auch nicht vorstellen können, daß er tatsächlich ausführen würde, was er gegenüber dem Lehrer angekündigt hatte. Er fixiert im Halbdunkeln das Manuskript unter dem großen Spiegel. Er kommt nicht auf den Gedanken, daß sie schweigt, weil sie zum ersten Mal in ihrem Leben erwägt, ein Manuskript genau so zu belassen, wie er es ihr übergeben hat, daß sie sich ausmalt, wie es wäre, nach allen nicht veröffentlichten letzten Fassungen seiner Hand dieses Buch in genau der Fassung zu veröffentlichen, die er ihr hinterlassen wird. Gibt es in der endgültigen Fassung Blut. Gibt es mehr Blut als in der letzten Fassung seiner Hand. Gibt es weniger oder gar kein Blut. Hat er den Kustoden bei seinem Tritt gegen dessen künstliches Bein so verletzt, daß der Beinstumpf blutig ist. Wird es beim Geräusch des Aufschlagens von Mimiddus Körper bleiben. Obwohl er, als sie ihm gesagt hatte, sie sei von Murau schwanger, nur widersprochen hatte, hatte er weder zum Zeitpunkt, als sie zum ersten Mal diese Behauptung aufstellte, noch später Zweifel an deren Wahrheitsgehalt gehabt. Er hatte ihr nicht widersprochen, weil er ihr nicht geglaubt hatte, er hatte ihr widersprochen, weil er ihr bedingungslos geglaubt hatte. Jetzt, als er blutet und sie nicht spricht, jetzt kommen alle Zweifel. Wenn sie doch nicht von Murau schwanger ist. Wenn sie ursprünglich gehofft hatte, er würde wahr machen, was er gegenüber Murau angekündigt hatte, er würde sich umbringen, falls sie ihn nicht sehen wollte, wenn sie darauf gewartet hatte, daß er sich umbringen würde, wenn sie sich nur deshalb mit ihm getroffen hat, weil sie die Hoffnung aufgegeben hatte, daß er seine Ankündigung wahr machen würde, wenn sie ihm nur deshalb gesagt hat, sie sei von Murau schwanger, weil sie hofft, daß er darauf – wie lange hat er es geplant – tun würde, was er jetzt tut. Sie spricht nicht, weil sie sich einbildet zu wissen, warum er jetzt neben ihr –. Sie ist nicht schwanger. Er hätte den Angriff parieren müssen. Als sie sagte, sie bekomme ein Kind von Murau, hätte er dagegenhalten müssen. Er hätte sagen müssen, er wisse nicht, ob Murau etwas mit einer Frau gehabt habe. Aber er wisse, Murau habe nichts mit ihr gehabt. Werde etwas mit ihr haben. Weil sie etwas mit ihm habe. Gehabt habe. Sie ist nicht von Murau schwanger. Der Lehrer kann sie nicht berühren, der Lehrer kann sie nicht einmal ansehen. Der Lehrer ist nicht dazu fähig, nicht daran zu denken, wie er, der Schriftsteller, sie berührt, sie ansieht. Ist es möglich, daß sie glaubt, er tut, was er jetzt tut, nur deshalb, weil sie ihm gesagt hat, sie sei von Murau schwanger. Vielleicht hat sie es im ersten Augenblick geglaubt. Vielleicht hat sie zunächst geschwiegen, weil sie überzeugt war, er würde sein Vorhaben aufgeben. Worauf sie, wenn sie bis zum Zeitpunkt seiner Aufgabe weiter schweigen würde, die ewige Siegerin wäre. Vielleicht schweigt sie jetzt, weil sie einzusehen beginnt, daß er sein Vorhaben nicht aufgeben wird. In diesem Fall ändert sich nichts, wenn sie nicht schwanger ist. Sie hat das getan, was sie immer getan hat, wenn auch in einer Variante. Er hat etwas getan, was er niemals getan hat, was er nach ihr niemals getan hätte. Sie überlegt, was sein Tod ändern wird. Das Bewußtsein, wie weit sie davon entfernt ist, das nachgelassene Manuskript möglichst schnell unter möglichst weitgehenden Änderungen in die endgültige Form zu bringen, auch da umstellend und umformulierend, wo das hinterlassene Manuskript eine gleichberechtigte Lesart abzugeben in der Lage ist. Er hat niemals auch nur das Allergeringste geändert, nachdem er ihr ein Manuskript übergeben hat, aber die Möglichkeit bestand. Sie besteht jetzt nicht mehr. Wird sein Tod die endgültige Form seiner Romane und Erzählungen besser machen. Wird sein Tod die endgültige Form seiner Romane und Erzählungen nicht besser machen, wird sein Tod die letzten Fassungen seiner Hand besser machen. Die sie, entgegen dem, was sie immer vorgab, alle aufgehoben und sicher verwahrt hat. Wird sein Tod das nachgelassene Manuskript besser machen. Wird sie nach seinem Tod das nachgelassene Manuskript nicht in eine endgültige Form bringen. Ist die letzte Fassung seiner Hand die endgültige Form. Zum ersten Mal. Ist die endgültige Form der Romane und Erzählungen nicht die endgültige Form. *The Penultimate Truth*. Werden die letzten Fassungen seiner Hand die endgültige endgültige Form sein. Wenn sie dem Urheber von Büchern etwas anhaben will, muß sie versuchen, ihn von seinem Plan abzubringen. Jetzt. Sein Plan wird aufgehen. Seine Romane und Erzählungen, seine Bücher werden nach seinem

Tod besser werden. Wenn sie dem Ehemann etwas anhaben will, darf sie nicht versuchen, ihn von seinem Vorhaben abzubringen. Sich am Ehemann rächen. Jetzt. Ein schlechter Roman. Sich am Urheber von Büchern rächen. Ein besserer Roman. Wenn sie sich am Urheber von Büchern rächt, wer wird erkennen, sie hat sich an diesem und gerade nicht am Ehemann gerächt. Wer wird die Romane auseinanderhalten. Wer kann die Romane auseinanderhalten. Jeder wird sich auf den schlechten Roman stürzen. Wird der Lehrer den guten hinter dem schlechten Roman wahrnehmen. Es kann keinen Antrieb für ihn geben, den guten hinter dem schlechten zu sehen. Der Lehrer hat alle Gründe der Welt, sich ebenfalls an den schlechten Roman zu halten. Wenn, wie gehabt, der schlechte Roman die letzte Fassung seiner Hand und der gute Roman die endgültige Form ist. Wer macht aus dem schlechten den guten Roman. Wer bringt die letzte Fassung seiner Hand in die endgültige Form. Sie kommt selbst an herausragender Stelle vor, sie kann die endgültige Fassung nicht –. Sie ändert Romane und keine Autobiographien. Wenn sie dem Urheber von Büchern etwas anhaben will, muß sie jetzt versuchen, ihn von seinem Plan abzubringen. Wird sie nach seinem Tod noch irgend etwas ändern. Wird sie nach seinem Tod auf weitere Eingriffe in sein Werk verzichten, weil weitere Eingriffe ihm nichts mehr anhaben können. Der Verzicht auf weitere Eingriffe in sein Werk würde nichts anderes bedeuten, als daß sie sich dem nächsten Urheber von Büchern in die Arme werfen würde. Der Murau wäre. Der auch wieder sie wäre. Murau verfaßt weder Romane noch Autobiographien. Murau zeichnet auf. Murau ändert nichts. Nicht seine Aufzeichnungen, nicht anderer Leute Romane, nicht anderer Leute Autobiographien. Murau wird genauso betroffen sein wie sie. Er wird genauso überrascht sein wie sie. Sie ist sicher, Murau verachtet ihn, wie er nur fähig ist, einen Menschen zu verachten. Die härtesten Worte gegen die angebliche Ungeistigkeit seiner Familie wiegen nicht so schwer wie sein Schweigen, wenn es an ihn kommt, ein Urteil über den Schriftsteller zu fällen. Sie hat sich niemals, wirklich niemals, Gedanken über den Wert seiner Prosa gemacht. Ihr ist es nie um etwas anderes gegangen als darum, aus einem schlechteren Roman einen besseren, aus einer schlechteren Erzählung eine bessere zu machen. Kein Anlaß für sie, die Verachtung Muraus auch auf sich selbst zu beziehen. Sie hat immer gewußt, was sie tat. Gäbe es für Murau einen Antrieb, ihre Arbeit nachzuvollziehen, er müßte sie von seiner Verachtung für den Schriftsteller ausnehmen. Dabei kann Murau genausowenig mit dem gerechnet haben, was sich jetzt neben ihr vollzieht. Wie wird er es aufnehmen, daß der Schriftsteller den Mut beweist, das zu tun, wovon er immer redet, indem er genau darüber niemals spricht, sich in die Klauen dessen zu begeben, den er immer heraufbeschwört, darauf bestehend, dieser sei immer da, damit er nie wirklich da sei, sich so verhaltend, als ob er da sei, damit er zweimal nie wirklich da ist. Wie wird es der Lehrer aufnehmen, daß ihn jemand überflügelt, dem alle Voraussetzungen fehlen, ihn zu überflügeln?

SUICIDIO DI UNO SCRITTORE TEDESCO IN UN PRESTIGIOSO ALBERGO DI ROMA

Maria war bis zum Morgengrauen an der Seite ihres Mannes geblieben. Dann ging sie zu Gambetti, um ihm und ihrer Schwester alles zu berichten. Gambetti rief darauf im Hassler an, man solle ihn mit dem Schriftsteller verbinden. Er erhielt die Auskunft, dieser sei im Augenblick nicht auf dem Zimmer. Gambetti hinterließ seine Fernsprechnummer mit der Bitte um Rückruf. Gegen mittag rief die Polizei bei ihm an. Er sagte, daß sich die Frau des Schriftstellers bei ihm aufhalte. Sie wurde gebeten, sofort ins Hotel zu kommen, um an Ort und Stelle den Toten zu identifizieren. Man stellte ihr keine weiteren Fragen, sie durfte sein Gepäck mitnehmen.

Gambetti leitete auch die Überführung in die Wege. Er bot Maria an, sie nach Deutschland zu begleiten, was sie jedoch ablehnte. Sie wehrte sich auch dagegen, daß ihre Schwester sie begleitete. Sie wollte nur für die Beerdigung nach Deutschland reisen und sofort zurückkehren. Sie müsse das unvollendet nachgelassene Manuskript seines letzten Romans schnellstmöglich in eine veröffentlichbare Form bringen, das könne sie nach allem, was vorgefallen sei, nur hier.

Einige Tage später rief mich Murau an, um sich, auf den Artikel in der *Repubblica* Bezug nehmend, nach den Todesumständen zu erkundigen. Es war das einzige Mal, daß er mich anrief. Er sprach stockender als jemals zuvor. Nachdem ich ihm erzählt hatte, was ich von Gambetti und von

Elaine wußte, fragte er mich, ob ich das Geschehene für möglich gehalten hätte. Ich antwortete, ich hätte für möglich gehalten, daß der Schriftsteller als nächstes ein Buch über einen Mann verfassen würde, der seiner Frau ständig drohe, sich umzubringen, damit jedoch nicht das Geringste bewirke, der sich schließlich zur großen Überraschung seiner Frau und aller anderen tatsächlich umbringe, und zwar im Hassler, damit jedoch genausowenig bewirke wie mit seinen Drohungen vorher. Aber ich hätte nicht für möglich gehalten, daß er sich tatsächlich umbringen würde. Nicht, wenn seine Frau ihn nicht erhört hätte, überhaupt nicht, nachdem sie ihn erhört hatte. Murau ging nicht auf die Rolle Marias ein und wollte auch nichts Näheres über die Beerdigung wissen. Statt dessen bat er mich, sich mit ihm zu treffen. Es gehe um den väterlichen Besitz.

St. Pankraz, im Juni 1980

Verehrte gnädige Frau,

ich kann nicht für mich in Anspruch nehmen, Ihnen etwas mitzuteilen, wovon Sie noch keine Kenntnis besitzen. Wenn ich trotzdem diesen Brief schreibe, in der Hoffnung, Sie öffnen ihn, Sie lesen ihn, wenn Sie ihn lesen und dann weglegen, verbannen Sie seinen Inhalt nicht sofort aus Ihrem Gedächtnis, so ist dies nur eine weitere in der Reihe der eigensüchtigen Handlungen, die zusammengenommen einen einzigen Akt monströser Undankbarkeit darstellen. Chiedi scusa. Eine Undankbarkeit, für die es keine Entschuldigung und keine Verzeihung geben kann. Eine Undankbarkeit, für die ich gleichwohl immer wieder und auch jetzt um Verzeihung bitte. Ich habe so viel von Ihnen empfangen, daß ich undankbar sein muß. Nicht aus schlechtem Gewissen heraus, das von Ihnen Getane herunterspielend, indem ich Ihnen irgendeine Art ichbezogenen Beweggrunds unterschöbe, mittels dieser Unterschiebung das von Ihnen Getane verkleinernd, bis es so wenig wird, daß ich mich darüber aufhalten kann. Sondern weil kein Mensch, der empfangen hat, was ich empfangen habe, die Dankbarkeit aufbringen kann, die notwendig wäre, um das Empfangene zu vergelten, weil es soviel Dankbarkeit nicht gibt und weil es gut ist, daß es soviel Dankbarkeit nicht gibt, gäbe es soviel Dankbarkeit, sie würde das Getriebe der Welt lähmen. K a n n ich überhaupt undankbar sein. Ich bin durch die Ausbildung und die Erziehung, zu der ich ohne Sie niemals Zugang gehabt hätte, und durch etwas, was die Erziehung und Ausbildung begleitet hat, mit einem Teil meines Wesens, von dem ich nicht weiß, wie groß er war, ist, sein wird und in welchem Über- oder Unterordnungsverhältnis er zu den anderen Teilen meines Wesens steht, Sie. Ich bin Sie. Sie haben mich zu sich gemacht. Können Sie sich undankbar sein? Wollen Sie sich undankbar sein? Haben Sie mich zu sich gemacht, um sich undankbar zu sein? Chiedi scusa. Ich verkleinere das Empfangene, und es wäre absurd, den Gedanken weiterzuverfolgen. Ich bestehe darauf, Sie haben, was Sie für mich getan haben, nicht getan, damit Sie sich undankbar sein können. Aber die Frage bleibt. Kann ich, der ich Sie bin, Ihnen undankbar sein. Wenn „ich bin Ihnen undankbar" soviel bedeutet wie „Sie sind sich undankbar", dann kann ich Ihnen nicht undankbar sein, bin ich es trotzdem, sind Sie sich undankbar, dann haben Sie doch getan, was sie für mich getan haben, damit Sie sich undankbar sind. *Natürlich bin ich Ihnen undankbar. Ich, ich, ich.* Ich *muß* Ihnen undankbar sein. Wenn ich Ihnen nicht undankbar wäre, wäre ich ganz Sie. Solange ich Ihnen undankbar bin, bleibt mir die Illusion, ich, der ich Sie bin, sei ich. Ich, der ich ganz Sie bin, sei nicht ausschließlich Sie. Der barfüßige Junge, den Sie nach Kremsmünster schickten, der es dort nicht ertrug, der zurückkam, den Sie wieder nach Kremsmünster schickten, der lernte, es dort zu ertragen, nachdem er die Enttäuschung in Ihrer Sprache gehört und in Ihrem Blick gesehen hatte, der Sie niemals wieder enttäuschen wollte, kann sich nur in der Welt halten, indem er Ihnen Schmerz bereitet. Indem er Sie doch enttäuscht. Denn der barfüßige Junge hat, lange schon, Angst. Angst, daß sich die Welt, die er so mühelos allein durch sein Fortlaufen in die Welt zurückverwandeln konnte, die ihm bestimmt war, die er jetzt um keinen Preis mehr zurückverwandeln will, von selbst in die ihm ursprünglich bestimmte Welt zurückverwandelt. Ist etwas denkbar, was dem barfüßigen Jungen die Angst nehmen könnte. Der barfüßige Junge weiß, es gibt nichts, was ihm die Angst nehmen kann. Doch er handelt so, als gäbe es etwas, was ihm die Angst nehmen kann. Die Undankbarkeit, mit der er Sie verfolgt, der Schmerz, den er Ihnen zufügt. Er versucht, die Schöpferin seiner Welt zu verletzen. Gelingt es ihm, die Schöpferin zu verletzen, beginnt in dem Augenblick, in dem Sie verletzt sind, nicht alles, was um den barfüßigen Jungen ist, sich von ihm abzuheben, vor ihm zurückzuweichen, sich aufzulösen, kann er daran glauben, daß die Welt um ihn wirklich ist. Denn die Schöpferin ist Teil der von ihr geschaffenen Welt. Sind Sie verletzt, wollen Sie seine Welt nicht mehr aufrechterhalten, sind Sie vernichtet, können Sie seine Welt nicht mehr aufrechterhalten. Die Welt um ihn darf dann keinen Bestand mehr haben. Besteht sie trotzdem weiter, kann er darauf vertrauen, alles, was um ihn ist, wird immer in dem Abstand und in der Form verharren, die er wählt.

Es gehört sich nicht, Angst zu haben. Noch weniger, sie zu zeigen. Aber ich bin nicht dankbarer, wenn ich es bei dem belasse, was ich geschrieben habe. Bei der Angst, von der Sie nun glauben müssen, sie ist meine Angst, und von der ich selbst glaubte, sie sei meine Angst. Bis ich diesen Brief verfaßte. Der nicht empfangen hat, was ich empfangen habe, kann sich nicht vorstellen, was es bedeutet, seine Welt hört auf zu bestehen. Für ihn gibt es nur eine Welt, von der er niemals wissen wird, daß sie vor ihm nicht da war und daß sie nach ihm nicht da sein wird. Er besitzt keinen Begriff von Welt und kann demzufolge keine Angst haben, daß sie zu bestehen aufhört. Er bleibt für immer derselbe. Der empfangen hat, was ich empfangen habe, muß sich vorstellen, wie es ist, wenn seine Welt nicht weiterbesteht, wenn sich, was um ihn ist, verwandelt. Er ist es Ihnen schuldig, immer derselbe zu bleiben, wie die Angst zu haben, daß sich, was um ihn ist, auf eine Art und Weise verwandelt, die nicht den geringsten Anhaltspunkt für eine Spekulation bietet, ob sich mit dem, was sich um ihn verwandelt, auch etwas an oder in ihm verwandelt. Er hat eine andere Angst. Er ist so grenzenlos undankbar, daß er eine Angst hat, deren Voraussetzung ist, daß er nicht empfangen hat, was er empfangen hat. Er hat die zu der Angst, die er Ihnen schuldig ist, genau entgegengesetzte Angst. Die in einer Mure, wie sie dieser Brief darstellt, an die Oberfläche kommen muß. Der barfüßige Junge steht vor einem Spiegel und will seinen Namen aussprechen. Er hört sich vor dem Spiegel Laute ausstoßen, er weiß, er wollte seinen Namen aussprechen, er weiß, er hat Geräusche erzeugt, die zusammen eine entfernte Ähnlichkeit mit der Lautfolge besitzen, die seinen Namen verschlüsselt, aber er weiß auch, nur er und niemand sonst stellt diese oder überhaupt eine Verbindung zwischen den Geräuschen, die er hervorgebracht hat, und seinem Namen her. Er hat nicht die Angst, daß die Welt um ihn zu bestehen aufhört. Das ist Ihre Angst. Er bleibt nicht derselbe. Er hat die Angst, daß er sich, jederzeit, gegen alles, was seinen Willen ausmacht, in ein Tier verwandelt. Er hofft, er wird sich, wenn Sie diesen Brief lesen, nicht in ein Tier verwandeln, und wenn er sich nicht in ein Tier verwandeln wird, diese entsetzliche Angst, die ihn überallhin und bei allem und immer begleitet, möge wie ein Kleidungsstück von ihm abfallen. Sie haben von ihm verlangt – ich muß schreiben: denn Sie haben von ihm verlangt, würde ich es nicht schreiben, ich wäre dankbar und nicht ehrlich, ich will undankbar und ehrlich sein –, daß er sich nicht verwandelt, aber Sie haben gewollt, daß er sich doch verwandelt. Sie wollten, daß er der bleibt, den Sie in ihm sahen. Sie wollten, daß er nichts weniger als ein Heiliger werde. Sie haben ihm alles beigebracht, was er wissen muß, um einen Heiligen an seinen Taten zu erkennen. Er muß nicht warten, bis die Heiligsprechung erfolgt ist. Haben Sie nicht daran gedacht, solche Kenntnisse und Fähigkeiten ziehen unvermeidlicherweise die Überzeugung nach sich, sie stellten nicht den allerersten, sondern bereits den vorletzten Schritt zum Heiligen dar? Muß nicht der Gedanke schmeicheln, der fehlende letzte Schritt sei gangbar wie der vorletzte? Weswegen man ihn nicht tatsächlich zu gehen braucht. Indem ich nun versuche, das zu beschreiben, als dessen Verkörperung Sie mich immer sehen wollten, kann ich also, je genauer es zu beschreiben ich mich in der Lage zeige, um so überzeugender begründen, warum ich nicht zu seiner Verkörperung geworden bin.

Wenn Sie mich wirklich hätten lehren können, wie man ein Heiliger wird, wäre der Versuch, einen solchen aus mir zu machen, dann noch interessant für Sie gewesen? Chiedi scusa.

1 Ein Heiliger schreibt nicht.

2 Ein Heiliger spricht.
2.1 Ein Heiliger spricht nicht oft.

2.2 Ein Heiliger spricht nur, wenn er sich, z.B. durch die Anwesenheit in einem bestimmten Kreis, in einer besonderen Stimmung befindet.

2.3 Ein Heiliger stellt Rahmenbedingungen her, die ihn bei unregelmäßig wiederkehrenden Anlässen zum Sprechen anhalten.

3 Ein Heiliger zeichnet auf.

3.1 Ein Heiliger zeichnet sehr viel auf.

3.2 Ein Heiliger legt keinen Wert darauf, daß seine Aufzeichnungen veröffentlicht werden.

3.21 Ein Heiliger hat einmal in seinem Leben den größten Wert darauf gelegt, daß seine Aufzeichnungen veröffentlicht werden.

3.211 Die Veröffentlichung ist ein Welterfolg geworden. Es gefällt dem Heiligen, bis zu seinem Tod nur für sich selbst aufzuzeichnen, weil er einerseits die Illusion erhalten möchte, der Welterfolg habe sein Leben nicht verändert – er ist derselbe vor und nach dem Welterfolg = er hat den Welterfolg verdient, und weil er andererseits den zweiten Welterfolg gern nach seinem Tod erleben möchte (variatio delectat).

3.212 Die Veröffentlichung ist, genau wie im Fall 3.211, voller Druckfehler, wurde jedoch von buchstäblich niemandem zur Kenntnis genommen. Der Heilige unternimmt keinen weiteren Versuch als Lebender, er befürchtet, ein zweiter Fehlschlag könnte sich dahingehend auswirken, daß er nicht mehr aufzeichnet, was den Welterfolg nach seinem Tod mangels Masse verhindern würde.

3.31 Das Lesen beziehungsweise Verstehen der Aufzeichnungen eines Heiligen erfordert keinerlei außerphilosophisches, etwa wissenschaftliches Fachwissen.

3.32 Das Lesen beziehungsweise Verstehen der Aufzeichnungen eines Heiligen kann vor dem Hintergrund eines philosophischen Fachwissens vonstatten gehen. Das Lesen beziehungsweise Verstehen der Aufzeichnungen eines Heiligen kann auch ohne den Hintergrund eines philosophischen Fachwissens vonstatten gehen.

3.4 Die Aufzeichnungen eines Heiligen enthalten eine hinreichend große Anzahl von Allgemeinplätzen.

3.5 Die Allgemeinplätze häufen sich nicht. Sie sind nichttrivial verteilt.

3.6 Die Aufzeichnungen eines Heiligen enthalten eine hinreichend große Anzahl von Passagen, die unverständlich sind.

3.7 Die unverständlichen Passagen häufen sich nicht. Sie sind nichttrivial verteilt.

3.8 Die Aufzeichnungen eines Heiligen enthalten eine hinreichend große Anzahl von Passagen, die eine eindeutige Interpretation erlauben.

3.9 Mindestens zwei der zulässigen Interpretationen der gesamten Aufzeichnungen eines Heiligen widersprechen einander.

4 Ein Heiliger prägt Schlüsselwörter, die mit seinem Wirken verbunden werden.

5 Der Heilige will mit Hilfe der Allgemeinplätze, der unverständlichen Teile der Aufzeichnungen und der Schlüsselwörter etwas ausdrücken, was nicht auszudrücken ist.

6.1 Der Heilige wiederholt sprechend und aufzeichnend unablässig, daß er mit Hilfe seiner Allgemeinplätze, der unverständlichen Teile seiner Aufzeichnungen und seiner Schlüsselwörter etwas ausdrücken will, was auch mit anderen Allgemeinplätzen, anderen unverständlichen Aufzeichnungen und anderen Schlüsselwörtern nicht auszudrücken ist.

6.2 Der Heilige wiederholt sprechend und aufzeichnend unablässig, daß er nicht anders kann und beziehungsweise oder daß er nichts anderes kann, als mit Hilfe seiner Allgemeinplätze, seiner unverständlichen Aufzeichnungen und seiner Schlüsselwörter zu versuchen, etwas auszudrücken, was nicht auszudrücken ist.

7 Ein Heiliger führt ein frommes Leben.

7.1 Ein Heiliger spricht aus, daß er ein frommes Leben führt.

7.2 Ein Heiliger betont, er kann nicht anders, als ein frommes Leben zu führen.

7.21 Wer zugibt, er wurde versucht, er hat jedoch der Versuchung widerstanden, ist kein Heiliger.

8 Ein Heiliger scherzt nicht. Weder im Tun (Heldentaten) noch im Sprechen (Kalauer).

9 Ein Heiliger ist hochmütig.

9.1 Mit allem, was ein Heiliger tut und äußert, gibt er seinem Gegenüber zu verstehen, daß es kein Heiliger ist.

9.2 Ein Heiliger ist nicht dazu fähig, nicht hochmütig zu sein.

9.3 Wenn ein Heiliger bescheiden sein will, dann ist für alle anderen offensichtlich, daß er nur um so hochmütiger ist, je bescheidener er sein will.

10 Ein Heiliger ist niemals ein Literat.
10.1 Ein Heiliger ist empört, wenn man ihn auch nur in die Nähe eines Literaten rückt.

11.1 Was ein Heiliger ausspricht, ist am Schluß immer wahr.
11.2 Was ein Heiliger aufzeichnet, ist am Schluß niemals falsch.

Eine ins Detail gehende Untersuchung, welche Merkmale in jedem Fall vorliegen müssen, damit die Frage, ob ein Mensch ein Heiliger ist, mit Ja beantwortet werden kann, und welche Merkmale notfalls fehlen dürfen und es ist trotzdem vertretbar, die Frage mit Ja zu beantworten, würde den Rahmen dieses Briefs sprengen. Man wird kaum einen Heiligen finden, der alle beschriebenen Eigenschaften aufweist. Man wird jedoch regelmäßig feststellen, der Heilige kommt den Anforderungen, die er nicht wortgenau erfüllt, auf andere Weise nach, so daß letztlich doch alle Merkmale der Liste gegeben sind. Z.B. existieren durchaus verheiratete Heilige (entgegen 8). Aber: Diese Heiligen sprechen dann ständig davon, daß sie ein frommes Leben führen (7.1) und daß sie nicht anders können, als ein frommes Leben zu führen (7.2), und außerdem wiederholen sie unablässig, sie können nicht anders, als mit Hilfe ihrer Allgemeinplätze zu versuchen, etwas auszudrücken, was nicht auszudrücken ist (6.2). Was für den (Ehe-)Partner des Heiligen so gut ist, wie nicht mit ihm verheiratet zu sein. Während es also nicht möglich ist, durch eine irgendwie geartete Auswahl und Zusammenfassung von Bestimmungen der vorstehenden Liste eine notwendige und hinreichende oder auch nur eine hinreichende Bedingung dafür zu formulieren, ob ein Mensch ein Heiliger ist oder nicht, ist eine notwendige Bedingung dafür, ob ein Mensch ein Heiliger ist oder nicht, durchaus angebbar.

12 Ein Heiliger posiert nicht vor dem Hintergrund eines schlechten Bilds.

Diese Bestimmung nimmt eine Sonderstellung ein. Ob und in welcher Form auch immer ein Kandidat die anderen beschriebenen Eigenschaften aufweist oder nicht, jemand, der sich vor einem schlechten Bild zeigt, ist kein Heiliger. Wer von „politischer Kinetik“ spricht, wenn die physikalische Wissenschaft die Vorstellung, jede Größe lasse sich auf einen Punkt im Raum reduzieren, wobei die Wechselwirkungen zwischen den Punkten im Raum höchstens mit Lichtgeschwindigkeit vermittelt werden, schon lange durch diejenige abgelöst hat, zwei Größen seien mit Hilfe einer einzigen einheitlichen Beschreibungsform (zum Beispiel, aber nicht notwendigerweise, einer räumlich ausgedehnten Wellenfunktion) zu erfassen, so daß beide Größen bestimmte meßbare Eigenschaften, gewissermaßen Äußerungen dieser Einheit darstellen, welche einer Wechselwirkung in sich nicht bedürfen, wer versucht, die Wechselwirkungen zwischen Menschen, Ideen etc. nach dem Muster der Bewegung von Teilchen – Billardkugeln – zu erfassen, ist nicht einmal Kandidat für die Seligsprechung (Donald Duck spricht nicht, er quäkt. Allerdings verteilt er seine Allgemeinplätze gut).

Natürlich weiß der Heilige, der Begriff der Heiligkeit ist nur eine geeignete Schublade, in die ihn die Außenwelt ob seiner außerordentlichen Fähigkeiten stecken kann. Die Schublade könnte auch ganz anders beschriftet sein. Der Heilige ist zufrieden, solange er die Schublade nur mit wenigen anderen teilt. Lediglich in diesem Sinn ist es für ihn wichtig, daß er ein Heiliger ist. Er selbst sieht sich insgeheim – er würde es unter keinen Umständen zugeben – als etwas, was nach den Maßstäben der Außenwelt im größten Gegensatz zum Heiligen steht: als Tänzer. Die Frömmigkeit (7), das Nicht-anders-Können als mit Hilfe seiner Allgemeinplätze, seiner unverständlichen Aufzeichnungen und seiner Schlüsselwörter zu versuchen, etwas auszudrücken, was er nicht ausdrücken kann (6.1), und das unablässige Äußern dieses Sachverhalts in Wort und Schrift (6.2): als schwierigste Schritte, Bestandteile von großartigen, vielfältig verflochtenen Figuren. Niemand außer ihm besitzt das Denk-, das Vorstellungsvermögen, welches die Voraussetzung ist, seine Bewegungen als Abfolge von Schritten und die Schritte als Figuren eines Tanzes zu erfassen und zu beschreiben. Keiner wird deshalb jemals dazu fähig sein, ihn zu erfassen und zu beschreiben. Niemand außer ihm ist in der Lage, die Eleganz, die Delikatesse wahrzunehmen, mit der er die einzelnen Figuren ausführt (das Leben des Heiligen ist seine Heiligkeit, die Leiter, die der Heilige hinaufsteigt und die dann weggeworfen wird, die es nie gegeben hat, die Frage nach dem Sein des Seins, das nie in die Welt gekommen ist). Er erschauert wollüstig am Schreibtisch oder nachts im Bett, wenn er sich vor Augen führt, nicht einmal er selbst weiß, wie er seine allerletzten Figuren ausführen wird. Was jedoch nicht bedeutet, er würde es für notwendig erachten, besonders darüber nachzudenken, wie seine letzten Figuren aussehen könnten, oder auch nur darüber, wie er eine gerade begonnene Figur abschließen wird. Der Heilige weiß, man kann nichts an ihm verstehen, indem man einzelne seiner Allgemeinplätze oder Schlüsselwörter herausgreift. Einzelne Allgemeinplätze beziehungsweise Schlüsselwörter beschreiben nicht einmal seine Schritte, geschweige denn seine Figuren. Es unterhält den Heiligen zu verfolgen, wie der niedere Klerus und bemühte Laien bestimmte Schlüsselwörter und Allgemeinplätze aufnehmen, wie sie, ihrerseits unverständliche Passagen an- und dazwischenfügend, einen anderen rekonstruieren, dessen Schritte denjenigen eines Volltrunkenen gleichen, der sich auf eine Turniertanzfläche begibt. Der Heilige besteht darauf, daß Zitate höchstens exemplifizieren, jedoch niemals symbolisieren, und er äußert: „Zitate bilden nie ab und fassen nie zusammen", um möglichst viele dazu zu bringen, ihn zu zitieren und zu resümieren, denn ihm gefallen die torkelnden Abgebildeten und Zusammengefaßten, die man aus ihm macht. Noch mehr amüsiert er sich jedoch über die Agnostiker, die seine Schritte zählen und abmessen und die den Versuch unternehmen, sie zu katalogisieren, und er zählt, wenn er nachts im Bett liegt, den richtigen Katalog laut auf, dem keiner nahegekommen ist und dem keiner nahekommen wird:

– alles äußern, nur nicht das, was wirklich wichtig ist

– das Gegenteil von dem äußern, was wirklich wichtig ist

– was richtig ist, falsch begründen

– was unrichtig ist, richtig begründen

- das wirklich Wichtige gehört zwischen die Zeilen, zwischen die Seiten und zwischen die Aushänger

- tausend Nervenzellen machen kein Gehirn

- meine Wörter sind Abschnitte
- meine Sätze sind Kapitel
- meine Abschnitte sind Bände

- mein Stil ist ein Wort

- was wichtig ist, als wichtig darstellen, aber immer wieder betonen, was dargestellt werde, sei nicht wirklich wichtig

- andere äußern lassen, was wichtig ist

Er meint, sein Gelächter zu hören, auch wenn er gar nicht lacht.

Ihr
(immer Ihr)

Ich schrieb mich in ihre Schuld hinein, weil ich überzeugt war, ich verdiente, was sie für mich getan hatte. Als Antwort auf meinen Brief erhielt ich etwa zwei Wochen später die folgende undatierte und nicht unterzeichnete Zeile, die lediglich durch die Anschrift auf dem Umschlag zu erkennen gab, daß sie an mich gerichtet war.

Ich beschäftige mich nur mit Gedanken, die klar sind.

Was man als Inhalt eines Lebens angeben kann, ist Folge von bestimmten anderen Inhalten bestimmter anderer Leben, mit denen man (ich) in bestimmten Abschnitten seines (meines) Lebens in Berührung gekommen ist (bin) und denen man (ich) nicht ausweichen konnte. Wie man Berührungen seiner Mitmenschen abwehrt. Wie man Berührungen seiner Toten andauern macht. Wie man Berührungen mit seinen früheren Ichs und mit dem, was man für seine möglichen späteren Ichs hält, verarbeitet. Wie man Gedanken miteinander verknüpft, ohne sie zu denken, und wie man Dinge zueinander stellt, ohne sie anzufassen. Ich hatte mich entschlossen, nicht das Leben zu führen, das Muraus Mutter immer von mir erwartet hatte. Als ich den Brief schrieb, war ich tatsächlich überzeugt, ich würde ein völlig anderes Leben führen. Diese Überzeugung verursachte ein unendlich schlechtes Gewissen. Welches mich dazu veranlaßte, das hervorzuheben und herauszuarbeiten, was an meinem anderen Leben formal dem Leben glich, das ich Muraus Mutter schuldig war. Das schlechte Gewissen, das ich heute nicht mehr habe, hätte ich auch damals nicht zu haben brauchen. Denn die Ähnlichkeiten zwischen dem Leben, das ich nicht führen wollte, und dem Leben, das ich zu führen gedachte, waren, wie sich herausstellen würde, durchaus nicht an den Haaren herbeigezogen. Ich wollte Muraus Mutter ausführlich darlegen, daß meine Gedanken hinreichend klar sind, daß mein Gedankengebäude auf wenigen Grundsätzen beruht, aus denen ich alles entwickle, daß diese Grundsätze klar sind und von Anfang an vorliegen, zwar sind es andere Grundsätze als ihre, jedoch widersprechen meine Grundsätze ihren keineswegs, sie sind nur vielfältiger verflochten, tatsächlich enthalten meine Grundsätze ihre in dem Sinn, daß unter bestimmten vereinfachenden Bedingungen die Anwendung meiner Grundsätze dasselbe Ergebnis zeitigt wie die Anwendung ihrer Grundsätze – Der Brief gelangte nie über die Einleitung hinaus. Ich zeigte mich über ihr Schreiben schuldbewußt und bestürzt, deutete jedoch in die Bestürzung hinein an, sie habe mir genau den Brief geschrieben, dessen sie mich immer angeklagt habe. Ich legte dar, wie unendlich ich jetzt bedauerte, daß ich sie niemals in Wolfsegg aufgesucht hatte, um mit ihr zu sprechen (sie war in den letzten Jahren, als die Karriere des italienischen Priesters bei der Kurie immer mehr nach oben deutete, überhaupt nicht mehr nach St. Pankraz gekommen), dann wären der ihr vorliegende Brief und die mir vorliegende Zeile nie geschrieben worden. Jede Einleitung mündete in der Zurückweisung des Vorwurfs, den sie mir jetzt zum ersten Mal nicht mehr machte. Als die Möglichkeit nicht mehr bestand, daß aus mir das werden würde, als dessen Verkörperung sie mich immer sehen wollte. Niemand kann nur rechnenderweise leben und überleben. Gefühle sind die Sprache der Bewertung von unübersichtlichen Lebenssituationen. Eine in vertretbarer Zeit vorgenommene planmäßige Untersuchung einer unübersichtlichen Lebenssituation würde die falschen Umstände herausheben oder sie würde nicht zu einem Ende kommen. Gefühle sind Kunstgriffe, um diejenigen Handlungsmöglichkeiten, die die Erreichung der gesetzten Ziele besonders fördern, schnellstmöglich von anderen abzuheben und schnellstmöglich einer Brauchbarkeitsprüfung zu unterziehen. Ohne Gefühle wären die schnellen Handlungen die falschen oder es gäbe keine Handlungen. Es ist möglich, die falschen Gefühle zu haben.

13 Es ist nicht möglich, keine Gefühle zu haben.

Die Überzeugung, jemand anderer sei ähnlicher Gefühle fähig wie man selbst, schlägt die einzig passierbare Brücke zu anderen Lebenssituationen. Wenn man sich über die Mittel verständigt, kann man die Ziele erahnen. Keine Beschreibung und kein Befehl kann ein Gefühl ersetzen. Ohne Gefühle gäbe es nichts auszudrücken, nicht einmal das, wozu es keine Gefühle braucht. Jemand, der zu Berechnungen fähig ist, muß Gefühle haben. Wie aber soll jemand, der zu besonders umfangreichen Berechnungen fähig ist, seine Gefühle ausdrücken? Ihr Sohn schreibt in seinen Aufzeichnungen: *Montaigne, sagen Sie, Gambetti, und ich weiß im Augenblick gar nicht, was das ist, hatte ich zu Gambetti gesagt. Descartes? ich weiß es nicht. Schopenhauer? ich weiß es nicht. Ebenso könnten Sie Butterblume sagen und ich wüßte nicht, was es ist, hatte ich zu Gambetti gesagt.* Wenn die Menschen diese Worte aussprechen und jene Handlungen begehen, um bestimmte Gefühle auszudrükken, und wenn ein Mensch niemals diese Worte benützt und niemals jene Handlungen auch nur erwägt – soll ich zu Fuß nach Wolfsegg kommen, die Stubenmädchen bitten, mich zu Ihnen vorzulassen, soll ich meinen Hut abnehmen, mit beiden Händen die Krempe umfassen, ihn drehen, abwechselnd meinen Blick zu Boden richten und Ihnen in die Augen sehen und sagen „ich dank' recht schön"? – wenn ein Mensch andere Worte verwendet und seine Handlungen an anderen Handlungen messen will, heißt das doch nicht, er hat keine Gefühle –

Murau bat mich ins Hassler. Ich habe mich verspätet, da mich ein Anruf K.s erreichte. Er nimmt mein Angebot verbindlich an, nach der Umgründung der Firma Beirat zu werden. Damit steht endgültig fest, daß der Beirat aus Fegelein, Zizendorf und K. bestehen wird. K. ist für mich, Fegelein gegen mich, Zizendorf ist vernünftig, also ist er für mich.
Die zunehmend unangenehmeren Folgen der Zeitverschiebung nach Interkontinentalflügen machen K. bewußt, er wird nicht jünger. Er will sich fortpflanzen. Er ist auf der Suche nach der Mutter seiner Kinder. Nachdem Barbara eher knochig, aber bestimmt nicht dick und nicht schwabbelig ist, müssen sie wohl zusammen im Theater gewesen sein und Barbara muß etwas Falsches gesagt haben. Er plant, ein Buch zu schreiben. Ob und beziehungsweise unter welchen Bedingungen eine erfahrungswissenschaftliche Unternehmungstheorie möglich sei. Was ein Unternehmen ist und was es nicht ist. U.ä.m. Er kann das Buch nicht in Deutschland schreiben. Er wird einen längeren Leave nehmen, er hat vor, diesen auf keinen Fall zu unterbrechen. Ich fragte ihn, wo die Fröhliche Handelswissenschaft entstehen soll. Er hat sich darüber noch keine abschließenden Gedanken gemacht. Ich empfahl ihm die Stadt auf den sieben Hügeln. Er stellte sich eine große, zentral gelegene Wohnung vor, mit Aussicht auf ein berühmtes Bauwerk, aber trotzdem ruhig. Am besten an einer Piazza, die man nur zu Fuß erreiche. Aber er hat keine Zeit, um sich in der Ewigen Stadt eine Wohnung zu suchen. Ich schlug ihm Elaine vor. Ich würde sie zusammenbringen, sie würde ihm die Suche abnehmen. Im Gegensatz zu Fegelein und Zizendorf sprach K. das Halbjahresergebnis an. Ob die Möglichkeit besteht, im zweiten Halbjahr aufzuholen und für das Jahr wenig-

stens zu einem ausgeglichenen Ergebnis zu kommen. Ich gab mich zuversichtlich, das dritte Quartal war in der Vergangenheit immer das stärkste Quartal. Ob wir Liquiditätsprobleme haben. Ich sagte, wir haben keine Liquiditätsprobleme. Ich erzählte ihm nicht, daß unsere Kreditlinien fast ausgeschöpft sind. Er weise darauf hin, daß sich der von Heini und Friedrich verwaltete Bereich II in den schwarzen Zahlen befinde, während mein Vorzeigebereich IV in den roten Zahlen sei. Ich erwiderte, Simons Bereich I wird im dritten Quartal einen kräftigen Ergebnisbeitrag leisten.
Murau sitzt auf der Bank unmittelbar gegenüber der Bar des Hassler. Ich bin erschüttert über die Veränderung, die er seit unserem letzten Treffen durchgemacht hat. Sein Gesicht ist eingefallen, die Augen liegen tief in den Höhlen, der Mund ist schmal, die Ohren stehen vom Kopf ab, der Eindruck wird dadurch verstärkt, daß Murau vor kurzem beim Haareschneiden gewesen sein muß. Während Murau sonst immer einen sorgfältigen Scheitel durch sein lockiges Haar zieht, sind seine ergrauenden Haare nun lediglich in großen Strähnen aus dem Gesicht nach hinten gekämmt. Er trägt ein schwarzes Hemd und keine Jacke, Sandalen und weiße Strümpfe. Er hat die Beine übereinandergeschlagen und die Hände aufeinandergelegt. Er fixiert mich so mit seinem Blick, daß ich nicht einmal wage, mich für mein Zuspätkommen zu entschuldigen.
Als ich mich gesetzt habe, beginnt Murau übergangslos, von seinem Onkel Georg, seinem Lieblingsonkel, zu sprechen. Der in der Bibliothek von Wolfsegg hinter verschlossenen Fensterläden Dostojewski gelesen hatte, während Muraus Vater und sein Bruder auf die Jagd gegangen waren. Der in Cannes gewohnt hatte, und mit dem zusammen er ganze Abende auf der Piazza del Popolo zugebracht

hatte. Er habe zunächst die größte Hochachtung vor dem Entschluß seines Onkels gehabt, sein Anwesen in Cannes und sein Vermögen dem treuen Hausmeister Jean zu vermachen. Der gute Jean erbte auch den Teil der Kunstsammlung, der sich nicht schon in den Museen von Cannes und Nizza befand. Leider mußte Murau dann erleben, was aus dem Besitz seines Onkels wurde. Nicht sehr lange nach dem Tod des Dienstherrn heiratete der gute Hans die etwa gleichaltrige Inhaberin eines alteingesessenen Parfümeriegeschäfts. Man zog natürlich in die Villa von Muraus Onkel. Herr des Hauses war dann jedoch nicht etwa Jean oder seine Frau, sondern die erwachsene Tochter der Parfümeriegeschäftsinhaberin, das uneheliche Kind derselben. Sie entstammte der Beziehung der einstmals recht ansehnlichen späten Braut zu einem Ministerialbeamten aus Paris, der in Cannes ein Ferienhaus besaß. Ihr Vater hatte ihr ein Philologiestudium finanziert, welches sie mit dreißig noch ohne jeden Abschluß erlebte. Murau erzählt, wie er Jean etwa drei Jahre nach dem Tod seines Dienstherrn in Cannes besuchte. Er kam unangemeldet, Jean empfing ihn um so herzlicher. Solange sie zu zweit waren, fühlten sich beide in alte Zeiten zurückversetzt. Als ob Jean ihm auf der Aussichtsterrasse Gesellschaft leistete, bis sein Onkel von einem Gang in den Ort zurückkäme. Sobald sich jedoch Jeans Frau dazugesellte, wich die unbeschwerte Heiterkeit einer lastenden Gezwungenheit. Die in erschrockenes Schweigen umschlug, als er sich anschickte, das Innere der Villa aufzusuchen. Weder Jean noch seine Frau unternahmen den Versuch, ihn zu begleiten. An der Einrichtung hatte sich nichts verändert. Alles war sauber und gepflegt. Jedoch die Sammlung. Wo früher Skulpturen von Moore gestanden und Bilder von Fautrier und Masson gehangen hatten, boten sich jetzt dem Auge völlig unbedeutende Bilder und Plastiken von gänzlich unbekannten Künstlern dar. Auf die Frage nach der Ursache der auffälligen Veränderungen erhielt er die verlegene Antwort der Parfümeriegeschäftsinhaberin, ihr Mann und sie bewohnten den Gästeteil der Villa. Der Gästeteil sei groß genug für sie und ihren Mann. Das Haupthaus werde von der nur selten anwesenden Tochter benutzt. Die Tochter habe eine Galerie in Paris. Sie verkaufe solche Stücke aus der Kunstsammlung, die nicht mehr im Wert stiegen und erwerbe dafür andere Werke von jungen, noch unbekannten Künstlern, die in Zukunft im Wert steigen würden. Ihr Mann und sie hätten übrigens darauf bestanden, daß die Bilder im Gästeteil dieselben blieben. Dort hatten nach Muraus Erinnerung vor allem Dubuffets gehangen. Jean schwieg zu den Ausführungen seiner Frau. Muraus Onkel hatte eine Kartei geführt, in der für jedes Kunstwerk neben einer Abbildung die wichtigsten Daten des Ankaufvorgangs festgehalten waren. Der Karteikasten hatte sich immer in dessen Schreibtisch befunden. Murau erbat von Jean, Einblick in die Kartei nehmen zu dürfen. Jean führte ihn zum Schreibtisch und öffnete diesen, als wäre er sicher, den Karteikasten an der angestammten Stelle zu finden, zeigte sich dann jedoch nicht überrascht, als dort kein Karteikasten war. Murau ließ sich die Adresse der Galerie der Tochter in Paris geben und suchte diese bei Gelegenheit eines späteren Paris-Besuchs auf. In der Galerie wurden tatsächlich zwei Fautriers und zwei Massons zum Kauf angeboten, die zweifelsfrei aus der Sammlung seines Onkels stammten. Murau gab sich nicht zu erkennen und unternahm auch in der Folge nichts. Er werde Wolfsegg nicht der Israelitischen Kultusgemeinde in Wien vermachen. Er sei, als er die letzten Sätze seiner Aufzeichnungen geschrieben habe, in so heiterer Stimmung gewesen, wie seit Jahren nicht mehr, im Grund müsse er sagen, er habe überhaupt noch nie in seinem Leben ein derartiges Gefühl der Gelöstheit verspürt wie während des letzten Abschnitts seiner Aufzeichnungen, er habe ein solches Gefühl auch später nie mehr erfahren. Da sei es über ihn gekommen, daß er sich einen Scherz erlauben wollte. Die Israelitische Kultusgemeinde in Wien würde mit Wolfsegg nicht anders verfahren als die Tochter der Parfümeriegeschäftsinhaberin mit der Kunstsammlung seines Onkels. Was zusammengehöre, würde auseinandergerissen, alles würde zu Geld gemacht, und das Geld würde nicht denjenigen zukommen, denen es zugedacht war. Niemand, der seine Aufzeichnungen lese, könne auf den Gedanken verfallen, es stelle keinen Scherz dar, wenn er am Ende Wolfsegg der Israelitischen Kultusgemeinde in Wien anbiete. Denn diese Handlung mache den Urheber der Aufzeichnungen so eindeutig zum ethisch höchststehenden Mitglied seiner Familie, daß es lachhaft sei. Aber vielleicht habe er sich auch getäuscht. Als er seine Aufzeichnungen anfertigte, habe er nicht an ein Publikum gedacht. Er habe nicht vorgehabt, diese Aufzeichnungen irgend jemandem zugänglich zu machen. Natürlich würde ich jetzt denken, er übertreibe. Er sehe mir an, daß ich genau dies dächte. Er habe ja geschrieben, *das Geheimnis des großen Kunstwerks ist die Übertreibung* und daß er ein *Übertreibungskünstler* sei. Aber seine Aufzeichnungen seien kein Kunstwerk, er sei kein Künstler. Wer fähig sei zu übertreiben, der sei imstand, die Schmerzen und die Demütigungen des Daseins zu übertreiben, wer die Schmerzen und Demütigungen des Daseins übertreibe, lebe noch, wer noch lebe, habe auch die Kräfte übertrieben, die ihn in die Lage versetzten, die Schmerzen und Demütigungen des Daseins zu ertragen. Er, Murau, habe nie übertrieben. Er sei bis in alle Winkel seines Daseins unfähig, bei der Beschreibung irgendeines Dings, irgendeines Gedankens, irgendeines Menschen zu übertreiben. Er wäre nichts lieber als *der größte Übertreibungskünstler, der mir bekannt ist*. Auch wenn er es immer wieder beschwöre, wenn er sich wahrheitswidrig immer wieder als Übertreibungskünstler bezeichne, er beherrsche die Kunst der Übertreibung nicht und sei deshalb nicht fähig, seine Existenz auszuhalten, sie zu ermöglichen. Er habe oft geglaubt, es sei ihm einmal gelungen zu übertreiben. Aber dann habe ihn jedesmal die Wirklichkeit eingeholt, und der Zeitablauf habe ihm bewiesen, daß er wieder nicht übertrieben habe. Ich frage ihn, warum er, nachdem er schildert, wie Chaim Eisenberg sein Geschenk im Namen der Israelitischen Kultusgemeinde angenommen hat, seine Aufzeichnungen mit einem Zwischensatz ausklingen läßt, der kein Satz des Ich-Erzählers, sondern eines sonst nur im ersten Satz der Aufzeichnungen vorkommenden übergeordneten Erzählers ist, und in dem dieser übergeordnete Erzähler seinen, Muraus, Tod im Jahr 1983 in Rom verkündet. Er antwortet, der übergeordnete Erzähler habe recht. Er sei 1983 in Rom gestorben. Ich erwidere, wenn er auch abstreite, ein Übertreibungskünstler zu sein, wenn er behaupte, er sei außerstand zu übertreiben, jetzt liege der Verdacht nahe, daß er mitunter doch dazu fähig sei. Er übertreibe nicht, er sei tatsächlich 1983 in Rom gestorben. Soll ich ihm entgegenhalten, nichts weise darauf hin, es spielt sich im Augenblick etwas anderes ab, als daß wir beide uns jeweils in Fleisch und Blut in der Bar des Hassler gegenübersitzen, welche Anhaltspunkte gebe es dafür, daß ich mich etwa in einer anderen Welt aufhalte und er nur eine Summe von mir eingespeisten Sinneseindrücken verkörpert, zusammengestellt nach dem, was 1983 über sein Verhalten bis zu seinem Tod, vielleicht auch gestützt auf das, was er in seinen Aufzeichnungen berichtet, in Erfahrung bringen konnte. Er sagt, er habe es abgelehnt, Wolfsegg so herzurichten, daß sein äußerer Zustand demjenigen gleiche, in dem es sich zum Zeitpunkt seiner Errichtung befunden habe, um auf diese Weise die Zeit aufzuheben. Der Vorschlag Elaines. Er habe es abgelehnt, Wolfsegg verfallen zu lassen und es niemals mehr aufzusuchen, der nachgeschobene Vorschlag Elaines. Er habe es abgelehnt, Wolfsegg der Welthungerhilfe zu übereignen, ein Vorschlag Spadolinis, des italienischen Priesters, weil es dann nur an die Katholische Kirche gehen würde. Er habe es abgelehnt, Wolfsegg der Israelitischen Kultusgemeinde in Wien anzubieten, der Vorschlag Chaim Eisenbergs. Er habe ein Kind abgelehnt. Marias Vorschlag. Er sei sich völlig sicher, das Kind, das er zeugen würde, wozu er sich grundsätzlich durchaus in der Lage sehe, ganz gleich, mit welcher Frau er es zeugen würde, werde sowohl äußerlich wie innerlich seinem verstorbenen Bruder Johannes gleichen. Das Kind werde die Landwirtschafts- und die Jagdtradition der Muraus fortsetzen, als ob es ihn, den letzten Murau, nie gegeben hätte. Das Kind werde eine Frau ehelichen, die genauso religionsvernarrt, dabei aber genauso ungeistig sei wie seine eigene Mutter, und es werde Söhne zeugen, die genau wie sein Bruder Johannes die Landwirtschafts- und die Jagdtradition der Muraus bis in alle Ewigkeit fortführen würden. Wenn es einen Gott gebe, müsse dieser sich etwas dabei gedacht haben, seinen Vater, seine Mutter und seinen Bruder Johannes nach einem Konzert mit Brucknerstücken im Brucknerhaus in Linz, am Donauufer, kurz nach Wels, auf der Bundesstraße 1, wo die

Straße nach Gaspoltshofen abzweigt, direkt an der Kreuzung, mit voller Wucht auf einen Lastwagen auffahren zu lassen, so daß dessen Traversenladung den ganzen Wagen durchstieß und den Kopf der Mutter vom Rumpf trennte und an das rückwärtige Wagenfenster schleuderte. Wenn es einen Gott gebe, könne der nicht erwarten, daß er, Murau, nach dem geschilderten Vorgang einen Sohn zeuge, der am liebsten Traktor und Dreschmaschine fahre und der Obmann des oberösterreichischen Bauernbunds werde. Er wolle und könne Wolfsegg nicht behalten. Weder auf die eine noch auf die andere Weise. Ich schlage ihm vor, mit den Menschen, die er grundsätzlich als Kandidaten für die Führung, Übernahme oder Weiterführung von Wolfsegg ansieht, das Todesversteckspiel aus dem *Falschen Buch* zu spielen. Ich skizziere ihm die Regeln, und er stimmt ohne weitere Erörterung meinem Vorschlag zu.

Die Entscheidung über Wolfsegg wurde dann durch einen überraschenden Krankenhausaufenthalt Elaines eingeleitet, über dessen Veranlassung sie nicht einmal ihre Schwester in Kenntnis setzte. Gambetti gab ihr die Empfehlung für den Arzt, er sorgte dafür, daß sie auf ein großes und ruhiges Krankenzimmer gelegt und ihr das Essen aus einem nahegelegenen Hotel gebracht wurde, und er bestellte ihr eine persönliche Nachtwache. Der Eingriff verlief zur vollen Zufriedenheit des behandelnden Arztes. Es gab keinen Anhaltspunkt für eine schlechte Prognose. Im Gegenteil, die Erholung schritt ungewöhnlich schnell voran. So schnell, daß sie bereits nach zehn Tagen aus dem Krankenhaus entlassen werden konnte, obwohl ursprünglich die Rede davon gewesen war, sie würde mindestens drei Wochen unter der Aufsicht des Arztes verbringen müssen.

Sie packte ihre Reisetasche, übergab sie dem Portier des Krankenhauses und ließ sich auf die Spagna fahren. Obwohl sie auf den Gängen des Krankenhauses viel längere Strecken zurückgelegt hatte, stellten sich auf dem Weg zum Greco leichte Schmerzen im Unterbauch ein, und sie fühlte Übelkeit in sich aufsteigen. Es war später Vormittag. Sie bestellte einen Tee, den sie schnell austrank, rührte jedoch das Gebäck nicht an, das sie an der Theke ausgesucht hatte. Der Kellner fragte, ob das Gebäck nicht in Ordnung sei. Sie antwortete, das Gebäck sei in Ordnung, sie jedoch nicht.

Noch vor dem Krankenhausaufenthalt hatte Elaine sich um eine Wohnung für K. bemüht. Sie hatte von einem Makler die Anschrift und Fernsprechnummer einer Wohnung erhalten, die nach Lage, Größe und Ausstattung für K. in Frage kam. Die Wohnung befand sich auf der Piazza Firenze, also im Gehbereich des Greco. Elaine ging zum Telefon und wählte die Nummer. Die gegenwärtige Mieterin, eine Engländerin, mußte aus familiären Gründen Ende des Jahres nach London zurückkehren, die Wohnung war jedoch für die nächsten drei Jahre angemietet, ein Nachmieter mußte in den bestehenden Mietvertrag eintreten. Elaine sagte, sie könne in einer halben Stunde auf der Piazza Firenze sein.

Sie ging die Via Condotti bis zum Corso hinab, blieb kurz auf dem Corso, bog in die Via in Lucina ein und nahm die Via dei Prefetti bis zur Piazza Firenze. Durch ein großes offenes Tor, das ihr die Engländerin beschrieben hatte, betrat sie einen Innenhof mit einem Springbrunnen. Über den Innenhof zogen blaugraue Rauchschwaden, die sich auf Kniehöhe so verdichteten, daß streckenweise das Pflaster nicht mehr zu sehen war. Der Rauch kam aus den Arkaden gegenüber dem Eingang.

Die Engländerin war etwa gleich alt wie sie. Sie trug einen

sehr kurzen und sehr engen Rock aus schwarzem Leder, ein einfaches weißes T-Shirt, dazu spitze schwarze Schnürschuhe. Sie hatte zentimeterkurz geschnittene, offensichtlich gefärbte blonde Haare. Als sie die Tür öffnete, kroch Rauch aus dem Innenhof in die Wohnung hinein.

»*They're burning again. Damn smell gets everywhere.*«

Keine Begrüßung. Die Wohnung befand sich im Piano Nobile, zwei Zimmer gingen auf die Piazza Firenze, die beiden anderen auf den Innenhof. Die hinteren Räume dienten als Schlafräume, der kleinere vordere als Eßraum, der größere vordere wurde sowohl als Aufenthalts- wie als Arbeitsraum benutzt. Die gesamte Wohnung war mit wertvollen Déco-Möbeln eingerichtet. Der Schreibtisch, auf dem zahlreiche Bücher gestapelt und ausgebreitet waren, sowie der Schreibtischsessel schienen Ruhlmann-Entwürfe zu sein. Lampen von Chareau sowie Dunand- und Tiffany-Vasen. Keramiken von Buthaud. Die Kaminverkleidung war möglicherweise von Brandt. Auf der Diele ein Regal von Carlo Mollino. Die Engländerin bot ihr Tee an – in einem Puiforcat-Geschirr –, den Elaine jedoch dankend ablehnte. Sie versicherte, die Wohnung sei sehr ruhig. Bei geschlossenen Fenstern höre man den Verkehr auf der Piazza Firenze nicht. Auch die Nachbarn seien ruhig. Das Gebäude sei vor kurzer Zeit renoviert worden. Elaine versuchte, die Engländerin in ein Gespräch zu verwickeln, das ihr Anhaltspunkte über deren Lebensumstände in Rom geben könnte, die über die Einrichtung der Wohnung hinausgehen würden, aber die Engländerin wich in Allgemeinplätze über den Unterschied des Lebens in Rom und in London aus, die eine deutlich größere Nähe zu ihrer Kleidung und Frisur als zur Einrichtung der Wohnung aufwiesen.

K. besaß keine Kenntnis über Natur und Schwere des bei

Elaine vorgenommenen Eingriffs. Sie hatte ihn davor kurz angerufen, sie habe einen Termin im Krankenhaus, und danach, es sei eine kleine Operation notwendig gewesen, der Arzt warte noch auf ein paar Analyseergebnisse, sie verlasse das Krankenhaus in den nächsten Tagen. Es war ausgeschlossen, daß K. kurzfristig nach Rom kommen würde, um die Wohnung zu besichtigen. Es würde ihre Entscheidung sein.

Auf dem Flur bemerkte Elaine, daß selbst unter der geschlossen Tür Rauch in die Wohnung gelangte. Als sie das Gebäude verließ, nahm sie unter den Arkaden zwei Arbeiter in Atemschutzmasken wahr. Vor den Arkaden stand ein Mann, der den Arbeitern zusah. Der Mann hörte das Geräusch von Elaines Schritten auf dem Pflaster und wandte sich um. Ein älterer, nicht sehr großer, breit gebauter, sehniger Mann in einem schwarzen Regenmantel. Er blickte, als habe Elaine ihn bei einer verbotenen Handlung ertappt. Er erklärte ihr, bei der Renovierung des Gebäudes war man in einem Keller auf einen verborgenen Eingang zu einer alten Krypta gestoßen, die sich noch unter den Kellerräumen befand. Wie man aus einer Datumsangabe auf einem der Steine des Kellerbodens ersehen konnte, war der geheime Zugang bald nach der Errichtung des Palazzos verschlossen worden, so daß der mittelalterliche Kirchenraum für Jahrhunderte unberührt blieb. Der Mann hatte keine Vorstellung, auf welche Art und Weise der Besitzer des Palazzos den unterirdischen Raum nutzen wollte, jedenfalls leerte er ihn und verbrannte, was an dessen Inhalt brennbar war. Sie fragte, ob das nicht gegen die Vorschriften verstieß. Der Mann zuckte mit den Schultern, es wußte ja niemand, was dort gefunden wurde, die Leute, die aufräumten und das Feuer veranstalteten, waren auf dem umbrischen Landgut des Besitzers beschäftigt. Sie fragte, warum er den Kirchenraum kannte. Der Mann antwortete, der jetzige Hausherr sei noch nicht lange im Besitz des Palazzos. Er selbst habe den Palazzo von den Erben des Vorbesitzers, der den unterirdischen Kirchenraum entdeckt habe, kaufen wollen, doch er sei nicht zum Zug gekommen.

Der Mann lud sie zu einem Drink in eine nahegelegene Bar ein. Sie lehnte ab, sie sei sehr müde. Er schlug vor, sich an einem anderen Tag zu treffen. Sie sagte vielleicht. Bevor sie auseinandergingen, tauschten sie ihre römischen Adressen aus.

Sie ging langsam auf der Via dell'Orso in Richtung Tiber. Schließlich kaufte sie sich in einem Parfümeriegeschäft Toilettenartikel und ließ sich ins Hotel Flavia fahren, wo sie ein Zimmer für eine Nacht nahm. Sie legte sich angezogen auf das Bett und fiel sofort in tiefen traumlosen Schlaf, aus dem sie erst nach Anbruch der Dunkelheit erwachte. Um wieder zur Piazza Firenze zu gehen.

Das Eingangstor war geschlossen, jedoch nicht versperrt. Ein Fächer weißen, die Beleuchtung reflektierenden Staubs bedeckte das Pflaster des Innenhofs und den Brunnen. Die Holztür unter der Arkade war ebenfalls versperrt. Der von oben bis unten mit weißem Staub überzogene Kellerraum schien überraschend groß. Genau in der Mitte des Kellers ein Loch. Neben dem Loch waren die großen Quadersteine aufgestapelt, die das Loch bedeckt hatten. Aus dem Loch ragte eine stabile Aluminiumleiter heraus. Sie prüfte, ob die Leiter auf festem Grund stand, um sich ihr dann anzuvertrauen und in die Tiefe zu steigen. Sie gelangte in einen langgestreckten Raum, in dessen Mitte sie gerade stehen konnte. Auf der Querseite des Raums befanden sich mehrere große behauene Steinquader, die wohl als Altar gedient

hatten. Einzelne Bodenplatten trugen, ebenso wie einzelne Mauerplatten, Inschriften.
Als sich ihre Augen an die Dunkelheit gewöhnt hatten, bemerkte sie an der dem Altar gegenüberliegenden Seite des Raums eine niedrige Tür. Näherkommend, stellte sie fest, die Tür war nicht in das Mauerwerk eingelassen, sondern von diesem verdeckt gewesen. Man hatte das Mauerwerk herausgebrochen, um die Tür freizulegen. Die das Licht ihrer Taschenlampe reflektierende Staubschicht war vor der Tür fast zentimeterdick.
Obwohl der Riegel, der die Tür versperrt hatte, verrottet war, zeigte ihr erster Versuch, die Tür zu öffnen, keinerlei Wirkung. Erst als sie sich mit ihrem ganzen Gewicht gegen die Tür stemmte, gab diese langsam nach. Unter großem Schmerz bekam sie die Tür so weit auf, daß sie sich durch den Spalt hindurchzwängen konnte.
Die zweite Krypta, viel größer als die erste, ein Beinhaus, ein Leichenhaus. Leichen in Särgen, Leichen ohne Särge, Leichen in Haufen übereinander, Leichen überall. Ganze Familien zusammen in Nischen gepreßt, die dazu bestimmt waren, nicht mehr als einen Sarg aufzunehmen. Neben der Tür waren die Särge noch geschlossen und geordnet an der Mauer aufgestellt. Davor die nächste Gruppe von Särgen, offensichtlich in größter Eile gefertigt. Das Holz kaum bearbeitet, die Deckel bis auf ein mit der Hand eingeritztes, unsicheres Kreuz nicht bezeichnet. Dann die endgültige Auflösung. Leere unbenutzte Särge, offene Särge mit einer oder mehreren Leichen, aufeinander gestapelte leere offene Särge, Leichen überall, Särge überall. Was den Tod der hier Behausten verursacht hatte, war zu schnell gekommen, als daß die Gesellschaft, in die es eingebrochen war, damit hatte Schritt halten können. Das Leichenhaus war derart

verschlossen gewesen, daß es keinen Luftaustausch mit der Außenwelt gegeben hatte, die Körper der Gestorbenen hatten sich über Jahrhunderte erhalten. Erst jetzt, als das Mauerwerk niedergerissen und die Tür aufgebrochen worden war, hatte der Verwesungsprozeß eingesetzt. Sie leuchtete in die Ecken. Zwei sich umarmende Kinder, die nur eingeschlafen zu sein schienen. Eine Frau, die sich kurz vor ihren Tod das Gesicht geschminkt hatte, um ihm einen maskenhaft gesunden Ausdruck zu geben. Eine andere Frau, deren kastanienbraunes Haar frisch und weich glänzte, sie schien, mit dem Rücken an die Wand gelehnt, die Beine gespreizt, auf dem Boden zu sitzen. Quer über ihr ein Mann, das Gesicht auf dem Boden. Sie zerrte den Mann zur Seite, um die Frau besser betrachten zu können. Die Frau war unbekleidet, Blut aus einer Wunde im Unterleib war über die Oberschenkel geströmt. War die Frau an dem gestorben, was den Tod der anderen verursacht hatte, oder war sie durch die Wunde zu Tod gekommen. Hatte man ihr die Wunde hier zugefügt, oder war die Wunde hier nur aufgebrochen. Hatte ihr der Mann, der auf ihr lag, die Wunde geschlagen, oder war er, nachdem beide schon tot waren, achtlos auf die Frau geworfen worden. Elaine konnte sich von dem Anblick nicht losreißen.

»Die Philosophie ist seit jeher bemüht, der Kunst einen Platz zuzuweisen, der zwar ehrenwert ist, von dem aus die Kunst jedoch keinerlei Macht über das Leben ausübt. Die Philosophie sieht die Kunst am liebsten im Bereich der Abbilder, der Schatten, der Täuschungen, allgemein im Bereich der Bildwelten zu Hause, die im Gegensatz zur wirklichen Welt stehen. Das kann zu dem Gedanken führen, Kunst und Philosophie seien einstmals zwei Wettbewerber gewesen, die dasselbe Ziel gehabt hätten, weswegen sich beide im Verfolgen dieses Ziels von Beginn an gegenseitig zu desavouieren versuchten, bei welcher Bemühung die Philosophie vorerst siegreich geblieben ist, denn sie hat es der Kunst durch unablässiges Reden über diese unmöglich gemacht, ihr Schweigen durch Schweigen zu erklären. Mit Heidegger auf der philosophischen und Duchamp auf der Seite der Kunst wären, parallel, die Philosophie über die Kunst und die Kunst als Philosophie zu sich selbst gekommen. Natürlich, im Vergleich zu Kafka – ein Assistent gab Heidegger einmal einen Band mit Erzählungen von Kafka, er bekam ihn nach kurzer Zeit mit der Bemerkung zurück, Kafka sei ihm, Heidegger, zu schwierig – ist Heideggers Sprache phantasielos. Im Vergleich zu Musil ist sie unbeholfen, und sie ist noch genitivischer als die Celans. Trotzdem. Hat man sich darauf festgelegt, bis in kleinste Bausteine und elementarste Funktionen der Sprache hinein das zu meinen, was man sagt, dann ist nicht vorstellbar, daß es möglich wäre, mit gesprochener Sprache, ohne Zahlen, ohne Formeln mehr auszudrücken. Die Philosophie hat schon immer behauptet, in ihrem ganzen Wesen bei sich selbst zu sein. Ob es stimmte oder nicht. Die Kunst interessiert sich erst in neuer Zeit wirklich für Begriffe, darunter ihren eigenen. Während es der Philosophie in der neuen Zeit sichtlich schwerfällt, sich zur Kunst zu äußern, geschweige denn, daß es ihr möglich ist, sich Strategien der Kunst anzueignen, bereitet es der Kunst nicht die geringsten Schwierigkeiten, buchstäblich alles, was die Philosophie bietet, als Bausteine für Kunstwerke zu requirieren und sich zugleich überall und unter allen denkbaren Umständen als Philosophie auszugeben. Warum soll das Publikum noch abwarten, bis die Gutachter der philosophischen Fachzeitschriften mit ihren Gutachten

fertig sind. Warum soll es sich in seinem Erkenntnisdrang nicht bei Ausstellungen und Kunstbüchern bedienen. Kurz: In dem Maß, in dem ein Wettbewerber den anderen aufsaugt, werde deutlich, wie sehr beide Wettbewerber schon immer das gleiche gewollt haben. Noch kürzer, die Kunst als überlegenes Erkenntniswerkzeug. – Nein. – Natürlich haben Kunstwerke etwas mit Erkenntniswerkzeugen gemeinsam. Der Wahrheitsgehalt einer Behauptung, eines Kunstwerks sinkt, je öfter sie, es nur gering verändert wiederholt wird. Ein Erkenntniswerkzeug ist dazu da, um mit seiner Hilfe etwas zu erkennen, um mit seiner Hilfe etwas zu bauen. Ein Kunstwerk ist dazu da, um mit seiner Hilfe etwas zu erkennen, um mit seiner Hilfe etwas zu bauen, um mit seiner Hilfe etwas auszusagen, um mit seiner Hilfe etwas totzuschweigen, um mit seiner Hilfe etwas zu verherrlichen, um mit seiner Hilfe jemanden zu verunglimpfen, um mit seiner Hilfe ein bestimmtes Leben zu führen. Ein Kunstwerk kann so vielen Zwecken dienen, daß es sinnlos ist, es noch als Werkzeug zu bezeichnen.«
Ich warf ein, Kunst bedeute doch immer etwas.
»Kunst verfügt über ungleich mehr und ungleich vielfältigere Möglichkeiten der Strukturerzeugung als Wissenschaft und Philosophie. Kunst kann alle Strukturen hervorbringen, die Wissenschaft und Philosophie hervorbringen, und sie kann darüber hinaus viel mehr Strukturen hervorbringen. Dies ist die Überlegenheit der Kunst und keine andere. Daß Kunst so vieles bedeuten kann, ist kein Ausweis, Kunst kann und beziehungsweise oder will etwas über das sagen, worüber Wissenschaft und Philosophie gehen, daß Kunst so vieles bedeuten kann, ist zweckmäßig. Ein Kunstwerk bedeutet immer zuviel. Den aus Kunst erzeugten Strukturen kommt niemals Erkenntniswert zu. Kunst schafft Struktu-

ren aus Selbstzweck. Wenn es einen anderen Kunstgriff gäbe, um genauso viele Strukturen zu erzeugen, und dieser Kunstgriff würde völlig auf das Bedeuten verzichten, dann würde der Künstler diesen Kunstgriff wählen, und niemand käme mehr auf den Gedanken, dem Kunstwerk Erkenntnischarakter zuzusprechen. – Niemand.«

Ich entgegnete, wenn es gelinge, etwas Bestimmtes in einer zweiten Sprache besser darzustellen als in einer ersten, wenn also die zweite Sprache reicher sei als die erste, dann sei die reichere Sprache das bessere Erkenntniswerkzeug.

»Es genügt, daß es irgendwann einmal in der Welt einen Gegenstand gegeben hat, der kein Schatten war, der jedoch einen solchen geworfen hat. Dann ist der Schatten in der Welt. Auf den Gegenstand kann verzichtet werden. Der eine Schatten erzeugt alle anderen Schatten. Man sagt nichts Neues, wenn man sagt, etwas ist Sprache. Man sagt nur, etwas, was ist, ist. Man wiederholt nur, man stottert. Die Philosophie ist Erkenntniswerkzeug, weil bestimmte Arten des Sich-auf-etwas-Beziehens in ihr von vornherein ausgeschlossen sind. Sind alle Arten des Sich-auf-etwas-Beziehens zugelassen, dann kann sich das, was sich bezieht, nicht mehr so auf etwas beziehen, daß es noch als Erkenntniswerkzeug benutzbar ist.«

Ich sagte, wenn man etwas als Werkzeug und gleichzeitig als etwas anderes benütze, dann ändere sich doch nichts an der Leistung des Werkzeugs als Werkzeug.

»Wenn Philosophie Kunst wird und es ändert sich an ihrem philosophischen Gehalt nichts, braucht Philosophie nicht Kunst zu werden. Man kann vorhersagen, ob eine bestimmte Art, Gedichte zu schreiben, ins Museum der modernen Poesie aufgenommen werden wird. Man kann vorhersagen, ob eine bestimmte Weise, Bilder zu malen, hoch

bewertet werden wird in dem Sinn, daß die Bilder entweder hohe Preise erzielen oder daß viele in Frage kommende Käufer und Kritiker ausführlich begründen, warum diese Bilder niemals wieder in einem Museum gezeigt werden sollten. Man kann vorhersagen, ob sich bestimmte Gedanken durchsetzen werden in dem Sinn, daß entweder sehr viele Philosophen auf ihnen aufbauen oder daß sehr viele Philosophen die größte Mühe darauf verwenden, sie zurückzuweisen. Aber man kann solche Vorhersagen nur für den Fall formulieren, daß man nicht selbst der Urheber der Gedanken oder der Bilder oder der Gedichte ist. Denn deren Wirkung ist immer die Summe aller Vorhersagen abzüglich der Vorhersage des Urhebers. Was der Urheber denkt und fühlt und vorhersagt, ist nicht Bestandteil des Begriffs des Gedankens, des Bilds, des Gedichts. Wenn ich entscheide, was aus Wolfsegg werden soll, dann bin ich der einzige auf der ganzen Welt, der nichts, überhaupt nichts dazu beitragen kann, die Zukunft Wolfseggs mitzugestalten. Wenn ich entscheide, was aus Wolfsegg werden soll, ist jede Vorhersage darüber, was aus Wolfsegg tatsächlich wird, von meiner Seite lächerlich. Als Beobachter des Todesversteckspiels kann ich eine Vorhersage abgeben, was mit Wolfsegg geschehen wird, und die Vorhersage ist keine von vornherein lächerliche.«
Murau blickte durch mich hindurch. Ich hatte ihn noch nie so ruhig und so rhythmisch, ja fast singend sprechen hören. Er fragte mich, welches Gebäude ich in Ermangelung eines Turms, es sei denn, wir wollten Kirchtürme nicht ausschließen, für das Spiel empfehlen würde.
Ich sagte, erst müßten die Spieler festgelegt werden. Murau nannte Maria, Elaine, Gambetti, den Schriftsteller und mich. Ich erkundigte mich nach Eisenberg. Er schüttelte

den Kopf. Ich fragte nach Spadolini. Er sagte, auf keinen Fall.
Ich sagte, wenn der Schriftsteller und der Schüler Spieler seien, womit ich gerechnet hätte, scheide ein tatsächlich existierendes Gebäude aus. Wir müßten ein imaginäres Gebäude festlegen. Ich breitete die sieben Fotografien vor ihm aus, die ich gemacht hatte, um mit ihrer Hilfe herauszufinden, in welchem Gebäude an der Piazza Minerva Murau Wohnung genommen hatte.
Zuerst das Kinderkarussell auf dem Pincio. Im Vordergrund ein weiß-blauer Feuerwehrwagen, ein Mars-Mobil, ein Pferdewagen mit einem weißen und einem braunen Pferd.
Einen der geflügelten Drachen, die das Dach des am Ausgang des Piazzale Flaminio zwischen dem Viale Washington und dem Viale del Muro Torto gelegenen Tempels zieren.
Die beiden berittenen Carabinieri auf der Piazza del Popolo, vor Santa Maria dei Miracoli, am Beginn des Corso, vor den Wegweisern zum Colosseum, zur Fontana di Trevi und zum Pantheon.
Die Filiale des Banco di Roma auf dem Largo Carlo Goldoni.
Zur fünften Fotografie erklärte ich Murau, diese bilde endlich wahre und wirkliche Menschen ab. Nämlich einen Mann, der rechts neben dem Portal des Gebäudes auf der Piazza Minerva steht, welches das Amt beherbergt, er streckt mir die geöffnete Hand entgegen, einen zweiten Mann unter der gelben Lampe im Portal, er hat die linke Hand in der Hosentasche, in der rechten hält er eine Zigarette, er trägt eine rote Wollweste unter seiner Jacke, der Mann im Vordergrund eine graue, dieser ruft mir zu, das Fotografieren des Gebäudes von der Piazza Minerva aus sei verboten, sowie neben ihm einen Uniformierten, der

gleichgültig die Hände übereinandergeschlagen hat und weder etwas sagt noch mir Zeichen gibt. Murau sagte, die Fotografie sei das größte Unglück des zwanzigsten Jahrhunderts.
Die sechste Fotografie zeigte die Aussicht auf das Pantheon von der Piazza Minerva aus, wobei jedoch die beiden Gebäude, die diese Aussicht begrenzen, nicht auf dem Bild waren. Das Dreieck der Straße menschenleer, die von Granitsteinen eingefaßte Straßenmauer aus Ziegeln, der rechteckige Nebenbau mit den drei Fensteröffnungen vor dem hohen runden Hauptbau. Die unterste Fensteröffnung liegt etwa auf Höhe der Straße, sie wird von einem Kreisbogen aus flachen Ziegelsteinen abgeschlossen, über dem zwei weitere Kreisbogen mit größeren Radien in die Wand eingelassen sind, den die Öffnung abschließenden Bogen in seinem höchsten Punkt berührend. Die linke obere Fensteröffnung ist gegenüber der unteren leicht nach außen versetzt, ihre obere Begrenzung wird durch zwei Halbkreise gleich den beiden unteren äußeren Halbkreisen gebildet, daneben auf gleicher Höhe zwei weitere Kreisbogen, die die rechte obere Öffnung nach oben abschließen, welche sowohl breiter als auch tiefer ist als die linke. Am Hauptbau ein durchgehender Wandfries, über diesem eine einzige schmale rechteckige Fensteröffnung im Ursprungspunkt von wieder zwei aneinandergefügten Kreisbogen aus Ziegelsteinen, deren oberer genau den Dachfries berührt. Unmittelbar über der schmalen rechteckigen Fensteröffnung, die im Gegensatz zu den Öffnungen in dem Gebäudeteil, der im Vordergrund der Fotografie steht, mit Granit verkleidet ist, ein kleiner, kaum sichtbarer Halbkreis. Während die aneinandergefügten Kreisbogen mit der Fensteröffnung als Ursprung den Raum zwischen dem unteren und dem obe-

ren Fries ausmessen, beträgt der Durchmesser der Kreisbogen, die sich rechts und links daneben anschließen, den oberen Fries berühren und unten im Nichts enden, nur die Hälfte des Abstands zwischen den beiden Friesen.
Die letzte Fotografie zeigte dieselbe Aussicht auf das Pantheon, nun jedoch eingerahmt von dem Gebäude, das das Amt beherbergt, sowie von dem Gebäude zwischen der Via Palombella und der Via Minerva. Aus dieser Perspektive war im Gegensatz zur vorherigen auch das Kuppeldach des Pantheons sichtbar.
Murau sagte, er könne sich das Pantheon nicht im Schatten eines anderen Gebäudes vorstellen. Was die Einmündung der Via Condotti in den Corso angehe, so seien die Leute dort so massenhaft mit Tauschgeschäften befaßt, daß das geballte Ungestüm ihrer Tauschabsichten den Sinn und Zweck des imaginären Gebäudes beeinträchtige. Bleibe der Ausgang des Piazzale Flaminio zwischen dem Viale del Muro und dem Viale Washington. Dort füge sich das imaginäre Gebäude ein. Die Autofahrer auf den beiden genannten Straßen bewegten sich, auch wenn man die Staus einrechne, genügend schnell an dem imaginären Gebäude vorbei, so daß sie dessen Sinn und Zweck herabzuwürdigen keine Gelegenheit hätten. Seine Bedingung sei allerdings, das Gebäude müsse sowohl so dicke Mauern haben, daß man in seinem Innern den Straßenverkehr nicht höre, als auch so hoch sein, daß man auf eventuellen Terrassen und Arkaden den Verkehr aus der Höhe nur noch als sehr leise wahrnehme. Ich sagte, die Architektur des Gebäudes werde von den Spielern zusammen festgelegt. Er fragte, ob er irgendwelche weiteren Vorbereitungen treffen solle, was ich verneinte. Darauf gab er mir die neueste Ausgabe des *Spiegels* (36/1989).

»Seite zweihundertachtunddreißig.«
Ich schlug die Seite zweihundertachtunddreißig auf.

Kultur

Verlage

IKARUS IN TURBULENZ

Ein ehrgeiziges Buchprojekt geplatzt, ein deutsch-sowjetisches Abkommen auf Eis gelegt – der Verleger G., Lieblingskind des deutschen Feuilletons, ist in Not.

...

In Liquiditätsschwierigkeiten geriet der Unternehmer, paradoxerweise, unmittelbar nach einem in der Verlagsbranche vielbeneideten Höhenflug. Seit dem Erfolg der „Anderen Bibliothek" startete G. eine Reihe waghalsiger Projekte, die zwar von der Kritik durchweg lobend aufgenommen wurden, aber oft nicht genügend Käufer fanden, zum Teil auch unglücklich vermarktet wurden.

...

Eine 1987 begonnene Taschenbuchreihe, die Paperback-Bildbandreihe „Delphi" ebenso wie das Begleit-„Magazin" zur „Anderen Bibliothek“ wurden eingestellt.

...

... Prozeß des „Gesundschrumpfens“ des Unternehmens ...

...

... Gehälter nur verspätet auszahlte.

...

Bei dem glaubwürdig buchverliebten Hersteller G. kommt hinzu, daß sein Buchdruck nach alter Bleisatz-Technik erheblich teurer ist als die mittlerweile üblichen Verfahren. Kostet der Neusatz von 1000 Druckzeichen im Offset-Verfahren zwischen sechs und sieben Mark, so kostet die Herstellung der gleichen Menge im Bleisatz um die 15 Mark, nicht gerechnet den teuren Zeitaufwand, wenn Druckerei-Arbeiter pro Buchseite um die sechs bis sieben Kilo Blei durch die Halle wuchten müssen – Kosten, die immer wieder anfallen, wenn ein Buch im Handel gehalten werden soll.

Ich gab Murau das Heft zurück.
Murau blickte mich an.
»*Individuelle Typographie / angenehmes Oktavformat / holz- und säurefreies Bücherpapier / lesefreundlicher Monotype-Bleisatz / solider Einband / eigens gefertigte Überzugspapiere / Fadenheftung / Lesebändchen /* wir wollen zurück aber man läßt uns nicht.«

Am Tag, an dem Elaine aus dem Krankenhaus und aus dem Hotel Flavia zu Gambetti zurückkehrte, klagte dieser über eine beginnende Sommergrippe. In der Nacht verschlechterte sich sein Befinden plötzlich vehement. Er bekam sehr hohes Fieber und wurde ohnmächtig. Am frühen Morgen ließ ihn seine Familie in ein Krankenhaus einliefern. Wo die Ärzte vor einem Rätsel standen. Sie diagnostizierten eine Lungenentzündung, die allein jedoch nicht die Heftigkeit des Fiebers erklärte, das durch keine wie auch immer geartete Maßnahme zu senken war. Im Lauf des Nachmittags wachte er noch zweimal kurz aus seiner Ohnmacht auf. Seine Mutter war bei ihm, als er im Krankenhaus zum letzten Mal das Bewußtsein wiedererlangte. Er sagte, daraus, daß die Ärzte nicht wüßten, welche Krankheit er habe, müsse er schließen, er werde sterben. Außer Elaine sollten keine Familienfremden an seiner Bestattung teilnehmen. Er wurde verbrannt. Seine Eltern verweigerten die Einwilligung zu einer Obduktion, so daß die Ärzte keine Aussage über die Todesursache machen konnten.

Ich war mit dem Wagen nach Italien gefahren, um auf der Rückreise Barbara abzuholen, die eine Woche bei einer Freundin am Gardasee verbracht hatte. Die regennaße Straße von Saló nach Desenzano: Nach einem Mittagessen mit einer halben Flasche Rotwein komme ich ziemlich schnell aus einer Linkskurve, vor mir fährt sehr langsam ein Fahrzeug, dessen linkes Blinklicht aufleuchtet. Die linke Straßenseite ist von einer dichten Baumreihe gesäumt. Ich kann vor der nächsten Einfahrt in fast hundert Metern Entfernung keine Abbiegemöglichkeit erkennen. Ich überhole bei durchgezogenem Mittelstreifen, ich gehe davon aus, ich werde den Überholvorgang längst abgeschlossen haben,

wenn der Fahrer vor mir bei der Einfahrt angelangt sein wird. Er biegt jedoch bereits ab, während ich mich noch neben ihm befinde, in eine andere, nähere Einfahrt zwischen zwei Bäumen, die ich nicht gesehen habe. Ich stoße mit dem rechten vorderen Kotflügel gegen seinen linken vorderen Kotflügel, dann mit dem linken vorderen Kotflügel und der Fahrertür gegen den ersten Baum, der Wagen dreht sich um 180° und prallt mit der rechten Seite gegen den zweiten Baum. – Der Beifahrersitz war nur noch 30 cm breit, Barbara hatte jedoch nur eine Schramme am linken Oberschenkel. Aus dem Motorraum stieg Rauch auf. Da sich keine Tür mehr öffnen ließ, beeilten wir uns, durch das geöffnete Schiebedach auszusteigen. Das andere Fahrzeug hatte sich ebenfalls um 180° gedreht, ohne jedoch auf Hindernisse zu stoßen. Der Fahrer hatte ein paar Schnittwunden an der linken Hand, seinen Kindern und seiner Frau war nichts geschehen. Mir tat lediglich das linke Handgelenk etwas weh. Der Polizia Stradale gab ich an, bei dem vorausfahrenden Fahrzeug kein Blinklicht wahrgenommen zu haben. Der Fahrer war sich nicht sicher, das Blinklicht betätigt zu haben. Der Polizist empfahl uns, in die Kirche zu gehen und ein Dankgebet dafür zu sprechen, daß den anderen und uns nicht mehr zugestoßen war.
Im Zug erklärte mir Barbara dann, daß sie den Entschluß gefaßt hatte, sich von mir zu trennen. Sie will mit jemandem zusammenleben, und sie wünscht sich ein Kind. Beides ist ihr mit mir nicht möglich. Und nicht, wie sie früher dachte, wegen Annette. Ich will mit Annette genausowenig zusammenleben wie mit ihr. Ich benütze Annette und sie, um mich in dem Raum zwischen Annette und ihr behaglich einzurichten. Trotzdem hegt sie ein Gefühl der Dankbarkeit für mich. Weil ich ihr, ohne es zu beabsichtigen, half,

sich über ihre tatsächlichen Bedürfnisse klar zu werden. Didier, der wieder auf freiem Fuß war und sie weder angerufen noch einen Versuch unternommen hatte, sie zu sehen (seine Anwältin wies ihn eindringlich darauf hin, er solle alles unterlassen, was Barbara als Bedrohung auslegen kann, worunter auch eine von ihr nicht gewünschte Fühlungnahme falle, er laufe sonst Gefahr, sofort wieder verhaftet zu werden, ganz zu schweigen von der Auswirkung auf das Strafmaß in seinem Prozeß), ließ ihr so wenig Freiheit, daß sie sich gar nicht vorstellen konnte, wieder mit jemandem zusammenzuleben. Ich lasse ihr zu viel Freiheit, was ihr jedoch die Möglichkeit eines Zusammenlebens aufzeige, wie sie es nun anstrebe. Sie trug übrigens Blue jeans im Karottenschnitt, ein weißes Herrenhemd und eine schmale, glänzende Trevira-Krawatte aus den fünfziger oder sechziger Jahren.
Nachdem ich Barbara nach Hause begleitet hatte, fuhr ich zuerst ins Büro. Die Zahlen für Juli und August waren gut. Im Büro rief mich Annette an. Ich habe Barbara belogen und betrogen. Es gibt zwei Schubladen, eine für die Hauptfrau und eine für die Nebenfrau. Ich bin ständig auf der Suche nach Opfern, die ich in die zweite Schublade stecken kann. Indem ich so offen über die erste Schublade spreche, erwecke ich den Eindruck größter Aufrichtigkeit und Wahrheitsliebe, keine Frau kommt auf den Gedanken nachzusehen, ob in der ersten Schublade überhaupt eine andere Frau drin ist. Ich bin ein gewissenloser Lügner, ich unternehme es bewußt, Gefühle zu wecken und Verliebtheiten auszunutzen. Ich erwiderte, sie weckt ebenfalls Gefühle. Indem sie an K.s Schicksal weiterhin so lebhaft Anteil nimmt, bei diesem zumindest dasjenige, ganz gleich was geschieht, sie kehrt am Ende doch immer zu ihm zurück. Wessen ich mir

nicht so sicher bin, vielleicht gerät sie doch einmal an den Richtigen. Darauf machte sie mir den Vorwurf, ich kritisiere immer die Firm. Ich entgegnete, es muß erlaubt sein, eine Einrichtung, die den höchsten Wirkungsgrad bei der geistigen und seelischen Entstellung von Menschen unter dem Etikett der Eliteausformung erreicht, auch als solche zu beschreiben, und es muß erlaubt sein, die Frage zu stellen, ob K. vielleicht in einem Leben außerhalb dieser Einrichtung glücklicher wäre – was immer das heißen mag. Sie gab zurück, sie kenne mich gut genug, um sicher zu sein, ich hätte mich viel zu gern durch diese Einrichtung, durch diese Eliteeinrichtung entstellen lassen, wenn ich nur die Kraft besessen hätte, mich von meiner Familienfirma, genauer gesagt: von meines Vaters Firma, genau gesagt: von meinem Vater, loszureißen. Es gebe für mich kein Leben außerhalb der Firma. Ein Leben außerhalb der Firma sei für mich das Unvorstellbare, das Unsagbare. Ich lese nur, damit ich mir ein Leben außerhalb der Firma nicht vorstellen muß, und ich schreibe nur, damit ich kein Leben außerhalb der Firma beschreiben muß. Ich sagte, ich lese nur über Leben außerhalb der Firma und ich habe bis jetzt nur Leben außerhalb der Firma beschrieben. Sie sagte, ich lese über das Leben anderer und ich beschreibe das Leben anderer. Aber es ist niemals mein Leben. Das Gespräch endete damit, daß sie mir vorhielt, ich trüge zu auffällige Pullover. Und zu auffällige Krawatten. Außerdem führe ich immer viel zu große Wagen. Ich hinge an Äußerlichkeiten. Es bleibe ihr ein schaler Geschmack zurück.

NACHT

Gedächtnisprotokoll

einer Besprechung der Herren Dipl.-Ing. Heinrich Voigtländer, Dr. Georg Voigtländer, Dipl.-Ing. Friedrich Voigtländer, Rechtsanwalt Matthias Fegelein und Steuerberater Dr. Andreas Krapp am 8.9.1989 in der Kanzlei Dr. Krapp.

Beginn: 14.30 Uhr
Ende: 24.00 Uhr

Die Beteiligten beschließen, die Reihenfolgefrage zunächst auszuklammern und erst dann zu behandeln, wenn über alle anderen strittigen Punkte Einvernehmen erzielt worden ist.

Herr Dr. Georg V. legt einen Entwurf für die Aufgabenteilung zwischen den zukünftigen Geschäftsführern vor. Der Entwurf gründet auf der entsprechenden Ausarbeitung von Herrn Dipl.-Ing. Heinrich V., geht jedoch vom Grundsatz der eindeutigen Erzeugnisverantwortlichkeit aus.

Der Grundsatz der eindeutigen Erzeugnisverantwortlichkeit findet die Zustimmung der Besprechungsteilnehmer. Insbesondere wird Einigkeit darüber erzielt, keinen zentralen Vertrieb aufzubauen, sondern es bei den gegenwärtigen, den jeweiligen Erzeugnisverantwortlichen unterstellten dezentralen Vertriebsstellen zu belassen. Es kommt jedoch zu einem Streitgespräch über die Organisation der Entwicklungs- und Konstruktionsanstrengungen des Unternehmens. Der von Herrn Dr. Georg V. vorgelegte Entwurf sieht für jeden Unternehmensbereich eine eigene Entwicklungs- und Konstruktionsabteilung vor. Laut Herrn Dr. Georg V. ent-

spricht diese Anordnung dem jetzigen Zustand. Herr Dipl.-Ing. Friedrich V. bestreitet dies: So seien z.B. Entwicklung und Konstruktion der Unternehmensbereiche II und III unter einer gemeinsamen technischen Leitung zusammengefaßt. Herr Dipl.-Ing. Friedrich V. befürwortet eine zentrale Entwicklungs- und Konstruktionsabteilung; diese Lösung vermeide Parallelentwicklungen in den verschiedenen Unternehmensbereichen, führe zu Synergieeffekten, von denen alle Unternehmensbereiche profitierten, und ermögliche eine effiziente Kontrolle der gesamten Entwicklungsaufwendungen des Unternehmens. Herr Dr. Georg V. hält bei dieser Lösung die notwendige Marktnähe für nicht mehr gegeben.

Es wird schließlich Einvernehmen darüber erzielt, den von Herrn Dr. Georg V. vorgelegten Entwurf für die zukünftige Organisationsstruktur des Unternehmens zugrunde zu legen. Die Gesellschafter verpflichten sich jedoch, ein Jahr nach Umwandlung des Unternehmens zusammen mit der Geschäftsführung die Organisationsstruktur erneut auf ihre Zweckmäßigkeit zu überprüfen.

Die Gesellschafter sind sich darüber einig, daß bis zum Herbst nächsten Jahres ein vierter Geschäftsführer gesucht und eingestellt wird. Da Herr Simon auf Betreiben von Herrn Dr. Georg V. zum Geschäftsführer ernannt wird, steht Herrn Dipl.-Ing. Heinrich V. das Recht der Auswahl des vierten Geschäftsführers zu. Sollte Herr Dipl.-Ing. Heinrich V. dieses Recht bis zum Ende nächsten Jahres nicht ausgeübt haben, wird der vierte Geschäftsführer von der Gesellschafterversammlung ausgewählt und berufen; falls diese keine Einigung erzielen kann, muß der vierte Ge-

schäftsführer durch den Beirat ernannt werden. Herr Fegelein und Dr. Krapp formulieren eine entsprechende Gesellschaftervereinbarung.

Herr Dr. Georg V. weist darauf hin, daß das Unternehmen nach dem Geist der Verträge nur so lange vier Geschäftsführer haben sollte, als zwei Familiengeschäftsführer vorhanden sind.

Im zweiten Teil der Besprechung werden die Höhe der Geschäftsführergehälter und die Reihenfolgefrage behandelt. Herr Fegelein erklärt namens seines Mandanten, mit den bisher vorgesehenen jährlichen Bezügen von DM 130.000,– werde weder dem umfassenden Ausbildungsgang von Herrn Dipl.-Ing. Friedrich V. noch dessen tatsächlich für das Unternehmen erbrachten Leistungen angemessen entsprochen. Sein Mandant erachte ein Jahresgehalt zwischen DM 250.000,– und DM 300.000,– für einen Geschäftsführer, der die gleichen Leistungen erbringe wie Herr Dipl.-Ing. Friedrich V., als angemessen. Herr Dr. Georg V. wendet sich gegen höhere Festbezüge als die bis jetzt vorgesehenen. Wenn die vier zukünftigen Geschäftsführer nicht gleich entlohnt würden, könne keine gedeihliche Zusammenarbeit zustande kommen. Die gegenwärtige Ertragslage der Voigtländer OHG lege eine entsprechende Gehaltserhöhung für die drei bereits jetzt im Unternehmen tätigen Geschäftsführer nicht nahe. Herr Dipl.-Ing. Friedrich V. äußert die Meinung, ein qualifizierter vierter Geschäftsführer sei für die bisher vorgesehenen Bezüge nicht zu finden. Herr Dr. Georg V. schlägt vor, statt der Festbezüge die erfolgsabhängige Tantieme zu erhöhen.

Es wird schließlich Einvernehmen darüber erzielt, die Festbezüge der zukünftigen Geschäftsführer mit DM 200.000,– anzusetzen. Es bleibt bei der gewinnabhängigen Vergütung in Höhe von 5% des tantiemepflichtigen Gewinns der Gesellschaft.

In der Reihenfolgefrage unterbreitet Herr Fegelein folgenden Vorschlag: Auf den Briefen und allen sonstigen Geschäftspapieren bleibt die bisher besprochene Reihenfolge der Geschäftsführer der GmbH bestehen. Im Posteingangsstempel wird jedoch das erste Kästchen für Herrn Dipl.-Ing. Friedrich V. reserviert. Herr Dr. Georg V. lehnt diesen Vorschlag mit dem Hinweis darauf ab, daß über diesen Punkt bereits in anderem Sinn Einigung erzielt worden war. Dr. Krapp stellt die Möglichkeit einer wechselnden Reihenfolge im Posteingangsstempel dar: Es zeichnet jeweils derjenige Geschäftsführer an erster Stelle ab, der die Post als erster bearbeitet. Auch über diesen Vorschlag wird keine Einigung erzielt.

Abschließend diktiert Herr Fegelein wörtlich folgendes zu Protokoll:

„Es hätte heute über alle Punkte Einvernehmen erzielt und die Angelegenheit zum Abschluß gebracht werden können, wenn Herr Dr. Georg V. meinem Vorschlag hinsichtlich des Posteingangsstempels zugestimmt hätte."

18.9.1989

Andreas Krapp

Matthias Fegelein

Heinrich V.

Georg V.

Friedrich V.

Ich begegne Friedrich auf dem Gang. Er sagt etwas, an das ich mich später nie erinnern kann. Ich muß etwas erwidern. Aber ich sage nichts, während er mir gegenübersteht und mich anblickt. Ich sage nichts, als er sich wegdreht. Ich rufe ihm nichts nach, während er sich entfernt. Ich weiß später nie, ob ich etwas sagen wollte, aber nichts sagen konnte, oder ob ich, obwohl ich in der Lage gewesen wäre, etwas zu erwidern, bewußt nichts erwiderte. Wobei ich mich jedoch nie erinnern kann, warum ich nichts sagte, wo ich doch wußte, daß ich etwas hätte sagen müssen.

G. Verlag
N.

Herrn Dr. Georg Voigtländer *5. September 1989*

Lieber Herr Voigtländer,

ich werde in kurzer Frist die Verlagsarbeit beenden müssen. Buchhandel und die Medien (Spiegel 4.9.) signalisieren mir, daß der über fünfjährige Kampf sein Ende finden muß.

Ihr Buch ist ausgedruckt – aber eine Auslieferung wird durch meinen Verlag nicht mehr möglich sein. Ich versuche, meine Haut so teuer wie möglich zu verkaufen, der Ausgang ist ungewiß. Lassen Sie uns bitte gemeinsam überlegen, in welchen Verlag Ihr Buch paßt – ich gebe gerne zu einem vernünftigen Preis die Druckbogen und die Vorbestellungen des Buchhandels (ca. 1000) ab.

Wie sehr ich Sie und Ihr Werk schätze, wissen Sie – wie sehr mich der Verlust der Verlagsarbeit künftig persönlich schmerzen wird, kann ich nur ahnen.

Ich werde Sie anrufen, um uns abzustimmen – ein gedrucktes Exemplar ist zu Ihnen unterwegs.

Mit guten Grüßen
Ihr

G.

Was immer mir wichtig ist, was immer mir etwas bedeutet, geschieht quälend langsam. Dagegen wechseln sich die Vorstellungen in meinem Kopf über die möglichen Zukünfte in rasender Folge ab. So schnell, daß ich in der Lage bin, alle Entscheidungsbäume in alle Verzweigungen, bis zu allen Endpunkten hin durchzugehen. Es wird mir jedoch nie möglich sein, dieses Wissen anzuwenden. Denn meine Handlungen beanspruchen viel mehr Zeit als die Geschehnisse, die für mein Leben wichtig sind. Was ich auch beginne, ich bringe es erst zu Ende, wenn sich alles geändert hat, das mich dazu gebracht hatte, es anzufangen.

METAMORPHOSE

Tonbandmitschnitt der Rede des Betriebsratsvorsitzenden zur Betriebsversammlung vom 6.10.1989

Durch Anschlag vom 2.10.1989 hat sich unser Firmenname von OHG in GmbH & Co KG gewandelt. Innerhalb des Betriebs hat sich dadurch nichts geändert. Der Betriebsrat wünscht der Geschäftsleitung und den Prokuristen eine glückliche Hand, damit unsere Firma weiterhin den Aufschwung erlebt, wie er in den letzten Monaten zu verzeichnen war.

Ich möchte nun kurz Rechte und Pflichten im Betrieb streifen, um auszusagen, daß man mit Klugheit und Überlegung besser ans Ziel kommt. Was der Vorgesetzte anordnet, muß nun mal in der befohlenen Weise ausgeführt werden, da ja die Verantwortung auch dem Vorgesetzten obliegt und er dafür Rechenschaft leisten muß. Das gilt auch, wenn der Vorgesetzte, im Jargon gesprochen, ein komischer Kauz ist, weil man dann die aufgetragenen Arbeiten nur widerwillig ausführt. Was jedoch auf die Dauer eine beharrliche Arbeitsverweigerung wäre. Eine Aussprache bringt da mehr Erfolg, denn schließlich macht der Ton die Musik, und man braucht die Menschen nicht hinten herum schlecht zu machen. Auch soll der sogenannte kleine Mann nicht als Laufbursche gelten, sondern als Arbeiter in dem Sinn, daß er ein Glied in der Kette ist, die die ganze Firma zusammenhält. Wir alle zusammen bilden das Niveau, daß der Betrieb bestehen bleibt, und es heißt eben, an einem Strang zu ziehen.

Damit komme ich zu einem Thema, das keinen Erfolg brachte. Es sind die allgemeinen Unfälle, die trotz aller Vorsichtsmaßnahmen zugenommen haben. Ich möchte nicht in die Einzelheiten gehen, aber es sollten doch die Vorschriften beachtet werden, und jeder sollte die Augen offen halten. Ganz krasse Dinge möchte ich herausgreifen. Dies sind unter anderem, daß mit den Steinbock-Wagen Roller gefahren wird, daß sich die Gabelstapler auf dem Weg von Nord nach Süd und umgekehrt mit den Gabeln Kämpfe liefern und daß in der Fertigung mit kurzen Hosen herumgelaufen wird. Alles ist mehr als unachtsam und unfallträchtig. Im Namen sämtlicher Sicherheitsorgane bitte ich euch, diese Dinge in Zukunft zu unterlassen, da die Berufsgenossenschaft sie nicht anerkennt und die Gefahr besteht, daß die Lohnfortzahlung gestrichen wird.

Betreffs Urlaubszeiten möchte ich bemerken, der Betriebsrat plädiert seit Jahren dafür, einen gemeinsamen Betriebsurlaub durchzuführen. Leider geht das in unserem Betrieb sehr schlecht, da wir vom einzelnen Kunden abhängig sind und die Konkurrenz nicht schläft.

Im Herbst letzten Jahres sind einige Kündigungen ausgesprochen worden, was dem Betriebsrat nicht recht mundete. Wer aber die Augen offen gehalten hatte, mußte zu dieser Zeit erkennen, daß die Auftragslage ganz plötzlich weniger wurde, was bestimmt auch saisonbedingt zu sehen war. In den letzten Monaten sind dafür viele Neueinstellungen vorgenommen worden, in der Hauptsache Facharbeiter, um die Qualität zu steigern.

Ich möchte nun noch ein anderes Problem ansprechen. Es betrifft sämtliche Toiletten im Betrieb. In letzter Zeit wurde viel hergerichtet, mit Brillen versehen und neu ausgemalt. Der Erfolg ist niederschmetternd. Mutwillig werden die

Brillen zerschlagen, das Papier wird komplett abgerollt, und vieles wird verschmiert und verschmutzt. Alles kostet doch Geld, und daheim benimmt sich ja auch jeder wie ein anständiger Mensch. Man sollte unbedingt an diejenigen denken, die Sauberkeit kennen und Hygiene als erstes Gebot anerkennen.

Ich komme nun zum Ende und möchte nicht vergessen, einen Dank an euch alle zu richten, die ihr das Vertrauen in den Betriebsrat gesetzt habt, allem nach Möglichkeit gerecht zu werden. Unmögliches kann natürlich nicht geschehen, und andererseits muß man immer zwei Seiten hören, ehe ein Urteil gefällt werden kann.

DAS GESETZ DER STEIGERUNG

Im Oktober 1989

Verehrte gnädige Frau,

meine Briefe sind im besten Fall überflüssig, in allen anderen Fällen Zumutungen. Auch dieser Brief führt – ganz gleich, was ich Ihnen darin mitteilen möchte – nur die Reihe meiner eigensüchtigen Handlungen fort. Er kann sie nicht vervollständigen oder abschließen, denn ich bin nicht fähig, andere als solche Handlungen zu begehen. Es besteht keine Veranlassung für Sie, meine Briefe zu lesen. Sie wissen zu jedem Zeitpunkt, zu dem Sie irgendeinen Brief von mir ungeöffnet in Ihren Händen halten, alles, was Sie wissen müssen.

Es kann für Sie keine Befriedigung sein – für mich wäre es eine –, aber die Undankbarkeit hat ihren Zweck nicht erfüllt. Ich bewege mich unglaublich behend. Ich verstehe die Menschen, die ihr Wort an mich richten, und ich verstehe sie nicht. Ich weiß genau, wann ich gemeint bin, ich weiß genau, wann ich nicht gemeint bin. Ich begreife alle Worte, die sich auf etwas beziehen, was ich in dem verwandelten Zustand auszuführen fähig bin, ich begreife dazu Worte, die sich auf etwas beziehen, was ich nicht auszuführen imstand bin, wovon ich mir jedoch vorstellen kann, daß ein anderer als ich es im gleichen Zustand auszuführen in der Lage ist. Aber ich höre auch Worte, die im Gegensatz zu den Worten, die ich verstehe, Erinnerungen heraufbeschwören, die ich in meinem Zustand durch nichts ausdrücken kann. Ich will in eine Kirche gehen. Doch ich kann keine Kirche betreten. Denn in dem Augenblick, in dem ich eine Kirche betrete, werden alle Frauen, denen ich jemals begegnen werde, zu Töchtern der Muttergottes. Ich werde Frauen treffen, die über ähnliche Kenntnisse und Vorlieben verfügen wie ich, mit denen ich über alles sprechen kann, was ich weiß und was mich bewegt. Diese Frauen sind nicht etwa häßlich, haben unangenehme Stimmen oder sind schlecht angezogen. Doch ich werde niemals mit einer dieser Frauen schlafen. Es wird immer etwas geben, was verhindert, daß ich eine dieser Frauen berühre. Ein zu tiefer Haaransatz, dicke Fesseln, ein bestimmtes Kleidungsstück – nichts kann mich auch nur in die Nähe des Gedankens bringen, mit einer dieser Frauen schlafen zu wollen. Dafür werde ich Frauen treffen, die sich bei der allerersten Begegnung, gleich an welchem Ort und unter welchen Umständen sie stattfindet, ohne ein Wort sofort ausziehen und vor mir wie allen anderen Anwesenden masturbieren. Alle Frauen sind die willenlosen Hervorbringungen der Muttergottes. Ich werde nicht mehr wagen, mit einer Frau zu sprechen, von der ich weiß, ich kann nicht mit ihr schlafen. Ich werde nicht mehr wagen, mit einer Frau zu schlafen, von der ich weiß, ich kann nicht mit ihr sprechen. Ich kann nicht mehr mit Frauen sprechen, weil ich nicht mehr mit ihnen schlafe. Ich kann nicht mehr mit Frauen schlafen, weil ich nicht mehr mit ihnen spreche. Ich kann auch nicht mit Männern schlafen. Zwar hat die Muttergottes keine unmittelbare Gewalt über Männer, aber es würde keinen Augenblick in der Beziehung zu einem Mann geben, in dem ich nicht daran denken müßte, wie die Muttergottes ihre Töchter zum Masturbieren anhielte.

Die Muttergottes verzichtete darauf, alle Frauen zu ihren Geschöpfen zu machen, als ich schließlich San Paolo fuori le mura betrat. Dafür gelangte einer Ihrer Vorfahren in meine Welt. Durch meine Träume. Sie wissen, wie oft ich mir vorstellte – mir vorstellen mußte, denn ich war der barfüßige Junge vom Reitbauerngut –, ich wäre nicht der Sohn meiner Eltern, ich wäre –. Der Mann in meinen Träumen behauptete, er sei auch mein Vorfahr. Er sah Descartes ähnlich, ich fragte ihn jedoch nicht, und er äußerte sich auch nie darüber, ob er tatsächlich derjenige war, dessen Portrait im Aufgang des Herrschaftshauses von Wolfsegg hängt. Er wohnte mit anderen Toten in Purkersdorf. Er nahm mich aus meinen Träumen in das Sanatorium mit. Um mir einen Handel vorzuschlagen. Er und alle anderen seien im Sanatorium Purkersdorf, weil sie den Mut gehabt hätten zu töten. Es gebe keinen dort, der nicht getötet habe. Wenn ich ebenfalls jemanden tötete, dann dürfe ich seinen Platz im Sanatorium Purkersdorf einnehmen. Die Welt des Traums ist eine andere als diejenige, in der ich Ihnen dies schreibe. Es schien mir vollkommen triftig, daß es das höchste Ziel für mich sein mußte, als Toter nach Purkersdorf zu kommen, wie es das höchste Ziel für ihn und seine Mitbewohner gewesen war, als Tote dorthin zu kommen, und daß er zugleich versuchte, mich zu einem Handel zu bewegen, bei dessen Zustandekommen er nicht mehr tot in Purkersdorf weilen, sondern lebend in meine Welt eintreten würde. Tatsächlich brachte er mir den Gedanken dieses Handels sehr langsam und vorsichtig nahe. Es bedurfte vieler Träume, ehe er das Wort *Töten* zum ersten Mal aussprach. Es bedurfte vieler weiterer Träume, die mich in quälender Ungewißheit darüber ließen, wen ich würde töten müssen. Er machte immer wieder nur Andeutungen, die ich, im Rückblick gesehen, nicht verstehen wollte. Bis er mir schließlich doch klar sagte, wen ich zu töten hatte, um seinen Platz einzunehmen.

Sie wissen, daß Ihr Sohn schreibt? Sie wissen nicht, was Ihr Sohn schreibt? Wenn er nur über Descartes, Montaigne und Schopenhauer schreiben würde, könnte man sagen, er ist ein Philosoph, Dichter oder Schriftsteller. Obwohl er nie Philosoph, Dichter oder Schriftsteller sein wollte. Er hat mir gegenüber einmal geäußert, er wolle alles schreiben, nur keine Philosophie, keine Dichtung und keine Schriftstellerei. Aber er schreibt nicht nur über Descartes, Montaigne und Schopenhauer. *Ebenso könnten Sie Butterblume sagen und ich wüßte nicht, was es ist, hatte ich zu Gambetti gesagt. Ich hatte geglaubt, wenn ich nach Sils Maria gehe, hatte ich zu Gambetti gesagt, werde ich Nietzsche besser verstehen, wenn ich mich in der Nähe des Malojapasses einmiete, von Sondrio, also von unten heraufgekommen, würde ich Nietzsche besser oder überhaupt verstehen. Aber ich habe geirrt, ich verstehe, nachdem ich in Sils Maria gewesen bin, von Sondrio heraufkommend, von unten herauf also, Nietzsche noch weniger als vorher, ich behaupte, ich verstehe ihn jetzt überhaupt nicht mehr, nichts mehr von Nietzsche. Ich habe mir, indem ich nach Sils Maria gegangen bin, Nietzsche völlig ruiniert. So habe ich mir einmal auch Goethe ruiniert, hatte ich zu Gambetti gesagt, nur durch die unglückselige Dummheit, Weimar aufzusuchen, Kant, indem ich in Königsberg gewesen bin. Von allen diesen Philosophen und Dichtern und Schriftstellern* schreibt Ihr Sohn in der *Auslöschung*. Man muß den Menschen nach dem Insgesamt seines Handelns beurteilen. Man muß den Menschen nach dem Insgesamt seines Schreibens beurteilen. Ein Ausschnitt aus einem unbekannten Insgesamt kann Philosophie, Dichtung oder Schriftstellerei sein. Weil er genau, weil er unvertraut ist. Ein Ausschnitt aus einem Insgesamt ist ein Wort, wenn das Insgesamt nicht bekannt ist. Der Ausschnitt ist kein Wort mehr, wenn das Insgesamt bekannt wird. Wenn das Insgesamt nicht genau ist. Ihr Sohn ist kein Dichter, kein Philosoph, kein Schriftsteller. – Chiedi scusa. – Ihr Sohn ist musikalisch. Warum sollte es nicht erlaubt sein, einzelne Takte aus einer Partitur herauszugreifen und als etwas anderes auszugeben. Als das Klingen von Philosophie, Dichtung oder Schriftstellerei. Chiedi scusa.

Das Feuilleton der *Süddeutschen Zeitung* vom zwanzigsten September bestätigt mir, bestätigt Sie, daß die Gedanken, die mich beschäftigen, nicht klar sind.

Ein Portraitbild von G. In einem Artikel mit dem Titel *Die G.-Story*. Fünf Spalten über die gesamte obere Hälfte der Seite. Mit dem Untertitel *Wie ein Verleger aus N. mit seinen Büchern berühmt wurde und trotzdem Pleite machte.*

> *Mit höheren Erwartungen, mehr Vorschußlorbeeren und größerem Goodwill von der Seite der Buchhändler und der Feuilletons wurde wohl kaum je in Deutschland ein Verlag gestartet als der von G. im Jahr 1984.*

In der Spalte neben dem Artikel eine dpa-Meldung:

ENDE BEI „R“

Die Verleger hatten ein umfassendes fünfbändiges Werk im Sinn, als sie vor 26 Jahren mit der Arbeit an einem deutsch-englischen Wörterbuch begannen. Die ersten drei Bände erschienen zwischen 1963 und 1974, und seitdem ist Funkstille. Nach Presseberichten hat der Verlag Oxford University Press die Fertigstellung jetzt aufgegeben. Das Lexikon reicht nur bis zum Buchstaben „R“. Die Verleger wollen versuchen, den fünf eigens eingestellten deutschen Lexikographen eine andere Arbeit anzubieten. „Einige Leute werden die drei Bände sicherlich behalten wollen. Aber wer sie zurückgeben will, bekommt sein Geld wieder“, sagte eine Verlagssprecherin.

Man hatte dabei allerdings das Naturell des Verlegers G. außer Betracht gelassen, und der Verleger G. wiederum ließ seinerseits allmählich das Realitätsprinzip außer acht.

. . .

Das Frühjahrsprogramm 1989 sah noch gedämpft hochgemut aus; immerhin sollte es weiterhin fünf Taschenbücher pro Monat geben, darunter allerdings je zwei, in denen er seine eigene renommierteste und lukrativste Reihe, die „Andere Bibliothek", als Taschenbücher vermarkten wollte.

...

G. hob ungewöhnlich bald nach dem Erscheinen bestimmter Titel und Kassetten den Ladenpreis auf, teilte dies noch nicht einmal immer in der betreffenden Sparte des „Börsenblatts" dem Buchhandel mit.

...

G. machte rücksichtslos alles zu Geld, und dabei verspielte er fast alles Vertrauen in ihn.

Der zweite Teil des Artikels erschien am 23. September unter dem Titel *Die Stimme der Vernunft.*

Wie gleichgültig, ja vielleicht wie sogar lustvoll bejahend die Menschen allerdings grundsätzlich ihrer Vernichtung gegenüberstehen, akzentuierte Freud in düsten Momenten besonders unbarmherzig: „Die Menschen sind ein Wolfspack, nichts als ein Wolfspack, das die zu Tode hetzt, die ihm Gutes tun könnten."

Der Herausgeber der *Anderen Bibliothek* und andere haben dem Inhaber des G.-Verlags durchaus und eindringlich geraten, das zu tun, was er hätte tun müssen, damit der Verlag hundert Jahre alt werden würde. Was hat der Verlag in der durch eine einstellige Zahl von Jahren zu beschreibenden Zeit seines Bestehens nicht erlebt, was er in einer durch eine dreistellige Zahl zu beschreibenden Zeit hätte erleben können?
Da tröstet *unüberholt*

> *der Denkstil und die Haltung des Erzvaters, seine Präzision, seine Wahrheitsliebe, die menschenfreundliche Didaktik seines Schreibens.*

Es gibt mein Buch. Das Buch ist angekündigt. Das Buch ist ausgedruckt, die Bogen für dreitausend Exemplare lagern im Keller der Buchbinderei L. in R. Das Buch ist nicht gebunden, das Buch ist nicht ausgeliefert. Es gibt mein Buch nicht.

STATT GERMANISTIK

Ich sage, die Regeln, nach denen gespielt wird, und die Strategie, nach der sinnvollerweise vorzugehen ist, sind einfach und im Abschnitt *DIE GRUNDREGELN IM TODESVERSTECKSPIELTURM* formuliert. Etwas irreführend werden allerdings sowohl Regeln wie Strategie als Regeln bezeichnet. Das Ziel des Spielers ist, allein zu überleben. Das Spiel besteht darin, sich auf eine bestimmte Weise im Turm zu verstecken. Es überlebt derjenige, der selbst von niemandem gesehen wird, der jedoch alle anderen sehen kann. Folgende Regeln sind einzuhalten. Erstens: Einer, der sich versteckt, darf nur hinunterschauen, er darf niemals hinaufschauen. Zweitens: Nur wer den Tod eines anderen sieht, kann selber sterben. Drittens: Es stirbt nur, wer von einem anderen gesehen wird. Viertens: Wer den Tod eines anderen sieht und wer von einem anderen gesehen wird, der stirbt. Die Strategie des Spiels besteht darin, sich möglichst an einem Ort zu verstecken, der so gelegen ist, daß er sich über den Verstecken von allen anderen befindet. – Einer, der sich so versteckt, daß er auf keinen anderen hinunterschauen kann, darf nach den im Turm geltenden Regeln nicht sterben, weil er nicht an seinen eigenen Tod glaubt. Damit überhaupt jemand sterben kann – einer, der auf einen anderen hinunterschauen kann, ihn aber nicht tatsächlich sterben sieht, kann ebenfalls nicht sterben, usw. –, erfährt einer, der sich so versteckt, daß er auf keinen anderen hinunterschauen kann, vom Regisseur, was er wissen muß, nämlich, daß er in diesem Versteck der erste Tote sein wird, und zwar der einzige im Turm, der den Tod nicht sehen muß, um an ihn zu glauben.
Maria fragt Murau, haben Sie *Das Falsche Buch* gelesen?
Murau antwortet, er lese keine Gegenwartsdichter.
Maria sagt, er soll für seinen Fall eine Ausnahme machen,

und wendet sich mir zu, die Regel lautet nicht, einer, der sich versteckt, darf nur hinunterschauen, er darf niemals hinaufschauen. Die Regel lautet, im Todesversteckspielturm kann einer, der sich über einem anderen versteckt, nur hinunterschauen, niemals hinauf. Das bedeutet, einer, der sich so versteckt, daß sich keiner unter ihm versteckt, darf hinaufschauen.
Ich entgegne, wenn einer, der sich so versteckt, daß sich keiner unter ihm versteckt, hinaufschauen darf, ändert das nichts am Ausgang.
Maria sagt, jeder muß von einem, der sich unter ihm versteckt, bestätigt bekommen, er selber befindet sich in einem Versteck, in dem er sich endgültig versteckte. Wenn der Unterste hinaufschauen darf, dann kann auch der Unterste den Tod eines anderen sehen. Der Regisseur ist deshalb nicht notwendig. Der Regisseur ist nur dann notwendig, wenn der Unterste aus irgendeinem Grund keinen Tod sieht, wenn der weitere Spielverlauf jedoch erfordert, daß er einen Tod sieht. Verstecken sich alle der Reihe nach so, daß sich niemals einer über einem anderen versteckt, dann dürfen alle sowohl hinunter- wie auch hinaufschauen. Dann gibt es niemanden, der alle anderen sehen kann, der jedoch selbst von keinem gesehen wird, dann überlebt niemand.
Ich bemerke, der Spieler kann sein Ziel auch verfehlen.
Maria sagt, es ist keine Rede davon, daß irgend jemand tatsächlich stirbt.
Ich weise darauf hin, daß eine Metapher gebraucht wird: sich endgültig verstecken.
Maria sagt, wenn *sich endgültig verstecken sterben* bedeutet, dann ist die Regel falsch, nach der stirbt, wer den Tod eines anderen sieht und wer von einem anderen gesehen wird.

Ich sage, wenn die Regel falsch ist, ist sie richtig.
»Die Regel widerspricht den anderen Regeln. Wenn einer, der sich versteckt, nur hinunter- und niemals hinaufschauen darf, dann kann er nicht einem anderen, der sich über ihm versteckt, bestätigen, daß dieser sich in einem Versteck befindet, in dem er sich endgültig versteckte, dann kann er also nicht sehen, wie dieser starb.«
»Daß jeder von einem, der sich unter ihm versteckt, bestätigt bekommen muß, er selber befindet sich in einem Versteck, in dem er sich endgültig versteckte, also starb, ist eine Erläuterung der Regel, nach der nur sterben kann, wer den Tod eines anderen sieht – von oben oder von unten –, weil er sonst nicht an seinen eigenen Tod glaubt.«
»Wenn Regeln andere Regeln erläutern, dann die zweite und die dritte die vierte. Die zweite und die dritte folgen aus der vierten.«
»Die zweite und die dritte Regel sind notwendige Bedingungen, die vierte ist eine hinreichende, aber keine notwendige Bedingung, so daß die Regeln zwei bis vier zu einer notwendigen und hinreichenden Bedingung vereinigt werden könnten. Dann würde jedoch untergehen, daß die zweite und die dritte Regel ausgesprochen und befolgt werden, die vierte Regel dagegen unausgesprochen befolgt wird.«
»Es wird nicht ausgesprochen, daß nur stirbt, wer von einem anderen gesehen wird.«
»Es wird ausgesprochen, unser Versteck ist hierarchisch, der Tod ist hierarchisch. Es überlebt, wer selbst von niemandem gesehen wird, wer aber mindestens einen anderen sehen kann, der wiederum mindestens einen anderen sehen kann, usw., so daß es keinen außer dem ersten gibt, der nicht von irgend jemand anderem gesehen werden kann.«

»Es heißt, ein derart bestätigter Tod kann den Tod eines Versteckten bestätigen, der sich über ihm versteckt. Kann.«
»Das Ziel der Spieler bleibt ebenfalls unausgesprochen.«
Murau richtet an Maria und mich die Frage, ob wir das Spiel vorbereiteten oder ob wir es bereits spielten. Maria beachtet ihn nicht.
»Das Ziel des Spielers ist, zu sterben. Vielleicht auch, als einzige oder einziger zu sterben. Es stirbt derjenige, der von allen anderen gesehen wird. Vielleicht auch der, der selbst niemanden sieht. Folgenden Regeln ist zu gehorchen. Jeder muß von einem, der sich unter ihm versteckt, bestätigt bekommen, daß er selber sich in einem Versteck befindet, in dem er sich endgültig versteckte. Ein derartig bestätigter Tod kann den Tod eines Versteckten bestätigen, der sich über ihm versteckt. Nur wer den Tod eines anderen sieht, kann selber sterben. Die Strategie des Spiels besteht darin, sich möglichst an einem Ort zu verstecken, der so gelegen ist, daß er sich unter den Verstecken von allen anderen befindet.«
Ich verweise darauf, daß die Umdrehung des Turms durch den Regisseur Poppes, Nathalie, Jeanne und Rosa sehr unruhig macht. Wenn es ihnen gleich wäre, ob sie tot oder lebendig sind, würden sie sich nicht darüber aufregen, daß der Regisseur den Turm umgedreht hat.
Maria sagt, nach der Umdrehung des Turms um 180° durch den Regisseur wird Poppes vom ersten Toten zum einzigen Überlebenden. Aber er widerruft, weil er als Poppes für die Erhaltung des Todes ist.
Ich erkläre, Poppes hat vom Regisseur erfahren, daß er der erste Tote sein wird, Poppes ist also die Induktionsbasis. Wenn jetzt der Regisseur den Turm umdreht, nimmt Robin die Stellung ein, die vorher Poppes eingenommen hat. Ro-

bin müßte vom Regisseur erfahren, daß er nach den 180° der erste Tote sein wird, damit es weitergehen kann. Aber der Regisseur tut nichts. Robin fordert ihn auch nicht auf, etwas zu tun. Es gibt keine Induktionsbasis mehr. Die anderen fragen, wenn der letzte nicht mehr sterben kann, was ist dann mit uns? Poppes fühlt sich für die anderen und für das Spiel verantwortlich. Mit Robin kommt das Spiel nicht voran. Deswegen ist Poppes für die Erhaltung seines Todes. Man hat sich an den Unteren so gewöhnt. Man hat sich an den Untersten so gewöhnt. Man hat sich an den Tod so gewöhnt.
Murau wirft ein, der Regisseur erkläre den Spielern das Spiel bewußt so, daß die Regeln, die Strategie des Spiels und sogar das Ziel der Spieler unklar und bestenfalls mehrdeutig blieben. Dabei sei nicht vorausgesetzt, es gebe ein Spiel, dessen Ziel, Regeln und Strategie der Regisseur überlegt verschmiere. Genausogut könne es der Fall sein, daß der Regisseur einfach Bruchstücke aus verschiedenen, ihm gerade durch den Kopf gehenden Spielen gegenüber den Spielern als Ziele, Regeln und Strategien aufsage und als ein Spiel ausgebe. Es sei nicht wichtig, ob sich aus den Erklärungen des Regisseurs tatsächlich ein Spiel rekonstruieren lasse. Der Regisseur betrachte interessiert, wie sich die Spieler in und mit den unscharfen und vieldeutigen Regeln, Strategien und Zielen einrichteten, und besonders interessiert, was geschieht, als er schließlich den Turm umdreht. Seltsamerweise, aber vielleicht auch erwarteterweise, nähmen die Spieler die Umdrehung des Turms nicht etwa zum Anlaß, vom Regisseur eine Klärung bisher unklarer Regeln oder des doch ebenso unklaren Ziels zu verlangen. Sie fragten zwar, warum der Regisseur den Turm umgedreht habe, bitte, warum er das getan habe, aber sie hätten

sich offensichtlich in dem Spiel, das gar keins sei, so eingerichtet, daß sie darauf bestünden, das Ziel, die Regeln und die Strategie des Spiels, das sie zu spielen glaubten, sollten unverändert bleiben.

Ich sage, der Schriftsteller würde formulieren: Kein Spiel für die Spieler.

Maria sagt, ihr Mann würde formulieren: Ein Spiel für den Regisseur. Ein Umdrehspiel für DEN REGISSEUR.

Elaines Gesicht ist, von ihrem Körper getrennt, mittels zweier Schnüre, Drähte oder Stäbe, die von den Schläfen ausgehen, an zwei Pfosten im grünen Zimmer des Todesversteckspielturms befestigt. Sie hat die Augen, die von großen, weißen Höfen umgeben sind, geschlossen und den Mund leicht gespitzt. Die Unterschenkel sind an den Knien mit dem ungestalten Becken verbunden, so daß sich die Füße kurz unterhalb des Gesichts befinden. Sie besitzt keinen Oberkörper. Sie öffnet die Augen und spricht zu Murau.

»DER REGISSEUR hat Aufzeichnungen gemacht …«

Die nicht zur Veröffentlichung bestimmt sind, unterbricht Murau.

»DER REGISSEUR hat seine Aufzeichnungen …«

Er hat die Aufzeichnungen niemand anderem zugänglich gemacht, Murau, mich ansehend.

»DER REGISSEUR hätte niemals geglaubt, daß seine Aufzeichnungen irgendwelche Folgen haben könnten. Bis er völlig zufällig in einer Buchhandlung das erste Buch des Schriftstellers sah.«

Murau hat geäußert, die Erinnerung daran ist über jeden Zweifel erhaben, er mache die Aufzeichnungen, die den Titel *Auslöschung* tragen, nur mir zugänglich und niemand sonst wisse von ihrer Existenz. Ich habe immer vorausge-

setzt, daß diese Aufzeichnungen die einzigen sind, die Murau angefertigt hat und daß er niemanden außer mir auch nur von ihrer Existenz unterrichtet hat. Seine Aufzeichnungen sind nicht die Hervorbringung eines Anfängers. Er hat auch niemals geäußert, er habe vor diesen Aufzeichnungen keine anderen verfaßt. Es muß Vorgängeraufzeichnungen geben. Die Murau dem Schriftsteller ohne Wissen Marias zugänglich gemacht hat – die Murau Maria ohne Wissen des Schriftstellers zugänglich gemacht hat – in die Murau beiden Einsicht gewährt hat?
Ich frage Elaine, woher sie weiß, daß der Schriftsteller die Aufzeichnungen kannte. Sie weiß es nicht sehr lange.
Murau hat die Aufzeichnungen dem Schriftsteller ohne Wissen Marias und Maria ohne Wissen des Schriftstellers gegeben, beide zum Stillschweigen gegenüber dem jeweils anderen angehalten, und sie haben beide seinem Willen entsprochen?
Murau bemerkt, wenn es ein Spiel gebe, dann sei dieses weder ein Spiel für den Regisseur noch für Nathalie, Jeanne oder Rosa, sondern für Poppes und beziehungsweise oder Robin. Nämlich ein Spiel für einen, der sich darin gefalle, sowohl der erste Tote wie der einzige Überlebende zu sein, und der die anderen, Nathalie, Jeanne, Rosa und Robin und den Regisseur, oder Nathalie, Jeanne, Rosa und Poppes und den Regisseur nur erfinde, um seine entsetzlichen Stimmungsschwankungen – im einen Augenblick sei er der erste Tote, sofort danach der einzige Überlebende – in etwas, was nicht er selbst sei, so einzupassen, daß er behaupten könne, die Außenwelt, eben das Spiel habe seine wahnsinnigen Stimmungen verursacht.
Nicht nur Maria, auch Elaine ist mit Muraus Aufzeichnungen vertraut. Was nicht bedeuten muß, daß Maria und

Elaine mit denselben Aufzeichnungen vertraut sind. Es eröffnet sich die Möglichkeit, Murau hat nicht nur die *Auslöschung* und ein Vorgängerkonvolut von Aufzeichnungen verfaßt, sondern mehrere Vorgängerkonvolute. Hat Murau verschiedene Aufzeichnungen angefertigt, die jeweils nur für einen einzigen Leser bestimmt waren? Hat Murau ein Buch für den Schriftsteller, ein Buch für Maria, ein Buch für Elaine und ein Buch für mich geschrieben?
Während Muraus Ablenkungsversuch hat sich Elaine zur Seite gedreht und die Augen wieder geschlossen, die Lider so zusammengekniffen und den Mund so gespitzt, daß ihr Gesicht mit Ausnahme der Augenlider, der Nase und der Partie um den Mund eine tiefrote Farbe annimmt. Jetzt legt sie die Unterarme an die Oberarme an und spreizt die Finger, um jeweils mit dem Daumen das Schulterblatt von vorn zu berühren. Dabei beugt sie sich zurück, winkelt die aneinandergepreßten Beine ab, bis sie lotrecht zum Unterkörper stehen, und legt die Unterschenkel an die Oberschenkel an, so daß ihre Beine in einem roten Pfeil auslaufen, der auf Murau zeigt.
»Wem billigen Sie mehr Phantasie zu. Seit er tot ist. Dem Schriftsteller oder Ihrem Schüler.«
Murau sagt, der Schüler habe ein gutes Gedächtnis gehabt, der Schriftsteller ein schlechtes. Vielleicht sei dem Schriftsteller deshalb doch etwas eingefallen.
Elaine sagt, vielleicht ist Ihrem Schüler eingefallen, alle Unterhaltungen mit Ihnen bis in den genauen Wortlaut hinein niederzuschreiben. Können Sie ausschließen, daß sich Aufzeichnungen mit dem Titel *Gespräche mit M.* im Besitz der Familie Gambettis befinden? Die veröffentlicht werden könnten, und jeder, auch der oberflächlichste Leser der Welt, würde zu der Überzeugung gelangen, Ihre Art, sich

über Gott und die Welt zu äußern, stelle den Versuch dar, die Erzählweise des Schriftstellers zu kopieren, dieser Versuch sei nicht gelungen, Ihnen sei keine eigenständige Prosa geglückt, et cetera?
Murau entgegnet, es gibt keinen Tod. Ich verbessere:

ES GIBT
KEINEN TOD

Elaine beugt sich wieder vor und streckt die Beine.
»Wenn stirbt, wer den Tod eines anderen sieht und wer von einem anderen gesehen wird, wenn einer, der sich versteckt, nur hinunter-, aber nicht hinaufschauen darf und wenn es das Ziel eines jeden ist, als einziger zu überleben, dann wird sich jeder an der höchsten Stelle im Turm verstecken, die ihm zugänglich ist. Also werden sich alle auf der eventuellen obersten Plattform oder auf dem eventuellen Dach des Turms drängeln, und keiner wird das Ziel erreichen.«
Ich sage, der Todesversteckspielturm ist kein realer, sondern ein imaginärer Turm.
Elaine sagt, wir wollen in keinen Carcere eingesperrt werden.
Ich entgegne, ein Carcere ist unendliches Wachstum ins Kleinste, wo vorher das Dekorelement unteilbarer Baustein war, wie ins Größte, wenn Treppen, Gänge, Bogen, Brücken sich in eine Weite ausdehnen, die vom Fassadenentwurf verschlossen war. In einen Carcere kann man niemanden einsperren.
Elaine sagt, wir haben Angst, daß die Galgen ebenfalls wachsen.
Maria sagt, sie hätten Angst vor den Inschriften.
Murau bemerkt, wenn es einen höchsten Punkt gebe, dann

sei er nie abgebildet. Die abgebildeten Brücken und Treppen führten immer auf eine Weise aus dem Carcere hinaus, daß man keinen eindeutigen Punkt festlegen könne, zu dem die Treppen und Brücken strebten.
»Wie halten wir uns auf einer Galleria Grande oder einem Ponte Magnifico auf?«
Murau erläutert, wie man mittels eines Stadtplans durch Angabe der im Zeitablauf aufeinander folgenden Positionen auf dem Stadtplan einen Weg in Rom beschreiben könne, so sei man auch imstand, mittels Benennung dessen, was man jeweils vor sich sehe, einen Weg in einem Carcere zu nehmen. Genausowenig wie jemand im Carcere durch eine Mauer hindurchgehen könne, genausowenig könne er auf dem Stadtplan durch eine Mauer hindurchgehen. Wie man auf dem Stadtplan auf einen begehbaren Weg angewiesen sei, so benötige man im Carcere eine zu betretende Brücke oder Treppe.
»Wir haben Angst vor Interpretationen.«
»Wir können uns bestimmte Interpretationen nicht vorstellen.«
»Wir wollen auch nicht in den Cyberspace.«
Ich sage, solange ein Mann mit nachdenklicher Miene und mittelalterlicher Mütze den Vordergrundhintergrundwürfel in der Hand halte und Damen in mittelalterlicher Kostümierung unter Vordergrundhintergrundarkaden wandelten und das Ganze nicht für natürliche Dummheit, sondern für Kunst gehalten werde, so lange werde keine künstliche Intelligenz einen Turm bauen, der für das Todesversteckspiel geeignet wäre.
Murau fragt, ob wir über das Spiel sprächen oder ob wir es bereits spielten. Ob der Turm umgedreht werde oder nicht. Warum der Turm umgedreht werde.

Ich sage, es ist offengelassen, ob sich Nathalie tatsächlich über Jeanne versteckt oder ob sich beide nur vorstellen, daß sich Nathalie über Jeanne versteckt. Wer vertritt, es gibt keine Notwendigkeit, die Drehung des Turms durch den Regisseur zu widerrufen, wenn sie nur vorgestellt sei und nicht tatsächlich stattgefunden habe, dem muß entgegengehalten werden, man kann genausogut vertreten, es macht keinen Sinn, die Drehung des Turms zu widerrufen, wenn sie tatsächlich stattgefunden hat, denn Poppes ist nicht dazu imstand, den Regisseur so zu beeinflussen, daß er eine getroffene Entscheidung rückgängig oder gar ungeschehen machen würde.
Maria sagt, dann ist es müßig, sich als Vorbereitung auf das Spiel vorzustellen, er sei dazu in der Lage.
Ich sage, es ist außerdem offengelassen, ob Poppes tatsächlich eine Drehung des Turms widerruft oder ob er sich nur vorstellt, eine Drehung des Turms zu widerrufen. Und ich mache auf etwas anderes aufmerksam. Vor der Umdrehung äußern sich alle überwiegend in versteckten Konditionalsätzen:

als Nathalie
die sich über der Jeanne
versteckt
...
als ich als Rosa
daran glauben kann
weil unter mir der Poppes
...
als Poppes bin ich
der erste Tote
...

als Robin könnte ich sagen
der letzte Spieler wäre hier
heroben

Unmittelbar nach der Umdrehung heißt es:

da schweigt der Poppes
unten im Turm
...
die Rosa ruft jetzt den Poppes
...
da staunt jetzt die Jeanne
...
der Robin muß lachen

Während mit Poppes' Widerruf alle zu den versteckten Konditionalsätzen zurückehren:

dann bin ich als Rosa
...
dann bin ich als Jeanne
...
dann bin ich als Nathalie
...
da kann ich als Robin

Nur unmittelbar nach der Umdrehung des Todesversteckspielturms um 180° handeln Jeanne, Nathalie und Rosa unbedingt. Vorher und nachher verhalten sich Jeanne, Nathalie und Rosa nicht wirklich als Jeanne, Nathalie und Rosa.
Maria führt den Ich-Erzähler an, der auf den Zwischenruf, warum sie diesen Turm gebaut hätten, antwortet, sie könn-

ten doch nicht einfach so herumsitzen und nichts tun. Er sagt nicht, sie hätten den Todesversteckspielturm gebaut, um das Todesversteckspiel zu spielen.
Ich führe Nathalie an, die später meint, gut gespielt.
Maria führt wieder den Ich-Erzähler an, der auf die Frage, ob der Entwurf gut sei, erklärt, mehr als ein Entwurf sei doch dieses Spiel nicht. Der Ich-Erzähler wörtlich: Wir entwerfen immer nur.
Ich erwähne noch, jemand ruft vom Seil herüber, ihre Entwürfe seien gut, weil sie deren Umschlag in die Praxis nicht vorsähen, sondern diese schon seien. Ich gebe Maria die Fotografie, die die beiden berittenen Carabinieri vor Santa Maria dei Miracoli zeigt, und sage, dies sei der Standort des Todesversteckspielturms. Maria geht zu Elaine, um mit dieser gemeinsam die Fotografie zu betrachten, ohne daß Elaine die Fotografie berührt. Danach reicht Maria die Fotografie Murau weiter.
Murau sagt, dies sei nicht der Standort des Todesversteckspielturms. Der Standort des Todesversteckspielturms sei am Ausgang des Piazzale Flaminio, zwischen dem Viale Washington und dem Viale del Muro. Warum ich den Schwestern die Fotografie mit den berittenen Carabinieri vor den gelben Hinweisschildern gegeben hätte. Ich sage, seine Mutter habe in St. Pankraz eine Fotografie aufgestellt. Nur eine Fotografie. Diese Fotografie habe sie mit Spadolini gezeigt. Vor zwei berittenen Carabinieri und einer Mauer mit einem Hinweisschild für das Pantheon.
Maria sagt zu Murau: »Verändern wir jetzt diese Welt, oder verändern wir sie nicht?«
Elaine zeigt zum ersten Mal einen Anflug von Heiterkeit.
»Ich fühle mich so gut, daß wir die Welt verändern können.«

Welche ist nun die lächerliche Vorhersage. Hat Murau jetzt noch etwas anderes als die allergeringste Kontrolle über Wolfsegg? Hat Murau nicht die absolute Sicherheit darüber, was mit Wolfsegg geschehen wird?
Murau sagt, er sei tot oder er stelle sich zumindest vor, er sei tot. Er sei schon molekular abgebaut, oder er stelle sich vor, er sei schon molekular abgebaut. Er sei der letzte Murau gewesen, und es werde nichts von ihm zurückbleiben, oder er stelle sich vor, es werde nichts von ihm zurückbleiben. Er sei nicht einmal der letzte Murau, weil er sein Erbe ja nicht tatsächlich antrete, oder er stelle sich vor, er sei nicht der letzte Murau, weil er sein Erbe ja nicht tatsächlich antrete.
Ich will sagen, das ist alles ein Irrtum. Wolfsegg höre ja nicht zu bestehen auf. Solange es Wolfsegg gebe, so lange gebe es auch die Muraus. Solange Wolfsegg existiere, so lange existiere der letzte Murau, auch wenn er bereits molekular abgebaut sei. Erst wenn auch Wolfsegg abgebaut sei, wenn der zentrale Gutshof, die unmittelbar angelegenen Ländereien wie die nicht unmittelbar angelegenen Ländereien aufgeteilt, verwertet seien, erst dann existiere kein letzter Murau mehr. Er, Murau, tue alles für sein Überleben. Gegen seine erklärten Absichten oder auch gegen seine tatsächlichen Absichten, wie sein Schüler vermutete, das zu entscheiden maßte ich mir nicht an. Solange Wolfsegg Wolfsegg bleibe, solange sei sein Überleben garantiert. Aber ich sage natürlich nichts.
Elaine fordert Murau auf: »Sie brauchen mich nur zu berühren.«
Murau entgegnet, bei mir machen Sie keinen Unterschied.
Elaine wendet sich mir zu.
»Und dann du. Und dann Maria.«

Sie blickt Maria an.
»Oder zuerst du und dann du.«
Murau sagt, der letzte Mensch wäre in diesem Fall nur für sehr kurze Zeit der letzte Mensch. So kurz, daß ein nicht besonders genauer Beobachter gar nicht angeben kann, wer wirklich der letzte Mensch ist.
»Es wird keinen Beobachter mehr geben.«
Murau fragt, was mit ihr, Elaine, sei.
»Falls Sie sich nicht entscheiden können ...«
Murau sagt, er hat sich entschieden.

VOLLKOMMENE KLARHEIT

Aktenvermerk 22.11.1989

Betr.: Verdeckter Nachlaß für das Lohn- und Gehaltsabrechnungsmodul HPPAS

Das Softwarehaus Yoyodyne machte uns zunächst folgendes Angebot für die Lohn- und Gehaltsabrechnung:

HPPAS Grundmodul	*DM 27.940,–*
HPPAS Zeitmodul	*DM 8.690,–*
	DM 36.630,–

Dieses Angebot wurde kurzfristig abgeändert:

HPPAS Grundmodul	*DM 38.940,–*
HPPAS Zeitmodul	*DM 8.690,–*
	DM 47.630,–

Die Mehrkosten von DM 11.000,– wurden mit der im ersten Angebot nicht berücksichtigten Abrechnung der betrieblichen Altersversorgung begründet.

Das zweite Angebot war Gegenstand einer Besprechung zwischen Herrn Dipl.-Ing. Friedrich Voigtländer und dem Unterzeichneten sowie Herrn Profane von Yoyodyne. Herr Dipl.-Ing. Friedrich Voigtländer war mit dem zweiten Angebot nicht einverstanden. Die Existenz einer betrieblichen Altersversorgung war Yoyodyne bei der Erstellung des ersten Angebots bekannt; Herr Dipl.-Ing. Friedrich Voigtländer und der Unterzeichnete mußten deshalb da-

von ausgehen, daß die Abrechnung der betrieblichen Altersversorgung im Leistungsumfang des ersten Angebots enthalten war. Das zweite Angebot wurde als zu teuer abgelehnt.

Herr Profane erklärte, die betriebliche Altersversorgung sei aufgrund eines internen Mißverständnisses bei Yoyodyne im ersten Angebot nicht berücksichtigt worden. Das Modul HPPAS sei jedoch kein Erzeugnis von Yoyodyne, sondern Lizenzsoftware von HP. Yoyodyne müsse sich für die Lizenzsoftware an die von HP vorgegebenen Listenpreise halten und sei deshalb gezwungen, das erste Angebot abzuändern. Darauf nahm Herr Dipl.-Ing. Friedrich Voigtländer das zweite Angebot an, jedoch unter der Bedingung, daß Yoyodyne bei anderen Lieferumfängen, die nicht Lizenzsoftware beinhalten, einen Preisnachlaß von DM 11.000,– gewährt.

Am 11.11.1989 sandte uns Yoyodyne die Rechnung Nr. 65345 für fünf Bildschirme. Es waren jedoch nur vier Bildschirme geliefert worden; die Rechnung wies als Endbetrag auch nur die Summe der Listenpreise für die tatsächlich gelieferten vier Bildschirme aus.

In einem Telefongespräch mit Herrn Stencil, dem Urlaubsvertreter von Herrn Profane, erhielt der Unterzeichnete folgende Auskunft: Der Preisnachlaß für die Differenz zwischen dem zweiten und dem ersten Angebot für die Gehaltsabrechnung wurde in Form eines PCs eingebracht, der an die Privatadresse von Herrn Dipl.-Ing. Friedrich Voigtländer ausgeliefert wurde. Die Erwähnung des nicht gelie-

ferten und nicht berechneten fünften Bildschirms auf der oben genannten Hardware-Rechnung sollte die Schenkung des PCs an Herrn Dipl.-Ing. Friedrich Voigtländer dokumentieren.

Metzger

Ich stelle mir vor: Ich gehe ins Büro, und ich muß nie wieder Friedrichs Dackelfalte sehen!

STURZ

Ich traf mich mit Zizendorf wieder zum Mittagessen. Ich wartete vor dem Restaurant an der frischen Luft auf ihn. Diesmal kam er pünktlich. Mir war vorher gar nicht aufgefallen, wie ähnlich er Gambetti sah. Er war nicht groß, dabei kräftig, er hatte einen ausgesprochen eckigen Kopf, gerade Augenbrauen, ohne Scheitel nach hinten gekämmte schwarze Haare, der Haaransatz genauso gerade wie die Augenbrauen, und er trug nur einreihige Anzüge mit Westen. Seine Anzüge waren an den Schultern schmal, die Ärmel und Hosen kürzer als in Deutschland üblich. Jedoch machte Zizendorf viel größere Schritte als Gambetti. Der Tisch war auf meinen Namen bestellt, als der Maître uns an den Tisch führte, fragte er nicht mich, sondern Zizendorf, ob der Tisch recht war.
Ich dankte Zizendorf, daß er die Zeit gefunden hatte, sich so kurzfristig mit mir zu treffen, und übergab ihm einige Auswertungen und Erläuterungen, die er zusätzlich zu den Quartalszahlen angefordert hatte. Wir hatten im dritten Quartal stark aufgeholt, ich konnte insgesamt ein positives Ergebnis ausweisen. Ich sagte Zizendorf nicht, daß der Auftragseingang im Oktober unerwartet abgesackt und ein positives Jahresergebnis unwahrscheinlich geworden war. Zizendorf sagte, er tue nur seine Pflicht als neutraler Beirat. Am Tag, an dem der von mir angekündigte Aktenvermerk Metzger in seiner Post war, hatte sich mein Vetter ebenfalls bei ihm gemeldet. Zizendorf berichtete meinem Vetter, daß ich ihn bereits am Vortag angerufen, die Angelegenheit aus meiner Sicht beschrieben und mit ihm den heutigen Termin vereinbart hatte, worauf mein Vetter ihn gleichfalls um ein Treffen bat. Mein Vetter verfaßte eine Stellungnahme zum Aktenvermerk Metzger, die er in Kürze ebenfalls allen Beiratsmitgliedern zusenden wollte. Ich bat Zizendorf, mir

seine Fragen zu den näheren Umständen des Vorfalls zu stellen. Er hatte keine Fragen dazu. Die näheren Umstände des Vorfalls interessierten ihn nicht. Als Beirat des Unternehmens interessierte ihn die zukünftige Entwicklung des Unternehmens. Er hatte Fegelein zur Rechtslage befragt, der ging davon aus, ich würde mit einer eventuellen Klage gegen meinen Vetter keinen Erfolg haben. Mein Onkel und mein Vetter argumentierten, in der Vergangenheit hätten es alle Beteiligten, auch mein Vater, mit der Abgrenzung zwischen privatem Bereich und Firma nicht ganz so genau genommen. Fegelein war fest davon überzeugt, bei einer entsprechenden Prüfung fände man auch von meiner Seite zu verantwortende Ausgaben, über deren betriebliche Verursachung man streiten könne. Ein von mir angestrengtes Verfahren würde unter diesen Umständen wegen Geringfügigkeit niedergeschlagen werden. Mein Rechtsanwalt war dazu ganz anderer Meinung. Zizendorf riet mir dringend ab, vor Gericht zu gehen. Die Firma bestand seit 1896, und ich würde der erste sein, der eine Familienstreitigkeit vor Gericht austrüge. Das Verhältnis zwischen meinem Vater und meinem Onkel war immer gespannt, es wurde jedoch niemals von irgendeiner Seite auch nur erwogen, vor Gericht zu gehen. Zizendorf war sich mit Krapp einig, diese Haltung stellte ein Kapital dar, das nicht leichtfertig verspielt werden sollte, insbesondere nicht unter der neuen Unternehmensverfassung, die ja im Gegensatz zu früher mit dem Beirat ein Gremium vorsah, das unter anderem auch zur Schlichtung von Familienstreitigkeiten geschaffen wurde. Ich sagte ihm, es gehe mir nicht um die elftausend Mark. Sondern um den besonderen Vertrauensbruch, den gerade dieser Vorfall bedeute. Denn er habe eine Vorgeschichte. Zizendorf unterbrach mich, solche Vorfälle hätten immer Vorgeschichten. Natürlich läßt man einem Fremdgeschäftsführer in diesem Fall genau eine Stunde Zeit, seinen Schreibtisch auszuräumen. Es folgt die übliche juristische Auseinandersetzung, da die Rechtslage niemals eindeutig ist, endet immer alles mit einem Vergleich, der das Unternehmen nicht billig kommt. Zizendorf sagte, mit einem Mann, dem nicht zu vertrauen ist, kann man nicht zusammenarbeiten. Nur handle es sich hier eben nicht um einen Fremdgeschäftsführer, sondern um ein Familienmitglied. Ein Familienmitglied schicke man wegen so etwas nicht in die Wüste. Aber ich wolle ihn ja auch nicht deswegen in die Wüste schicken. Ich pflichtete ihm bei, wenn bei der Tätigkeit meines Vetters das herauskäme, was bei der Tätigkeit eines technischen Geschäftsführers üblicherweise herauskommt, könne er sich von mir aus einen Mainframe auf Firmenkosten nach Hause liefern lassen. Zizendorf stellte fest, damit kämen wir uns einander näher. Wenn er als Beirat über einen Antrag wie den meinen zu befinden habe, interessiere ihn nur eins: Ob die vorgeschlagene Änderung in der Geschäftsführung dazu führt, daß die zukünftige Geschäftsführung die Unternehmensziele in höherem Maß verwirklicht als die gegenwärtige, oder ob dies nicht der Fall ist. Ich warf ein, ich hätte bis jetzt noch keinen Antrag gestellt. Er ging darauf nicht ein. Ich müsse natürlich damit rechnen, daß mein Onkel den symmetrischen Antrag stellen werde. Auf meine Frage nach der Begründung antwortete er, man finde immer etwas, um einen solchen Antrag zu begründen. Wir sollten zur entscheidenden Frage zurückkehren. Verwirklicht eine Geschäftsführung ohne meinen Vetter die Unternehmensziele in höherem Maß als eine Geschäftsführung mit meinem Vetter? Ich sagte, ich bin der festen Überzeugung, mein Vetter bringt weder die allgemeinen geistigen Fähigkeiten und das Fachwissen noch auch nur im Ansatz die Charaktereigenschaften mit, die erforderlich sind, um eine Führungsstelle auszufüllen. Zizendorf sagte, das ist ein sehr hartes Urteil. Mein Vetter führt an, er konnte in der Firma nichts bewegen, weil mein Vater allen verboten habe, mit ihm zusammenzuarbeiten. Ich fragte Zizendorf: Gesetzt den Fall, die Verhältnisse wären so gewesen, wie mein Vetter sie beschrieb – würde er, Zizendorf, sieben Jahre in einem Unternehmen verbringen, in dem er seine Vorstellungen nicht verwirklichen könne? Zizendorf antwortete, wenn er wüßte, das Unternehmen werde eines Tages sein Unternehmen sein, dann würde er durchaus eine gewisse Zeit darin mitarbeiten, ohne über die Möglichkeit zu verfügen, seine Vorstellungen sofort zur Gänze zu verwirklichen. Es ist nicht wahr, daß mein Vater irgend jemandem verboten hätte, mit Friedrich zusammenzuarbeiten. Friedrich hat nicht deshalb nichts bewegt, weil ihn mein Vater daran gehindert hätte, sondern weil er keine klaren Vorstellungen hat und weil er nicht mit den Leuten umgehen kann. Er ist unfähig, sich und anderen Ziele zu setzen und diese planmäßig zu verfolgen. Er will an allen Entscheidungsvorgängen beteiligt werden, ist jedoch außerstand, tatsächlich Entscheidungen zu treffen, weil er nie zwischen Wichtigem und weniger Wichtigem unterscheiden kann und angesichts des für jede größere Entscheidung gegebenen Fürs und Widers regelmäßig kapituliert, die Entscheidung aufschiebt und sich der nächsten Entscheidung zuwendet, die er genausowenig trifft. Er führte unzählige Gespräche mit Beratungsfirmen, mit Hardware-Herstellern und mit Software-Häusern, es wurden Ist-Aufnahmen gemacht und Soll-Konzepte erstellt, die einen ganzen Aktenschrank füllten. Die Soll-Konzepte blieben nicht deswegen unverwirklicht, weil mein Vater ihre Umsetzung verboten hätte, sondern weil Friedrich die Mitarbeiter weder davon überzeugen konnte, daß die von ihm erarbeiteten Soll-Konzepte eine wünschenswerte Angelegenheit wären, noch davon, daß er dazu imstand wäre, den Übergang vom Ist-Zustand zu einem Soll-Zustand unter einigermaßen vernünftigen Begleitumständen zu vollziehen. Im übrigen hat Friedrich tatsächlich alles getan, um es sich von vornherein mit meinem Vater zu verderben. Als er noch gar nicht in der Firma war, erhielt mein Vater mit der Post ein dickes Paket. Inhalt: Vertragsentwürfe. Mit einem Begleitschreiben folgenden Wortlauts: Lieber Onkel Georg! Ein Unternehmen unserer Größe sollte in der heutigen Zeit nicht mehr als offene Handelsgesellschaft geführt werden. Ich habe das Problem mit einem befreundeten Rechtsanwalt besprochen, der eine Umwandlung und eine Aufspaltung der Firma in eine Besitzgesellschaft mit persönlicher und eine Betriebsgesellschaft mit begrenzter Haftung empfiehlt. Die entsprechenden Vertragsentwürfe liegen bei. Wir sollten uns bald darüber unterhalten. Viele Grüße, Dein Friedrich. Zu der Zeit, als er die Umgründung der Firma betrieb, kannte er weder deren Fabrikhallen noch deren Büros von innen. Ich erzählte Zizendorf weiter, wie sich nach dem Arbeitsbeginn meines Vetters in der Firma der Reihe nach alle Prokuristen bei mir einfanden und mir das Versprechen abnahmen, daß ich mein Studium so schnell wie irgend möglich abschließen und darauf sofort in die Firma eintreten würde. Laut Friedrich sei die Firma ein einziger Nudeltopf. Die von meinem Vater herangezogene und eingesetzte Führungsschicht bestehe aus lauter Idioten, die schnellstens durch entsprechend ausgebildete Diplom-Ingenieure und Diplom-Kaufleute ersetzt werden müßten. Der Fertigungsleiter hatte ein

Angebot einer Wettbewerbsfirma, und der Leiter der umsatzstärksten und gewinnträchtigsten Bereiche V und VI spielte mit dem Gedanken, sich selbständig zu machen. Sie würden nicht warten, bis ihnen der Stuhl vor die Tür gestellt werde. Sie hätten es nicht nötig, sich nach zwanzig bis dreißig Jahren erfolgreicher Tätigkeit für die Firma von Friedrich Idioten heißen zu lassen. Sie würden niemals für ihn arbeiten. Ich versprach jedem einzelnen Prokuristen, daß ich mein Studium so schnell wie möglich beenden und dann sofort meinen Vater unterstützen würde, sie glaubten mir, und ich habe mein Wort gehalten. Ich fügte hinzu, es gab viele Sachfragen, in deren Beurteilung mein Vater und ich nicht übereinstimmten. Mein Vater wollte die Verluste in den Bereichen III und IV einfach nicht wahrhaben. Er weigerte sich, die ermittelten Ergebnisse zur Kenntnis zu nehmen. Wir hätten in diesen Bereichen früher dicke Gewinne gemacht, die seien sicherlich etwas abgeschmolzen, aber diese Bereiche machten keine Verluste, das insgesamt nicht befriedigende Ergebnis der Firma rühre von Verlusten aus anderen Bereichen her. Ich sagte ihm, ich könne ihm nicht böse sein, wenn er bei seiner Meinung bleibe und mir nicht erlaube, die notwendigen Sanierungsmaßnahmen durchzuführen, die Firma sei seine und nicht meine, aber ich wolle ein solches Vorgehen nicht mittragen. Darauf betrat ich mein Büro nicht mehr und begann, mich nach einer neuen Stelle umzusehen. Nach zwei Wochen rief mich mein Vater an, seine Mitarbeiter seien der Meinung, die vorgeschlagenen Maßnahmen sollten durchgeführt werden. Er stellte mir eine Generalvollmacht aus und kam nur noch nachmittags ins Büro, unter der Ankündigung, er wolle sich nach einer gewissen Übergangszeit ganz zurückziehen. – Zizendorf meinte, wir hätten nun lange genug die Vergangenheit behandelt, wir sollten uns der Zukunft widmen. Mein Onkel beklagt sich sowohl bei ihm als auch bei den beiden anderen Beiratsmitgliedern darüber, daß meine Anwesenheit im Unternehmen zu gering ist. Ich trat unter der Zusicherung in die Firma ein, daß ich mir neben der Erfüllung meiner Aufgaben in der Firma angemessene Zeit für meine anderen Tätigkeiten nehmen kann. Zizendorf warf ein, diese Zusicherung meines Vaters stelle keinerlei Rechtsposition dar. Ich habe später einen Anstellungsvertrag unterzeichnet, der mich dazu verpflichtet, meine volle Arbeitskraft dem Unternehmen zu widmen. Ich erläuterte, mein Vater wußte immer, daß ich niemals vorhatte, nur für die Firma zu leben. Aber er wußte auch, daß die Firma immer den Vorrang haben würde. Er, Zizendorf, könne auch meinen Onkel verstehen, wenn er auf den Vertrag verweise, in dem von dreißig Urlaubstagen die Rede sei. Und er empfehle mir, von jetzt an seltener in den Süden und häufiger in den Osten zu fahren. Ich sagte ihm, ich führte über meine und die Urlaubstage meines Vetters nicht Buch, aber er könne sicher sein, daß sich mein Vetter genausowenig an den vertraglich festgelegten Urlaub halte. Geschäftsführer, die keine Gesellschafter sind, haben niemals einen Urlaubsanspruch, der über dreißig Tage hinausgeht. Wobei die Mehrheit nicht dazukommt, die sechs Wochen tatsächlich auszunützen. Die Aufgaben, die sie lösen müßten, seien jedoch die gleichen, die ich und mein Vetter lösen müßten. Ich entgegnete, die Aufgaben seien nicht in jeder Beziehung die gleichen. Wenn Eigentum und Führung eines Unternehmens nicht in einer Hand liegen, dann ist die Unternehmensführung gezwungen, einen beträchtlichen Teil ihrer Zeit darauf zu verwenden, die eigenen Entscheidungen gegenüber den Eigentümern zu rechtfertigen und als für das

Unternehmen günstig darzustellen. Diese Aufgabe entfällt, wenn Eigentum und Führung zusammengehen. Zizendorf beharrte, im Gegensatz zu früher gibt es nun den Beirat, der die Geschäftsführung berät und überwacht, auch wenn in meiner Person Eigentum und Führung zusammenfallen, als Geschäftsführer bin ich gezwungen, einen gewissen Teil meiner Zeit darauf zu verwenden, die Entscheidungen der Geschäftsführung gegenüber dem Beirat zu rechtfertigen und als für das Unternehmen günstig darzustellen. Weiter soll ich nicht vergessen, das Unternehmen hat einen Fremdgeschäftsführer, dem ich die Freiheiten, die mein Vetter und ich uns nehmen, sicherlich nicht zubilligte. Ich sagte zu, wenn der Fall eintreten würde, daß ich der einzige Familiengeschäftsführer der Firma sein sollte, dann sei es für mich eine Selbstverständlichkeit gegenüber den Mitgeschäftsführern, daß sich meine geringere Anwesenheit entsprechend auf die Festsetzung meines Gehalts auswirke. Solange aber mein Vetter genauso häufig abwesend sei wie ich und solange ich auch seine Aufgaben lösen müsse, könne ich keine Notwendigkeit erkennen, an der geübten Verfahrensweise etwas zu ändern. Er, Zizendorf, habe den Eindruck, ich betrachtete meine Tätigkeit im Unternehmen in erster Linie als Erfüllung einer Pflicht. Um unternehmerische Entscheidungen zu treffen, müsse ich nicht Mitglied der Geschäftsführung sein. Ich sei Eigentümer. Ich könne als Eigentümer der Geschäftsführung eine klare Linie vorgeben. Ich sagte, wenn er den Eindruck gewonnen habe, meine Tätigkeit sei im Augenblick eher Pflichterfüllung als sie mir Befriedigung bereite, dann sei dieser Eindruck zutreffend. Ich hatte seit September kein Gespräch mit meinem Vetter geführt, welches nicht damit geendet hatte, daß er mich anbrüllte und ich wortlos den Raum verließ. Zizen-

dorf sagte, er habe sich im Rahmen seiner Beiratstätigkeit ein, wie er glaube, genügend fein gerastertes Bild vom Unternehmen gemacht. Er habe Friedrich bei der Auswahl des PPS unterstützt und dabei Gelegenheit gehabt, seine Arbeitsweise und seine Art des Umgangs mit den Mitarbeitern näher kennenzulernen. Sein Fachwissen in bezug auf Fertigungsplanung sei gut, er erkenne die Schwachstellen der inneren Abläufe und sei dazu in der Lage, die entsprechenden Veränderungen einzuleiten. Sein Fachwissen reiche jedoch nicht aus, um für Entwicklung und Konstruktion die Richtung angeben zu können. Und er besitze keine Führungsqualitäten. Er habe in seiner, Zizendorfs, Gegenwart mehrmals dem Fertigungsleiter und dem EDV-Leiter Vorwürfe gemacht, sie hätten seine Anordnungen mißachtet beziehungsweise falsch ausgeführt. Das sei kein guter Industrie-Stil. Er besitze kein Ansehen bei der Führungsschicht des Unternehmens, wenn er in Detailpunkten nicht weiterwisse oder irre, werde er von niemandem unterstützt. Das Unternehmen habe gute Entwicklungsmöglichkeiten. Es sei finanziell gesund, und es verfüge über ein technisches Know-how, aus dem mehr gemacht werden könnte und auch sollte. Er, Zizendorf, sei der Meinung, das Unternehmen könne bei entsprechender Führung den Umsatz innerhalb von fünf Jahren annähernd verdoppeln. Er sei allerdings auch der Meinung, die Geschäftsführung in ihrer gegenwärtigen Zusammensetzung könne das nicht leisten. Er werde deshalb meinen Antrag unterstützen. Ich warf ein, ich hätte noch keinen Antrag gestellt. Er ging, wie schon einmal, nicht darauf ein.
Diesmal trank Zizendorf fast nichts. Er knüpfte seine Zustimmung an eine Bedingung. Die Vergütungsansprüche aus Friedrichs Dienstvertrag müssen – unabhängig von sei-

ner Ablösung als Geschäftsführer – nicht nur für die Dauer des geschlossenen Dienstvertrags, sondern auch darüber hinaus weiterlaufen. Auch über den Zeitpunkt hinaus, von dem an er mein Mitgesellschafter sein wird. Denn Friedrich kann, im Gegensatz zu mir, von seinen Einkünften als Gesellschafter nur dann leben, wenn das Unternehmen hohe Erträge abwirft, weil die Erträge der gesellschaftsvertraglich vereinbarten Entnahmebeschränkung unterliegen und er sie mit seinen Schwestern teilen muß.

Stellungnahme zum Aktenvermerk Metzger vom 22.11.1989 *1.12.1989*

Bei einer Besprechung über Einzelheiten der Umstellung unserer Datenverarbeitung zwischen Herrn Profane von Yoyodyne, Herrn Metzger und dem Unterzeichneten erläuterte uns Herr Profane die Notwendigkeit einer Preiserhöhung für die Software zur Lohn- und Gehaltsabrechnung. Trotz intensiver Bemühungen meinerseits sah sich Herr Profane nicht in der Lage, bei dem Lizenz-Software-Modul HPPAS Zugeständnisse zu machen. Ich stellte darauf die Forderung, Herr Profane solle überprüfen, inwieweit Yoyodyne mit der ersatzweisen Lieferung von Hardware wie z.B. Bildschirmen oder PCs einen Ausgleich erbringen könnte. Herr Profane schloß diese Möglichkeit nicht aus, mußte sich aber erst bei seiner Geschäftsleitung rückversichern und wollte uns dann Bescheid geben.

Längere Zeit vor dieser Besprechung hatte ich Herrn Profane einmal gefragt, ob er mir irgendeinen gebrauchten IBM-kompatiblen PC für meinen Sohn besorgen könne. Ich hatte ihn dabei darauf hingewiesen, daß ich diesen PC privat bezahlen müsse. Er konnte mir jedoch ein meinen Preisvorstellungen entsprechendes Gerät nicht anbieten. Damit war die Sache für mich erledigt.

In der obengenannten Besprechung brachte Herr Profane, in Erinnerung an meine frühere Bitte, die Benutzung eines eventuell kostenlos zu liefernden PCs für meinen Sohn ins Gespräch. Ich habe sofort erklärt, daß eine Verquickung mit einem für die Firma angestrebten Preisnachlaß nicht in Frage kommen könne.

Ich weise ausdrücklich darauf hin, daß Herr Profane nicht bereit war, die Preiserhöhung für die Software zur Lohn- und Gehaltsabrechnung rückgängig zu machen, so daß es zu einem Erlaß von Bargeld nicht gekommen ist. Die Lieferung des in Frage stehenden PCs ist nur durch meine hartnäckige Verhandlungsführung geschehen. Ich hatte nie vor, das Gerät der Firma vorzuenthalten.

In einem späteren Telefongespräch teilte mir Herr Profane mit, daß er uns einen sechs Monate alten, bei Yoyodyne im Einsatz befindlichen PC im Wert von ca. DM 7.000,– kostenlos zur Verfügung stellen wolle. Ich sagte Herrn Profane, ich beabsichtigte, das Gerät vorerst zu mir nach Hause zu nehmen, um mich unter Einweisung meines Sohnes für die spätere betriebliche Anwendung einzuarbeiten. Ich stellte ihm die Frage, ob das Gerät an die für uns vorgesehene Großanlage anschließbar sei, was er mir bestätigte. Damit nahm ich sein Angebot an. Herr Profane wies darauf hin, daß eine derartige Lieferung aus internen Gründen nicht getrennt ausgewiesen werden könne; er werde uns das Gerät bei einem seiner nächsten Besuche formlos übergeben. Herr Profane lieferte den PC in unserer Warenannahme ab. Ich veranlaßte, daß er vorerst zu mir nach Hause gebracht wurde.

Richtig ist, daß ich Herrn Metzger nicht nochmals ausdrücklich über die Lieferung des PCs informierte. Wohl aber hatte er indirekt Kenntnis darüber, da er zum einen bei der obengenannten Besprechung zugegen war und ich zum anderen keinen Hehl aus dem dann bei mir befindlichen PC machte, indem ich mir in seiner Gegenwart von Herrn Profane das Bedienungshandbuch geben ließ.

Ich habe nie beabsichtigt, den PC privat einzubehalten, sondern ich arbeite mich zu Hause in meiner Freizeit zusammen mit meinem Sohn ein, um das Gerät dann in der Firma benutzen zu können. Zur Abwehr weiterer Spekulationen habe ich das Gerät am 27.11. wieder in die Firma zurückbringen lassen. Es befindet sich derzeit in meinem Büro. Ich beabsichtige, das Gerät nach Klärung der Mißverständnisse bis zum endgültigen Einsatz für meine Zwecke in der Firma zwischenzeitlich wieder nach Hause mitzunehmen.

Die in Frage stehende Rechnung stammt vom 11.11., der Aktenvermerk Metzger vom 22.11. Warum hat mich Herr Metzger in der Zeit vom 11.11.1989 bis zum 22.11.1989 wegen dieser Unklarheit nicht angesprochen, nachdem ich den größten Teil der derzeitigen EDV-Umstellung federführend bearbeite?

Friedrich V.

Dr. Georg Voigtländer

Herrn
Friedrich Voigtländer
Im Haus 4.12.1989

Lieber Friedrich,

leider sehe ich mich gezwungen, auf den in dem Aktenvermerk Metzger vom 22.11.1989 beschriebenen Vorgang zurückzukommen, da mich Deine Stellungnahme vom 1.12.1989 in keiner Weise befriedigt.

Ich muß Dein Verhalten vor dem Hintergrund des Gesprächs im vergangenen Juli sehen, in dem Du mir Deine Absicht mitteiltest, Deinem Sohn einen PC der Firma zu überlassen. Ich habe die Zurverfügungsstellung eines derartig teuren Geräts für private Zwecke abgelehnt. Um so mehr bin ich überrascht, daß Du die Geschäftsbeziehung mit Yoyodyne dazu benutzt hast, Deinem Sohn doch einen PC zu beschaffen, und zwar zu Lasten der Firma und ohne daß ich darüber befragt wurde.

Es mag in diesem Zusammenhang dahingestellt bleiben, ob Herr Profane bereit war, die Preiserhöhung für die Software zur Lohn- und Gehaltsabrechnung rückgängig zu machen oder sonst einen Preisnachlaß zu gewähren. Tatsache ist, daß die Differenz der beiden Angebote für HPPAS dadurch ausgeglichen wurde, daß Du Dir einen gebrauch-

ten PC an deine Privatadresse hast liefern lassen und daß Du das Gerät privat in Empfang genommen hast, ohne mich oder sonst jemanden in der Firma zu unterrichten. Wäre nicht bei der Überprüfung der Rechnung vom 11.11.1989 aufgefallen, daß die Anzahl der dort festgehaltenen Bildschirme nicht mit der Anzahl der gelieferten und berechneten übereinstimmte, wäre die Angelegenheit untergegangen. Die Firma hätte die Rechnung für HPPAS voll bezahlt, und der PC wäre der Firma vorenthalten worden. Du wolltest den PC eindeutig für Deinen Sohn.

Mir liegt nicht daran, daß die Angelegenheit einer strafrechtlichen Klärung zugeführt wird. Du wirst aber auch verstehen, daß ich diesen groben Vertrauensmißbrauch nicht einfach hinnehmen kann.

Wenn Du den Sachverhalt einräumst, daß Du den PC zu Lasten der Firma für private Zwecke verwenden wolltest, werde ich von der oben erwähnten Klärung absehen. Dann erübrigt sich auch die Einvernahme derjenigen, die mit dem Vorgang befaßt waren.

Ich darf Dich um sofortige Rückantwort bitten.

Georg

Dr. Georg Voigtländer

Herrn
Heinrich Voigtländer
Im Haus 4.12.1989

Betr.: Einberufung einer Gesellschafterversammlung

Lieber Onkel Heinrich,

auf den Aktenvermerk Metzger vom 26.11.1989 darf ich Bezug nehmen. Friedrich hat eine Stellungnahme dazu abgegeben. Diese Stellungnahme befriedigt in keiner Weise. Ich habe mich daher mit dem in Kopie anliegenden Schreiben an ihn gewendet.

Ein Geschäftsführer, der die Gesellschafter und die übrigen Geschäftsführer derart hintergeht, ist nicht mehr tragbar. Friedrich hat mit seinem Handeln die Vertrauensgrundlage, die für ein gedeihliches Zusammenwirken zum Wohl der Firma unerläßlich ist, restlos zerstört. Eine weitere Zusammenarbeit mit Friedrich als Mitgeschäftsführer muß ich ablehnen.

Seine Handlungsweise wäre geeignet, eine fristlose Kündigung zu rechtfertigen. So weit möchte ich jedoch nicht gehen. Ich wäre mit einer Lösung des Inhalts einverstanden, daß Friedrich als Geschäftsführer abberufen wird, ohne dadurch finanzielle Nachteile zu erleiden. Ich würde zugestehen, daß die vertraglich vorgesehenen Vergütungsansprüche weitergeführt werden. Auf keinen Fall kann mir jedoch unter den gegebenen Umständen zugemutet werden, Friedrich weiterhin als Mitgeschäftsführer zu belassen.

Angesichts der Art und Weise, wie sich Friedrich mir gegenüber verhalten hat, stellt diese Lösungsmöglichkeit ein mehr als großzügiges Angebot dar. Ich weiß nicht, ob ich es noch einmal machen würde.

Hiermit berufe ich gemäß § 10 Abs. 3 Satz 2 des Gesellschaftsvertrags der Voigtländer GmbH eine außerordentliche Gesellschafterversammlung ein.

Zeitpunkt der Versammlung:

Montag, den 22. Januar 1990, 9 Uhr

Ort der Versammlung:

Besprechungsraum Nr. 1 der Voigtländer GmbH & Co KG

Tagesordnung:

Abberufung des Herrn Friedrich Voigtländer als Geschäftsführer

Als Gesellschafter kündige ich folgenden Antrag an:

Herr Friedrich Voigtländer ist als Geschäftsführer fristlos abzuberufen.

Zur Begründung meines Antrags verweise ich auf die Aktenvermerke Metzger vom 22.11.1989 und Friedrich Voigtländer vom 1.12.1989, auf mein Schreiben vom 4.12.1989 an Herrn Friedrich Voigtländer sowie auf die vorstehenden Zeilen meines Schreibens vom 4.12.1989 an Herrn Heinrich Voigtländer.

Dein Georg

Anlagen

OHNE HALT

Warum sollte jemand, der kein Gott ist, seine begrenzte Zeit auf eine ausführliche Untersuchung verwenden, welche von zwei einander widersprechenden Darstellungen wahr ist, wenn es für die Verfolgung des Ziels, das er sich gesetzt hat, keinen Unterschied macht, ob die erste Darstellung wahr und die zweite falsch, ob die zweite Darstellung wahr und die erste falsch ist, ob beide wahr oder ob beide falsch sind. Wenn das Aufschieben oder das bewußte Nicht-Treffen einer Entscheidung über die Bewertung zweier einander widersprechender Darstellungen gar notwendige Bedingung für die Erreichung seines Ziels ist. – Die Vernünftigkeit eines Aufzeichnenden bemißt sich danach, ob er fähig ist, seine Darstellungen unter geeigneten Umständen zu begründen. Naturgemäß dürfen dieselben Umstände nicht einmal geeignet und ein andermal ungeeignet sein – sonst wäre dasselbe einmal eine Begründung, ein andermal nicht –, alle Fehlerquellen, die Äußerungen derjenigen, die der Aufzeichnende einmal war, ist oder sein wird, verzerren könnten, sind auszuschalten, und alle sollen sich aufrichtig und verständlich äußern. Gründe, aus denen heraus ein einzelner anstrebt, bestimmte Darstellungen von der Einteilung in wahr und falsch auszunehmen, dürfen in einer idealen Besprechung nicht vorgebracht werden. Dem idealen Besprechungsteilnehmer ist durch Geschäftsordnung untersagt, ein Ziel zu verfolgen, dessen Erreichung bedingen könnte, daß es einem anderen Besprechungsteilnehmer unmöglich wird, ebenfalls sein Ziel zu erreichen. Für die Wahrhaftigen gibt es keine Gründe, die sich zwischen sie drängen. Der Sinn von Wahrheit, die in der idealen Besprechung begründet werden kann, liegt nur dann in dem für die Beteiligten bestehenden praktischen Unterschied zwischen wahren und falschen Darstellungen, wenn sie miteinander gegen jemanden oder etwas stehen, der oder das nicht an der idealen Besprechung teilnimmt. Über in dieser Bedeutung wahre Darstellungen zu verfügen heißt deshalb keineswegs, notwendig wertvolle Werkzeuge für wichtige Handlungen zu haben. Wenn zwei dasselbe Ziel anstreben, das aber nur einer erreichen kann, was nützt es dem einen, wenn er einen wahren Gedanken hat, wie er das Ziel erreichen kann, wenn der andere diesen Gedanken auch hat, ihn vielleicht schon vorher gehabt hat oder gar schon vor ihm in die Tat umgesetzt hat.

Wenn die Einteilung der Aufzeichnungen in wahre, falsche und offene von den Zielen des jeweils Aufzeichnenden abhängt, dann besteht die Möglichkeit, daß ein und dieselbe Darstellung zu zwei verschiedenen Zeitpunkten vom jeweils Aufzeichnenden einmal als wahre und einmal als falsche eingeteilt wird. Wo liegt der Sinn von Wahrheit, wenn ein und dieselbe Darstellung vom früheren Verfasser gerechtfertigt als wahre und vom späteren Verfasser ebenso gerechtfertigt als falsche eingeordnet werden kann. Der Sinn von Wahrheit liegt im praktischen Unterschied zwischen wahren und falschen Darstellungen, der für alle Handlungen der jeweils Aufzeichnenden besteht, also nicht nur für solche, in denen sie miteinander, sondern auch für solche, in denen sie gegeneinander stehen. Bedeutet Wahrheitsbewertung damit nicht das Fällen eines Geschmacksurteils, das unvorhersehbar streut. Geschmacksurteile streuen nicht unvorhersehbar. Sie sind aus Vorwissen und Vorlieben ableitbar. Setzt man das jeweilige als bekannt angenommene Vorwissen und die jeweiligen als bekannt angenommenen Vorlieben der Beteiligten zueinander ins Verhältnis, dann ergibt sich ein planmäßiger Zusammenhang zwischen deren Geschmacksurteilen. Auf die gleiche Weise kann ein planmäßiger Zusammenhang zwischen den Wahrheitsbewertungen der jeweils Aufzeichnenden aus deren Wissensstand sowie aus dem Verhältnis ihrer Ziele zueinander beschrieben werden. Dieser Zusammenhang leistet das, was immer wieder unzutreffend der Wahrheit zugeschrieben wird, er ermöglicht die Verständigung zwischen dem früheren und dem späteren Verfasser. Wenn es nur eine für alle, die der Aufzeichnende einmal war, ist und sein wird, verbindliche, in einer idealen Besprechung begründbare Wahrheit gäbe, dann wäre jede andere Verständigung, die nicht die ideale Besprechung ist, sinnlos. Der Zusammenhang wird am leichtesten an der Stelle faßbar, an der sich die jeweils Aufzeichnenden in bezug auf die für ihre Wahrheitsbewertungen ausschlaggebenden Eigenschaften so ähnlich wie möglich sind. Wenn der spätere Verfasser die gleichen Ziele verfolgt wie der frühere Verfasser und wenn der Wissensstand der beiden der gleiche ist, dann werden die Wahrheitsbewertungen der beiden nahtlos übereinstimmen. Gilt Entsprechendes von allen, die der Aufzeichnende einmal war, ist oder sein wird, dann entsteht der Spezialfall einer in einer idealen Besprechung begründbaren Wahrheit. Die spätere Wahrheitsbewertung wird sich dagegen um so mehr von der früheren unterscheiden, je mehr der spätere Verfasser gegenüber dem früheren weiß, und je mehr sich die Ziele des späteren von denen des früheren unterscheiden. Warum gelangt der spätere Verfasser, wenn er die gleichen Ziele verfolgt wie, und nicht mehr weiß als, zur selben Wahrheitsbewertung wie der frühere. Natürlich können beide ihre Wahrheitsbewertung schlüssig begründen, und vielleicht sind einige der Darstellungen in den Aufzeichnungen sogar entsprechende Begründungen. Aber die Begründungen sind überflüssig. Wenn der frühere und der spätere Verfasser, die bei gleichem Wissensstand die gleichen Ziele anstreben, dieselbe Wahrheitsbewertung vornehmen, dann erreichen sie ihre Ziele in größerem Ausmaß, als sie sie erreichen würden, wenn sie unterschiedliche Wahrheitsbewertungen vornehmen würden. Auf welchen Wegen auch immer sie von ihren Zielen über ihren Wissensstand zu ihren Wahrheitsbewertungen gelangen, sie sind stärker, wenn ihre Wahrheitsbewertungen identisch sind. Diese Stärke ist nicht eine der Stimmenmehrheit, denn es gibt kein Gremium, in dem mit Stimmenmehrheit etwas zu erreichen wäre. Sondern der frühere und der spätere Verfasser, die dieselbe Wahrheitsbewertung vornehmen, können in der Verfolgung ihrer Ziele wirksamer handeln. Murau und ich, wir brauchen unsere knappe Zeit nicht damit zuzubringen, miteinander zu rechten. Wir haben mehr Zeit zur Verfügung, gegen andere, die Ziele verfolgen, deren Erreichen das Erreichen unserer eigenen Ziele beeinträchtigt, recht zu bekommen. Murau und ich, wir werden keine Zeit verspielen, indem wir über die Zweckmäßigkeit einzelner Maßnahmen streiten. Wir werden uns sehr schnell darauf einigen, wer welche Maßnahmen durchführt, und wir werden auch keine Zeit dadurch verlieren, daß wir uns gegenseitig bei der Durchführung der Maßnahmen überwachen. Wir wissen, daß wir uns aufeinander verlassen können.

Ich trete durch die Luke ins Freie.
Ich habe Murau versprochen, am Ende des Todesversteckspiels würde die Entscheidung über den väterlichen Besitz getroffen sein, und ich habe mein Versprechen gehalten.
Ich blicke hinunter.
Es ist Dämmerung. Auf der Allee ist so viel Verkehr, als ob sie eine öffentliche Straße, eine Durchgangsstraße wäre. Ein mittelalterliches Paar streitet miteinander, lautstark und gestikulierend, sie hören erst auf, als sich eine brünette Frau mit einer Hasenscharte unmittelbar vor ihnen aufstellt und sie zum Ausweichen auf die befahrene Straße zwingt. Im Café ist auf der Veranda eine aus mehreren Tischen gebildete Tafel für ein großes Abendessen bei Kerzenlicht gedeckt.
Habe ich mir den Todesversteckspielturm am Ausgang des Piazzale Flaminio, zwischen dem Viale Washington und dem Viale del Muro vorgestellt. Oder auf dem Pincio, in Sichtweite des Kinderkarussells. Habe ich mir wirklich einen Todesversteckspielturm vorgestellt. Habe ich mir das Todesversteckspiel mit Maria, Elaine und Murau vorgestellt. Oder mit Elaine, Gambetti und dem Schriftsteller. Können ein Wunschergebnis und eine fast unbegrenzte Menge von möglichen Spielverläufen, die alle zum Wunschergebnis führen, die Vorstellung eines Spiels darstellen. Murau wußte endgültig, worauf ich hinauswollte, als ihm Spadolini die Fotografie gab, die ihn mit Muraus Mutter vor Santa Maria dei Miracoli zeigte. Von diesem Zeitpunkt an brauchte Murau keine lächerlichen Vorhersagen mehr zu machen. Konnte Murau keine lächerlichen Vorhersagen mehr machen. Was aus Wolfsegg werden sollte. Was aus ihm werden sollte. Ob er bereits tot war. Oder ob er noch zu sterben hatte. Ob er tot blieb. Ob er wirklich mit Maria

geschlafen hatte, oder ob sie das Kind, das sie von ihm erwartet, nur behauptet. Man soll Wolfsegg parzellieren. Man soll ein Feriendorf mit Animation daraus machen. Es ist mir gleichgültig, ob Murau die Wohnung auf der Piazza Minerva hat, von der aus er zum Frühstück das Pantheon betrachten kann, es ist mir gleichgültig, ob er, während er aufschrieb, die Piazza Minerva sei menschenleer, die Piazza Minerva menschenleer und ohne Autos sah oder ob er Menschen und die Autos sah. Ob er die *Auslöschung* nur mir oder ob er sie auch anderen gegeben hat, ob der Schriftsteller die Vorgängeraufzeichnungen ohne sein Wissen oder mit seinem Wissen Maria weitergegeben hat – ich schwöre, es ist nicht wahr. Ich habe mich gewehrt. Ich habe mich mit allen Kräften dagegen gewehrt, daß ich denjenigen, die mir so viel gegeben haben, daß ich mir nicht mehr vorstellen kann, irgend etwas existiert, was sie mir nicht gegeben haben, etwas nehmen muß, um demjenigen etwas zu geben, der mir das Leben gegeben hat. Was hätte mir mein Vater noch geben sollen, er konnte mir nicht mehr geben, und ich weiß nicht einmal, ob er das, was ich ihm geben will, annehmen wird. Es ist nicht wahr, daß neben den einhundertelf Hektar Land für meinen Vater nichts anderes von Bedeutung für mich war. Aber ich habe alles getan, damit es genau so aussehen mußte. Das Spiel, das gespielt wurde, besitzt ein genau definiertes Ziel und genau definierte Regeln, es gibt eine Strategie, mit der man gewinnen kann, und das Spiel wird nicht sinnlos, wenn alle Spieler versuchen, diese Strategie anzuwenden. Aber ich habe nicht mitgespielt. Ein paar Wenn-dann-Sätze, meinen Namen vorangestellt, hätten es auch getan. Es war auch nicht das Spiel Muraus. Das Spiel des Lehrers. Es war das Spiel von Elaine und Maria. Elaine wollte Wolfsegg für alle Zeiten unverändert lassen,

und Maria wollte ein Kind von Murau. Sie haben beide gewonnen. Vielleicht erwartet Maria doch ein Kind von Murau. Sie muß deshalb nicht mit ihm geschlafen haben. Es gibt andere Möglichkeiten. Elaine und Maria haben nur vorgegeben, sie stünden gegeneinander. Tatsächlich hielten sie zusammen. Maria hatte ihr Kind. Elaine wollte niemals wirklich, daß ihre Schwester oder ich sie berührten. Sie hätte damit nur den Sieg vergeben. Elaine wußte, was geschehen würde, wenn ich nicht dazu in der Lage sein würde, meinem Vater die einhundertelf Hektar Land zu hinterlassen. Dann würde Wolfsegg aufgeteilt werden. Die Schwestern wußten, ich täuschte nur vor, eine genau definierte Strategie zur Erreichung eines genau definierten Ziels zu verfolgen. Sie ließen mich mein vorgetäuschtes Ziel erreichen, um ihr Ziel zu erreichen. Sie ließen mich mein vorgetäuschtes Ziel übererreichen.
Alle Blicke sind auf mich gerichtet. *Will man ihn tanzen sehen? Ja, man will ihn tanzen sehen!* Alles schaut hinauf. Die Abendgesellschaft ist in feierlicher Erwartung, alle sind dunkel gekleidet, einige haben sich, damit man ihre Augen nicht sieht, dunkle Brillen aufgesetzt. Viel Blässe und Steifheit, viele zuckende Münder. Am Rand der Terrasse, schon unter den Bäumen, Krapp und Zizendorf, sie sind wohl zuletzt gekommen, sie können mich kaum sehen. Hände werden gerungen, Zähne werden geknirscht, et cetera, et cetera.
Ich schalte den Bildschirm ein und betrachte einen Film, ohne seiner Handlung zu folgen.
Eine Viertelstunde nach Mitternacht kommt Maria, meine Schwester Maria, und fragt mich, ob ich einen Nachttrunk haben möchte. Ich sage ja. Milch oder etwas Stärkeres. Etwas Stärkeres. Sie bringt eine Flasche Cognac und zwei Gläser. Wir trinken auf den toten Murau.

Danach legt sich Maria nieder. Wenn ich während der Nacht etwas höre, solle ich mir nichts denken. Elaine schlafe nicht gut in diesen Nächten. Ich antworte, wer schlafe gut in diesen Nächten.
Ich stehe auf der Brüstung. Im Südwind, der von weither kommt, gerade aufgerichtet, regungslos, im Licht, das von dem Café ausgeht, bestimmt kilometerweit sichtbar. Meine Augen sind geradeaus gerichtet auf einen der Abendgesellschaft entzogenen Landschaftspunkt. Als ob ich ihn mit meinem Blick zu einer Antwort zwingen will.
Die Mitglieder der Abendgesellschaft wollen sich umdrehen und nach dem von mir ins Auge gefaßten Landschaftspunkt suchen. Aber sie drehen sich dann doch nicht um. Vielleicht später, denken sie. Obwohl mein Blick so hoch über sie hinweg in die Berge, in den Himmel geht, haben sie plötzlich das Gefühl, daß ich auf sie blicke, jedem in die Augen sehe, so daß sie ihre Augen vorübergehend schließen. Muraus Mutter und Spadolini, aber auch Muraus Schwestern können sich plötzlich nicht mehr an ihre Namen erinnern.
In dem neben dem Café gelegenen Friedhof steht Elaine – sie trägt ein Twin set von Woolworth – vor dem Grab des Schriftstellers und spricht mit ihm.
»Wie war ich?«
»Überraschend.«
»Wie hat es Murau aufgenommen?«
»Eifersüchtig. – Er hat sich danach die größte Mühe gegeben, eine Entscheidung über Wolfsegg herbeizuführen.«
»Was wird aus Wolfsegg werden?«
»Er wird es nicht behalten.«
»Ich hätte nicht geglaubt, daß es ihm jemals gelingen würde, sich zu entscheiden.«

»Ich habe nachgeholfen.«
»Wie.«
»Maria erwartet ein Kind von Murau.«
»Das ist nicht wahr.«
»Sie hat mit Murau geschlafen.«
»Murau ist ein alter Mann.«
»Murau ist tot.«
»Ich sollte meine Freude daran haben.«
Als sich Elaine umdreht und zu mir hoch blickt, beginnt das Bild auf dem Bildschirm zu flackern. Ich gehe auf den Bildschirm zu, um ihn zu justieren. Bevor ich ihn erreiche, faltet sich das Bild zuerst auf einen waagrechten Strich und dann auf einen hellen Punkt in der Mitte des Bildschirms zusammen.
Ich will mich wieder Elaine am Grab des Schriftstellers zuwenden. Dort, wo die Allee, das Café und der Friedhof waren, gibt es nur noch undurchdringliche Schwärze. Wie auch da, wo der Himmel und die Umrisse der Gebirgskette sein müssen.
»War jemand dabei, als Maria mit Murau geschlafen hat.«
»Ich glaube nicht.«
»Sie erwartet kein Kind von ihm.«
»Wenn ich ihn und Maria nicht zusammengebracht hätte, wäre heute noch keine Entscheidung gefallen, was aus Wolfsegg werden soll.«
»Was geht es dich an, was aus Wolfsegg werden soll.«
Elaine gab keine Antwort.
»Mein Buch. Was ist mit meinem Buch?«
»Deine früheren Verlage reißen sich um *Auf dem Turm*. Alle deine Bücher werden im nächsten Herbst neu aufgelegt. Aufwendige Ankündigungen. Anzeigen. Man wird sich um eine Werkausgabe bemühen.«

»Werke oder Gesammelte Werke?«
»Gesammelte Werke. Es gibt auch ein Symposium.«
»Wo?«
»In Bielefeld.«
»Wer leitet es?«
»Ich weiß nicht.«
»Wie endet es?«
»Wie endet was.«
»Mein Buch. Mein letztes Buch.«
»*Auf dem Turm?*«
»Wenn es noch so heißt.«
»Es heißt noch so.«
»Wie endet es.«
»Es gibt da etwas, was du wissen solltest.«
Elaine machte eine Pause.
»*Auf dem Turm* ist nicht dein letztes Buch. Wenn der nächste Herbst vorbei sein wird, wenn die *Zeit* geschrieben haben wird, daß man so hochkarätige Prosa schon lange nicht mehr gelesen hat, dann wird es ein weiteres Manuskript geben.«
»Wie heißt es?«
»Maria hat sich noch nicht entschieden.«
»Wird das mein endgültig letztes Buch sein?«
»Ich fürchte nein.«
»Wie endet *Auf dem Turm*.«
»Mit einem Vorgefühl der Wahrheit über die Verfassung der Welt, über Maria, Mario, Mario Diagonale, den Kustoden, über dich.«
»Über mich.«
»Man sieht der Heimkehr entgegen. Der vorübergehend bei ihrer Großmutter untergebrachten Tochter Adriana. Du sagst, wenn ich mich recht erinnere, ihr solltet euch nicht immer soviel mit euch selber beschäftigen. Du seist nun

etwas über vierzig, so daß die gute Hälfte dessen, was man ein Menschenleben nenne, schon überschritten sei. Du hättest unmerklich das Alter erreicht, das du mit Grauen kommen gesehen hast. Das war es also, das ist es also gewesen, müßtest du dir jetzt sagen. Mit diesen Gedanken säßest du in letzter Zeit immer öfter bei den Ärzten herum. In ihren weißen Wartesälen schautest du dir ihre Zeitschriften an. Die Befunde seien, wie sie dir versicherten, bis jetzt negativ. Noch seist du gesund, riefen sie und würden dich wieder zur Tür hinaus schieben. Beruflich könntest du noch weiterkommen.«

»Bestimmt.«

»Wenn auch nur innerhalb der Abteilung. Für einen Aufstieg in die Zentrale seist du schon zu alt. Sonne, Bäume, Gras, das Feilen der Zikaden. Weit in der Ferne ein kleines Gewitter. Überm Meer bricht eine Wolke auf.«

»Et cetera, et cetera. Worüber geht mein letztes – mein nächstes Buch.«

»Ich weiß nicht.«

»Ist es schon fertig.«

»Ich weiß nicht, wie weit Maria damit ist.«

»Wie kann jemand die Gesammelten Werke planen, wenn es noch weitere Manuskripte gibt?«

»Man weiß ja noch nicht, daß es weitere Manuskripte gibt. – Vielleicht wirst du sogar von den Toten auferstehen, wenn die Gesammelten Werke vorliegen.«

»Was soll das heißen?«

»Maria will erst noch zwei oder drei Bücher aus deinem Nachlaß herausgeben, die die Gesammelten Werke vervollständigen. Dann könnte ein neues Manuskript auftauchen, unter Umständen, die nahelegen, daß du noch am Leben bist.«

»Sie war doch dabei, als ich mir die Arme aufgeschnitten habe!«
»Sie, aber niemand sonst.«
»Es muß noch Zeugen geben, die meine Leiche gesehen haben. Die Polizei, die Gerichtsmedizin. Das Hotelpersonal.«
»Maria hat mich gebeten, alle diejenigen, die deine Leiche gesehen haben, aufzusuchen.«
»Du hast es getan.«
»Das Hotelpersonal, das an dem Tag Dienst hatte, die Mitarbeiter des gerichtsmedizinischen Instituts, alle, die in den Schriftstücken erwähnt werden. Ich brauchte ihnen ja nur die Hand zu geben. – Maria hat mich darum gebeten.«
»Du hast mich immer gehaßt.«
»Das hat damit nichts zu tun.«
»Wird man ihr glauben?«
»Man wird.«
»Irgendwann wird die Wahrheit herauskommen. Irgendwann, wenn auch sie tot sein wird.«
»Welche Wahrheit?«
»Daß sie die Bücher geschrieben hat.«
»Daß sie welche Bücher geschrieben hat?«
Der Punkt auf dem Bildschirm wird in regelmäßigen Zeitabständen zu einer Linie. Die Leuchtkraft des Punkts nimmt ungeheuer zu, er verwandelte sich in eine Linie, die Linie leuchtet insgesamt nicht so hell wie vorher der Punkt, ihre Leuchtkraft nimmt weiter ab, bis sich die Linie dann plötzlich in den Punkt zurückverwandelt.
Ich nehme in der umrißlosen Schwärze, die den Turm neben dem Café mit der nicht mehr hörbaren Abendgesellschaft umgibt, eine Bewegung wahr. Ich weiß nicht, wohin ich schauen soll. Es dauert eine Zeitlang, bis ich begreife.
Es sind die Blumen.

Unsichtbare Hände zerwühlen die Bukette auf der Veranda des Cafés, brechen die Blüten ab und werfen sie in die Luft.
Sie steigen hoch und sie fallen.
Aber sie bleiben nicht zu meinen Füßen liegen.
Sie fallen weiter.
Ich blicke auf den Steinboden, auf dem ich stehe. Ich sehe zugleich das Innere des Turms unter mir. Die gewundene eiserne Wendeltreppe. Die Stufen. Das Fundament der Treppe. Das Fundament des Turms. Wie die Blumenblüten langsam durch die Treppenstufen hindurchfallen.
Ich habe Angst.
Ich habe entsetzliche, nie dagewesene, alles Bisherige übertreffende Angst.
Ich hebe beide Arme hoch, wie der Dirigent, der seinem Orchester das Zeichen zu einem unerhörten Einsatz geben will.
Ich suche einen Fixpunkt.
Irgend etwas, das mir nicht zeigt, was in ihm und was unter ihm ist.
Die Linie auf dem Bildschirm wird schwächer. Die Linie wird zum Punkt. Der Punkt wird stärker. Der Punkt wird zur Linie.
Soll ich springen.
Oder nicht.
Dem Fall zuvorkommen.
Keiner macht Anstalten, mir zu helfen.
Ich halte still und wage kaum zu atmen.
Es wird nichts geschehen, denken sie.
Natürlich, der Junge ist ein Künstler.
Das Fundament des Turms leuchtet auf einmal in einem weißlichen Licht, das alles noch durchsichtiger macht. Das binnen weniger Minuten die umrißlose Schwärze, die mich umgibt, aufsaugt.

Während die letzten Blumenblüten in das Unendliche unter mir fallen, will ich den Bildschirm berühren, den einzigen Gegenstand um mich, der nicht durchsichtig ist. Aber meine Bewegung stößt ihn hinab. Er fällt durch den Boden der Plattform, durch die Treppen, er dreht sich langsam um seine eigene Achse und wird kleiner und kleiner.
Bis er verschwindet.
Ich blicke ihm nach, solange ich kann.
Ich brauche nicht mehr zu springen.
Die Blumen sind verschwunden, der Steinboden ist verschwunden, die Treppe ist verschwunden.
Wohin soll ich springen.
Die Abendgesellschaft im Café ist verschwunden.
Wie sollte ich losspringen.
Bis alles verschwindet.
Ich falle nicht.
Ich bin immer noch auf dem Turm.
Ich sehe unter mir die Orangerie.
Ich sehe in die Orangerie.
Ich sehe die drei Särge, in denen Muraus Vater, Muraus Mutter und sein Bruder Johannes aufgebahrt sind.
Der Sarg von Muraus Vater steht höher als der Sarg von Muraus Mutter und derjenige seines Bruders. Der Sarg von Muraus Mutter ist geschlossen.
Ich kann den Geruch riechen, der für aufgebahrte Leichen charakteristisch ist.
Jemand befindet sich vor den drei Särgen.
In dem höherstehenden Sarg liegt nicht Muraus Vater, sondern Murau.
Er hat ein völlig eingefallenes, graues Gesicht, auf dem sich bereits gelbe Flecken bilden.
Die Gärtner haben unter den schwarzen Leichentüchern

große Eisblöcke aufgeschichtet, um den Verwesungsprozeß aufzuhalten, der schon deutlich sichtbar und weit fortgeschritten ist.
Die Jahreszeit ist den Leichen nicht günstig.
Vor den Särgen steht Spadolini.
Er versucht, den Sarg von Muraus Mutter zu öffnen. Als ob er nicht wüßte, daß der Sarg zugeschraubt ist.
Die Szene in der Orangerie kommt näher.
Die Särge, ihr Inhalt und der vor den Särgen stehende Priester werden größer.
Ich kann jetzt jede Einzelheit der Szene erkennen.
Ich falle nicht.
Die Orangerie bewegt sich auf mich zu.
Während die Orangerie näher kommt, erhebt sich der tote Murau langsam in seinem Sarg zu einer sitzenden Stellung. Die er genau in dem Augenblick erreicht, in dem mir die Orangerie so nah ist, daß ich den Sarg berühren kann, wenn ich irgend etwas berühren könnte.
Er öffnet langsam die Augen und sagt etwas.
Es sind drei Worte. Ich weiß, daß er drei englische Worte ausspricht. Ich weiß, daß ich die Worte kenne. Ich kann die Worte wiederholen. Aber ich weiß nicht mehr, was sie bedeuten. Ich kann nicht angeben, was ich mit ihnen verbinden soll.
Während ich mir den Kopf zermartere über die drei Worte, die Murau ausgestoßen hat, ziehen die Orangerie und alle, die sie beherbergt, durch mich hindurch. Und werden, über mir, kleiner.
Unter mir sehe ich das Café mit der Abendgesellschaft, den Friedhof, die Allee, die nach Wolfsegg hinaufführt, die Meierei, die Orangerie, das Herrschaftshaus, die Kindervilla. Unmittelbar daneben das Reitbauerngut.

Das Café neben dem Friedhof, die Allee, die Meierei, die Orangerie, das Herrschaftshaus, die Kindervilla, das aus Teichelsteinen erbaute Wohnhaus und der Stall des Reitbauernguts sind sehr weit weg.
Ich warte.
Ich warte lange.
Ich weiß nicht, wie lange ich warte.
Ich schließe die Augen.
Ich zwinge mich, die Augen geschlossen zu halten.
Als ich sie wieder aufmache, bin ich sicher, das Café neben dem Friedhof, die Allee, die Meierei, die Orangerie, die Kindervilla, das Herrschaftshaus, das Haus und der Stall des Reitbauernguts sind mir näher als zu dem Zeitpunkt, als ich die Augen geschlossen hatte.
Ich falle nicht.
Elaine ist verschwunden. Die Orangerie ist leer. Es sind dort keine Särge mehr aufgestellt. Im Herrschaftshaus gibt es genausowenig Menschen wie im Wohnhaus des Reitbauernguts.
Das Café neben dem Friedhof, die nach Wolfsegg hinaufführende Allee, die Meierei, die Orangerie, das Herrschaftshaus, die Kindervilla, das Haus aus Teichelsteinen und der Stall kommen auf mich zu und werden durch mich hindurchgehen. Wie vorher die Orangerie mit den Särgen Muraus, seiner Mutter und seines Bruders, und mit dem italienischen Priester.
Ich weiß, wenn das Café neben dem Friedhof, die Allee, die Meierei, die Orangerie, das Herrschaftshaus, die Kindervilla, das Wohnhaus des Reitbauernguts und dessen Stall durch mich hindurchgegangen sein werden, um über mir immer kleiner zu werden, bis ich nichts mehr wahrnehmen

kann, dann werden unter mir wieder das Café neben dem Friedhof, die Allee, die Meierei, die Orangerie, die Kindervilla, das Herrschaftshaus, das Haus und der Stall des Reitbauernguts auftauchen.
Und sich auf mich zu bewegen.
Und durch mich hindurchgehen.
Ich falle nicht.
Ich verdiene es, zu fallen.
Es bedarf nur einer Anstrengung des Willens, und das Café, der Friedhof, Wolfsegg und das Reitbauerngut würden feste Umrisse annehmen und sich nicht mehr bewegen. Nicht mehr durch mich hindurchgehen.
Eine Anstrengung des Willens im rechten Augenblick.
Aber welcher ist der rechte Augenblick.
Der, in dem sich das Café neben dem Friedhof, Wolfsegg und das Reitbauerngut weit unter mir befinden?
Oder der, in dem das Café neben dem Friedhof, Wolfsegg und das Reitbauerngut so nah sind, daß ich ganz sanft meinen Fuß auf den menschenleeren Hof von Wolfsegg setzen kann?
Der, in dem ich ganz sanft meinen Fuß auf den menschenleeren Hof des Reitbauernguts setze?
Werde ich jemals wissen, welcher Augenblick der rechte wäre?
Kann es diesen Augenblick überhaupt geben?
Ich falle nicht.
Obwohl ich es verdiene, zu fallen.
Das Café neben dem Friedhof, die nach Wolfsegg hinaufführende Allee, die Meierei, die Orangerie, die Kindervilla, das Herrschaftshaus, das aus Teichelsteinen erbaute Haupthaus des Reitbauernguts und dessen Stall werden auf mich

zu kommen und durch mich hindurchgehen.
Immer wieder.
Ich falle nicht.
Immer wieder.
Ich werde nicht fallen.
Immer wieder.

Fegelein hatte in einer anderen Angelegenheit in Rom zu tun, ich traf mich mit ihm am Freitag vor Heiligabend um zwölf Uhr mittags im Greco. Draußen schneite es, aber der Schnee blieb nicht liegen. Fegelein sah lächerlich aus in dem steifen gelben Skianorak, den er über seinem Anzug trug und der wegen seines Buckels auf allen Seiten von ihm wegstand. Seine Pupillen tanzten noch stärker als sonst. Nach sehr kurzen einleitenden Bemerkungen über die Weihnachtsdekoration in der Via Condotti kam er zur Sache. Der guten Ordnung halber möchte er folgendes festhalten. Ich hätte ihn um eine Besprechung gebeten, in der ich mit ihm die Gründe erörtern wolle, die mich bewogen hätten, den Antrag zu stellen, meinen Vetter als Geschäftsführer abzuberufen. Ich hätte ihm diese bereits in einem Telefongespräch erläutert, er habe zum Ausdruck gebracht, er halte keinen meiner Gründe für durchschlagend, er werde deshalb gegen meinen Antrag stimmen. Er sei bereit, sich meine Gründe noch einmal anzuhören und diese mit mir etwas ausführlicher zu erörtern, als es am Telefon möglich gewesen sei, er könne sich allerdings nicht vorstellen, daß sich an seiner grundsätzlichen Einstellung etwas ändern werde. Über ein Argument brauchten wir uns von vornherein nicht zu unterhalten, weil wir uns schon viel zu oft darüber unterhalten hätten. Natürlich sei die Sache mit dem PC für mich nur Anlaß, kein Grund. Als ich widersprach, schnitt er mir das Wort ab. Ich behauptete, mein Vetter könne das Unternehmen nicht führen, deshalb müsse er weg. Niemand verlange, daß er das Unternehmen allein führen solle. Mit einem anderen zusammen könne er es. Er kenne unzählige Unternehmen, die von den Eigentümern geführt würden, und er habe noch keinen Fall erlebt, in dem zwei Familiengeschäftsführer gleichermaßen für die Leitung des Unternehmens befähigt gewesen seien. Das könne kein Grund sein, den Schwächeren davonzujagen. Die Verträge, die ich gerade erst unterschrieben hätte, gingen davon aus, daß das Unternehmen langfristig von meinem Vetter und mir geführt werde. Ich widersprach, die unterschriebenen Gesellschaftsverträge enthalten nicht das eine Zeitlang ins Auge gefaßte Sonderrecht jedes Familienstamms, über das jeweils ein Mitglied jedes Familienstamms auch ohne Zustimmung des anderen Familienstamms zum Geschäftsführer bestellt werden kann. Es ist nirgendwo festgehalten, daß ein Geschäftsführer bei Fehlverhalten nicht abberufen werden kann. Er stelle unmißverständlich klar: Die Sache mit dem PC sei kein Grund, einen Familiengeschäftsführer abzuberufen. Es stehe mir frei, Klage zu erheben. Wenn der Richter den Wert des PCs zu den Gehältern und Tantiemen der Geschäftsführer ins Verhältnis setze und wenn er den Vorfall vor dem Hintergrund der in der Vergangenheit nicht sehr genau gezogenen Grenze zwischen privaten und betrieblichen Aufwendungen betrachte, werde er das Verfahren gar nicht erst eröffnen. Ich fragte Fegelein, ob die Sache anders aussehen würde, wenn es sich um einen Fremdgeschäftsführer handelte. Natürlich würde sie anders aussehen. Aber mein Vetter sei kein Fremdgeschäftsführer. Er werde mein Mitgesellschafter sein. Ich erlaubte mir als geschäftsführendem Gesellschafter auch vieles, was ich zum Beispiel Simon niemals zubilligen würde. Ich gab ihm insofern recht, als der Betrag, den der PC gekostet habe, nicht die entscheidende Rolle spiele. Es sei die Vorgeschichte der Angelegenheit, die mich dazu bewogen habe, meinen Antrag zu stellen. Kurz bevor wir uns entschlossen, mit der Software zu Yoyodyne und mit der Hardware zu HP zu wechseln, hatten wir einen PC von IBM angeschafft, der in Leistung und Preis ziemlich genau dem Gerät entsprach, das bei ihm zu Hause stand. Fegelein unterbrach mich, er sei dahingehend unterrichtet, daß mein Vetter das Gerät nach Erhalt meines Aktenvermerks sofort in sein Büro gebracht habe. Das Gerät blieb aber nur drei Tage dort. Dann nahm er es wieder zu sich nach Hause mit, wo es sich auch zum Zeitpunkt unserer Besprechung noch befand. Als wir endgültig die Umstellung der Datenverarbeitung beschlossen hatten, kam mein Vetter zu mir. Sein Sohn belege auf dem Gymnasium Informatik, er benötige einen PC, damit er nicht mehr nachmittags in die Schule fahren müsse, um seine Hausaufgaben zu erledigen, der IBM-PC könne nicht an die neue Zentraleinheit angeschlossen werden, es gebe auch sonst keine Verwendung dafür, er wolle ihn für seinen Sohn haben. Ich antwortete ihm, ich hielte es für übertrieben, seinem Sohn ein Gerät zur Verfügung zu stellen, das mehr als zehntausend Mark koste und dessen Möglichkeiten sein Sohn gar nicht ausnützen könne. Er sprach mich noch einmal auf dem Gang an, ich sagte, es komme nicht in Frage. Selbstverständlich gab es eine Verwendung für das Gerät in der Firma. Wenn er behauptet, er habe nicht beabsichtigt, den PC privat einzubehalten, wenn er behauptet, er arbeite sich in seiner Freizeit zusammen mit seinem Sohn an dem PC ein, um ihn dann in der Firma zu benutzen, so ist das glatt gelogen. Fegelein blieb ungerührt, es ändere nichts daran, daß ein von mir angestrengtes Verfahren wegen Geringfügigkeit niedergeschlagen würde. Im übrigen wisse ich, er billige die Handlung meines Vetters nicht. Er habe meinem Vetter in eindeutiger Form zu verstehen gegeben, er müsse alles tun, damit in Zukunft derartige Anlässe für Mißverständnisse und Streitigkeiten zwischen Geschäftsführern beziehungsweise Gesellschaftern nicht mehr vorkämen. Er versichere mir, er sei in dem Gespräch sehr scharf geworden. Ich könne es drehen und wenden, wie ich wolle, die Geschichte gebe einfach keinen Grund ab, einen Familiengeschäftsführer davonzujagen. Ich sagte, das ist seine Meinung. Er sagte, das sei nicht nur seine, sondern auch die Meinung seiner Beiratskollegen. Was mich betreffe, mein Onkel habe ihn berechtigt, mich davon in Kenntnis zu setzen, er lasse gegenwärtig die Rechtslage prüfen, die sich daraus ergebe, daß ich mit meiner häufigen Abwesenheit gegen meinen Dienstvertrag verstieße. Ich hätte bei mehreren Gelegenheiten erklärt, ich pflegte Interessen, denen ich nur auf Kosten meiner Tätigkeit im Unternehmen nachgehen könne. Meine Interessen mögen anspruchsvoll und hochstehend sein, aber sie blieben immer meine Privatangelegenheit. Wenn ich mehr als dreißig Urlaubstage in Anspruch nähme, dann verletzte ich damit einen Vertrag, den ich unterschrieben hätte. Mein Onkel bestreite, daß sein Sohn ebenso häufig abwesend sei wie ich. Selbst wenn dem so wäre, meine Handlungsweise stelle einen Vertragsverstoß dar, der nicht dadurch geheilt werde, daß mein Vetter ebenso unkorrekt handle wie ich. Mein Onkel mache sich schon seit längerer Zeit Aufzeichnungen über meine Abwesenheiten. Ich sagte Fegelein, er erzählt mir damit nichts Neues. Wenn mich mein Onkel an einem Arbeitstag um neun Uhr noch nicht im Büro gesehen hat, geht er zu meiner Sekretärin und fragt sie, ob ich heute noch komme, verneint sie das, zieht er sich in sein Gemerk zurück und macht seinen Strich. Im Gegensatz zu meinem Vetter pflege ich enge Beziehungen zu den wichtigen Kunden der von mir geleiteten Bereiche, reise folglich häufiger und halte mich dementsprechend seltener im Büro auf als jener. Mein Onkel frage meine Sekretärin, wo ich sei, und diese zucke mit den Schultern. Daraus müsse mein Onkel den Schluß ziehen, daß meine Abwesenheit nicht dienstlich bedingt sei. Da mein Onkel meint, mich überwachen zu müssen, habe ich meiner Sekretärin die Anweisung gegeben, grundsätzlich mit den Schultern zu zucken, wenn er sie fragt, wo ich bin. Ob meine Sekretärin wisse, wo ich mich aufhielte, oder nicht. Sie weiß es nicht immer. Das sei mit meinen Pflichten als Geschäftsführer nicht vereinbar. Für den Fall, daß etwas Unvorhergesehenes geschehe, müsse ich immer erreichbar sein. Ich bin immer erreichbar. Simon weiß immer, wo ich zu erreichen bin. Ihn zu fragen, traut sich mein Onkel allerdings nicht. Mein Onkel beurteile meine Tätigkeit nach dem Maßstab der Ergebnisse der mir unterstellten Unternehmensbereiche. In Bereich III machte ich keine Verluste, aber ich erwirtschaftete auch keine Gewinne, das Ganze bei stagnierendem Umsatz. Bereich IV habe zwar das modernste Erzeugnisprogramm und wachse auch sehr schnell, aber er sei weit davon entfernt, etwas abzuwerfen, ich finanzierte ihn aus den Gewinnen, die in anderen Bereichen erzielt würden. Mein Onkel und mein Vetter seien grundsätzlich mit der Neuentwicklung des Erzeugnisprogramms von Bereich IV einverstanden gewesen, sie hätten sich jedoch gegen die dilettantische Art und Weise ausgesprochen, mit der ich das Vorhaben angegangen sei und die dann auch zu den Verlusten in der bekannten und von meinem Onkel vorausgesagten Höhe geführt habe. Ich sei mit einem Erzeugnisprogramm auf den Markt gegangen, das in keiner Weise serienreif gewesen sei, und ich hätte es bis heute nicht fertiggebracht, die ständigen technischen Änderungen auf ein erträgliches Maß herunterzuschrauben. Ich widersprach, die neue Erzeugnisgeneration ist mit der vorhergehenden in keiner Weise vergleichbar. Die Einführung der Elektronik bedeutet für den Bereich und für das gesamte Unternehmen einen Quantensprung. Die neue Erzeugnisgeneration ist technisch so viel anspruchsvoller als alles andere, was das Unternehmen hervorbringt, daß niemand erwarten kann, das Unternehmen wird alles das, was es im Zusammenhang mit der neuen Erzeugnisgeneration lernen muß, innerhalb eines Jahres lernen. Das begleitende Controlling zeigt, daß das Unternehmen schnell gelernt hat und daß es weiter schnell lernt. Wobei es vom technischen Geschäftsführer nicht die geringste Hilfestellung erhält. Im übrigen haben die technischen Änderungen ihren Ursprung weit weniger in Funktions- oder Konstruktionsmängeln der Erzeugnisse als in den sich immer schneller ändernden Kundenwünschen. Der Zeitpunkt der Markteinführung der neuen Erzeugnisgeneration war durch die Rahmenbedingungen des Markts vorgegeben. Ein späterer Markteintritt wäre sinnlos gewesen. Mein Onkel sei der Überzeugung, die Verluste in Bereich IV hätten nur deshalb die bekannten Ausmaße angenommen, weil ich meinem Vetter verwehrt hätte, an der Neuentwicklung mitzuwirken. Wenn mein Vetter mitgewirkt hätte, würden wir heute in Bereich IV kein einziges neues Erzeugnis verkaufen. Wenn über die Fähigkeiten und die Leistungen meines Vetters gesprochen werde, dann müsse auch darüber gesprochen werden, daß der Bereich II, den er führe, der mit Abstand ertragreichste von allen Unternehmensbereichen sei. Es war mein Onkel, der die neue Erzeugnisgeneration dieses Bereichs selbst entwickelte und in den Markt brachte. Mein Vetter übernahm die Führung dieses Bereichs erst nach dem Wechsel des Erzeugnisprogramms, wobei dieses ein Selbstläufer ist. An der Entwicklung von Bereich II hätte sich nichts, aber auch gar nichts geändert, wenn die Bereichsleitung unmittelbar von meinem Onkel auf den jetzt zuständigen Prokuristen übergegangen wäre. Fegelein schlug vor, ich solle für die Bereiche III und IV ebenfalls Selbstläufer entwickeln. Für seine, Fegeleins, Beurteilung der Geschäftsführung bleibe maßgeblich, der größte Teil des Gesamtergebnisses des Unternehmens werde in dem Bereich erwirtschaftet, für den früher mein Onkel verantwortlich gewesen sei und der jetzt von meinem Vetter geleitet werde. Die einzigen Bereiche, die im Verlauf der letzten zwanzig Jahre ausnahmslos gute Ergebnisse erwirtschafteten, sind die nun schon seit einiger Zeit von Simon geleiteten Bereiche I, V und VI. Bereich II, das einzige, um das sich mein Onkel jemals in der Firma gekümmert hat – alle anderen Bereiche und Die Firma wurden immer von meinem Vater geführt –, steuerte zwanzig Jahre lang keine nennenswerten Gewinne bei. Nach einer Pause meinte Fegelein, es sei müßig, meine und meines Vetters Fähigkeiten und Leistungen weiter zu erörtern. Wir waren beide laut geworden. Fegelein sprach nun gezwungen leise und langsam. Die Sache mit dem PC könne kein Grund sein, meinen Vetter als Geschäftsführer abzusetzen. An diesem seinem Standpunkt habe sich nichts geändert, und es werde sich auch nichts daran ändern. Ich sagte, er tue alles, um den Status quo zu erhalten, wobei der Status quo nichts anderes sei als das ruinierte Verhältnis zwischen den Gesellschaftern. Ich sprach auch leise. Am Tag nach dem Begräbnis meines Vaters brüllten mein Onkel und mein Vetter Simon an, er und alle anderen Grabredner – bis auf den Zweiten Bürgermeister – hätten so getan, als habe mein Vater die Firma nach dem Krieg allein wiederaufgebaut. Nur der Zweite Bürgermeister habe meinen Onkel und meinen Vater gleichberechtigt aufgeführt. Er, Simon, solle sich vorsehen, jetzt stünden andere Zeiten bevor. Fegelein sagte, ich hätte danach die Verträge für die Umwandlung des Unternehmens unterschrieben. Ich sagte, zu dieser Zeit lief mein Onkel noch nicht herum und nannte meinen Vater einen Verbrecher. Nachdem sich der Vorfall mit dem PC in der Firma herumgesprochen hatte, erzählte mein Onkel Simon und den Prokuristen, mein Vater, der während des Kriegs als Firmenleiter u.k. gestellt war, habe ihn, während er im Feld war, um Firmenanteile betrogen und sich auf diese Weise die Mehrheit an der gemeinsamen Firma verschafft. Mein Vater hielt in der Tat zum Zeitpunkt des Zusammenbruchs die Anteilsmehrheit, jedoch hatte ihm mein Onkel die entsprechenden Anteile schon lange vor Kriegsausbruch verkauft. Mein Onkel hatte sich jahrelang der Konstruktion einer Einspritzpumpe für Kraftfahrzeuge gewidmet und ansonsten sehr gut von den Gewinnen gelebt, die die Firma unter der Führung meines Vaters erwirtschaftete. Mein Onkel erzählte Simon und den Prokuristen, er habe es tausendmal bereut, daß er nach dem Krieg meinen Vater auf dessen Bitten hin aus Familiensinn in seine neugegründete Firma aufgenommen hätte. Ich sprach jetzt gar nicht mehr leise. Mein Onkel herrschte über eine Klitsche mit sechs Leuten in einem Hinterhof, seine Buchführung bestand aus einem Zettel, auf dessen Vorderseite er die Einnahmen und auf dessen Rückseite er die Ausgaben festhielt, er hatte nicht einmal genug Geld, damit seine Familie am Sonntag Fleisch essen konnte. Zu dem Zeitpunkt, als mein Onkel meinen Vater bat, die von ihm angefangene Firma in seine Hände zu nehmen – mein Vater war nach der Flucht Geschäftsführer einer Firma in Norddeutschland, er hatte immer die Absicht gehabt, sich wieder selbständig zu machen, mein Onkel hatte inzwischen mit seiner Firma die gemeinsame Kreditgrundlage, den Lastenausgleichsanspruch für die verlorene Firma, nahezu aufgebraucht –, zu diesem Zeitpunkt betrieb mein Onkel seine Firma nur noch deswegen weiter, weil er nicht wußte, was er sonst machen sollte. Er hatte sich bei allen in Frage kommenden Unternehmen in der Umgebung um eine Anstellung beworben, jedoch nur Absagen geerntet. Mein Vater begann seine Tätigkeit für die gemeinsame Firma damit, daß er die Schulden seines Bruders aus seiner Hosentasche beglich, sein Bruder ordnete sich ihm vom ersten Tag an völlig unter. Woran er, wie die Ergebnisse bereits kurze Zeit nach dem Eintritt meines Vaters zeigten, gut tat. Fegelein meinte, ich nähme Worte zu ernst. Worte seien keine Handlungen. Dies gelte insbesondere für die Worte meines Onkels und meines Vetters. Ich widersprach. Bestimmte Worte sind verletzender als alle anderen Handlungen. Das gilt insbesondere für die Worte meines Onkels und meines Vetters. Die bestimmte Worte genau deshalb aussprechen, weil sie sich dieser Tatsache bewußt sind. Das gelte dann aber auch für die Worte in meinem Schreiben an die Schwestern meines Vetters. Er muß die zeitliche Reihenfolge berücksichtigen. Erst wurde mein Vater zu Grabe getragen, dann schrieb ich den Brief. Wenn eine Äußerung eine Handlung ist, dann diejenige, die mein Vetter in der letzten Geschäftsführerbesprechung vor Weihnachten gegenüber Simon tat. Fegelein fragte, welche Äußerung. Ich sagte, er weiß genau, welche Äußerung. Er muß Verständnis dafür haben, daß ich diese Äußerung nicht wiederhole. – »Mein Cousin hat das Glück gehabt, daß sein Vater gestorben ist?« – Mein Vetter zu Simon als Antwort auf meine durch Simon überbrachte Ablehnung des Ansinnens meines Vetters, sich seinen neuen Zweitwagen von der Firma bezahlen zu lassen. Ich sagte Fegelein, dieser Satz gibt einen Begriff davon, was mein Vetter zu tun bereit ist, um die Welt, in der er nicht leben will, in eine Welt zu überführen, die der, von der er meint, daß ich darin lebe, möglichst ähnlich ist. Fegelein sagte, er würde meine Empörung nachvollziehen, wenn feststünde, daß mein Vetter diesen Satz tatsächlich ausgesprochen habe. Mein Vetter bestreite jedoch entschieden, eine solche Äußerung getan zu haben. Ich sagte, das sei das erste, was ich hörte. Ich selbst war nicht dabei. Aber es gibt für mich nicht den geringsten Grund, an Simons Bericht von seiner Besprechung mit meinem Vetter zu zweifeln. Fegelein sagte, er habe sofort nach seiner Unterrichtung durch Zizendorf meinen Vetter zu sich gebeten. Mein Vetter habe ihm versichert, er habe eine solche Äußerung nicht getan. Ich fragte Fegelein, ob er auch Simon zu sich gebeten habe. Er habe mit Simon telefoniert. Da es keinen Zeugen gebe, stehe Aussage gegen Aussage. Ich sagte, Simon ist bereit zu beschwören, daß mein Vetter diese Äußerung getan hat. Fegelein sagte, mein Vetter habe ihm angeboten, eine eidesstattliche Versicherung darüber abzugeben, daß er diese Äußerung nicht getan habe. Ich fragte Fegelein, wem von beiden er glaubt. Er sagte, er habe sich noch kein abschließendes Urteil gebildet. Im übrigen müsse er jetzt fahren. Er wolle am Abend bei seinen Kindern in der Schweiz in Pontresina sein. Er müsse mich jedoch noch über einen anderen Vorgang kurz unterrichten. Ich werde in den nächsten Tagen einen Brief bekommen. Von Zizendorf. Er wird in diesem Brief offiziell mitteilen, daß er zum Jahresende bei der MAN-Tochterfirma ausscheidet. Der Grund – der natürlich nicht in dem Brief stehe – sei das gespannte Verhältnis zu dem Vorstandskollegen, der das Finanzressort verwaltet. Zizendorf habe ihm, Fegelein, die Verhältnisse ausführlich dargelegt, er, Fegelein, sei der Auffassung, daß Zizendorf an dem gespannten Verhältnis zu diesem Vorstandskollegen, der über eine langjährige private Beziehung zum Vorsitzenden des Aufsichtsrats verfüge, keine Schuld treffe. Zizendorf habe sich noch nicht um eine neue Stellung bemüht. Aus dieser Entwicklung ergäben sich interessante Möglichkeiten für unser Familienunternehmen. K. werde mir mehr dazu erzählen.

Wenn alles vorbei sein wird, dann wird mich auch Inge angerufen haben. Heini ist gestorben. Ihre Mutter fand ihn am Morgen bewußtlos im Schlafanzug neben dem Telefon im Erdgeschoß. Sie hatte nicht bemerkt, daß er in der Nacht aufgestanden war. Er muß sich wohl schlecht gefühlt und versucht haben, den Arzt zu rufen, darüber wurde er ohnmächtig. Im Krankenhaus wurde ihm sofort ein Herzschrittmacher eingesetzt. Er verstarb gegen Mittag. Sie habe den Eindruck gehabt, der Verkauf der Firma sei eine große Erleichterung für ihn gewesen, er habe sich in seinem Alter der Verantwortung, die er als Gesellschafter trage, nicht mehr gewachsen gefühlt. Als sie ihn das letzte Mal sah, sei er entspannt und guter Laune gewesen. Ich sagte, es tue mir leid, auch ich hätte den Eindruck gehabt, der Verkauf der Firma sei eine Erleichterung für ihn gewesen. Sie wollte mir mitteilen, wann und wo das Begräbnis stattfinde, ich sagte ihr jedoch sofort, ich würde nicht am Begräbnis teilnehmen, weil ich nicht wisse, ob Friedrich sich in der Gewalt habe. Das Gedenken an ihren Vater solle nicht durch einen Zwischenfall beim Begräbnis gestört werden. – Welche Vorgehensweise ist die klügere, um mit dem Tod, dem eigenen Tod, dem Gedanken an den eigenen Tod fertigzuwerden? Die des unheilbar Kranken, der sich seinen Tod unablässig ausmalt, ihn zugleich aber niemals als unmittelbar bevorstehend denkt? Er weiß, er wird sterben, aber er weiß auch bei jedem Aufwachen, er wird mindestens noch einmal aufwachen. Und so weiter. Oder ist die Vorgehensweise des unheilbar Gesunden klüger, der sicher ist, er wird nur dann sterben, wenn er sterben will, und der planmäßig eine Situation herbeiführt, die er nur in einer Niederlage, die er nicht ertragen kann, verlassen wird?

Die Schneeflocken fallen so langsam.

DAS UNGLÜCKLICHE BEWUSSTSEIN MIT VIELFLIEGERKARTE

Überall, zu jeder Zeit.

K.: Warum ein Roman?
–
K.: Warum nicht Wissenschaft?
Erfahrungs- oder Geisteswissenschaft.
K.: Wo wäre der Ort der Mathematik?
Also gleich Philosophie.
K.: Der Reihe nach. Warum nicht Erfahrungswissenschaft?
Es ist geschmacklos, den Dingen auf den Grund gehen zu wollen.
K.: Warum nicht Geisteswissenschaft?
Reden ohne Ende über Anfänge, die andere gesetzt haben.
K.: Warum nicht Mathematik?
Mathematiker sind Menschen, die unfähig sind, etwas zu fordern, und die deshalb gar keine andere Wahl haben, als es zu beweisen.
K.: Warum nicht Philosophie?
Was die akademische Philosophie betrifft: Jedes Argument, das nicht das eigene ist, macht Zeitlang.
K.: Gibt es eine nicht-akademische Philosophie?
Man kann nicht begründen, warum der analphabetische Schäfer in den Karpaten mehr weiß als der bornierte Wissenschaftler vor dem geladenen Rechner. Die Gründe, die man anführen möchte, stellen nur das Bühnenbild für ein Stück dar, in dem ausschließlich Gefühle Protagonisten sind. Wieso sollte man jemanden, der bewußt begründet, wo nichts begründet werden kann, als Philosophen bezeichnen.
K.: Wenn ich einen Roman schriebe, würde ich bestimmte Worte ausschließlich dazu verwenden, um diejenigen zu kompromittieren, die sie im Mund führen. Ich würde abstoßende Charaktere dadurch und nur dadurch als ab-

stoßend zeichnen, indem ich sie das Wort „interessant" aussprechen ließe. Ich würde allerdings niemals so weit gehen, einer Romanfigur die Wörter „relevant" oder „sozial" in den Mund zu legen. Auch nicht im allerabstoßendsten Fall.
Die Erfahrungswissenschaften und die Wissenschaften vom Menschen definieren einen ungeheuren nicht ausgeschöpften Möglichkeitsraum für Netze von gottgewollten unglücklichen Schicksalen. Diejenigen, bei denen man Ansätze der Fähigkeit vermuten könnte, diesen Möglichkeitsraum auszuschöpfen, sind entweder grundsätzlich unwillig, auch nur die Anfangsgründe der Wissenschaften zu begreifen (Theaterleute), oder sie können die Furcht davor, sich in die Anfangsgründe der Wissenschaften fallen zu lassen und ohne sofortige künstlerische Schwimmbewegungen darin unterzugehen, nicht überwinden (Dichter).
K.: Warum Literatur?
Man sollte sich nur über Gegenstände äußern, von denen man etwas versteht. Aber es ist ein Zeichen schlechter Erziehung, immer nur von sich selbst zu sprechen.
K.: Warum ein Roman?
Im Roman kann man noch Urteile fällen.
K.: Und was macht dein Roman?

Ich antworte, solange die Geschwindigkeit, mit der meine Sammlung von Urteilen wächst, nicht deutlich abnimmt, ist es mir mit meinem Roman nicht eilig. Wenn ich überlegte, einen Geschäftsführer anzustellen, der meiner Firma nicht die volle Zeit zur Verfügung stehe, weil er noch etwas anderes unternimmt, dann würde ich mir als erstes ansehen, wie dieses andere Unternehmen gedeiht. Wann ich also mein Buch veröffentlichte. Ich erwidere, es ist mir nicht wichtig, wann das Buch erscheint. Ob ich weiterschriebe. Selbstverständlich schreibe ich weiter. Vielleicht wolle ich gar nicht mehr als angekündigt zu werden, vielleicht genüge es mir, angekündigt worden zu sein. Ich entgegne, das Sammeln von Urteilen ist eine Tätigkeit, die einem nicht umkehrbaren Zeitpfeil folgt. Das Urteil, das ich fälle, hängt von allen Urteilen ab, die ich über Gegenstände aus dem in Frage stehenden Feld gefällt habe, und es hängt ab von bestimmten Urteilen über Gegenstände aus verwandten Feldern. Das Urteil ist keine Frage des Geschmacks. Wenn irgendwo Geschmack mitspielt, dann lediglich bei der Festlegung des Anfangspunkts des Zeitpfeils in einem bestimmten Genre. Ob ein Gegenstand innerhalb des jeweiligen Genres etwas gilt oder nicht, welche Rolle er unter und neben den anderen Gegenständen des Genres spielt, ob er seine Rolle gut spielt, hat nichts mit Geschmack zu tun. Das läßt sich begründen. Ich kann es beweisen. Wie einen mathematischen Satz. Wenn ich schon so viele Urteile gefällt hätte, könne ich doch jederzeit einen Roman daraus machen. Den Roman solle ich dann veröffentlichen. Ich sage, mir liegt nichts daran, daß öffentlich wird, ich weiß etwas. Er sagt, es gehe nicht darum, daß öffentlich wird, ich wisse etwas, sondern darum, daß öffentlich wird, was ich wisse. Ich frage ihn, wie er beides auseinanderhalten will. Wenn es mein Ziel ist, daß möglichst viele Leute das wissen, was ich weiß, dann verfolge ich mit diesem Ziel wirkungsvoll das andere Ziel, daß möglichst viele Leute wissen, ich weiß soviel. Ob ihm an dieser Stelle nicht etwas bekannt vorkommt. Ich versuche, meine Urteilskraft zu fördern, indem ich die einzelnen Urteile und ihre Begründungen niederschreibe. Ich kann niemals etwas anderes als die einzelnen Urteile und ihre Begründungen niederschreiben. Ich kann keine unveränderbaren Gesetzmäßigkeiten niederschreiben, nach denen ich urteile, denn diese Gesetzmäßigkeiten ändern sich mit jedem neuen Urteil, und ich kann auch keine Gesetzmäßigkeiten niederschreiben, gemäß denen sich die Gesetzmäßigkeiten ändern, nach denen ich urteile. Es gibt keinen Roman, den zu schreiben ich imstand wäre – sein Umfang spielt keine Rolle –, aus dem das Urteil abgeleitet werden kann, das ich fällen würde, wenn ich nach dem Abschluß des Romans einem neuen Ding oder einer neuen Idee oder einem neuen Menschen gegenübergestellt würde. Sicher würde es der Roman erlauben, meinem Urteil über das neue Ding, die neue Idee oder den neuen Menschen nahezukommen, der Roman würde jedoch um so unzuverlässiger als Unterlage für eine Vorhersage meiner Urteile werden, je mehr neue Dinge auftauchen, je mehr neue Ideen ausgebreitet werden, je mehr neue Menschen ich treffe. Ich kann die Gesetzmäßigkeiten, die mit jedem neuen Urteil die Leitlinien für mein Urteilen verändern, nicht niederschreiben. Ob es überhaupt solche Gesetzmäßigkeiten gebe. Ich entgegne, wenn es diese Gesetzmäßigkeiten nur für mich gäbe, gäbe es sie nicht. Diejenigen, die über dasselbe Wissen in bezug auf Dinge, Ideen und Menschen verfügen wie ich, fällen – mit nur sehr geringen Abweichungen – dieselben Urteile wie ich, ihre Urteile verschieben sich mit jedem neuen Ding, mit jeder neuen Idee, mit jedem neuen Menschen auf dieselbe Art und Weise wie meine. Es gibt diese Gesetzmäßigkeiten, und ich bin überzeugt, man wird sie auch eines Tages formulieren können. Wenn man über ein Modell des Menschen verfügen wird. Für die Urteile, die er als Berater fällt, muß doch dasselbe gelten. Ob das Buch, das er schreiben will und mit dem er noch nicht einmal angefangen hat, er hat die Wohnung auf der Piazza Firenze nicht gemietet, ihn bei seiner nächsten Studie ersetzen kann. Als Beirat könne er, K., mir nicht einmal sagen, ihm sei alles eins, was ich tue, wenn ich nichts für das Unternehmen tue. Als Beirat müsse er, K., mich anklagen, ich wolle neue Götter einführen und verdürbe damit die Mitarbeiter des Unternehmens. Ich verteidige mich, ich finde diese Anklage gar zu ungereimt. Selbst wenn ich es gar nicht vorhätte, es ist mein gutes Recht, die Mitarbeiter der Firma bis zu einem gewissen Grad zu verderben. Mir gehöre die halbe, aber nicht die ganze Firma. Ob ich ernsthaft einen Fremdgeschäftsführer anstellen würde, der seine Zeit dem Unternehmen in ähnlichem Ausmaß vorenthielte, wie ich das tue. Ich sage, ich hätte nicht erwartet, daß auch er mir alles, was mich jenseits von Bereich IV begeistern kann, aufs Brot schmieren würde. Alle reden von meinem Roman. Keiner redet davon, daß mein Vetter in den drei Jahren, die er für den Bau seines Hauses brauchte, fast nur nachmittags in der Firma war, keiner redet von den fünfunddreißigtausend Stunden, die die Firma in das Haus hineingesteckt hat, keiner rede von dem Speiseaufzug, von der Rutsche aus dem Schlafzimmer in den Pool und von den goldenen Wasserhähnen, die die Firma bezahlt hat. Aber alle reden von meinem Roman. Alle wüßten, daß er vergoldete Wasserhähne habe. Alle fänden es gleich lächerlich. Deswegen nehme ihn auch keiner ernst. Ich füge hinzu, ich würde viel eher einen Geschäftsführer anstellen, der zwar meinem Unternehmen nicht die volle Zeit zur Verfügung steht, der aber in der Zeit, die er meinem Unternehmen widmet, vernünftige Dinge tut, als einen Geschäftsführer, welcher, auch wenn er vierundzwanzig Stunden am Tag arbeiten würde, nichts weiterbringt. Meine Einlassung verfehle das Thema. K. sagt: Es geht nicht um deine oder deines Vetters Fähigkei-

ten. Es geht um deine und deines Vetters Götter. Die goldenen Wasserhähne zeigen, dein Vetter verehrt im Grundsatz die richtigen Götter. Wenn auch auf eine etwas plumpe Art, aber man nimmt dem alten Mütterchen in der Dorfkapelle ja auch nicht übel, daß es sich den lieben Gott mit einem Rauschebart vorstellt. Es ist unübersehbar, daß dein Vetter nicht so kann, wie er will. Aber von seinem Beispiel geht kein schlechter Einfluß aus. Im Gegenteil. Es ist das Entschuldbarste von der Welt, zu wollen, aber nicht zu können. Dafür bringt jeder Verständnis auf. Dein Beispiel dagegen ist zersetzend, dein Vorbild zerstörerisch! Was soll aus Corporate world werden, wenn um sich greifen würde, daß diejenigen, die können, der Reihe nach nicht mehr wollen? Dabei hältst du es auch noch für deiner unwürdig, aus deiner neuen Religion einen Hehl zu machen! Du bist so unverfroren, dafür auch noch den Freitisch im Prytaneum zu fordern! Ich will ihm lachend erklären: Ich habe ja durchaus versucht, meine neue Religion zu verbergen, nur hast du mich gedrängt, dir ihren Katechismus offenzulegen! Aber ich lache nicht.
Ich frage K.: Heißt das, du unterstützt meinen Antrag nicht?
K. sagt: Ich glaube nicht, daß die Probleme, die das Unternehmen hat, durch diese Maßnahme gelöst werden.
Ich sage: Du bist für mich im Beirat! Für mich und für niemand anderen! Wie Fegelein die Ziele von Heini und Friedrich verfolgt, so bist du verpflichtet, meine Ziele zu verfolgen! Er sagt, genau das tut er, wenn er meinen Antrag nicht unterstützt. Ich sage: Ich verfolge das Ziel, Friedrich aus der Geschäftsführung hinauszuwerfen. Das ist mein Ziel und kein anderes. Wenn du nicht bereit bist, alles in deiner Macht Stehende zu tun, um die Erreichung dieses Ziels zu fördern, mußt du zurücktreten! Er sagt, in diesem Fall

bleibt nach den Regelungen des Gesellschaftsvertrags sein Sitz für die nächste Beiratssitzung leer. Ich kann denselben Antrag nicht noch einmal stellen. Aber ich würde die Situation auch in anderer Hinsicht verkennen. Ich frage fassungslos: Heißt das endgültig, daß du mit Fegelein gegen Zizendorf stimmst? Sprich es aus! Sonst kann ich es nicht glauben! K. sagt, ich soll leiser reden. Und er sagt: Zizendorf wird nicht für deinen Antrag stimmen. Ich sage: Zizendorf hat mir das aber bereits versichert. Er sagt, auf Zizendorf kommt er noch zurück. Ich muß endlich begreifen, es geht nicht um meinen Vetter, es geht um mich. Ich sage: Ich habe dir vertraut! Er sagt: Merk dir eins. Sicherheiten gibt es nicht im Leben. Ich sage, ich halte es nicht für nötig, mich auf seine boshaft alberne Anklage in eine Verteidigung gewöhnlicher Form einzulassen. Wenn ich den Göttern, deren Anbetung man von mir erwartet, nicht ein entsprechendes Maß an Ehrfurcht entgegenbringen würde, dann wäre ich jetzt nicht mit ihm in einem Streit über meine zukünftige Rolle in der Firma begriffen. K. sagt, ich jagte einer Chimäre nach. Ich wolle ein Schicksal kopieren, das ich nicht verstanden hätte oder das zu verstehen ich mich bis ins letzte weigerte. Ich wolle dieselbe Überordnung zwischen mir und Friedrich herstellen, wie sie zwischen meinem Vater und Heini geherrscht habe. Das Leben meines Vaters, der niemals dazu zu bewegen war, sich einen neuen Anzug zu kaufen, wenn ich nicht vorher unserer Hausangestellten Anweisung gegeben hatte, einen der Anzüge mit den gewendeten Taschenbesätzen wegzuhängen, und der bei seinem Tod nicht mehr als sieben Umzugskartons mit persönlicher Habe hinterließ, sei die vollständigste Antwort auf die Beschuldigungen, denen ich mich stellen müsse. Mein Vater habe die richtigen Götter verehrt, und er habe nur die richtigen Götter verehrt. Mein Vater sei zu seiner Zeit die Firma gewesen, und er habe seine Zeit in der Firma als Die Firma vervielfältigt. Es gehe um Zeit. Es gehe niemals um etwas anderes als um Zeit. Wer sich goldene Wasserhähne einbauen lasse, habe schnell den Kopf für anderes frei. Dasselbe lasse sich von einem, der Urteile sammle, nicht sagen. Wenn es Friedrich gebe, verwende er die Zeit meines Vaters nicht in einer Art und Weise, die man überlegt oder sparsam nennen könne. Aber er zeige bei allem diesbezüglichen Unvermögen, daß er sie achte. Ich achtete die Zeit meines Vaters nicht. Ich verschwendete sie bewußt. Ich sage, ich habe mich gründlich in ihm, K., getäuscht. Die Ewige Wiederkehr war nur Tarnung für die Blaue Blume. Sein Streben gilt nicht der Fröhlichen Handelswissenschaft, sondern einer Hymne an die Fülle der Idee. Alle Zufälle seines Beraterlebens sind Materialien, aus denen er machen kann, was er will, alles ist Glied in einer unendlichen Reihe von Projekten, Anfang einer unendlichen Studie. Er sagt lachend, seine neue Freundin sei in der Tat sehr viel jünger als er, aber sie sei nicht mehr dreizehn, und er fährt ernst fort, wenn es Friedrich überhaupt gebe, woran er, K., große Zweifel knüpfe, dann ausschließlich deswegen, weil ich ihn erfunden hätte. Ich hätte einen Friedrich erfinden müssen, der die Leute kujoniere, um vor diesem Hintergrund in Ruhe, ohne von den Leuten belästigt zu werden und ohne sie zu belästigen, Romane zu schreiben, die dann nicht veröffentlicht würden. Wie stünde ich vor mir selbst mit meinen Urteilen da, wenn ich nicht über die Möglichkeit verfügte, Friedrichs goldene Wasserhähne zum Vergleich heranzuziehen. Ich entgegne, ich weiß, daß es Friedrich gibt. Es wird mir jeden Tag bewiesen. Der Nachweis wird von den Mitarbeitern geführt, die sich bei mir über ihn beschweren, weil er erst unvollständige und unklare Anweisungen gibt und sie dann beleidigt, wenn sie sich nach dem richten, was er ihnen gesagt hat, und von den Kunden, die nach Gesprächen mit ihm oder mit von ihm angewiesenen technischen Sachbearbeitern androhen, der Firma keine Aufträge mehr zu erteilen. Hier werde lediglich bewiesen, daß Mitarbeiter und Kunden gewisse Erwartungen darüber entwickelt hätten, was ich von ihnen hören wolle, und daß diese Erwartungen abgesprochen oder nicht abgesprochen mit meinen diesbezüglichen Erwartungen parallel liefen. Ich müsse aber auch gemerkt haben, daß die Erwartungen des Beirats darüber, was ich mir von seinen Mitgliedern anhören müsse, mit meinen diesbezüglichen Erwartungen über Kreuz liefen. Jemand, der wie mein Vater die richtigen Götter auf nahezu vollkommene Weise verehrt habe, tauge nicht zum Maßstab, weil die mit diesem Maßstab gemessenen Proben allesamt zu kurz würden. Gegenüber den Gefolgsleuten meines Vaters könne ich meine Einführung neuer Götter mit dem Verweis auf Friedrichs plumpe Vorstellung von den alten Göttern rechtfertigen. Aber nur gegenüber diesen. Der Beirat falle nicht auf meine Sophisterei herein. Friedrich sei meine Erfindung. Ich hätte mir mit ihm keine besondere Mühe gemacht, er sei genauso groß wie ich, er besitze das gleiche breite Gesicht wie ich, er habe lediglich die Falten, die ich um den Mund hätte, auf der Stirn. Ich erzählte ihm, daß ich das Gespräch mit Zizendorf im unmittelbaren Anschluß aus der Erinnerung aufgeschrieben hatte. Die Aufzeichnungen enthielten auch den Satz: *Mein Vater war von Beginn an überzeugt, daß Friedrich nicht im mindesten über die Fähigkeiten verfügt, die notwendig sind, um eine Firma zu führen, und er hat diese Überzeugung geäußert.* Den ich später strich. Weil ich zu der Auffassung kam, was mit diesem Satz ausgesagt wird, ist nicht – mehr? – wahr. Ob ich mit »nicht – mehr? – wahr« meinte, es treffe nicht – mehr? – zu, daß ich Zizendorf gesagt hätte, mein Vater sei überzeugt gewesen, Friedrich verfüge nicht über die Fähigkeiten, eine Firma zu führen, es treffe nicht – mehr? – zu, daß mein Vater überzeugt gewesen sei, Friedrich verfüge nicht über die Fähigkeiten, eine Firma zu führen, oder es treffe nicht – mehr? – zu, daß Friedrich nicht über die Fähigkeiten verfüge, eine Firma zu führen. Ich sagte, der Satz stand in einem Zusammenhang, in dem er nicht nur nahelegte, sondern es als sicher erscheinen ließ, diese Überzeugung meines Vaters trug ursächlich dazu bei, daß Friedrich sich mit keiner seiner Vorstellungen in der Firma durchsetzen konnte. Ich selbst war früher und auch noch zu dem Zeitpunkt, als ich das Gespräch mit Zizendorf aufschrieb, dieser Meinung. Die jüngsten Ereignisse hätten mich jedoch dahingehend belehrt, Friedrich und nur Friedrich bewirkte durch sein Verhalten, daß er keine seiner Vorstellungen durchsetzen konnte, es bedurfte keiner zusätzlichen Verursachung in dieser Richtung durch meinen Vater, für eine solche wäre gar kein Raum gewesen. Ob der Satz, für sich genommen, wahr sei. Ich sagte ja. Ob ich ihn gegenüber Zizendorf geäußert hätte oder nicht. Weil ich während und nach dem Gespräch der Auffassung war, die Linien, entlang denen Zizendorf denkt, verlaufen parallel zu meinen, habe ich die Gesprächsbestandteile mit Überlegungen vermengt, die mich während des Gesprächs leiteten. Dann könne ich mich auch in anderen Angelegenheiten nicht – mehr? – auf einzelne Sätze beziehen. Ich wüßte schon, auf welche. Ich sagte, ich schrieb den Satz auf, strich ihn später, fügte ihn wieder ein, strich ihn erneut, fügte ihn noch einmal ein und strich ihn doch wieder. Meine Aufzeichnungen behandelten durchaus häufig Vorgänge, in bezug auf deren Beschreibung ich mir ähnlich unsicher sei wie über die Einordnung dessen, was dieser Satz aussagt. Aber diese Vorgänge betrafen niemals die Außenwelt. Eine mögliche Folgerung daraus sei seine, K.s, Hypothese, es gebe Friedrich nicht –

Macht die Wahrheit ein Leben länger oder kürzer?

Ich stelle mir vor:

Die Gesellschafter der
Voigtländer GmbH,
(unleserlich),
beschließen:

Folgende Bestimmung wird als § 21 in den Gesellschaftsvertrag der Voigtländer GmbH, (unleserlich), aufgenommen:

Den Gesellschaftern Heinrich Voigtländer und Dr. Georg Voigtländer steht das Recht zu, ohne Beschlußfassung durch die Gesellschafterversammlung jeweils einen Geschäftsführer der Voigtländer GmbH zu bestellen, der die Gesellschaft allein vertritt. Dieses Sonderrecht geht im Todesfall auf den beziehungsweise die jeweiligen Nachfolger der Gesellschafter Heinrich Voigtländer und Dr. Georg Voigtländer über.

(unleserlich), den 22. Januar 1990

ZWEI UNGLÜCKLICHE BEWUSSTSEINE MIT VIELFLIEGERKARTEN (ERWERB EINES SEELENLEBENS)

Ich frage K., wie sich der technische Ablauf gestalten wird. Fegelein und er selbst werden meinen Antrag ablehnen, Zizendorf wird sich der Stimme enthalten. Ich habe behauptet, Friedrich hätte mich gefragt, ob er den IBM-PC für seinen Sohn bekommen kann, und ich hätte abgelehnt. Friedrich bestreitet nicht, mich gefragt zu haben. Er beschwört, daß ich seine Bitte nicht abgelehnt habe. Ich habe mir seine Bitte angehört, und ich habe nichts dazu gesagt. Erst Metzger sagte ihm, daß der IBM-PC in der Firma gebraucht wird. Wenn ich jetzt behaupte, ich hätte seine, Friedrichs, Bitte abgelehnt, dann ist das eine Lüge. Er hat mein Schweigen als Zustimmung genommen, den IBM-PC oder, da der IBM-PC nicht verfügbar war, ein anderes vergleichbares Gerät für den von ihm genannten Zweck zu benutzen. Darauf wird mein Onkel eine Gesellschafterversammlung einberufen und Simons und meine Ablösung fordern. Ich frage, wieso Simon. Er wird meine Ablösung fordern, weil ich die Vertrauensgrundlage in der Geschäftsführung zerstört habe, indem ich Friedrich in dem Glauben wiegte, ich sei einverstanden, ihn dann gewähren ließ, um schließlich entgegen der Wahrheit zu behaupten, ich sei nicht einverstanden. Er wird Simons Ablösung fordern, weil dieser versucht, Zwietracht in der Geschäftsführung und zwischen den Gesellschaftern zu säen, indem er Friedrich einer Äußerung beschuldigt, die dieser nie getan hat. Ich sage, es steht doch Aussage gegen Aussage. Der Beirat braucht keine Gründe, um einen Geschäftsführer abzuberufen. Wenn mein Onkel der Auffassung ist, es liegt an Simon und mir und nicht an Friedrich, daß die Vertrauensgrundlage in der Geschäftsführung zerstört ist, und wenn sich der Beirat seiner Meinung anschließt, dann besitze ich keinerlei Handhabe, Simons und meine Ablösung zu verhindern. Zizendorf wird sich wieder der Stimme enthalten. Zizendorf wird sich auch dann der Stimme enthalten, wenn er zuerst in die Geschäftsführung gewählt und anschließend zu deren Vorsitzenden bestimmt wird. Zizendorf enthält sich immer der Stimme. Wie lange schon feststeht, daß Zizendorf bei der MAN-Tochter ausscheidet. Das zeichnete sich schon im Frühherbst ab. Ob er, K., davon wußte. Fegelein wußte davon, er nicht. Zizendorf ist eine gute Wahl. K. hat ihn einmal in seinem neuen Haus am Starnberger See besucht. Landhausstil. Die Arkaden und der gräßliche rosafarbene Marmor im Erdgeschoß – grauer Marmor wirke immer so kalt – legen ein deutliches Zeugnis dafür ab, daß Zizendorf die richtigen Götter verehrt. Fegelein weiß genau, wie Friedrich und Heini lügen. Aber man muß dem ewigen Streit ein Ende setzen. Zizendorf wird Friedrich führen. Mich kann man nicht führen. Ich bin nicht darauf angewiesen, in meiner Firma Geschäftsführer zu sein. Ich brauche nicht zu arbeiten, ich kann von den entnahmefähigen Erträgen der Firma leben. Friedrich kann das nicht, er hat Eltern und Schwestern. Im übrigen ist natürlich allen Beteiligten klar, daß er niemals in einer anderen Firma eine Stellung bekommt, wie er sie in derjenigen seines Vaters innehat. Er steht auch dann auf der Straße, wenn seine Bezüge weiterlaufen. Weil er sich gar nicht vorstellen kann, etwas anderes zu machen als das, was er in seinem Büro in der Firma seines Vaters macht. Ich sage gar nichts. K. fügt hinzu, das ist natürlich ein besoffenes Argument. Es ist auch nicht seins. Welches denn sein Argument ist. Ich bekomme die Gelegenheit, endlich das zu machen, was ich viel lieber mache als das, wozu mich der Schreibtisch meines Vaters verpflichtet. Warum er das tut. Genau diese Frage hat er mir nicht gestellt, als er wirklich das Recht gehabt hätte, sie zu stellen. Ich sage leise, jetzt kann er sich seine Frage beantworten. Einfach mit denselben Gründen, die sein Handeln nun bestimmen. Er will mir helfen, ich wollte ihm auch helfen. Einen Entschluß zu fassen, als er allein nicht dazu in der Lage war, ihn zu treffen. Er sagt, das ist lächerlich, ich habe ihm nicht geholfen, ich habe ihn getäuscht. Ich bin nicht der einzige gewesen. Er weiß, durch wie viele Hände sie gegangen ist. Er sagt, von den anderen hat er nichts Besseres erwartet. Er will mir nicht schaden. Das ist lächerlich. Er weiß genau, was es für die Firma bedeutet, wenn Friedrich sich als Sieger fühlen kann. Er sagt, er weiß genau, was es für mich bedeutet, wenn Friedrich sich als Sieger fühlen kann. Meine Argumentation ist asymmetrisch, wo sie symmetrisch sein soll. Meine Argumentation kann nicht symmetrisch sein. Ich wollte ihm nicht schaden. Annette wollte ihm schaden. Sie erzählte mir, zwischen ihm und ihr sei alles restlos aus. Das habe ich ihr geglaubt. Die Trennung war damals ihre erste. Er schreit, es war nicht ihre erste. Das konnte ich nicht wissen. Annette stellte es immer so dar, als sei es die erste Trennung gewesen. Sie sagte mir, sie haßte ihn nach der Abtreibung. Was sie mir darüber erzählte. Er zog es vor, zu der Zeit, als sie ins Krankenhaus ging, einen unaufschiebbaren Termin in L.A. wahrzunehmen. Er wollte das Kind nicht haben, weil er nach den Regeln der Firm hätte heiraten müssen, er empfand seine Zukunft als so ungestalt, er fühlte sich einfach nicht sicher genug, um eine solche Bindung einzugehen, usw. Aber das war nicht der Grund. Annette hatte zu dieser Zeit ein flüchtiges, sofort danach aufgekündigtes Verhältnis zu einem anderen Mann, sie schlief mit diesem Mann nur drei- oder viermal, sie war sich sicher, völlig sicher, das Kind war nicht von diesem Mann. Sie konnte das anhand ihres Terminkalenders beweisen. Aber er glaubte ihr nicht. Oder nicht genug. Sie haßte ihn nicht deswegen, weil er sie zu der Abtreibung zwang, sondern weil er sich nicht traute, ihr den wahren Grund anzugeben. Er sagt ganz leise, als ich Annette kennenlernte, hatte ich wenigstens noch ein paar Haare auf dem Kopf. Die seien jetzt weg. Barbara sei nur deshalb auf mich hereingefallen, weil sie ohne Brille so gut wie gar nichts und mit Brille nicht viel mehr sehe. Friedrich ist verrückt, aber harmlos, weil er zu dumm ist, um wirklich Schaden anzurichten. Mein Vater hätte meine Pläne niemals gutgeheißen. Mein Vater hatte es nicht nötig, Heini irgendeine formale Befugnis zu verweigern. Indem ich derartiges versuche, werden die Größenordnungen sichtbar, um die ich das Vorbild meines Vaters verfehle. Er, K., will nicht Friedrich oder Heini, sondern mir helfen, und zwar bei etwas, das ich aus eigener Kraft nicht bewältigen kann. Ich wollte ihm beim Finden der Mutter seiner Kinder helfen. Nachdem er so fest davon überzeugt ist, mir mit dem, was er vorhat, zu helfen, bleibt mir nichts anderes, als ihn förmlich zu bitten, er möge ausnahmsweise erwägen, mir zu schaden. Er brüllt, warum soll er ausgerechnet wegen mir seine Grundsätze ändern. Heini und Friedrich wären nichts ohne die Firmenhälfte, die mein Vater ihnen zukommen ließ. Was wäre ich, wenn auf mir nicht das Programm liefe, das wiederum mein Vater, wahrscheinlich unter unendlichen Mühen, implementiert hat. Wie man sieht, gilt für dieses Programm dasselbe wie für meinen Roman mit Urteilen und wie für sein Buch über Beratung: Je weiter die Zeit nach Redaktionsschluß fortschreitet, je mehr neue Ereignisse sich zwischen den letzten Stand des Buches und den neuesten Stand der Dinge schieben, desto unzuverlässiger wird das Buch. Wie unzuverlässig das Programm, das auf mir läuft, tatsächlich schon geworden ist, kann an meinem Antrag und dessen Folgen abgelesen werden. – Ich habe bis zu dem Zeitpunkt, als ich Annettes Geschichte ausbreitete, verzweifelt nach einem Anknüpfungspunkt gesucht, der die Frage erlaubt hätte, ob er, K., aus seiner Beratertätigkeit auch Fälle von Scheinhinrichtungen kenne.

ABER WIR WERDEN EINE WELT MITNEHMEN

Georg Voigtländer liest nicht mehr, Georg Voigtländer schreibt nicht mehr. Sie haben nicht nur in Italien gelebt, Spadolini, deswegen wissen Sie, was ein italienisches Gespräch ist. Einer fragt den anderen, *come va*, und der andere antwortet *bene*, es geht weiter, wie es denen geht, die anwesend sind, die noch nicht gefragt wurden, sie antworten genauso *bene*, auch wenn es ihnen überhaupt nicht so geht, es schließen sich ein paar allgemeine, niemals persönliche Worte und Sätze über die Lebensumstände an, in denen sich diejenigen befinden, die *bene* gesagt haben, und das sind alle, wobei die Lebensumstände, selbst wenn sie die unwürdigsten und tragischsten sind, niemals tatsächlich als unwürdig und tragisch, sondern immer als auf eine besondere Art würdig und heiter geschildert werden, je würdiger und heiterer, desto unwürdiger und tragischer sie tatsächlich sind, es geht weiter, wie es denen geht, die nicht anwesend sind, sie lebt? Gut, daß die Krankheit vorüber ist, er ist tot? Gut, daß die Krankheit vorüber ist. Er und sie antworten ebenfalls *bene*. Wenn man die Lebensumstände derjenigen kennt, die *bene* geantwortet haben, kann man den Verlauf des jeweiligen italienischen Gesprächs bis in alle Einzelheiten voraussagen. Die italienischen Gespräche müssen unter den italienischen Lebensverhältnissen immer die gleichen sein, weil sie nicht dem Zwang unterliegen, etwas auszusagen. Die deutschen Gespräche sind nicht immer die gleichen? Das deutsche Gespräch besteht darin, etwas auszusagen? Natürlich variiert das deutsche Gespräch viel mehr als das italienische. Natürlich unterscheiden sich die Protokolle der deutschen Gespräche viel mehr voneinander als diejenigen der italienischen Gespräche. Natürlich bilden sich diejenigen ein, die die deutschen Gespräche führen, sie sagten etwas aus, und diejenigen, die die italienischen Gespräche führen, sagten nichts aus. Aber wann sagt denn einmal jemand wirklich etwas aus. Wann sagt denn einmal jemand wirklich etwas Neues. So viele Male jemand etwas aussagt, es geht doch unter in der Gesamtzahl der Fälle, in denen jemand glaubt, etwas ausgesagt zu haben, und er hat doch nichts ausgesagt, so daß es unendlich viel eleganter ist, wie eben in den italienischen Gesprächen, einfach außer Ansatz zu lassen, wie viele Male schon jemand genau mit denselben Worten das gesagt hat, was man selbst gerade gesagt hat. Die deutschen Gespräche sagen nicht mehr aus. Wir können etwas Neues sagen, indem wir etwas schon Gesagtes mißverstehen? Wie gebildet, K. Aber wir verstehen das schon Gesagte. Wir verstehen genau. So, wie es der, der es gesagt hat, auch gemeint hat. Wir können nicht mißverstehen. Wir zitieren wörtlich und wir meinen es auch so. Wir können nichts mißverstehen. Selbst wenn wir dazu fähig wären, etwas mißzuverstehen, es würde uns nicht helfen. Denn auf der nächsten Stufe, vielleicht auch erst auf der übernächsten, gibt es eine Erklärung. Eine Beschreibung. Einen Beobachter, der das schon Gesagte und das von uns Gesagte so zusammenfaßt, daß wir wieder verstehen, daß wir wieder nicht mißverstehen, daß wir wieder wörtlich zitieren und es wieder so meinen. Eine Illusion, wir könnten irgend etwas mißverstehen. Eine Illusion, wir könnten irgend etwas abwehren. Wie wäre eine Abwehr in einem italienischen Gespräch möglich. Wie könnte man mit *come va* und *bene* und *benissimo* einen Abwehrkrieg führen. Unendlich lächerlich der Versuch, in einem Gespräch – nicht nur in einem italienischen – das Zu-früh-Kommen, die Frische, die Anwesenheit von Sprache zu beschwören. Abwehr ja, aber nur des Gedankens, der Hoffnung, vielleicht könnte man auf einer höheren Stufe doch so zusammenfassen, daß einer tatsächlich den anderen mißverstanden hat. Eine Theorie des Gesprächs nicht als Theorie von Worten und Sätzen, sondern als Grammatik der verwendeten Redefiguren? Warum nicht, K. Murau mußte seine Mutter abwehren, seinen Vater, den Besitz seines Vaters, der ihn, den Zuspätkommenden, erdrosselte, die Frau des Schriftstellers, die ihn nicht kopierte, ihre Schwester, die das Geschlecht der Muraus körperlich fortführt – nein, es ist ja nicht Elaine, es ist ebenfalls Maria, die das Kind erwartet –. Georg Voigtländer mußte Murau abwehren. Georg Voigtländer mußte den Lehrer abwehren. Georg Voigtländer mußte die *Auslöschung* abwehren. Georg Voigtländer hat die *Auslöschung* abgewehrt. Wir haben geschrieben, statt zu sprechen. Wir sollten nicht über das Schreiben sprechen, Gambetti. Müssen wir tatsächlich über das Schreiben sprechen? Warum wir geschrieben haben? Immer schon geschrieben haben? Wir sollten wirklich nicht über das Schreiben sprechen. Sie haben damit angefangen, über das Schreiben zu sprechen, Gambetti. Georg Voigtländer ist nicht mehr kalt. Georg Voigtländer berichtet nicht mehr. Nicht über Jahresergebnisse, nicht über Quartalsergebnissse, nicht über sich selbst. Georg Voigtländer muß nicht mehr kalt sein. Georg Voigtländer ist kein Teil der Kälte mehr. Wie Georg Voigtländer die *Auslöschung* abgewehrt hat, so hat Corporate world Georg Voigtländer abgewehrt. Niemand hat gedacht, daß Sie schreiben, Gambetti! Sie hätten nicht schreiben sollen. Sie waren soviel eleganter, als Sie der einzige waren, der nicht schrieb. Georg Voigtländer hätte auch nicht schreiben sollen. Georg Voigtländer war nie elegant, selbst dann nicht, als er nicht schrieb. Wir hätten beide nicht schreiben sollen. Wir beide hätten nicht schreiben sollen! Georg Voigtländer hätte keine Briefe schreiben sollen, Georg Voigtländer hätte keine Protokolle und keine Verträge unterschreiben sollen! Georg Voigtländer hat selbst für die Beweise gesorgt. Georg Voigtländer hat selbst für alles die Beweise geliefert. Haben wir geschrieben, weil wir unseren Lehrer übertreffen wollten. Wie kann man sich selbst übertreffen. Genausogut könnten wir unseren Lehrer untertreffen wollen. Oder wollten wir den Schriftsteller übertreffen, der im Schaufenster ist. Oder seine Frau, die im Schaufenster und nicht im Schaufenster ist. Wir kokettieren. Wir wissen genau, warum wir geschrieben haben. Wir haben geschrieben, weil wir Heilige sein wollten. Chiedo scusa, Spadolini. Aber wir wollten keine gewöhnlichen Heiligen sein. Wir wollten ungewöhnliche Heilige sein. Wenn wir schrieben, wollten wir heiliger sein als alle Heiligen vor uns. Gott wie einfach, sein Vermögen zu verschenken und nur noch möbliert zu wohnen. Dann muß ja etwas beim Schreiben herauskommen. Das muß ja etwas werden. Nur Stuhl, Tisch, Bett, Kleiderschrank und Kino. So einfach haben wir es uns nicht gemacht. Weder Sie noch ich. Was wir machen, ist viel schwieriger. Wir müssen allerdings zugeben, wir können es uns nicht einfacher machen. Weil es sich schon zu viele zu einfach gemacht haben. Wir müssen es uns schwierig machen. Die Vorstellung, der Letzte Heilige zu sein. Dabei verhindert alles, was wir wissen und für richtig halten, daß es einen Letzten Heiligen gibt. Es kann keinen Letzten Heiligen geben. Kann es einen Heiligen geben. Kann es nach dem, was wir wissen und für richtig halten, überhaupt Heilige geben. Wir schrieben, also mußten wir gegeneinander schreiben. Wie oft sind wir darauf gestoßen worden, daß wir schreiben, und wir haben uns nicht getraut, auch nur eine Andeutung zu machen. Wir haben gedacht, wir schrieben aus dieser besonderen Position heraus, aus der wir nie eine Andeutung gemacht haben, etwas Neues. Wir haben nichts gesagt, weil wir geglaubt haben, wenn wir etwas sagen würden, würden wir für uns so durchsichtig wie unser Lehrer für die ganze Welt, und wir würden nichts Neues mehr schreiben. Dann haben Sie angefangen, über Ihr Schreiben zu sprechen, Gambetti! Georg Voigtländer sieht ein, daß es verderblich ist, davon zu träumen, etwas Neues zu schreiben. Der barfüßige Junge aus dem Reitbauerngut hat es nicht eingesehen. Der Internatszögling ebenfalls nicht. Muraus Mutter hat es nicht eingesehen. Murau mußte unablässig darüber nachsinnen, wie er es fertigbringt, etwas Neues zu sagen, zu tun oder zu schreiben. Georg Voigtländer denkt jetzt über andere Dinge nach und getraut sich sogar, sie auszusprechen. Wie kann ein Heiliger gegen etwas sein. Ein Heiliger ist für etwas. Ein Heiliger ist für jemanden. Wie kann ein Heiliger gegen jemanden sein. Insbesondere gegen einen anderen Heiligen. Ein Heiliger ist für alle. Ein Heiliger ist für alles. Die nächste Stufe. Es gibt keine nächste Stufe für einen Heiligen. Ein Heiliger kann nicht nur auf der nächsten Stufe heilig sein. Ein Heiliger muß auf allen Stufen heilig sein. Kann es einen Heiligen geben, der etwas veröffentlicht. Kann es einen Heiligen geben, der veröffentlicht, indem er nicht veröffentlicht. Der veröffentlicht und nicht veröffentlicht. Man führt italienische Gespräche auf deutsch, um das Lustgefühl, das man bei dem Gedanken empfindet, was man im Augenblick gesagt hat, hätten nicht nur Millionen von Menschen vor einem genauso gesagt und genauso gemeint, sondern es würden noch Milliarden von Menschen genauso sagen und genauso meinen, ins Unendliche zu steigern. Man kann versuchen, etwas Neues zu sagen, aber man kann nicht davon und darauf hin leben, etwas Neues zu sagen. Man kann immer nur davon leben, was andere schon millionenmal so gesagt haben, wie man es wieder sagt, und man kann nur darauf hin leben, wie andere und man selbst es milliardenfach immer wieder sagen werden. Das Neue ist doch nur das später Gesagte. Das später Gesagte hängt vom früher Gesagten ab, nicht von uns. Um so größere Narren sind wir, wenn wir glauben, wir sagten etwas Neues, wenn wir tatsächlich etwas Neues sagen. Wenn wir es nicht sagen, dann sagen es andere. Die sich dann zu den gleichen Narren machen, wie wir es sind. Wir wissen, daß wir uns zu Narren machen, wenn wir etwas sagen, gleich, ob wir glauben, daß schon zum millionsten Mal gesagt wird, was wir sagen, oder wenn wir glauben, daß es so zum ersten Mal gesagt wird. Selbst wenn wir es tatsächlich zum ersten Mal sagen, wir haben ja doch nur zitiert, denn wir können nur zitieren, wie sollten sich sonst Buchstaben zu Worten und Worte zu Sätzen formen. Wenn wir etwas erzählen, dann haben wir die eine Gewißheit, was wir erzählen, müssen wir nur so und nicht anders erzählen, aber auch die andere Gewißheit, nicht nur wir müssen, was wir erzählen, so und nicht anders erzählen, auch jemand anderer an unserer Stelle muß, was wir erzählen, so und nicht anders erzählen. Wir erzählen nach, wenn nicht einen Text, dann eben das Leben, wenn nicht das Leben, dann eben die Wirklichkeit, auch wenn es die, wie wir alle wissen, gar nicht gibt. Wir erzählen immer auf dieselbe Weise nach. Wir haben den Gipfel der Glückseligkeit erreicht, wenn wir einmal einen Grund für die Annahme finden, wir hätten nacherzählt, ohne zitiert zu haben. Wir erzählen dann erst recht auf dieselbe Weise nach. Aber es macht ja keinen Unterschied, ob wir, wenn wir zitiert haben, im vollen Bewußtsein zitiert haben, und ob wir alles getan haben, um dieses Bewußtsein zu vermitteln, oder ob wir, wenn wir zitiert haben, nicht einsehen konnten oder wollten, daß wir zitiert haben, und daß wir nichts getan haben, um diese Einsicht zu fördern. Was wir erzählt haben, haben wir auch nicht dadurch besser erzählt, daß wir gegen jeden Verdacht gekämpft haben, wir hätten schließlich doch nicht zitiert. Es spielt keine Rolle, ob wir zitieren oder ob wir nicht zitieren, weil wir ja immer zitieren. Wir zitieren, weil wir erzählen. Wir erzählen, weil wir nicht schweigen können. Aber nicht aus metaphysischen Gründen. Oh nein, gnädige Frau. Wir können einfach den Mund nicht halten. Auch wenn wir tausendmal wissen, Schweigen wäre eleganter. Und redlicher. Wie ziehen wir uns aus der Affäre. Zunächst einmal machen wir die herunter, die tatsächlich schweigen. Wir bemängeln, sie können nicht sprechen. Wir behaupten, sie haben nichts zu sagen. Wir wissen gar nicht, ob sie nicht doch sprechen können. Ob sie nicht doch etwas zu sagen haben, was über ein vielfaches Nein hinausgeht. Wir verlangen von ihnen, sie müssen in der Lage sein zu begründen, warum sie schweigen, und stellen höhnisch fest, sie begründen nicht, wenn sie schweigen. Wir bekritteln, daß sie Briefe schreiben, in denen sie das Ich weglassen, wobei wir uns nichts sehnlicher wünschen, als daß auch wir solche Briefe abschicken könnten, obwohl wir uns nicht einmal getrauen, solche Briefe auch nur im Entwurf niederzulegen. Wir wollen glauben und sprechen es auch aus, die Menschen, die wirklich schweigen, sind nur Tiere. Die Menschen, die tatsächlich schweigen, sind nur dumm. So sehr wir schweigen wollen – und wir stellen uns vor, wie anders es wäre, wenn wir, wir, wir schweigen würden –, so sehr verfolgt uns die Angst, das Schweigen, wenn wir tatsächlich dazu fänden, wäre nicht mehr rückgängig zu machen. Weil wir uns in etwas anderes verwandelt hätten. Wir haben Angst, wir wären keine Menschen mehr. Wir würden zu Tieren, auch wenn uns niemand für Tiere hielte, niemals halten würde. Weil wir diese Angst haben, können wir nicht schweigen. Weil wir aber schweigen wollen, meinen wir, es gäbe Formen des Schweigens. Wir philosophieren über das Schweigen. Wir verfassen wissenschaftliche Abhandlungen und Aphorismen über das Schweigen. Wir schreiben einen Roman, dessen Protagonist nicht anders kann als schweigen. Wir beschreiben eine Welt, die keine Sprache hat. Wir wollen in dem sprachlosen Protagonisten dieses Romans versinken, wir wollen in ihm aufgehen. Wir treiben es so weit, daß wir die Geschichte des Protagonisten, der nichts ausdrücken kann, was über ein an andere oder an sich selbst gerichtetes Kurzkommando hinausgeht, zu unserer Biographie machen. Der wir um jeden Preis entkommen wollen. Wir versuchen, anderen und uns selbst weiszumachen, wir müßten dazu eine Gegenwelt errichten. Es wäre einfach, die Gegenwelt frei zu erfinden, in einer solchen Welt wären wir wirklich frei, aber das wollen wir gar nicht sein. Wir führen vielmehr die sorgfältigsten Kontrollen am Eingang der Gegenwelt durch. Es ist unendlich schwierig für einen Menschen, für einen Gedanken, für ein Ding, in diese Welt hineinzukommen. Wir wollen rechtfertigen, warum wir nicht imstand sind zu schweigen, wir können es nur dadurch, daß wir die Welt mit Sprache auf die komplizierteste Weise aus der Welt der Sprachlosigkeit herleiten. Wie stolz wir darauf sind, wenn wir uns in der angemessenen Weise über das Schweigen äußern. Wir lassen uns nicht von einer inneren Stimme leiten oder von unseren Träumen, wir folgen nicht einem Automatismus, der Beliebiges mit Beliebigem zusammenführt. Wir schreiben nichts Überflüssiges. Wir schreiben nichts Überzähliges. Wir trennen nicht das Ganze von den Bausteinen, aus denen es zusammengesetzt ist, wir sehen das Ganze und die verschiedenen Arten von Bausteinen, wir sehen das Ganze und die verschiedenen Arten, in denen man sagen kann, das Ganze ist aus Bausteinen zusammengesetzt, und wir sehen alle Arten von Bausteinen und alle Arten, es zu sagen, und das Ganze und miteinander. Wir achten streng darauf, nicht jeweils dieselben Bausteine neben- und aufeinanderzulegen, uns das Ganze nicht jeweils aus denselben Bausteinen zusammengesetzt zu denken, nicht jeweils dieselben Arten des Bereitstellens von Bausteinen zu wählen. Was nicht heißt, daß wir niemals etwas wiederholen. Wenn es eine Wiederholung gibt, dann hat sie ihren Grund, und es bleibt auch nicht bei einer Wiederholung. Beschreiben wir Einzelheiten und beschreiben wir sie gründlich, so sind diese Einzelheiten nicht überflüssig, beschreibt niemand anderer solche Einzelheiten, dann beschreiben wir sie, weil sie von anderen nicht beschrieben werden. Beschreiben wir allgemeine Gesetzmäßigkeiten, und wir beschreiben sie nicht minder gründlich als Einzelheiten, so sind diese allgemeinen Gesetzmäßigkeiten niemals überzählig, beschreibt niemand anderer allgemeine Gesetzmäßigkeiten, dann beschreiben wir sie, weil sie nicht von anderen beschrieben werden. Jede Überschrift weckt falsche Erwartungen. Wir kündigen nicht etwas an, was wir dann durchführen. Wenn wir etwas ankündigen, dann führen wir es nicht durch. Wenn wir etwas durchführen, kündigen wir es nicht an. Wenn wir etwas durchführen, ist bestenfalls der Anfang der Durchführung als Ankündigung lesbar. Aber nur für die, die uns kennen. Wir stellen etwas auf, und wir stellen etwas anderes daneben auf. Wenn wir die Notwendigkeit, besser: die Unumgänglichkeit sehen, was wir aufgestellt haben, miteinander zu verbinden, dann stellen wir etwas Drittes auf. Genauso kommentarlos, wie wir das zweite nach dem ersten aufgestellt haben. Niemals verbinden wir das eine mit dem anderen. Wir wollen keine Übergänge. Wir wollen keine Scharniere. Übergänge ruinieren gleichermaßen das, woher sie kommen, wie das, wohin sie führen. Wir haben die Furcht, wenn wir Scharniere benützten, wir würden nur noch nach Befestigungsmöglichkeiten für diese suchen. Wir geben diese Furcht aber nicht zu. Denn wir halten uns viel darauf zugute, daß wir bewußt vermeiden, was wir nicht tun. Es ist leicht, Überflüssiges und Überzähliges zu ersinnen. Es ist wohlfeil zu verbinden, Überleitungen und Übergänge befreien davon, das Woher und das Wohin genau umreißen zu müssen. Es ist trivial, den durchgängigen Ich-Erzähler zu geben. Hier schreibe ich, ich kann auch anders, aber ich gestehe alle meine Irrtümer ein. Ich müßte meine Fehler nicht zugeben, ich könnte ja auch den allwissenden Erzähler mimen, aber ich tue es nicht. Ich will keinen Abstand zu den Dingen und zu mir vortäuschen, den ich nicht tatsächlich einhalte. Ihr irrt euch auch. Ich irre mich. Alle irren sich. Disziplin? Widerspruchsfreiheit und Vollständigkeit? Wenigstens das Dahinplätschern eines Inhalts? Lediglich im Ausnahmefall, im *Auslöschungs*fall, kompositorische Prinzipien? Sonst Formen, die wie Wellen durch den Text laufen? Entschuldigung, Verzeihung, und sie wird gewährt. Die großen allwissenden Erzähler vom Anfang des Jahrhunderts haben keineswegs etwa wirklich alles gewußt. Auch Kafka nicht, Eisenberg. Vielleicht Joseph Conrad. Zumindest hat kein anderer so viel gewußt wie Joseph Conrad. Der allwissende Erzähler ist niemals allein allwissend. Er und die ihm zuhören sind es zusammen. Die moderne Architektur ist schuld daran, daß es keine allwissenden Erzähler mehr gibt. Kein Entwurf von Boullée ist jemals ausgeführt worden. Man wußte, wie ein Wohnhaus nicht aussieht, wenn der allwissende Erzähler ein Wohnhaus erwähnte. Bis in den Jugendstil hinein. Als die Schüler von Boullée bauen durften, war es das Ende der allwissenden Erzähler. Ein allwissender Erzähler ist heute ein Betrüger. Weil wir wissen, wie simpel es ist, den Ich-Erzähler aufzuführen, weil wir wissen, wie unmöglich es ist, den allwissenden Erzähler zu denken, weil uns anerzogen wurde, noch mehr als den selbstkritischen Ich-Erzähler das wahllose Durcheinander von Dialekt gegen Hochsprache, Hochsprache oder was sich dafür hält gegen Hochsprache, Gebildet gegen Ungebildet, Spezialist gegen Nicht-Spezialist zu verabscheuen, weil wir widerspruchsfrei und vollständig sein wollen, deswegen ist unser Grundton der des Ich-Erzählers, der sich niemals selbst die Absolution erteilen kann. Weil wir ihn, wo immer es geht, durch das Sich-Mühen eines allwissenden Erzählers ablösen, der ständig den Ich-Erzähler streicht, einen anderen Ich-Erzähler erfindet, diesen erneut streicht, den nächsten Ich-Erzähler ins Leben ruft, der wieder nur darauf wartet, vom allwissenden Erzähler ausradiert zu werden. Der sich zugegebenermaßen nicht gegen Fernsehauftritte sträubt, welche er jedoch damit rechtfertigen kann, daß er den Ich-Erzähler, der wir alle sind, nach stattgehabter Ausstrahlung besonders wirkungsvoll in die Nicht-Existenz zurückschlagen kann. Das Verhältnis zwischen Himmel und Hölle ist nicht das des Sich-gegenseitig-Bedingens. Es ist nicht wahr, daß die Hölle keine Hölle wäre, wenn es den Himmel nicht gäbe, oder daß der Himmel nur über dem Abgrund der Hölle himmlisch wäre. Wir, K., wir sind Himmel und Hölle zugleich. Nicht für die anderen. Wir sind

Himmel und Hölle für uns selbst. Wir müssen Himmel und Hölle sein, weil wir nur als Himmel und Hölle verhindern können, daß alles, was sich auf uns zu bewegt, nicht durch uns hindurchgeht. Nur als Himmel und Hölle können wir etwas berühren, ohne daß wir uns vor dem, was wir berühren, auflösen. Sie waren immer gegen Georg Voigtländer, Fegelein. Sie waren ehrlich. Sie haben nie etwas anderes gesagt, als daß sie gegen Georg Voigtländer waren. Georg Voigtländer schämt sich. Georg Voigtländer schämt sich so. Georg Voigtländer schämt sich vor Ihnen, Fegelein. Und vor Krapp. Nicht vor Zizendorf und nicht vor K. Sie haben alles gesagt, was zu sagen war, Fegelein. Georg Voigtländer hätte Ihnen nur zuhören müssen. Aber Georg Voigtländer hat gelesen und geschrieben. Unser Spaziergang auf dem Pincio strengt mich an. Sehen Sie die Fliege auf meinem Arm, Fegelein. Wie ihre Flügel irisieren. Ich fühle das Gewicht meiner Kleidung auf der Haut. Die Jacke tut mir auf den Schultern fast weh. Die Schuhränder – es sind gar keine neuen Schuhe – sind so hart. Die Hosen reiben beim Gehen meine Beine wund. Ich spüre den Druck der Atmosphäre auf meinem Gesicht. Ich habe den Arm geschüttelt, ich habe die Fliege mit der anderen Hand weggescheucht, aber sie ist wieder auf meinem Arm. Sehen Sie die Fliege, Fegelein. Ich sollte sie erschlagen. Aber ich tue es nicht. Ich habe Angst, es gibt einen Blutfleck. Ich wische das Blut weg. Das Blut stammt nicht von der Fliege. Wenn ich das Blut weggewischt habe, ist sofort neues da. Die Wunde ist schmerzhaft. Ich versuche, die Blutung zu stillen, indem ich ein Tuch auf die Wunde presse. Das Tuch ist augenblicklich blutdurchtränkt. Blut tropft auf meine Hose. Ich werde wütend, weil es mir nicht gelingt, die Blutung aufzuhalten. Ich balle die Faust und schlage sie gegen ein Geländer. Meine Hand springt auf, das Fleisch platzt, Blut spritzt in alle Richtungen. Sie sagen etwas zu mir, Fegelein. Ich verstehe Sie nicht. Murau will nicht, daß ich mit Ihnen auf dem Pincio spazierengehe. Murau will, daß das Café mit der Abendgesellschaft, der Friedhof, die Allee, die nach Wolfsegg hinaufführt, die Meierei, die Orangerie, das Herrschaftshaus, die Kindervilla und das Reitbauerngut sich auf mich zu bewegen, langsam durch mich hindurchgehen, fortziehen, sich erneut auf mich zu bewegen, durch mich hindurchgehen, sich wieder auf mich zu bewegen, wieder durch mich hindurchgehen, sich immer wieder auf mich zu bewegen, immer wieder durch mich hindurchgehen. Sie sagen, meine Hände müßten verbunden werden. Murau will mich aus der römischen Welt hinaushaben. Ich taumele, Sie wollen mich auffangen. Sie fassen mich an den Schultern, aber wie Sie mich berühren, springt das Fleisch an meinen Schultern auf, und Ihre Hände sind voller Blut. Ich falle auf die Knie. Ich starre auf mein blutgetränktes Hemd, auf meine blutgetränkten Hosen. Sie wollen mir helfen, und ich schreie Sie an, Sie sollen mich nicht berühren. Ich richte mich auf, aber ich kann mich nicht auf den Füßen halten. Ich schwanke und falle zu Boden. Zahllose neue Wunden öffnen sich, aus denen das Blut auf den Kiesweg spritzt. Noch ein paar Minuten, und Murau wird mich antreffen, wo er mich für alle Ewigkeit haben will. Er hat von Anfang an gewußt, wie das Todesversteckspiel endet. Natürlich besteht das Todesversteckspiel nicht darin, sich auf eine bestimmte Weise im Todesversteckspielturm zu verstecken, und das Ziel des Todesversteckspiels ist nicht, als einziger zu überleben. Georg Voigtländer hat sein Ziel verfolgt, Georg Voigtländer hat sich an seine Regeln gehalten, Georg Voigtländer hat seine Strategie angewendet. Georg Voigtländer hat das Todesversteckspiel richtig gespielt. Du sagst, diese Aussage hat eine größere Reichweite als der Ausgang des Spiels, K. Du sagst, die Richtigkeit umfaßt die Wahrheit. Die Wahrheit ist nur einer der Umstände, die die Richtigkeit beeinflussen. Die Wahrheit ist nur gelegentlicher Bestandteil der Richtigkeit. Es genügt, daß Georg Voigtländer sein Spiel richtig gespielt hat. Daß seine Züge in die Menge der erlaubten Züge und seine Folgen von Zügen in die Menge der geratenen Strategien eingepaßt werden können. Aber du sagst auch, die Richtigkeit ist eine Frage des Passens. Das Passen muß erzeugt werden. Es muß etwas verändert werden. Sowohl an dem, was eingepaßt wird, als auch an dem, worin es eingepaßt wird. Wer legt fest, was verändert werden darf und was nicht? Wer gibt vor, was wo verändert wird? Wer bestimmt, ob das Passen tatsächlich erzeugt wurde? So kann Georg Voigtländer nicht leben, so kann Georg Voigtländer nicht sterben! Es muß wahr sein, daß Georg Voigtländer richtig gespielt hat! Wer beschreibt das Ziel, die Regeln, die Strategie. Wer beschreibt die Züge. Georg Voigtländer beschreibt sein Spiel, Georg Voigtländer beschreibt seine Züge. Natürlich hat Georg Voigtländer richtig gespielt. Und du, K. – soll das etwa nicht wahr sein, was du sagst? Sage nicht, du hofftest ja, was du gesagt hast, möge wenigstens teilweise richtig sein oder dem Richtigen irgendwie nahekommen. Sage nicht, du hofftest, was du gesagt hast, möge genau dort wahr sein, wo die Wahrheit für die Richtigkeit dessen, was du gesagt hast, notwendig ist. Was du sagst, muß insgesamt wahr sein, wenn es richtig sein soll. Gesetzt den Fall, ein Teil von dem, was du sagst, wäre falsch, aber du weißt nicht welcher, dann weißt du, was du sagst, kann nicht insgesamt richtig sein. Wenn du aber weißt, was falsch an dem ist, was du sagst, warum wirfst du dann das, wovon du weißt, daß es falsch ist, nicht über Bord. Natürlich weiß ich, daß die anderen nicht mein Spiel gespielt haben. Natürlich weiß ich, daß die anderen Muraus Spiel gespielt haben. Natürlich weiß ich, daß ich mir nur eingebildet habe, mein Spiel zu spielen. Natürlich habe auch ich Muraus Spiel gespielt. Ich habe nicht nur das Reitbauerngut für treue Verdienste bekommen. Damit ich es an meinen Vater weitergeben kann. Ich bin jetzt Herr über Wolfsegg. Georg Voigtländer hat keine vergoldeten Wasserhähne, und es gibt sein Buch nicht. Georg Voigtländer ist gescheitert. Georg Voigtländer ist jetzt Herr über Wolfsegg. Murau wußte immer, er würde Wolfsegg niemals der Israelitischen Kultusgemeinde in Wien vermachen. Er hat lediglich aus seinen Schuldgefühlen über die nationalsozialistische Vergangenheit seiner Eltern heraus mit Eisenberg Umgang gehabt. Nur deshalb hat er Eisenberg so oft als seinen Freund bezeichnet. Murau brauchte weder mich noch mein Spiel, um eine Entscheidung über die Zukunft Wolfseggs herbeizuführen. Murau hatte die Entscheidung über Wolfsegg lange gefällt. Er griff meinen Vorschlag, das Todesversteckspiel zu spielen, so bereitwillig auf, denn es bot die ideale Möglichkeit, das in seinem Kopf von vornherein feststehende Ergebnis zu verwirklichen, und niemand konnte wissen, daß dieses Ergebnis von vornherein feststand. Ich war Muraus natürlicher Erbe. Weil ich seine Mutter genauso und immer erlebt habe, wie er meinte, sie nie erlebt zu haben, wie aber sein Vater und sein Bruder sie immer erlebten, und weil ich mit Ihnen, Spadolini, den Vater hatte, den er sich immer gewünscht hatte. Warum er sich während des Todesversteckspiels so verhielt, als ob er niemals auf den Gedanken gekommen wäre, daß ich bei meinem Vorschlag auch an das Reitbauerngut, an meinen Vater, an Wolfsegg, an mich gedacht hätte. Er machte sich über mich lustig, wie er sich über Eisenberg und die Israelitische Kultusgemeinde lustig machte. Muraus Mutter hat angekündigt, mich ins Stiftsinternat zu schicken, und sie hat mich dorthin geschickt. Meine leiblichen Eltern hätten mich niemals ins Stiftsinternat geschickt, und sie haben das ebenfalls angekündigt. Ich mußte jede Stunde damit rechnen, in der nächsten auf den Hof zurückgeschickt zu werden. Wie konnte ich nicht voraussetzen, daß jeder genau das tut, was er ankündigt. Es war ein ungeheurer Schritt für mich zu der Überlegung: Wenn ein Mensch ein bestimmtes Ziel anstrebt, dann ist es dem Verfolg dieses Ziels oft günstig, die Handlung, die er ins Auge gefaßt hat, um das Ziel zu erreichen, nicht nur nicht anzukündigen, sondern eine andere Handlung anzukündigen, nach Möglichkeit die Handlung, welche den anderen am allerwenigsten auf die geplante Handlung verweist, unter Umständen sogar das genaue Gegenteil der geplanten Handlung. Wie Georg Voigtländer es früher formuliert hätte: Der Zusammenhang zwischen Reden und Tun bemißt sich, unter der Voraussetzung, alle Beteiligten hegen nicht grundsätzliche Vorbehalte gegen das Lügen – was immer das sein mag –, nach der einfachsten widerspruchsfreien Hypothese über die Ziele der Beteiligten. Ein einfacherer Zusammenhang zwischen Reden und Tun. Damit konnte ich mir zwar mehr Menschen errechnen als mit *Tun, was man sagt*, aber es reichte natürlich nicht, um sich den Menschen zu nähern, deren Tun im Sagen besteht. Richtig, K., zu den Wahrheitsbedingungen der Darstellung gehört die Bezugnahme auf die Art der Darstellung. Der Zusammenhang zwischen Reden und Tun bemißt sich, unter der Voraussetzung, daß alle Beteiligten nicht grundsätzliche Vorbehalte gegen das Schöne – was immer das heißen mag – hegen, nach der einfachsten widerspruchsfreien Hypothese darüber, was die Beteiligten für schön halten. Der einfachste Zusammenhang zwischen Reden und Tun. Wenn jemand diesen Zusammenhang sprengen will. Als Elaine plötzlich ihre Schwester und mich animieren wollte, sie zu berühren, wußte ich nicht, daß ihr Krankenhausaufenthalt zugleich die Trennung von dir bedeutet hatte. Elaine verschaffte sich zwar mehr Respekt als Annette, weil sie vermied, daß ihre Beziehung zu dir jemals Gegenstand eines Gesprächs mit dir wurde, was ihr aber zum Schluß auch nichts half, als du ihr, während sie im Krankenhaus lag, eröffnetest, du hättest eine fast fünfzehn Jahre jüngere Frau kennengelernt, in deren Kopf weit mehr Ordnung herrsche als in deinem und die unstreitig intelligenter sei als du. Elaine wußte, was das bedeutete. Die andere Frau habe Ökonomie studiert und schreibe an ihrer Dissertation, sie beschäftige sich mit ähnlichen Fragen wie du. Wenn jemand den einfachsten Zusammenhang zwischen Reden und Tun sprengen will, dann verfolgt er ein Ziel, und der Zusammenhang zwischen seinem Reden und seinem Tun bemißt sich nach der einfachsten Hypothese über die Erreichung dieses Ziels. Ich glaube, Elaine wollte einen Augenblick lang tatsächlich, daß Maria sie berührte. Nur sie, nicht ich und nicht Murau. Ich glaube, Elaine haßte plötzlich ihre Schwester. Es sind nicht nur die Buckligen, die vor Mißgunst auf die Nicht-Buckligen sterben. Elaine wußte, der Schriftsteller hätte es ohne seine Frau, ihre Schwester, niemals zu einem fertigen Buch gebracht und es wäre ihm ohne sie niemals gelungen, sich auf eine so überraschende Art von der Welt zu verabschieden. Sie war durch ihre Krankheit geschwächt, und sie war verstört, weil du sie verlassen hast. Mehr war es nicht. Sie brach die Diskussion über die Beziehungen zwischen den Büchern des Schriftstellers und den Aufzeichnungen des Lehrers vom Zaun, um sich gewissermaßen eine Haßstütze anzulegen. Sie hat es sich erst überlegt, als Maria ganz kurz davor war, sie tatsächlich zu berühren. Maria, du bist unzweifelhaft die Überlebende. Es ist dir gelungen, dich von vornherein an der höchsten Stelle des Turms zu verstecken und niemanden zu dir hinaufzulassen. Du siehst auf alle herab. Auf das weiterhin im Entstehen begriffene Werk deines Mannes, auf deine nun fortpflanzungsunfähige und folgerichtig verlassene Schwester, auf den toten Murau, dessen Kind du trägst wie einen Orden, auf den Schüler, der von seinem Lehrer gelernt hat, wie man vor diesem stirbt, und natürlich auf den neuen Herren von Wolfsegg, der nur das Reitbauerngut für seinen Vater abtrennen und sonst den Besitz für alle Zeiten unverändert lassen wird. Wenn Murau mit dir geschlafen hat, dann wußtest du immer, was er mit mir vorhatte. Du hättest es jederzeit verhindern können. Dir standen alle Möglichkeiten offen. Du warst die einzige, die wirklich, im wahrsten Sinn des Worts, gespielt hat. Du mußtest dich als einzige nicht mehr um einen Zusammenhang zwischen deinem Reden und deinem Tun kümmern, denn du konntest nichts mehr falsch sagen und du konntest nichts mehr falsch tun. Ich unternahm nur einmal einen Ausflug mit Murau. Nach Ventotene. Auf der Rückfahrt war mir sterbensübel. Ich hatte mich zu lange in der Sonne aufgehalten. Wenn man eine Glatze hat, genügt es nicht, sich als Schutz gegen die pralle Sonne nur dunkle Gläser vor die Brille zu klemmen. Augustus verbannte seine Tochter Julia auf Ventotene, weil sie, wie es hieß, wenig sparsam mit ihrer Ehre umgegangen sei. Mit zwanzig Sklaven und über fünfzigtausend Sesterzen verfügend. Germanicus schickte seine Frau wegen ehelicher Untreue ebenfalls nach Ventotene, Nero verstieß seine Gemahlin Octavia wahrscheinlich wegen Unfruchtbarkeit. Murau trug nie eine Uhr. Obwohl wir uns nicht an einen Fahrplan halten mußten, das Boot nach Santo Stefano lag den ganzen Tag abfahrbereit, wollte Murau wissen, wie spät es war. Ich hatte meine Uhr beim Verlassen des Boots beschädigt. Er fragte einen der auf den Felsen sitzenden Schiffer, wie spät es sei. Der deutete nur stumm zur Sonne. Murau, der immer den Schatten suchte, wiederholte seine Frage, worauf der Angesprochene wieder auf die gleißende Sonne zeigte. Für den Schiffer stand die Zeit am Firmament geschrieben, es genügte, den Fragenden darauf hinzuweisen, so daß er selbst lesen konnte. Während wir die Insel durchmaßen, stellte ich mir vor, Murau und ich regierten von Ventotene aus die Welt. Wenn Murau etwas behauptete, würde es in dem Augenblick, in dem er es behauptete, Wirklichkeit. Wenn ich ihm widerspräche, würde das, was ich entgegensetzte, ebenfalls Wirklichkeit. Ich stellte mir auch vor, während er schweigend neben mir herschritt, etwas, was ich zwar nicht tatsächlich ausspräche, was ich aber in Gedanken mit dem Vorsatz versähe *ich spreche jetzt aus*, und er sagte weiter nichts, würde ganz genauso geschehen, wie ich es gedacht hätte. Ich malte mir aus, ich würde auf der Piazza dei Cavalieri di Malta durch das Schlüsselloch sehen, ich würde die Zinnen der Burg und den blauen Himmel und den Vatikan sehen, aber nicht San Pietro. Von diesem Augenblick an – Murau sagte nichts – würden alle, die durch das Schlüsselloch blicken, die Zinnen, den blauen Himmel, den Vatikan, aber nicht mehr den Petersdom sehen. Lassen Sie sich nicht davon beeinflussen, Spadolini, daß Murau Sie nicht als Teilnehmer beim Todesversteckspiel wollte. Auch sein Schüler war nicht als Spieler vorgesehen, er hat doch teilgenommen. Er ist einfach als erster gestorben. Wollen Sie Firmenanteile, Fegelein? Georg Voigtländer kann es für Sie arrangieren, Krapp. Sie müssen allerdings eine Italienreise machen. Es kostet Sie nur einen Tag. Sie kommen in die Ewige Stadt und schreiben immer wieder Ihren Namen. Sie müssen natürlich einen Notar mitbringen. Georg Voigtländer braucht keine Firmenanteile mehr. Sie wollen keine Firmenanteile, Krapp? Sie wollen keine Firmenanteile, Fegelein? Aber du willst Firmenanteile, K. Georg Voigtländer wird dir seine Firmenanteile anbieten, du wirst die Firmenanteile annehmen, und Georg Voigtländer wird eine große, zentral gelegene Wohnung in der Ewigen Stadt mieten, mit Aussicht auf ein berühmtes Bauwerk, aber trotzdem ruhig.